THE WORKS OF LIANG YUCHUN

梁遇春

著译
全集

8

第八卷

李力夫 商昌宝 主编

海峡出版发行集团 | 福建教育出版社

本卷总目

吉姆爷 …………………………………………… 1

吉 姆 爷

康拉德 著
梁遇春 译

上海商务印书馆，1934年3月初版

CONTENTS

目　次

编者附记	7
译者序言	8
作者序言	13
第一章	16
第二章	23
第三章	30
第四章	40
第五章	46
第六章	68
第七章	89
第八章	102
第九章	115
第十章	127

第十一章	143
第十二章	149
第十三章	160
第十四章	174
第十五章	189
第十六章	195
第十七章	203
第十八章	208
第十九章	219
第二十章	227
第二十一章	242
第二十二章	251
第二十三章	258
第二十四章	268
第二十五章	275
第二十六章	285
第二十七章	293
第二十八章	301
第二十九章	310
第三十章	317
第三十一章	324
第三十二章	333
第三十三章	340

第三十四章 …………………………………… 352

第三十五章 …………………………………… 363

第三十六章 …………………………………… 371

第三十七章 …………………………………… 379

第三十八章 …………………………………… 388

第三十九章 …………………………………… 398

第四十章 ……………………………………… 406

第四十一章 …………………………………… 416

第四十二章 …………………………………… 423

第四十三章 …………………………………… 432

第四十四章 …………………………………… 440

第四十五章 …………………………………… 446

编者附记

梁遇春先生（笔名"秋心"）发愿要译康拉德（Conrad）的小说全集，我极力鼓励他作此事。不幸梁先生去年做了时疫的牺牲者，不但中国失去了一个极有文学兴趣与天才的少年作家，康拉德的小说也就失去了一个忠实而又热心的译者，这是我们最伤心的。梁先生生前交给我的清稿只有十五章。梁先生死后，他的朋友检点遗稿，寻出草稿自第十六章至第二十三章，由他的同学朋友袁家骅先生整理之后，我们请叶公超先生校看过。此下的各章，即由袁先生继续译完。我们现在将全稿整理付印，即作为梁遇春先生的一种纪念。我们希望他的翻译康拉德全集的遗志仍能在他的朋友的手里继续完成。

胡适（一九三三，六，十五）

译者序言

秋心的死在我们朋友们的心里留下怎样伤痛的记忆,至今——已经一年多了——我仍觉无以描拟。我只知道我们谈天,散步,甚至作梦,总时常听得见他爽朗轻灵风趣无穷的语音,看得见他活泼潇洒恳挚热烈的情态。他的生涯和事业,好像个航海的舟子,刚离开港口驶入大海不久,便遭了不测:我们正盼望着他能陆续报告我们惊涛险浪无限神秘的可贵经验,不料他已经被残忍的水怪吞没了。说也奇怪,他给我的整个印像,和我读康拉特所得的印像,隐隐中似乎有着一脉相通的情调。

他仿佛时时在提醒我一句西方的箴言:工作,莫悲伤(Ecce labora et noli contristari)!他生前是那么勇猛不懈地工作,但他似乎总抑制不下他那内外夹攻的悲伤情怀。他可能的工作才动头,《吉姆爷》才翻一半便丢下了。受着了公超、废名二先生的督促和适之先生的赞许,我于是勉励自己,毅然担当了秋心遗下的这一项未完的工作;翻译时候虽不敢稍有疏忽和怠惰。并且把我所承接的故人的印像作为针鞭,但我明知终难免令师友失望,令读者不满的。

又到了一九三三年的初夏。住在北平感着时局的不安,偷闲来了上海。适之先生把《吉姆爷》全稿带来付印,嘱我写了一篇序文。我除掉追念秋心,自然还得介绍一下康翁的生平和作风,以便读者的了解,可惜关于康翁的书手头一本也没带,所以只能简简单单地说几句,俟将来把他第二部作品翻完时,再作详细的介绍罢。

约瑟·康拉特(Joseph Gonrad,1857—1924)的全名该是Joseph Conrad Karzeniowski,以一八五七年冬天生于波兰南部。他的祖先历代不乏才智卓越的人物。他父亲是个爱国志士,为谋波兰独立,加入一八六二年的革命,被逮下狱,流配到西伯利亚去,死于一八七〇年。他母亲伴着丈夫到荒凉的旷野去作苦工,因体力不支,一八六五年便辞世了。康拉特十二岁成了孤儿以后就仰仗他的舅父扶〔抚〕育长大的。幼时习法文,直到二十岁左右才开始学英文。大学快毕业时,他得着舅父的同意,到君士但丁堡去,初衷是要加入俄国军队去打土耳其,结果却加入了一个法国商船。后来到了英格兰的Lowestoft,弄得大副的资格,遂上一条英国船驶往东方。从此他沧海寄身的生涯继续了二十年。

他父亲曾将莎士比亚和嚣俄译为荷文,也是个深有文学素养的人,所以他沿小受了父亲的影响,培植了很深的文学兴趣。

长大后精力过人，二十年航海生涯里，尽职之余，手不释卷，尤酷嗜法国大小说家Flaubert，据说Madame Bovary被他读得烂熟，通体能够背诵。这时期他断断续续地写了他第一部小说 *Almayer's Folly*。他最初原拟用法文写作，但是他经验里的人物净是些英国人，而他尤爱英国文字的壮健，因此终于采用了英文。天缘凑巧，有一回碰着一位知音的搭客，听见他吩咐水手们工作时那种如画的漫骂（Picturesque Swearing）不禁起了好奇心，于是同他结识为终身的知己。这位搭客便是逝世不久的大小说家John Galsworthy。高翁读了他的原稿给了他许多鼓励，*Almayer's Folly*这部处女作遂于一八九五年出版了。

康翁的作品不下二十六七种，最重要的长篇小说有 *The Nigger of the Narcissus*，*Lord Tim*，*Nostromo*，*Victory*，*The Rescue*…，短篇小说有 *Youth*，*Tales of Unrest*，*Typhon*，*The Heart of Darkness*…，散文则有 *Mirror of the Sea*，*Some Remini-Scences*（*A Personal Record*），*Notes on Life and Letters*，*Last Essays* 等。他还写过一篇戏剧，几乎被人遗忘了的，就是 *One Day More*，一九〇五年曾由伦敦Stage Society排演。中文翻译，就我所知，是始于，并且至今尚只有，秋心的《青春》（*Youth*）。

他的小说完全以海洋为背景，以海船，水手，商人，与东方土人为中心人物。Brooke和Sampson的英国文学里有这样一段简短而精确的批评："他比一般英国人写得更好的英文，他使个个字眼随着涵义颤震，这点尤少人能及。他创造氛围与感觉，而非事实与性格，最特独的就是能以魔术似的手腕描写海洋的情调。帝国的或乌托邦的理想都不曾沾染着他,他的作风在艺术的"'客观性'上唯屠格涅夫堪相匹配。"

他小说里的主题可说是描写灵魂的孤独。人生总逃不了种种自然的限制,尤其当飘浮在茫茫大海上的时候,暴风,急雨,迷雾,狂涛,把渺小的航船和海员当儿戏似地玩弄掌上,使人生愈显得渺小,但也愈显得富有诗意。人生和自然搏斗,虽然有时打胜了几个小回合,终归不免受命运的支配,吃一个最后的败仗,但这个失败是光荣的。光荣的失败呀,这就是康翁作品里显示的宿命论,和 Thomas Hardy 所表现的显然是两路的。

《吉姆爷》一书于描写灵魂的孤独似更明显。有些批评家以为这书技巧上颇有些小毛病,但我并不觉得这些小毛病对全体有何损害。康拉特刚写完这书时,也疑心这回是失败了,可是随着岁月的推移,《吉姆爷》在他心目中的地位也逐渐增高,正与读者的感想不谋而合。出版后十七年,他替它重新写序,说马罗口述的部分——占了全书的一大半——不到三个钟头便能高声念完了,这话自然有几分可疑。的确,马罗口述的部分太冗长了,听众听到末后难保不打呵欠伸懒腰的,但是我们读起来却被他那一泻千里气象峥嵘的伟力压倒了,于是愈读愈起劲,直到读完之后,我们的惊奇感觉还不让我们喘得过气来。再呢,马罗口述的结尾,说到马罗和吉姆最后一次的作别,马罗从船上远望着吉姆在倾听两个黑皮色赤膊的渔夫向他诉苦,三个人形逐渐幽微,"他头顶的夕阳从天空消褪〔退〕得很快,他脚下的一片沙滩早已沉没,他自己也显得缩小了,跟一个小孩似的——随后只剩了一点,鱼眼儿大的白点,仿佛暗淡了的世界遗留下的光明完全凝集在这个白点上了……于是,蓦然地,我望不见他了"。故事讲到这里,似乎已经结束了,从第三十六章起,以书信代口述,凭空来了个海盗白朗——俨然是残酷的命运的替身,未免画蛇添足,破坏了全体和谐的统一。但是这个蛇足完成了带有宿命论意味的悲剧,使读者的激昂终于化为深沉的悲哀,不但没有赘疣之嫌,反觉得不可缺少似的。总之,与其说《吉姆爷》的结构微有毛病,倒不如说它是奇特而不可模拟。至于康翁手腕的高妙处,更是说不尽的。

好,让读者自己去探发和吟味罢,犯不着把我一人的浅见来渎扰读者的清听。

一九三三年六月,上海。

作者序言

当这篇小说刚印书问世时,一般人纷纷议论,说我是跑野马,带不住了。有些评论家认为这部作品以短篇故事开场,结果却超过了作者驾驭的能力。还有一二位关于这事实发见了内含的证据,这倒使他们怪觉有趣似的。他们指出记叙体受限制的诸点。他们申说,无论要叫谁那样滔滔不绝地尽讲,而且让旁的人们倾听这么许久,怕是办不到的。这是不大可信的,他们说。

对于这一层,我差不多萦回思索了十六年的光景,还是不很以为然。我们知道,无论是在热带或是在温带,人们往往坐到深更半夜,"轮流着讲故事"。如今这不过是一个故事罢了,何况屡次打断了话头,多少可以让人松一松劲,养一养神哩;至于听众的耐性,那就不得不承认一个先决条件——这故事确是有趣。这是不可少的初步的假定。倘使我并不相信这确是有趣，我也决不会动笔写了。单就精力能不能撑持这一点说，我们都知道，国会里有些演说辞，发表时并不止三个钟头，倒几乎占了六个钟头呢；可是这本书里面马罗讲演的那一部分，我敢说到不了三个钟头就能高声念完了。再呢——虽然我把那些无关紧要的枝叶都绝不容情地删掉了——我们不妨假定，那一夜总该备些茶点的，不管什么矿泉水来一杯润润讲演人的嗓子。

可是正经说呢，实际的情形是，我最初的意思不过想把那条载送香客们参拜圣地的大船编一个短篇故事而已，别无奢望了。那倒是嫡出的初胎。然而写了几页之后，不知怎么一来，我觉得不甚满意，便将写好的几页搁置了一些时。直到去世不久的威廉·白勒克乌先生又为他的杂志向我索稿，我才从抽屉里取出那几页来了。

那时候我才恍悟这条香客船的穿插，用于一个不羁的飘泊故事，倒是很好的开端；而且这也是件紧要的事变，在一个单纯而敏感的性格遇着时，能以渲染全部"生存的情操"，那是可以想像而得的。但是这一切心怀最初的情调和鼓舞，当时未免模糊，如今过了这么许多年之后，我也并不觉得比当时清晰。

我搁置在一边的那寥寥几页，在主题的选择上，不无相当的重要，不过全部都是仔仔细细重新写过一道的。当我坐下执笔时，我明知这会是一部长书，虽则我并没预料到这会在白勒克乌先生的杂志上展拓了十三期的篇幅。

我有几回被人询问这是不是我最喜欢的我自己的一本书。我是个极端反对偏爱的人，无论在团体生活，或是在私人生活，甚至在一个作家和他的作品的微妙关系上。照原则上讲,我并无所特别宠爱;但是假使有人对于我的《吉姆爷》表示特别好感,我也不至于觉得不快和生气的。我决不会说我"倒有点不明白。……"决不会的呀!可是有过一回,我不禁疑惑而且惊讶了。

我的一个朋友,从意大利回来,同那儿的一位妇人谈天,她不喜欢这本书。不消说这使我颇引为遗憾,但是使我讶然的是她不喜欢的理由。"你知道,"她说,"这完全是变态啊。"

这话给了我一个钟头苦思默索的资料。最后我得到这样的结论:纵使相当地承认这主题本身对于女子们平常的感受性未免有点隔膜,可是这位女子决不能算是意大利人。我诧异她到底是不是欧洲人呢?无论如何,拉丁气质的人民,见了旁人深刻地意识着失掉的荣誉,决不会觉得是变态的。这样的意识也许是错误,也许是正当,也许不免矫揉造作之嫌;或者不妨说,我的吉姆并不是十分通俗的典型。但是我能对我的读者们大胆保证:他不是从冷酷而牵强的思考里产生的。他也不是欧洲北部阴雾迷濛〔蒙〕的天地里的人物。一个晴朗的早晨,在东方海港的平常环境里,我看见他的形体打近边过去了——恳挚,凄切——深沉,奥妙——如在五里雾中——严守着缄默。该如此,便如此了。我尽了我所能有的同情,要替他的意义寻觅适当的字眼。他是"我们里面的一页"。

J.C. 一九一七年六月。

第 一 章

　　他的身材不到六呎,差了一两吋样子,他的体格却很结实。走路时候,他一直望着你冲来,两边肩膀微湾〔弯〕,头在前,眼睛是从眼皮底下睨着你,活像一条来势汹汹的公牛。他的声音是沉重的,震耳的。他通常带种顽梗固执的态度,可是绝没有含了什么捣乱意思,仿佛是万不得已才如此的,而且对于自己分明也是这样绝不通融。他穿的很干净,浑身雪白,从鞋子到帽子,你找不出一个污点。他是靠着替船货商拉生意过活,在东方许多码头上很能得人们的好感。

　　一个水上兜买卖的伙计绝对用不着有什么特长,可是他必得是个所谓能干的人,而且办起事来真显得伶俐。他的工作是一碰到有船快抛锚,就跟其他这类伙计竞争,从船帆,蒸气〔汽〕,木桨底下赶快跑去笑嘻嘻地向船主招呼,硬给他一张名片上面印了船货商的店名;当船主第一次上岸时候,他就暗地里一直领他到一家山洞也似的大铺子，里面满是船上吃的喝的种种东西；在这铺子里面你能买到船上一切用品，使你的船可以飘洋过海，可以显得夺目，从锚缆上的一套钩链到贴船尾雕刻用的一本金叶；在这铺子里面一个陌生的船货商会像亲兄弟一般款待船主；在这铺子里面有一所阴凉的客厅，排了安乐椅，酒，雪茄，文具，同一本海港规则。他们热烈的欢迎足够使航海人三月来海上生活心里堆积的盐水都溶化了。他们同船主这样开头的关系老是继续下去，全靠这位兜买卖的伙计天天到船上去拜访，一直等到这只船离开海港。这个伙计对于船主是诚实得像个好朋友，周到得像个孝顺儿子，有约伯那么忍耐，有女人那么专一无私，可是又像个酒友那么嘻嘻哈哈有兴致。末了他把总账送进去，就完事了。这真是个巧妙的，近乎人情的职业。所以好的水上拉生意的伙计是难得的。这样能干的伙计若使又兼有从小当过水手这个好处，他真值得他雇主出很高的工钱，费很大劲去讨好。吉姆一向挣很高工钱，人们那样百般迁就他，就说魔鬼遇到也会感恩。他却毫无良心，有时忽然间不干了，离开了。他所给的理由，他的雇主一看就知道无非是托词的。他一走开，他们立刻骂道"该死的傻瓜！"这是他们对于他感觉锐敏的心灵唯一的批评。

　　海边做生意的白种人和海船船主只知道他叫做吉姆。他当然还有个名字，可是他只怕人家说出。他这样把名字隐起来，并不是怕人家认识他，却是怕有一件事情会让人家知道了。但是他这个匿名办法有点像筛箕，漏洞极多，那件事情终久又漏泄了。那件事情一露出马脚，他立刻离开当时所滞的港口，到另一个海港去谋生，常是望〔往〕东迁移。他所以不离开海港，一则他是个从大海流配出来的航海人，二则他光是能干，只好做水上拉生意的伙计，不宜于干别种勾当。他总是严整地望〔往〕太阳出来的方向退去，可是那件事情迟早又被发觉了，简直无法逃避。这样子许多年来他陆续现身于孟买，加尔各答，仰光，槟榔屿，巴塔菲亚；在每个驻足的地方，他只是水上拉生意的伙计吉姆。后来他那锐敏的眼光看出运命对于他是绝不宽容的，只好永远离开港口同白种人们了，甚至于跑到蛮荒森林里去，拣个马来人住的林中乡村来埋没他这个可怜的本领。那里居民就在他这个简单名字之上添一个头衔，喊他做"土安"吉姆：仿佛我们喊吉姆爷一样。

  他是来自牧师住宅里。许多大商船的船主都来自这些虔敬恬静的家庭。吉姆的父亲对于宇宙神秘了解得这么多，足够训练茅舍居民，使他们有正直的性格，却不至于扰乱大屋子里面先生们心里的安宁。他们该住好房子，这大概也是出于全知全能的上帝的旨意罢。那个小礼拜堂看过去好像是从杂乱绿叶里露出来的满生了苔藓的一块灰色岩石，站在山岗上已经有好几百年了，不过四旁的树林也许还记得礼拜堂安基石。底下算是牧师住宅，屋子的红色前面在草地，花床，杉树当中显得鲜艳有生气，屋子后面是一片果园，左边有一块铺石头的院子。放马用的，还有花屋倾斜着的玻璃就附着另一面砖墙。这个牧师职属于他家里已经有好几代了，但是吉姆还有四个兄弟，所以读了一些小孩子看的海洋文学，他对于海的兴趣显露之后，他家里人立刻送他到"商船船员训练舰"去。

在那里他学了一些三角，同怎样走过上桅机桁。人家都喜欢他。航海术他考了第三名，而且当第一只快艇的划手。他的职务是管前樯楼，头脑既清醒，体气又好，在那里的确很精明强干。他真像个注定在危险当中出色的好汉，俯视底下这一大群安静的屋顶，那是给棕色的潮水分成两大片了，心里很瞧不起。在这高楼上，他可以望见许多工厂烟囱零落地散布于平原远处，壁直站着，齷齪的天空衬着，个个细得像一根铅笔，喷出烟雾，好比火山一样。他又能够看见出港的大船，来往不停的宽边渡船，以及脚下浮动着的小舟。隐约庄严的海景涌现天边，心里蕴有将来冒险生涯的无穷希望。

一到底下舱面，听见二百来个五方杂处人们嘈杂的声音，他简直忘却自己了，几乎完全过幻想生活，许多海洋故事好像他都身历过了。他看见自己从将沉覆的船上救出受难的人们，在狂风雨里斫断船上桅杆，游水穿过挤出一行白线的巨浪；或者是遇险后漂流着的一个孤零零的人，赤条条，打光脚，踏着露出来了的暗礁，找一些贝类来充饥；或者在热带海岸上碰到生番，在白浪如山的海上压下水手暴动，以及鼓起大海里一只小艇中失望人们的勇气——总之，他可以做个忠于职分的好榜样，丝毫没有畏缩，像书里所说的水上英雄。

"什么事情发生了。快来。"

他跳起来。许多水手涌上扶梯。他能听到上面有一大阵奔跑叫喊的声音。但是一挤出舱口，他就站着呆住了——好像胡涂了。

这是一个冬日的黄昏。暴风自中午后重新括〔刮〕起，河上交通都停顿了，现在一阵一阵地呼呼价响，带有飓风的力量，轰轰的声音好似隔海大炮发出的礼炮。急雨斜飞着，一片片打来，忽然敲一下，忽然又停了。吉姆间或看到翻筋斗的怒潮里吓人的景物，比如混在一起，颠簸岸旁的小船，飞雾里呆立不动的屋子，笨拙地对着铁锚颠仆的宽边渡船，起落不定，给浪花埋没了的埠头。第二阵狂风似乎把这些全吹掉了，到处都溅着浪花。暴风当中的确有一个目的，天翻地覆的无情纷乱里夹有一种愤怒的严肃，这又好似是专对着他而发的，叫他害怕得不敢出气。他呆站着，自己却觉给风吹得旋转了。

人家挤到他身上来了。"快艇上赶快备人呀！"小孩子从他身旁跑过去。一只走内海的小商船驶进来躲风，冲撞了一只抛了锚的双帆船，这个出险给船上一位教师看见了。一群小孩子爬到栏杆上，围着吊艇架。"碰船。刚在我们前头。赛梦兹先生亲眼瞧见。"后面一推，他站不住脚，摔到尾桅上，抓着一根绳子。这条链在碇泊所的练习舰浑身发抖，船头对着风轻轻点首，船上几根绳子用低沉的声音，喘不过气来样子，唱出年青时飘游海上之歌。"下水！"看到快艇坐好了人，迅速地由栏边落下，他就直跑过去，听见一声泼剌。"放手，把轴轳拿开！"他凭栏看去，旁边的河水吐出一线一线白沫，好像滚沸了。朦胧光景里快艇隐约可见，正给潮水和狂风的魔力抓住，跟大船并肩上下。艇里来一个大声的疾呼,他模糊听到:"你们要救人,就得好好划!你们这班小狗!好好划!"突然间快艇抬起船头,木桨高举,一下子跳过一个浪头,潮水同狂风拘束不住他了。

吉姆觉得有人重重地握他的肩膀。"太迟了,年青人。"船主看见这个小孩子好像要跳出船,赶紧把他一把抓住。吉姆抬头望着他时候,眼睛里有自知失败的苦痛神情。船主同情地微笑一下。"希望你下次运气好些。这回教你此后应该敏捷些。"

快艇回来,博得大声的喝采欢迎。半船都是水,有两个累坏了的人在船底木板上漂着。吉姆现在觉得天风海涛的骚动同威吓是只值得藐视的,因此更失悔当初不该怕这个纸老虎的威吓。他仿佛一点儿也不怕狂风了,还能够对付更大危险。他真干得来,并且比谁都强。心里一丝的恐惧也没有。可是那天晚上他独自默想,当快艇上划头桨的人——一个脸孔像女子,有一副灰色眼睛的小孩——做了底下舱面的英雄。爱听新闻的人们都围着他探问。他说:"我刚刚看见他的头露出,赶紧把钩篙插水里去,钩着他的裤子了。我自己几乎摔出去,还好赛梦兹这个老头子丢开舵柄,来攫住我的大腿。船差不多要翻了。赛梦兹这个老头子真不错。他对我们粗鲁些我并不在乎。他抓我大腿时候,老是咒我,这是他的办法,等于叫我不要放松钩篙。赛梦兹这老头子总是一下子就冒火——对不对?我救的不是短小漂亮的那一个,不,却是有胡子的那个大汉子。我们把他拖上来,他呻吟着,'呵,我的腿呀!呵,我的腿呀!'眼睛钉〔盯〕着我们。你们想一想这么大一个汉子晕过去像个小女子!

你们里面有谁给这钩篙刺一下就会晕过去吗？我是不会的。刺进他的大腿这么深。"他拿出钩篙，他故意带下来卖弄，大家果然很惊奇。"别说傻话，不是他的腿抓着——却是他的裤子，不过血自然流出许多了。"

吉姆认为这是无聊虚荣心的表现。那阵狂风无非吓一吓人，并无实力，所促成的英雄举动当然难免是虚伪的。这阵海天骚扰使他生气，因为是这样子乘他的不备跑来，无端挡住他慷慨冒险的决心。若使不是为了这个他倒觉得高兴，没有参加这次快艇的打〔搭〕救，这回的成就真是不大高明。而且说到增广见识，他觉得他的获益远在真真干打〔搭〕救工作的人们之上。他相信将来有一天当大家都畏缩了，只有他知道怎样去对付狂风大海无谓的威吓。他懂得该怎么样看待这些。其实只要你心里不害怕，这些算不得什么。他自己心里是一丝恐惧念头也没有的，所以惊心动魄闹了一场的结果是他更有把握，想到将来的冒险，觉得自己有个无往而不自得的勇气。

第 二 章

　　训练了两年,他到海上去。走进了他从前整天梦想着的境界,说也奇怪,却碰不到一件冒险事情他航行好几次,知道海连天里的古怪单调生活。他得忍受人们的指摘,大海的虐待,日常呆板板的苦工,为的是混一口面包。这些工作真真的报酬是会给人们一种乐业的精神,这个好处他却没有得到手。不过他不能回家里去了,因为海上生活起先有强烈的引诱力,后来虽然叫人失望,却已经使人们甘心当海上奴隶了。大海的确具有这副本领,任何其他生活都赶不上。而且他前途很有望。他态度文雅,能耐劳,肯服从,又十分明白自己的职务;所以过了没有多久,虽然年纪还很青,居然高升当一只大船的大副。他也没有经过危险事情的试验,这些事情在光天化日之下揭出一个人的价值,锐气同本质,宣布他抵抗的能力同实在的胆量,不但给别人知道,也让他自己晓得。

这些时候里只有一次他又瞥见大海生气时所含的严肃意义。这条真理不像人们所想的那样常常露出来。狂风暴浪的危险也有各种程度，只是偶然你会在事实的表面上看见恶毒的用意——那是一种无法描摹的可怕空气，迫一个人在理智感情两方面都相信这些不幸的纠纷，这种海天的剧怒完全是对着他发的，带个恶意，带个无法拘束的大力，带个脱缰而驰的残酷，那是要从他身上扯去他一切的希望同恐惧，他的疲劳苦痛同他的憩息愿望；那是摔破，毁坏，灭绝他所看过的，晓得的，喜欢的，享受的，厌恶的，总之人生所必需的，再贵重不过的一切东西，比如阳光，记忆，将来；那是用了要他的命这件简单可怕的事实来把整个世界从他眼前扫去得无影无踪。

有一星期风浪大极了，他那位苏格兰船主后来常说，"汉子！我真不明白这只船怎么能够支持过去了！"这个星期开头，吉姆给一根倒下的桅杆压坏了，一连躺了好些日子，糊里糊涂的，没有希望的，心里难过得好像在不安定的深渊底下。他绝不关心他会怎样结果。心境清醒时，他太把自己的冷淡重视了。其实没有熟睡的危险正同人们心里的幻想一样的模糊不清，恐惧变得像影子了。他既没有受到刺激，也就昏沉沉的，懒去胡思乱想了；胡思乱想才是一切恐慌的源泉，人类的大敌。吉姆什么也没有看到，只瞧见颠簸小屋的纷乱。他死板板地直躺在这小块残破地方当中，暗地里高兴现在用不着到舱面去做苦工了。不过有时一阵压不住的悲哀把他整个人抓住，使他在毡毯底下喘气急扭，那时他真失望了，任何牺牲都行的，只要能够逃脱会给他这样痛苦感觉的无谓苛刻生活。后来晴朗天气回来了,他也就不想这些了。

他的脚还是跛着。船驶到东方一个码头,他不得不移进医院里去。他复原很慢,船开走了,还滞留在医院里。

白种人住的病房,除他外只有两个人:一个是炮舰的会计,从舱口跌下,把脚摔断了;一个是邻省铁路包工者之流,得了个莫名其妙的热带病,他把医生当做蠢货,自己私下吃便药吃得一塌胡涂,那是由他一个塔木尔仆人忠心不倦地常常替他偷运来。他们互述彼此的生平,打一会儿牌,或者穿着睡衣,整天懒洋洋地躺在安乐椅上打呵欠,一声不响。医院站在小山上,从几扇永远大大打开的窗子吹进一阵阵和风,带来天空的柔美,大地的抑郁,同水上迷人的气息,到这光溜溜的房里。和风里面夹着香味,使人们想起永久的休息,给人们一个不断的梦的情调。吉姆天天望过园里小丛林,城里的屋顶,岸边生长的棕树叶子,一直看到泊船所,那是到东方去的康庄大道,美丽的小岛点缀四围,欢乐的阳光照耀着,那里的船只同玩意儿一样,那里灿烂活泼的气象好似放假日的赛会,东方天空永久的恬静笼在上面,东方大海微笑的和平一直铺到天水交界的地方。

他一能够不靠拐杖走路,就下山到城市去找个回家的机会。那时不凑巧,他只好等候着,滞在那儿时候,自然跟海港同行的人们来往。这班人可以分做两种:极少数的人们,很难遇见的,过个神秘的生活,保存个不失本色的魄力,脾气有些像海盗,眼睛出神得像做梦的人们。他们好像是在一团迷雾也似的计划，希望，危险，企图当中过日子，跟文明世界隔绝了，躲到海角天涯里去。他们这种怪诞生活里唯一有成功可能的事情大概只是他们的死罢。大多数是像他这样的人，碰上什么意外的不幸，偶然滞留那里，后来就老在本地船上当船员了。他们现在怕到本国船上去服务，因为条件既然苛刻，责任观念又更严格，而且还有海洋波涛这个危险。他们跟东方海天永久的恬静已经弄得很和谐了。他们喜欢短距离的航行，舱面舒服的坐椅，一大群本地的水手，同只有他们是白种人这个特色。他们一想到刻苦工作就怕得发抖，宁可过一种朝不保暮的舒服生活，总是将被解职，总是将得到差事，在中国人，阿剌伯人，杂种人底下服务——甚至于肯替魔鬼做事，只要他能够使他们过得很舒服。他们整天不说别的，光谈论运气好坏；说某人带一只走中国海的船———一桩好差事；这个人在日本某处轮船上谋到优缺，那个人在缅甸海军里混得很不错。总而言之，从他们一切谈话里，他们一切行动，神情，态度里，你都可以瞧见那个弱点，那个腐化的地方，那个打算好安安逸逸过此一生的决心。

吉姆起先觉得这班闲谈人们真不配说是航海人，简直还不如影子。但是末了他反喜欢看见这班人，觉得他们的生活很有味，只有这么一点儿的工作同危险，居然过得很满意。过了相当时候，他从前的藐视完全变做另一回事了；忽然间抛弃回家这个念头，他去就帕特那这条船的大副职。

帕特那是本地一条轮船，同那里小山一样的古，瘦得像猎狗，满身的锈，通常扔在一边不用的水槽还没有锈得那么厉害。

这条船是属一个中国人，给一个阿剌伯人专雇去。带船的是个逃到新南威尔斯去的德国人，他专爱在人面前咒骂他的祖国，但是他实在是依赖俾斯麦胜利的政策，虐待一切他所不怕的人们，拿出一副"铁血主义"的脸孔。他还有一个紫色的鼻子同一行红色的上唇须。这条船外面油漆好，里面涂白后，就靠在一个木头码头，冒着烟。有八百个拜谒圣地者望〔往〕里面冲去。

受着信仰同天堂希望的驱使，他们从三个舷门涌上船来，他们的光脚不断地践踏移动着，没有一字闲话，没有半句怨言，也没有向后面瞧一下。离开舱面四围的栏杆，他们就向前后流散，由张开大口的舱口望〔往〕下淌去，直到船里面最偏僻的所在，像水流进水池一样，像水填满罅隙小孔一样，像水默默地平平上升一样。八百个男女带了信仰同希望，情感同记忆，从天南地北，从东方的极端，聚会在这儿；他们走过森林中的道路，顺着河下来，坐马来小船沿着浅滩，乘独木舟渡过许多小岛，身经灾难，眼见奇物；给古怪恐惧盘绕着的心儿始终只靠一个希望支持着。他们来自旷野的茅舍，人烟稠密的大院，滨海的乡村。他们一听到一个观念的呼唤，立刻离开他们的森林，他们的开拓地，他们管理者的保护，他们的富庶或贫穷，他们年青时的环境同他们祖先的坟墓。他们来时满身是风尘，汗滴，污垢，破布——强壮的人们在前头领带家族，瘦削的老人一步步努力前进，没有还乡的希望了；男孩子大胆的眼睛好奇地到处探望，羞答答的女孩子头发滚下来；胆小的女人面巾盖着，用肮脏头巾松散的那一头把正睡着的孩子紧抱在怀中，这些小孩也可以说是这个苛刻信仰之下的不自觉的参拜圣地者。

"你看这群牲口，"德国船主对他新聘的大副说。

这次虔敬旅行的领袖，一个阿剌伯人，最后走上来了。他慢慢上船，穿件白长衫，缚一条大头帕，的确很庄严伟丽，一串仆人跟他后面，抬他的行李。帕特那立刻开驶，离码头了。

这条船朝着两小岛之间驶去，斜斜地走过帆船下锚处，在山影底下兜个半圈，然后驶近吐出白沫的暗礁。站在船尾的那个阿剌伯领袖大声背诵海上旅客的祈祷文。他恳求天帝使这次旅行顺利，请他祝福他们的劳力同他们心内目的。黄昏里，轮船拍着海峡的静水；这条满载参谒圣地者的船只后面远处有个螺旋桩形的灯塔，那是不信教的人们筑在一个危险的浅滩上面，发出的火光好像对着这条船霎眼，嘲笑这次虔敬的差事。

这条船走出海峡，渡过海湾，继续向前驶去，罗盘上总是一度，一直望着红海前进。上面是燥热的天空，晴朗无云的天空，阳光华丽地把整个船包围住，叫人们失掉思想的能力，只觉心里闷得难过，一切生机同魄力全枯萎了。在这含有恶意的灿烂天空之下，蓝蔚色的深海丝毫不动，没有一丝水波，没有一条花纹——胶住了，停滞的一片死水。帕特那稍微嗞一声滑过这一大片光堂堂的水面，在天上画出一道黑烟，在海上留下一道白沫，那是立即消灭了，好像一只幻船在死海上画的一道幻影。

太阳一面旋转着，一面好像追赶这班拜谒圣地的人们，每天清晨默默地大放光芒，跟船尾总是离这么远，中午赶上了，把火一般热的光线集中着向这班虔敬的人们射去，下落时溜到前头，跟船首总是保持同样的距离，每晚总是神秘地沉到海里去了。五个白种人住船的中部，跟这一堆人货隔开了。白船篷从船头搭到船尾，把舱面全遮住了，只有一些薨薨声，一些愁闷的低声指出海上大火中有这么一群人。白天总是这么酷热的，静寂的，沉闷的，一天天消逝于过去里面，好像船走过后有个深渊把这些日子吞进去了。一缕黑烟下的孤舟坚决前进，在明晃晃一大片广漠里一团黑漆地冒烟着，好像给天上残酷的扔下的火焰烧焦了。

夜的来临有如一声祝福。

第 三 章

　　整个世界沉默无声，真是奇怪。天上繁星射出明朗的光辉，好像传给人间一个永久安全的消息。新月反湾〔弯〕着，低低躺在西边，像是由一根黄金杆子刨出来的一片刨花，眼前的阿剌伯海平滑清冷，有如一片冰川，海面远接那漆黑的，画个全圆的水平线。船的暗轮悄悄地自由转动，简直可算做这个安全宇宙里的天然分子。水上闪着微光，没有一线波纹，不过船的两旁各有两道深折，阴沉沉的，永远不变的，深折里有几行分叉的直线浪脊，浪脊之间有一些轻轻地噬一声破碎的涡卷，一些小浪花，一些涟漪的微波，一些起伏的浪涌。船一走过，留下一些波涛，海面稍微颤动一下，低低溅拍一两声，也就消沉了，终于凑进圆穹也似的海天的寂寞里。动着的船身是永远滞在海面中心的一个黑点。

　　站在望台上的吉姆看到大自然的静止形态，深深感到里面含有个无限安全无限和平的情调好像看到一个母亲脸上安详亲挚的神气，可以信得过她心头有一段慈母的痴心。船篷底下，让白种人的智慧同勇敢来料理一切，依赖没有信仰人们的本领同他们火轮船的铁壳，这班在苛刻信仰底下的拜谒圣地者睡着了，睡在席子上，睡在毡毯上，睡在光板上，舱面和黑暗的基角满是一群一群躺着的人，染色的布包着，腌臜的衣服盖着，有的头靠着小包袱，有的脸压着湾〔弯〕在面前的前臂：男，女，小孩，挤在一起；老的少的，残废衰弱的，血气方旺的——在睡眠里都是一样的了，正如在死神面前——死神同睡眠本来就是哥俩呀！

　　船走得快，引起一阵风迎头吹来，不断地吹过高高的船舷中间那一长片黑暗舱面，吹过这样一行行平卧着的躯体。梁木这儿那儿零零落落的用短练〔链〕子挂了几盏地球形的灯，火焰闪烁着，模糊的灯光一团一团照到舱面，颤动着，因为船身是不停地摇摆着。这些灯光底下你可以瞧见一个朝天的下巴，或者一对紧闭的眼睛，或者一只带有银戒指的深棕色的手，或者穿着破碎衣服的瘦削肢体，或者向后湾〔弯〕着的头，或者一只赤脚，或者是光露的，伸直的，好像让刀子来割的颈项。富厚的人们拿重箱同旧席来遮围他们的家庭；穷人们紧挨着睡觉，他们所有的家私用破布捆起当枕头；孤零零的老年人两腿拱起，睡在他们祈祷用的地毯上，两手抱着耳朵，两臂夹着脸孔；有一个做父亲的双肩驼起，膝盖拿来安置额头，衰颓地睡在他儿子身旁，那是个头发乱七八糟的小孩子，一只臂发命令样子指着，朝天酣睡；一个女人从头到脚盖一块白被单，有些像死尸，两边胳肢窝里都有个赤身婴孩；阿剌伯人们行李堆在船后，俨然一个小山，高低不齐，上头有一盏货舱灯摇荡着，后头隐隐约约有许多东西东倒西歪着，可以瞧见大肚皮的铜壶，舱面椅子的脚踏，长矛的锋口，靠在一堆枕头上的古剑的直鞘，锡咖啡罐的罐嘴。船尾栏杆上的特制速率表过了一定时候就丁铛一声，告诉我们这回神圣的旅程又走一哩了。这群睡着的人们有时发出微弱悠远的叹声，传出恶梦的消息；船里深处突然发出的短促铿声，铁锹粗糙的磨擦声，火炉门猛力闭上时的砰的一声，这些声音残酷地冲出，仿佛底下用这类神秘家伙的人们满心都是怒气汹汹；可是苗条的高高船身正在平滑地望前进，光露的桅杆一丝也不摇动，在这不可即的晴朗天空之下，继续劈开大海的平静。

吉姆向两边船舷踱来踱去。这么广漠的寂寞里他的脚步声自己听起来很响亮的，好像是繁星发出的回响。他眼睛向水平线溜，好像饥饿地凝视着那永远走不到的境地，而且也看不见前途的影子。海上唯一的影子是从这条好比一只烟囱的轮船密密地喷出的黑烟的影子，烟的末端总溶化于大气里面了。两个马来人，静默的，几乎是不动弹的，各在舵轮的一边把舵，舵轮的钢缘偶然有一段闪光，那是给罗经箱射出的椭圆形光圈照到了。有时一只手现在灯光照到的部分，黑手指抓着舵轮周围转动的把柄，随又放开了。轮练在轮轴凹线里轧轧地大响起来。吉姆看一下罗盘，望一下那不可即的水平线，闲闲地扭一扭身体,伸伸懒腰,等到骨节都响起来了,真觉得幸福极了。这个永远不会破裂的和平空气有点叫他大胆了,他简直觉得这一生里无论碰到什么事都会是不在乎的。有时他随便看一看舵机箱后面三条腿桌上四粒图钉钉着的一幅地图。这张纸指出海的深度,绑在木桩上的牛眼灯照着,一片光亮平滑像闪着微光的水面。纸上放有平行尺同两脚规,一个小黑十字标出今天中午时船的位置,稳当地一直画到丕林的那条用铅笔画的直线指出船的航路——也就是到圣地去,到获救希望去,到永生酬报去的道路。一支铅笔躺在那里,尖端指着索马利海岸,静止不动像浮在安全内港里的一根光滑船桅。"这条船走得多么平稳呀,"吉姆心里纳罕,有些感谢海天这种无限的和平。这样时候,他一心一意想起许多勇敢行为;他喜欢这类好梦,爱幻想这类成功,那是人生最可宝贵的经验,的确是人生的神秘真理,也就是人生真正的本来面目;那具有壮伟的气概,憧憬的情趣,好像大踏步从他面前走过,把他灵魂一同带走,使他觉得什么都敢试一试,沉醉于"极端自信"这杯圣酒了。想到这里,他快乐得微笑,眼睛还是照例瞭望着。偶然回头一瞧,他看见船底在水面所留的一条白痕正同图上铅笔所画的黑线一般的直。

灰色的吊桶跳荡着,碰到火舱气筒锒铛地响;这个锡桶的噼啪声到提醒了他,叫他想起现在快有人来接他的班了。他乐意地叹一口气,又有些惋惜,因为他就要离开这些养成他狂梦的恬静景物了。他有一点儿渴睡,懒洋洋地,遍体酥软,好像身里的血脉都变成温暖的牛奶了。他的船主披件睡衣,无声无响地走上来，夜里穿的短衫翻开，露出胸膛。脸色是红的，还未十分清醒，左边眼睛半闭着，右边眼睛圆睁着，可是迟钝无光。他垂着大头颅，对着地图，半睡半醒地搔他的肋骨。他那露出的肉体带一点儿淫猥的气味；光溜溜的胸膛发亮着，软绵绵的，油腻样子，好像睡里流出些脂肪。他说一句专门术语，声音粗糙迟钝好像一把铁锉磨着木板边沿时的察察声。他那双重的下巴垂着，像是一个用细线系在牙床上的小袋子。吉姆吓了一跳，非常恭敬地回答。但是他仿佛这回是第一次才把这可憎的痴肥形相认清，印象特别深刻，从此以后，他老觉得这个人简直是如此可爱的世界里一切坏恶下流东西的化身；而且凡是坏恶下流的气息都可以拿他来做代表，不管那些气息是伏在我们相信可以使我们得救的心儿里，我们四围的人们里，我们耳目所接触的事物里，或者我们肺里所呼吸的空气里。

　　金片也似的月儿慢慢下沉，消失在黑碌碌的水面去了。天空好像没有那么辽远不可即了，星光也加亮起来，半透明的穹苍盖着这块圆板般的暗淡大海，里面阴沉沉的夜色更加深了。船是这么平滑地动着，人们简直无法感觉到，好像这条船是一颗满布着生物的星儿，跟许多恒星同飞过漆黑的天空，在这可怕的默默孤寂里，等候上帝再来创造世界。"底下热得说不出怎么样子了，"有一个人喊起来。

　　吉姆微笑着，并不抽过头来。船主拿背朝着那个人，分毫不动。这个坏东西有这套把戏，故意装做不知道天下有你这么一个人，等到他乐意了，才转过来睁圆眼睛对着你，然后放出一大阵南腔北调的,满口白沫的怒骂,像阴沟里的赃水一气迸出来。现在他只是含怒地嚎一声。副机车手站在望台梯子上,两只湿手掌搓捏一块腌臜破手巾,一点儿也不难为情的,还是继续说他的埋怨话。水手滞这上面真惬意,他们这班人有什么用处,他真不晓得,打死他也不知道。可怜的机车手总得把船弄走,其他事情他们也干得来,天呀,他们——"闭嘴!"德国人呆板板哼一声。"啊,是的!闭嘴——来了什么糟糕事情,你们又跑来找我们了,是不是?"那个人接着说道。他猜他已经快煮熟了;现在他也不管自己多么罪大恶极,这三天他滞的那个地方是热得像坏人死后去的地狱,他已经训练得很好了——天呀,他真尝过地狱的味道了——还有下面轰轰的嘈杂声也叫他变做个十足聋子了。那副修补的,杂凑的,腐烂的,挤成一片的零碎机器刮辣砰磅得像舱面破旧的绞车,不过更厉害一些罢。他把上帝创造的生命拿来放在这快断的,斜成五十七度的残破桅杆旁边日夜冒险,他自己也不知道为了什么。他必定生来就是不怕死的,天呀,他……"你从那里得到酒喝,"德国人很蛮野地问他还是不动,罗盘箱灯光照着活像一块猪油雕成的笨拙人形。吉姆还是对着向后退的水平线微笑,满心慷慨的主意,默想他自己高尚的志趣。"喝酒!"副机车手含讥微笑地重述这两字,一面双手扶着栏杆,身体像个阴影,两脚是软和和的。"总不会从你那里得来,船主。你是太卑鄙了。你宁愿让一个好人死去,不肯给他一滴酒。这就是你们德国人说的经济罢。只知道一便士两便士的计较,整镑的反让人家骗去了。"他动起感情了。机车长十点左右给他一点儿酒喝——"只是一点儿，愿上帝保佑我！"——机车长这个老头子做人真不错；但是要想把他床箱里的陈酒弄出来，就说有五吨的起重机也办不到。不成，今天晚上无论如何是不成的。他睡很熟像个小孩子，一瓶上好的勃兰地放在枕头下面。船主厚厚的喉咙里咯咯作响，"猪"这个字的声音在里面上下浮动着，像微风里飘荡着的一叶羽毛。他同机车长当伙伴已经有好几年了——同在一个狡猾的，有兴致的中国老人底下做事。这个中国人载一副明角大眼镜，他那可敬的花白辫子用红丝线扎着。帕特那原泊的码头上的人们都相信这两个人最会不要脸地侵吞公款，真是"凡是你想得到的，他俩差不多都合伙干出来了"。外面看起来，他们两个很不合式；一个是眼光迟钝，样子凶很，满身的软肉都是曲线；那一个是瘦棱棱的，到处是窟窿，头是同马头一样的瘦，一样的都是骨，嘴巴陷进去，额头陷进去，眼睛也陷进去，两眼无精打彩〔采〕，玻璃也似的。这位机车长从前在东方某处破船了——在广州，在上海，也许在横滨；他大概不大想记起出事的的确地点，也不去记起破船的原因了。人家可怜他年青，暗暗把他开除就算了，这是二十多年前的事。他回忆起这段事，一点悲哀痕迹也没有，这无非使他更堕落了。后来东方海面的航业渐见发达，起初他们这行人很罕，他也就混进去了。他总是急欲用种悲哀的低声告诉陌生人他也是这行的"老手"。他一走动，好像有一架骷髅在他衣服里松活地摇摆着。他走路总是飘飘然的，喜欢在机器间天窗旁边这样飘飘然打转，衔一管四呎长樱桃木的铜嘴烟斗，虽然尝不出味来，却老抽着那不纯的烟丝，傻傻地出神，仿佛是一个哲学家正要从朦胧的真理里引出一条系统来。他绝不是很慷慨的，随便拿酒请人喝，可是那天晚上却破了这个老例。这个意外的款待，再加上酒力的强烈，于是就使这位副机车手，窝品泽地方来的一个笨孩子，变得高兴，无耻同多话了。逃到新南威尔斯去的德国人气极了，直喘着，像一根放气管。吉姆觉得这出戏都还有意思，却很焦急时候赶快到，他可以到下面去；最后十分钟的守望叫他难过得好像放了枪，看子弹不立刻点燃冲出去一样。这班人不属于他那个英雄冒险的世界；可是他们也并不坏。就说那位船主……不过，他喉咙里觉得难受，一看到这一大堆喘不过气的肥肉，发出咦咦的低声同流水般一串胡说的瞎话；可是他遍体酥软得太适意了，不会鼓起劲去恨这个或者任一个。这班人的气质是无关紧要的；他同他们天天接触，但是他们不能丝毫损害他；他跟他们呼吸同样的空气，却和他们两样……船主会动手打那个副机车手吗……这种生活真舒服，他自己却很有把握……很有把握，用不着……他有些入睡了，冥想同站着偷睡的分界是比蜘蛛网的丝还细哩。

副机车手很容易连想起他的经济情形同他的胆量。

"谁喝醉了？我？不对，不对，船主！那是不行的。现在你也该知道机车长连灌醉一只麻雀用的那么多酒都舍不得给人，天呀。我一生就没有喝胡涂过；要我醉的酒还没有人会做哩。我能够拿火酒来陪你喝威士忌酒，一桶一桶对喝，还会冷静得像个胡瓜。假使我看出自己醉了,我一定跳出船外了——不要这条命了,天呀。我真肯立刻跳出去!我此刻不高兴离开望台。这么一个晚上,你叫我到那里去呼吸新鲜空气,喂?在舱面跟那班虫子一起吗?难道真是跑到他们当中去吗!而且我又不怕你会拿出什么手段来。"

德国人伸出两只大拳,稍微摆动一下,一声不响。

"我向来不晓得什么叫做害怕,"副机车手往下说,心里十分自信,高兴极了。"我不怕在这条烂船上干这许多血淋淋的勾当,天呀!你们真走运,天生下我们这班不怕死的人们,要不然,你们真不知道要滚到那里去了——你们同这条老船,船身的包铁薄得像棕色纸片——棕色的纸片,老天爷保佑我罢?你们当然很上算——不管怎的,总会挣到一大堆洋钱;我怎么样哩——我混到什么?一月就是这么一点儿一百五十块钱,找你的妈去。我要好好地问你——听着,好好地——谁不愿扔开这么一个该诅的差事?简直是卖命的,简直是卖命的,老天爷保佑我罢!可是我是个什么也不怕的好汉……"

他放开手,不靠栏杆了,东指西抹,好像在天空画出他勇气的形相同范围;他那轧轧不休的细声飞到海上去,他用脚尖踱来踱去,为的是使他说话更有劲些。忽然间他摔个跟头,好像有人从后面打他一棒。他滚下去时叫道,"该死",接着一下子静默。吉姆同船主不约而同地立不住脚向前倒,自己又站稳了,死板板地呆望那一平如镜的海面,心里怪纳罕。后来他们抬起头望天上的繁星。

什么事情发生了呢？机器咻喘的砰砰声还是继续下去。难道地球给什么东西挡住不走了吗？他们不能了解；这样子一丝不动的平静大海同无云天空，忽然间好像是不安全得很可怕的，好像是站在张开大嘴的毁灭深渊的峭壁上头。副机车手反跳起来，壁直站着，又塌下去了，成一堆暗淡的东西，非常悲哀地闷声说道，"怎么一回事？"一阵隐约的隆隆，好似雷声，好似极远处的雷声，简直够不上说是声响，差不多只好说是颤动，慢腾腾地过去了，轮船应声震摇一下，那阵雷声好像是发自海里的深处。舵轮旁边那两个马来人眼睛发光，望着白种人，但是他们棕黑色的手还是抓着攀手。望前进的尖头船身好像从头到尾接连着抬高几吋，仿佛整条船是柔韧的，然后回复本来的状态，规规矩矩地去劈开这片平滑的海面。船身不颤动了，隐约雷声也立刻停了，好像这条船刚才驶过一带摆动着的水同发出嗡嗡声的空气。

第 四 章

过了一个月左右，吉姆回答法庭的诘问，想老实说出这回事变的真相，讲到那条船时候，他说，"不管那条船滑过什么东西，我只觉得船很容易就溜过去了，好像一条长虫爬过一根竹杆。"这个比喻的确很合式。审问的目的是要找出事实，审问的地点是东方一个港口的警察厅。他高高地站在证人厢里。在这所清冷宽爽的房子里，他双颊却烧得通红；上头有风扇的大架高挂着，慢慢摇来摇去，底下有许多眼睛钉〔盯〕着他，从黑色的脸孔，从白色的脸孔，从红色的脸孔，从注意得出神了的脸孔，好像这班坐在窄凳子上，一行一行排得很整齐的人们都给他的声音迷住了。他说话很大声，自己听到也有一点儿惊奇，觉得这是世上唯一听得到的声音，大概因为那些要他回答的可怕的分明问话好像聚到他心头，叫他苦痛难堪，——默默地，锐利地戳刺他的心儿，好像是他自己良心的可怕责问。法庭外面,太阳照耀着——法庭里面有使你寒颤的大风扇凉风,使你心里焦灼的耻辱,可以刺痛你的心的睐着眼睛。法庭庭长脸孔刮得很干净,丝毫不动感情样子,夹在两个航事顾问的红脸孔中间,显得像死人一样的灰白,尽望着他。天花板底下一扇宽阔的窗子从上面射下光线到这三个人的头上同肩膀,使这三个人在这光线不足的大法庭里面形状清晰得可怕,听众一比起来,只好算做睁着眼睛的一群影子了。这三个人要知道事实。事实!他们要他说出事实,好像事实就能够解释一切事情!

"你认为碰到漂着的什么东西了,就说是一条舱里满是水,横浮水面像根木头的破船罢,船主叫你到前头去看有什么损害,你估量那个碰击的力量,有没有料到会有什么大损失呢?"坐在左边的那位顾问问道。他有马蹄式的小胡子,凸出的颊骨,两边肘节按着桌上,皴裂的双手握着放在面前,用沉思的蓝眼睛瞧吉姆;那一位顾问是一个躯体笨重,性情骄傲的人,一身倒在椅子上,左臂全伸出来,指尖细腻地敲着吸墨水的垫子;庭长直着腰干坐在中间那把大圈手椅子里,头稍微向肩膀倾斜,双臂叉在胸前,墨水壶旁边的玻璃瓶子里插了几朵鲜花。

"我没有料到,"吉姆说,"船主嘱咐我不要去喊谁,也不要叫出去,怕的是大家会惊慌起来了。我想这个预防是应当的。我就提一盏挂在船篷底下的灯,到前头去。我揭开船首舱的盖舱板,听见下有溅泼的声响。我就把那盏灯尽灯上系的绳子那么长落下去,看见船首舱一大半已经都是水了。我那时就晓得水线底下必定有个大窟窿。"他停住不说了。

"啊,"身体庞大的那位顾问吐出这一声,对着吸墨水的垫子露出梦里般的微笑;他的手指不停地,无声无响地敲那张纸。

"我那时没有想到危险。这些事发生得这么悄悄地,这么突然地,我也许有一点儿吓住了。我知道船首舱同前舱只隔个碰坏了的这个间壁,中间再也没有别的间壁了。我回去报告船主,遇着副机车手正从望台梯子底下望〔往〕上爬:他好像胡涂了,对我说他想他的左臂折了;因为当我在前头时候,他正打算爬下,却从顶高的那一级滑下来。他喊,'我的天呀!那扇腐烂的间壁再过一秒钟就挡不住了,这条该诅的东西将像一块铅板带着我们沉没了。'他用右臂把我推开,先我跑上梯子,一面爬,一面叫喊。他的左臂挂在一边。我跟上去,赶得到看见船主向他冲去,一拳把他打倒地面,平平躺着。他不再打他了,只湾〔弯〕下身子,对他站着,生气地,可是声音非常低地向他理论。我猜他大概问他为什么在这上面鬼混瞎闹,为什么不下去把机器停了。我听他说,'起来!跑,飞跑!'他还诅他几句。副机车手由右舷上的梯子滚下去,飞跑过天窗,一直到左舷上的机器间覆盖。他一面跑,一面呻吟着……"

他慢慢说,却记得很快,很清楚;他简直能够模仿那个副机车手的呻吟声,一点不差,跟回响一样,让这班要晓得事实的人们知道得更明白些。他起先有一种反感,后来一想,要把这可怕事情后面真正的恐怖传达出来,大概只有细细地缕述经过情形这个办法。其实他们这样焦急想知道的事实本来是看得见的,摸得着的,可以拿知觉去认识的,占了时空的位置,发生起来还得要一艘一千四百吨的汽船同二十七分钟的时间；这些东西凑起来成了整个的经验，有特别的形相，有一定分寸的神气，是一瞧就会记着的一件复杂事情，而且还带了一个特色，那是一个看不见的，住在里面指挥一切的毁灭之神，像个可恶身体里的凶鬼。他急欲把这一点说清。这不是一件通常的事情，里面个个细节都是极重要的，幸好他全能记得。他想老说下去，为着真理的缘故，也许是为着自己的缘故罢。当他这样有把握地缕述一切经过，他的心却在这一圈密密围着的事实里兜圈子，那些事实从他四面涌来，把他同其余人们隔断了。他好像是只给人家因在高高木橛子编成的围栏里面的野兽，黑夜里什么也瞧不见，到处冲撞，想找一个弱点，一个罅隙，一个可以攀上去的地方，一个可以挤出去偷跑了的门路。这种可怕的心绪烦杂使他说话有时踌躇一下……

"船主老在望台上走来走去，都还冷静样子，不过他摔了好几次；有一回当我向他说话，他一直冲撞过来，好像已经完全瞎了眼睛了。他对我问的话没有具体的答覆。他低声向自己说话，我只听到几个字，有些像'倒霉的蒸气！''地狱里的蒸气！'——总之一些关于蒸气的话。我想……"

他说到不相干的话了；一句诘问打断他的话头，好像那里疼一下，他失望极了，疲累极了。他正要说到那一件事，他正要说到那一件事——现在给人家这样残酷地打断，他只好答是同不是。他简简单单忠实地答道，"是的，我私自逃生了。"他脸孔漂亮，体格壮伟，年青的眼睛有些黯淡，两边肩膀直着露出证人厢外面,那时他的灵魂却在里面苦痛得扭成一团。他又答了一句极无聊的诘问,就等候着。他的嘴干燥得一点味道也没有,好像吃了灰尘,后来又觉咸苦,好像喝了海水。他抹一抹潮湿的额头,润一润干燥的嘴唇,好似有一股冷水从背上浇下。那位躯体庞大的顾问落下眼皮,不留意样子,悲哀地,无声地敲着吸墨水的那个垫子;那一位顾问哩,太阳晒黑的双手叉在胸前,上面的脸孔里的眼睛好像发出慈爱的光辉;庭长身体稍微向前倾斜,惨淡的脸孔接近花朵,然后头向椅子靠手垂下,手掌托着额头。风扇的风盘旋下来,到人们脸上,到用大幅布圈着身子的、脸孔棕黑色的本地人身上,到坐在一起,热得难受,穿件合身得像他的外皮的制服,膝盖上放顶拿坡仑式的白帽的欧洲人身上。缘着四墙有许多法警,白色的长制服扣得很紧,围一条红腰带,缚一条红头巾,打光脚飞快地溜来溜去,没有声响得同鬼一样,屏息待发同猎狗一样。

吉姆的眼睛在答话中间有时向四处瞭望,看见了一个独自坐在一处的白种人,脸上现出疲倦神气,愁云盖着也似的,但是这个人恬静的眼睛却是清朗地,有趣味地直望着。吉姆又答了一句话,很想喊道,"这种盘问有什么用处,这有什么用处!"他轻轻用鞋底叩地,咬自己嘴唇,望过下面这许多头颅。他跟那个白种人直目相视了,跟他对看的那副眼睛不像别人那样呆望着,却是含有明白的意志的。在两次诘问中间,吉姆出神得居然有闲工夫去私自想一下。他这样想:这个汉子看着我,好像他能够看出我肩膀后面的什么人或者什么东西。他从前会过这个人——也许是在街上。他相信他从来没有同他谈话过。他没有同人们说话已经有几天了，有好几天了，只对着自己做静默的，不连贯的，没有完的谈话，像监牢里的囚人或者旷野中迷路的一个行路人。此刻他回答一些不相干的话，虽然这些诘问是有一个目的的。他怀疑这一生里他会不会再痛快地说话。他自己这个诚实的报告更坚固了他那个沉思过多久的信仰；语言此后对于他是没有用了。坐在那儿的那个人好像懂得这个使他绝望的困难。吉姆望着他，然后坚决地抽过头来，同人们在永别之后一样。

此后，马罗在世界上各处边〔偏〕僻的地方常常愿意记起吉姆来，把他的事情详详细细，从头到尾讲出给人们听。

他细述这段长故事也许是当大家用过晚餐了。凉台让不动的枝叶密密遮住，还有芳花点缀着，苍濛〔蒙〕的暮色里只见到几点燃着的雪茄头的火光。每张长藤椅上安置有一个倾耳细听的人。有时一点红光猝然动一下，火光展开，照出一个疲累的手指，极安闲的脸孔的一部分，或者射一道红光到给平静的额头一部遮住了的正凝神着的眼睛。马罗一开口说这件长故事，他那个静躺着的躯体就变得丝毫不动了，好像他的精神飞回到已往的时光里面了，是从过去里借他的嘴唇说出下面这许多话。

第 五 章

"啊，是的，我那一次到法庭去旁听，"马罗大概是这样子开头，"一直到此刻我还是莫明〔名〕其妙我为什么去了。我愿意承认我们个个人都有个保护神，可是要你们这班人先让步，肯承认我们个个人还有个随身的魔鬼。我要你们承认这一点，为的是我总不愿意觉得自己是个与众不同的古怪东西，明知道他——我指的是魔鬼——的确在我身旁。我当然没有亲眼见过他，但是从他弄的种种伎俩，我能够证明他真是死跟着我。他既是那样凶狠，当然要把我陷到那类事情里去了。你们会问，哪一类的事情呢？还有什么别的，就是那回审问的事情，那只黄狗闹的事情——你们决不会想起人们会让一只遍身长了癣疥的本地恶狗跑到法庭的凉廊把人摔倒，你们难道会想到吗？——魔鬼却总是用这种拐湾〔弯〕抹角的，预料不到的，十分鬼鬼祟祟的手段，使我碰到身里有腐化分子的，有僵化分子的，有看不见的瘟疫分子的人们，天呀！还叫这班人一瞧见我就滑了舌头，把他们心里的黑暗秘密全盘告诉我；好像我自己真的没有什么秘密事情——老天爷保佑我罢！——好像我自己的秘密事情还不够恼我的灵魂到我注定命终的日子。我干了什么，配受人们这样另眼看待，我自己也不晓得。我敢说我的私事并不比街上任何人少，我的记忆力又不比人生这程路上一般行人强得多少，所以你看我并不什么特别合式做人们体己话的储藏室。那么，为什么要单拣出我呢？谁知道——除非是预备着做这类晚餐后的消遣材料。查利，我的好朋友，你的菜真不错，弄得这班人吃太饱了，不想动弹，连静静地斗纸牌都觉是太费劲了。他们躺在你这几把舒服的椅子上，心里想，'谁肯去卖力气。让马罗说故事罢。'

"说故事！好罢。饱饱地吃了一顿，躺在离海面二百呎的地方，手边放了一匣上等的雪茄，谈起吉姆伙计来，这是件很容易的事。而且今夜满天的星，空气又新鲜，就是我们里面最明白的人也会忘记不过暂时寄身这个世界上，也会忘记还得在这所迷园里自己找出一条路子，每秒宝贵的时光都得当心，每走一步都是不能退转去的，也会相信我们居然会弄个好结果下台——其实，那里能有这么大的把握呢——我们千万不要希冀从跟我们此刻肘碰肘的人们会得到多少的帮助呀。固然，世上有一班人无忧无虑过了一生，好像全是餐后衔一枝雪茄的情调。他们过个快乐的，空虚的舒服生活，也许找些奋斗的幻影来助兴，可是那个幻影早已忘却了，奋斗的结果还未实现——奋斗的结果还未实现——假使说偶然真有个结果的话。

"审问时候，我第一次跟吉姆直目相视。你们一定知道凡是跟大海有一点儿关系的人那天都到场了，因为这几天人人都晓得这回事了，自从亚丁来了那封神秘的无线电报，叫我们大家都吱吱喳喳谈起来了。我说神秘的，因为在某种意义之下，这回事的确有点神秘，虽然里面包含的事实是很明白的，天下事不能够再明白，再丑了。水边所有的人们不谈别的，光说这个。清早起来，我在官舱里穿衣服，就听见我的仆人帕栖人杜巴士在隔壁伙食房里一面喝人家给他的茶，一面用土话跟厨子说起帕特那。一走上岸我碰到熟人第一句话总是，'你听过比这个更奇怪的事情吗？'那个人或者冷笑一声，或者露出悲哀神情，或者咒一两句，这自然也看那个人的心情是怎么样的。陌生人为着彼此要吐出对于这段新闻的意见，会亲切地攀谈起来。个个可恶的游手好闲的汉子跑到人家，报告了这个消息，就混到不少酒喝。你到处都可以听见人家谈论着，在港口海关，在每家船经纪铺子，在你的代办处，从白种人嘴里，从本地人嘴里，从杂种人嘴里，甚至于从你上岸时看见的半裸体蹲在石阶上的船夫嘴里，——天呀！你们知道，有几人生气，有不少人拿来做开玩笑资料，大家都在胡猜那班航海人现在变得怎么样了，谈个不休。这样子有两星期光景，大家意见渐趋一致，以为不管里面的神秘成分是什么，这回事总免不了是很悲惨的事。一天晴朗的早上，我正站在海关台阶阴影里，瞧见四个人顺着码头向我走来。我纳罕一下，这班怪头怪脑的人从那里跑出来呢，

忽然间明白了,可以说向自己喝一声,'他们现在到了!'

"他们的确到了,三个人身体平常,一个人的腰围却大得不堪,活在世上的人总不该有那么大的腰围罢。这四个人刚刚饱饱地用了一顿早餐,他们坐的那条得尔轮船公司走外洋的汽船是于太阳出来后一点钟进口的。他们必定是帕特那船船员,绝对不会错;我一眼看过去,立刻认出那个嘻嘻哈哈的帕特那船船主。他是我们这颗老地球上整个要不得的热带里最大的胖子。而且,大约九个月以前,我还在三宝垅遇见他。他带的气〔汽〕船那时泊在码头装货,他老是痛骂德国的专制制度,天天从早到晚在得准几酒店后面把整个人浸在啤酒里;得准几连霎眼一下也没有,每瓶开他一块荷兰国币,可是也弄得不耐烦极了,曾经招我到一边,他那副好像是皮革制的小脸孔全绉起来,很亲热地对我说,'船主,做生意当然只管生意,但是这个人,他真叫我难受极了。啐!'

"我从阴影里看他。他匆匆忙忙地走着,刚在别人前头,太阳光射到他身上,把他的躯干照得特别吓人。他使我想起一只训练驯熟了的小象用后脚站起来走路。他一身打扮辉煌得出奇——披一件有鲜绿色同深橘色直条的腌臜睡衣,赤脚上拖一双破碎的草鞋,戴一顶别人不要的拿坡仑式帽子,全是油垢,比他的头小两号,用麻绳扎在他的大头上。你们知道一个人处他这样地位,要向人们借衣服,总是不会成功的。好罢,他火急走来,也不向左右看,跟我只隔三呎,从我面前走过去了。他很天真地哗喇哗喇走上楼梯,到港口办事处去受开除处分,去报告经过情形，你们爱怎么说，就怎么说罢。

"后来我们才知道他开头就向船务主任说话。船务主任阿基·剌司汾鲁刚走进来，据他自己说，正打算把他底下的秘书教训一番，算做那天勤紧作的开始。你们也许认得他——一个很客气的杂种葡萄牙人，小身材，颈项光剩一层皮，真瘦得可怜，总在活动着，要各船船主给他一些吃的——一块腌猪肉，一袋饼干，几粒马铃薯，或者其他杂碎东西。我记得有一回航行后我赏他一只活羊，那是船上粮食剩下来的。我并不是要他帮我什么忙——你们知道，他没有这个本领——却是看到他那样天真地相信他有这个神圣特权，使我很为动心。他那种坚持到底的态度差不多含了一点伟大气味。这大概是由于他那个种族的民族性——其实可说，那两个种族的民族性合并起来——再加上那里的气候——不用说罢。我知道谁是我的终身朋友。

"好罢，剌司汾鲁正在很很地教训一番——我想是关于奉公守职这一点——抽过身子来看见——他是这样说——一个庞大的圆形东西，像个条子纹棉织法兰绒包着的，一千六百镑重的大糖桶，倒放在办事处大块地板中间。他说他大为错愕，有好多工夫不明白这个东西是活的，单是呆坐着心里纳闷他们为什么把这个糖桶运到他桌子面前，而且怎么运来呢。通到前屋去的穿门黑压压地挤满了许多人，拖风扇的人，扫地面的人，法庭里的巡警，港口小汽船的艇长同水手，大家都伸长颈项，差不多爬在彼此背上，真是一团纷乱。这时候那个胖子已经设法把帽子拉扯下来，稍微鞠躬，向剌司汾鲁走来。他告诉我看到这样子，他心里非常难受，有好些时候他完全不懂得这个鬼怪到底要什么，虽然他是静听着。那个胖子说话声音粗糙沉重，毫无畏惧的神气。亚基慢慢明白了，这是帕特那这件案子的新发展。他说，他一知道谁站在面前就觉不舒服——亚基是极富于同情心的，一下子方寸就乱了——但是只好下个猛劲，喊道：'停住！我不能听你的话。你得去见总办。我真不能听你的话。你该去见厄力奥特船主。'他跳起来，跑过那条长柜台，拉着胖子望〔往〕前推。那个胖船主起先很服从，听他调度，不过有点奇怪。到了厄力奥特的办公室门口，一些自卫的本能却使那胖子退后，喷出鼻气，像只阉牛，喊道，'听我说！什么事？放手！听我说！'亚基也不敲门，一下子把门打开。"帕特那船主在这里，先生，"他大声喊。'进去，船主。'他看见那个老头子正在写字，这么快抬起头来，他的夹鼻眼镜掉下来了。他砰的一声将门关好，逃到自己的写字台去，那里还有几张纸等着他签字哩。但是那边吵闹得那么凶，他说有一会儿他简直胡涂得连自己名字怎么拼都忘记了。亚基是全球上神经最锐敏的船务主任。他说他好像把一个人活活地扔给一只饿狮。那边的声响的确不小，连我在底都听到了，我相信广场上全能听见，一直到那音乐棚子。厄力奥特这位老公公总有一大串话要说，又能够大声呼喊，而且不管在他面前的是谁，他连总督都敢当面骂。他常对我说：'我的地位已经高到不能再高了，我的养老金是不成问题的，我也积下了几镑钱。假使他们不赞成我的责任观念，那么我率性回老家去罢。我是个老人，爱说实话。现在我唯一关心事情是在我死去之前看我几个女儿嫁出去。'他关于这一点有些颠头颠脑。其实他那几位小姐都是怪好的,虽然像他像得出奇。有些早上,他醒来对于她们婚姻前途很抱悲观,那么办事处人员都可以从他眼神里看出,就怕得发抖,据说他必定抓一两人痛骂一顿算做他的早餐。但是那天早上他却没有把这个逃到外国的德国人吃了,却是——假使我还可以用那个比喻——将他嚼成顶细的小块,然后——呀!又吐出来。

"所以过了一会儿我看见他这个庞大躯体又匆匆忙忙走下,站在外头台阶上。他停在我身旁,为的是要默想一下子。他紫色的大脸盘颤动着,一面咬他自己的大姆〔拇〕指,过些时用焦急的眼光斜瞟我。跟他一同上岸的那三个汉子聚在一起,站在稍远的地方等着。一个脸孔带黄色,卑鄙样子,一只手用吊腕带吊起;一个穿件蓝法兰绒衣服,高身量儿,同木屑一样的干燥,并不比扫帚胖,有几根下垂的灰色胡子,四面望着,现出逍遥自在的傻神气。第三个是个壁直站着的宽肩青年,手插在衣袋里,背朝着那两个人。他们大概正在专心谈话,他却睇着这片空旷的广场。一辆斜欹的马车,到处都是百叶窗,浑身的灰尘,刚停在这一群人对面,赶车的把右脚搁在左腿上,一心一意细瞧自己的足指。那个年青人分毫不动,连头也不摇一下,单是望着阳光,这是我第一次看见吉姆。他这种不在乎的,拒人于千里之外的神气,只有年青人才做得出。他站在那儿,脸孔手脚都很干净,稳稳地站着,太阳光真没有照过一个更有望的青年。我看见他,知道了他所知道的,而且还比他多晓得一点儿，心里非常生气，好像窥破他掉什么枪花，想把我的什么东西弄到手。他不该显得这么自得样子。我心里暗自忖度——假使像他这种人也会干私自逃生那个下流勾当，那还了得……。我好像痛心得能够把我的帽子掷到地面，跳上去践踏。有一次我就看见一位意大利船主这样干过，因为他的饭桶大副在个满是船只的码头上临时抛锚时却把锚弄得乱七八糟。我看见他分明这么自在样子，我自问道——难道他是个傻子吗？是个麻木不仁的人吗？他好像快要撮唇吹出一个调子来。你们看，那两个人的行动我丝毫也没有留意，为的是他们卑鄙样子有点儿跟大家都知道的，将来法庭要追究的那件掉脸事相称。'楼上那个疯子，那个老滑头居然骂我是狗，'帕特那的船主说。我不知道他认得不认得我——我倒想他是认得的；但是无论如何我们的视线碰着了。他睁圆眼睛——我微笑，想起从那扇打开的窗子传到我耳鼓的许多诅骂话里狗可算是最轻的一个。'他真的这样骂了吗？'真古怪，我压不住我自己的舌头了。他点头，又咬他的大姆〔拇〕指，放低声气咒骂。忽然间他抬起头，一派悻悻的，凶猛的无礼神气——'呸！太平洋大着哩，我的朋友。你们这班该死的英国人，让你们尽量凶狠罢；我知道像我这样的人有的是地方去；我又可以过得很好了，在亚比亚，在檀香山……'他想远了，就停了嘴。那时我心里很容易画出将来跟他一起的是那一类人。我老实告诉你们，我也常跟那一类人一起过。有时一个人逼不得已，只好装做跟谁一起都是有意思的。我尝过这个味道；我此刻也不拿出道学家的脸孔，埋怨这些不得已的情形，其实这班坏人有些因为没有道德——道德——我怎么说才好呢——道德架子，或者因为其他同样不容易看出的理由，反是双倍的叫人增广见识，二十倍的有趣，比起你们宴饮的那班体面的奸商——你们到〔倒〕并不是非请他们不可，只是因为受习惯支配，因为怕得罪人，因为你们是好好先生，以及其他一百个下流的，不充足的理由。

"'你们英国人都是流氓，'我们这位爱国的，逃到法林斯堡或者斯德丁去的——我现在真记不清波罗的海那个好好小口岸做了这个宝贝的巢窝，给他沾污了——奥大利亚人往下说。'你们吵什么？呃？你们告诉我吗？你们并不比别人强，那个老滑头拼命跟我大闹一阵。'他那两条腿粗得像一对柱石，他那副大尸体就架在上面，浑身发抖。'你们英国人向来是这样，看到我不是生长在你们那个该倒霉的国里，只要有一点儿小事，就闹个——闹个天翻地覆。拿去我的证状罢。拿去。我不要这证状了。像我这么一个人用不着你们这张废纸。我要拿来吐口水了。'他啐一口。'我将去当美国人民了，'他喊起来，生气冒火着，两脚推来推去，好像不肯让个看不见的，莫名其妙的东西把他的踝骨抓住，弄得他不能离那个地点。他气得发热，弹丸一般小的头顶真是冒烟了，其实并没有什么神秘东西叫我舍不得走开，只是出于那最显著的好奇心，要滞在那儿看他的详细报告对于那个手插衣袋里，背朝着人行道的年青人会有什么影响。他直着眼睛望隔个广场草地的那家马拉巴旅馆的黄门廊，那种闲暇神气活像等朋友预备好一块儿出去散步的样子。这是他的态度,的确有点碍眼。我等着要看他惊慌得不知所措了,像给长针戳穿心儿那样的苦,像给人们用找〔杙〕刺死的甲虫那样扭着——可是我又有点怕看他会这样,这种心境我说不出,只好让读者去意会罢。真的,天下最可怕的事不是看一个人犯罪被人发觉了,却是看一个人有个比犯罪还下流的毛病给人窥破了。要避免当个法律上的罪人是很容易的,只要最普通的毅力就行了;但是我们恐怕谁也不敢担保说自己不会犯那些虽然看不见的,也许已经疑虑到的毛病,好比世界上有些地方你总疑心每丛灌木里都藏有毒蛇——那些躲在你心坎里,半生以来你注意着的,或者绝没有留神过的,祈祷上帝把他压下去的,或者像个男子汉根本瞧不上眼的,暗地里遏制了的,或者不去理会的毛病。犯罪是不要紧的,我们受迷惑了,干出挨骂的勾当,干出上绞台的勾当,但是我们的精神不死,——人们怒骂之后,我们的精神还是完好,我敢说,上了绞台之后,我们的精神还是完好。可是有些毛病——有时看起来好像是很细微的——却使我们整个人毁了,真是万劫不复。现在我看那个年青人在那儿,我喜欢他的样子,从他的神气我晓得他的性情是怎么样;他是打好所在来的,又是咱们这样的人。他真可以代表这样人的血统,可以代表世上一种男女,他们绝不是聪明的,有风趣的——可是他们生活的基础是筑在诚实的信仰同勇敢的本能上面。我并不是指战场上的勇敢,公务上的勇敢,或者任一种特别勇敢。我只是指那种天生的胆量,敢睁大眼睛来看清诱惑,——一种挡得住的神气,灵巧是够不上的,天晓得,但是一点装模作样的痕迹也没有，——一种抵抗的能力，你们知道吗，要说不漂亮当然可以，却是极有价值的——那是对于外界和心里的恐吓，对于自然的威力和人们的诱惑都持个盲目的，可是极可宝贵的强硬态度——还有个坚固的信仰来做后盾。这个信仰是绝不屈服于现状，绝不屈服于坏榜样的传染，绝不屈服于抽象观念的恳求。抽象观念都死完罢！抽象观念都是流氓，都是无赖汉，敲你们心儿的后门，个个偷去一点儿你的生命力，个个拿去一小块你的单纯信仰。这几条单纯信仰你必得抓着不放手，假使你们想过个干净的一生，落个好好的收场！

"这些话跟吉姆自然没有直接关系，我说出来为的是他的样子很可以代表那班有作有为的傻家伙。我们总喜欢觉得一生里身边有这类人。他们绝不会为着自己太聪明了，或者——我们就说是神经错乱罢，反弄得胡涂了。他这种人，你只要一看到那副脸孔，就肯全盘都交给他——船上的罗盘也好，其他的事情也好。我说我肯，我总该知道罢。我从前难道不是训练出许多年青人，去红旗底下服务，去海上干事情。那种职业的成功秘诀只要一句话就可以道破，可是你必得天天重新叫年青人牢牢记住，一直等到他们清醒时候没有一个想头不带上那个色彩——一直等到他们睡眠时候没有一个年青好梦不带上那个色彩！大海待我真不错，但是我一记起我手下训练出来的这许多孩子们，有的现在长大成人了，有的已经泅死了，不过都是海上的好脚色，我想我也对得住大海了。我敢打赌，假使明天我回国去，不出两天，一定有些脸孔给太阳晒黑的年青大副在一两处船坞门口赶上我，用个嘹亮的声音从我头上问我，'您记得我吗，先生？哈哈！某某那个小孩子，某某那条船。那是我第一次的航行。'我就会记念一个失了魂魄也似的小幺儿，跟这张椅子椅背差不多高，有个母亲或者大姊站在码头上，看到大船从两旁码头里慢慢驶出去，虽然没有哭出声，已经心里难过得不能摇手帕了；也许有个都还体面的中年父亲清早同他儿子到船上去，说要亲自送他儿子走，可是他分明看上了绞车，整个早上舍不得离开舱面。滞得太久了，末了只好爬上岸，连一声再见都来不及说了。船尾楼上的内港艄工拉长声气向我喊，'用制缆把船拉住一会儿罢，大副。有一位先生要上岸去——你上去罢，先生。几乎把你带到塔尔卡瓦诺去了，是不是？现在可以爬上去了。慢慢的，不忙……好了。前头还是松手罢。'几条拖船冒着地狱里火焰一般的烟，勾上大船了，把这条老河搅个浪花乱飞。那位先生到了岸上，揩去膝盖上的灰尘——仁爱的茶房追着，把他的伞扔下给他。什么事情都妥当了。他也有一点儿牺牲给大海了，现在可以回转家里去，假装作完全忘却那一回事。那个自愿当水手的小孩子还不到第二天早晨已经晕船了。他渐渐学会了这行职业里种种小神秘同那个大秘诀，那时大海叫他活也好，叫他死也好，他总是合式的。人们跑到海上去，同大海赌个输赢，每掷一次骰子，总是大海胜利，这真是一场傻赌。可是当了赌徒的人却喜欢有个年青沉重的手，把他的背重重拍一下，听到年青水手的一种愉快声音：'你记得我吗，先生？某某那个小孩子。'

"我告诉你这是件好事；这使你知道你一生里最少有一次干得不错。我给人们这样拍过，我也向后退缩，那一拍可不轻呀。不过这个痛快的一掌却使我整天高兴，晚上去睡觉，也觉得世界上没有那么寂寞了。我难道不记得那个小某某吗！我告诉你我总该知道那一种脸孔是对的。我一瞥眼看过去就敢把舱面付托这个年青人，睡下的时候双眼都——嗳呀！可不十分安全。他不是曾经在破船时候私自逃生了吗？想到这里，我真是恐慌万分。看起来，他跟一块新银币同样的纯净，但是他性格上也许杂了顶下流的成分。杂了多少呢？极少的——极少的一滴稀淡的下流成分；极少的一滴！但是他使你——他站在那儿带个绞死也不在乎的神气——他使你怀疑也许他全是用铜假铸的罢。

"我真不能相信他就麻木到这样地步了。我那时真要看他为着海员的名誉难过得身子直扭。那两个可有可无的汉子瞧见他们船主了，就慢慢地向我们走来。他们一面踱着，一面闲谈。我简直把他们当做肉眼看不见的东西。他们相对狞笑——也许正在说笑话哩，谁知道。我看出一个是一只手臂断了；至于那个有灰色上髭的高身量儿，他是个机车长，在好几方面都可算个恶名昭彰的人物。在我眼里，他们等于没有人。他们走近，船主的眼睛死板板地向自己两腿之间注视。他仿佛肿得不成样子了，好像害了什么可怕的毛病，或者身里有个莫名其妙的毒药发作了。他抬起头来，看见面前这两个人等候着，他就张开嘴，那副鼓大的脸孔歪成古怪藐视样子了——我想他是打算向他们说话罢——那时好像忽然来个新念头，他那双微紫色的厚嘴唇又合拢起来，不发一声。他下个决心样子摇摇摆摆走向马车，这么盲目凶很地，这么不耐烦地推着车门门纽，我心里想恐怕整个东西连车带马都会翻倒了。赶马车的给他这一推，也不默想他的脚底了，登时恐慌万状，双手紧紧抓着缰，从他的座子转过头来看这个大块头要冲进他的车子。这辆小车颠簸震动很厉害。船主低下的颈项的朱红颈背，一副使劲的巨腿，龌龊的，有橘色绿色直条的，隆起成一大团的背，一身油腻花衣服望〔往〕里钻去的神情，使人觉得这些事是天下不会有，觉得既可笑，又可怕，好像热病时所见的那种既吓人，又迷人的分明的怪诞幻像。他走了。我心里一半料定车顶会裂成两片，车轮上的车厢会像一颗熟棉荚那样爆开——但是只见弹簧压扁，一声的搭，忽然间一扇百叶窗戛戛作响落下了。他的肩膀又呈现出来，挤在这块小开口地方；他那个涨大了的头儿垂出，摇荡着，像一个给人抓到了的轻气球，他满头的汗，生气得乱吐口水。他凶很地挥出一只好比生肉的红胖拳头，去打那个马车夫。他喝他快点出发，快点前进，到那里去呢？也许是到太平洋去。赶马车的鞭声一响，小马鼻子喷出气来，提起前脚，用后脚站一下子，立即溜蹄飞跑去了。到那里去呢？到亚比亚？到檀香山？六千哩的热带也够他要一要，我也没有听到他的的确行踪了。这只鼻子喷气的小马一霎眼攫他到'永生'里去了，此后我再也没有看见他了；而且自从他坐这辆旧马车，一阵灰尘里从我面前拐个湾〔弯〕逃了，我就不知道有谁再瞥见他过。他走了，不见了，消失得无影无踪了，深深躲起来了。说也奇怪，看起来好像他将这辆马车也带走了，从他走后，我就绝没有再碰到这么一匹耳朵裂了的黄褐色小马同这么一个害脚病的，无精打采〔采〕的，赶马车的塔木尔人。太平洋真够大呀；可是不管他在太平洋里有没有找个施展他本领的地方，我们总知道他飞到空间里去，同一个女巫骑帚柄飞走一样。手臂吊起来的那个小鬼追赶那辆马车，怪可怜地喊，'船主！我说，船主！我——说！'——但是跑几步也就歇下，垂头回转身慢慢走着。听到车轮辚辚的响，那个年青人抽过身来，还是站在那儿。他再也不动了，没有摆什么手势，也没有别的表示；马车摇摇摆摆走了，看不见了，他还是朝这个新方向望着。

"这些事情接连发生还用不了我叙述起来这么久的时间，因为我是用迟缓的言语将当下目击的印象一一说出。他走后就有了一个杂种的书记奉亚基的命令来照顾帕特那船这班可怜的漂流人。他连帽子都来不及戴，很热心跑出来，向两边探望，一心都放在这个使命上。不幸得很，主要的人物已经走了；这一点虽然失败，他还是忙碌万分气焰十足走近其他几个人，差不多立刻跟手臂吊起来的那个小鬼大吵起来，这个小鬼正要寻人吵架哩。小鬼说他不能随便听人调度——'他绝不肯，B'gosh.'这么一个使笔尖的骄傲小杂种说出成堆谎话是够不上吓他。他是不受'这种东西'欺陵的，就说这东西讲的话'完全是真的！'他大声喊出他的欲望，他的希冀，他的决心，那是到床铺上去躺起来。我听他喊，'假使你不是上帝所弃的葡萄牙人，你就该知道医院对于我是最适当的所在了。'他将那只完好手臂的拳头冲到那个人的鼻子下面，旁边渐渐集了一群人；杂种人虽然很狼狈了，还是极力想排出尊严神气，想解释他的来意。我不等看这场吵闹怎样结果，先走开了。

"我船上那时刚好有个水手病倒医院里，开庭前一天我去探望他。在白种人病室我又见到那个小鬼了，躺在床上翻腾着，手臂拦在夹板里，很浮躁样子。最使我惊奇的是那个有下垂白髭的高身量儿居然也躲到那儿去了。我记得当大家正吵架时候，我还看见他半跳半拖地偷偷走开，却极力想装出不害怕神气。他对于这个港口好像很熟悉，这样窘迫时候也能够急步走到市场旁边马利安尼开的那家球房同酒店。马利安尼这个一言难尽的恶棍从前认得他，在一两处帮他做过坏事，看见他就恭敬得了不得，简直可说是向他叩头，就将他藏在他那所下流小屋楼上一间房子里，供给他许多瓶酒喝。他大概胡里胡涂有点担心自己生命的安全，想躲避起来。马利安尼后来（那是过了许久了，那天他来船上向我的茶房硬要几根雪茄的钱）却对我说，他一字不问肯帮他更大的忙，为的是酬报好几年以前他给他的一个好处，总是一些龌龊的事体罢——这是我从他口气里猜出来的。他一再拳打他那个壮健的胸膛，一对黑白分明的大眼睛转动着，挂着闪光的泪珠：'安东尼阿绝不会忘恩——安东尼阿绝不会忘恩！'这个高身量儿从前成就了这位老板什么不道德的事情，我绝不知道，但是不管是什么事，他现在有种种的方便了，可以自己关在房里，有一把椅子，一张桌子，墙角上一铺卧褥，地板上堆了掉下的灰泥，心里怀个无理的忿怒，靠马利安尼给他的酒来振作精神。这样子一直到第三天的黄昏,他放出几声可怕的叫喊,迫得赶紧跑出来,躲逃一大阵蜈蚣的进攻。他劈开房门,逃命也似的一跳,跳下这个摇摇不定的小楼梯,整个人压到马利安尼肚子上,自己站起来,走兔一般快飞跑到街上去了。第二天清早巡警从垃圾堆里把他掏出。起先他以为他们要抬他去上绞台,挣扎着想恢复自由,好比一个英雄;但是当我坐在他床边,他已经安静两天了。他的瘦头儿好像镀了黄铜,再加了上白髭,放在枕头上很安详精美样子,仿佛是个具有童心的倦战兵士的头。可惜他的眼神渺茫发光着,隐含有疑神疑鬼的恐慌,好像一块玻璃后面悄悄地躲着的一个不伦不类的怪物。他是这么极端安详,使我生出一个古怪希望,想听到他怎样替这回有名事件辩护解释。其实这件事与我没有什么相干,不过因为我们同属于这行卖力气挣不到光荣的职业,共同忠于一种行为的标准。我为什么尽想把这些可怜的细节一一发掘出来呢,连我自己也不明白。你们可以认为这是变态的好奇心,你们要这样说当然可以;但是我很知道我是想找出一些新事实。也许不自觉地我希望会找出新事实来,一些使人见谅的深刻原因,一些宽洪大量的解释同洗白,一些叫人相信的借口影子。我现在看清楚了,那时我所希望事情是绝不会实现的——我所希望的是要压下人们自己造出的那个最强项的鬼,那是一种疑虑,起来像一阵雾,暗暗地咬啮你像一条虫子,比人皆有死这句话更令人寒心——也就是对于一切正直行为的神圣原动力的怀疑。这个疑虑是个顶硬的东西,你一碰到就得绊倒，吓得大声喊叫，而且还使你暗地里干出零碎的下流勾当，这真可算做灾祸的真正引子。我以前虽然没有会过这个年青人，可是我总想为他找出一点儿口实来，替他辩护，因为单是他的神情已足够叫我动心了，觉得我们年青时节都像他这样，假使连他这种人也会无缘无故干出私自逃生那件丢脸事，那岂不是太古怪了吗，太可怕吗？好像是给我们一个暗示，告诉我们将来也都不免有危险。这么一说，我关心他，也可说是为着我自己的缘故了。我恐怕我的多方打听都是出于这个隐晦的动机。我的确希望这回事含有个神妙莫测的成分。我难道不是相信会有个神妙莫测的成分吗？我这样热烈希望着，难道不是为着自己缘故吗？隔了这么久了，此刻回想起来，唯一神妙莫测的事是我会傻到那样地步。我简直希望从这个腐败倒霉的病人嘴里得个符咒，赶走那个疑虑。我大概是焦急得不顾一切了，随便说几句寒暄，听到了他无生气地顺口回答，像普通规规矩矩的病人那样，我立刻提起帕特那，把这个字放在一句委婉的问话里，好像包在一把茧丝里。我只是这么轻轻点一下，也是出于自私，无非是不愿意看他吓了，做出怪样子来。其实我并不关心他；我既不为着他生气，也不可怜他；我觉得他的经验于我是无关紧要的，他的人格得救与否于我是没有意义的。他已经干了许多小坏事，也老了，不能引起人们的厌恶或者怜悯。他用问话口气也重说'帕特那'这个字，好像费点劲记一下，就说道，'不错。我是那里的老手。我看那只船沉下。'我听到这句傻谎，正要出一口怒气，他却轻轻地说道，'那条船满是爬虫。'

"我因此停住。他到底是什么意思呢？那个动摇不定的怪物在他那副玻璃也似的眼睛里这下站住了，热烈望着我的眼睛。'他们当午夜守望时候把我从床架喊醒，叫我出去看大船沉下，'他慢慢继续说，好像正默想着。他的声音响亮得可怕，我真追悔我自己太傻了，不该盘问他。病室里连一个在远处急步走着的，戴雪白羽翼式头巾的看护妇也瞧不见。那边有一长行空铁床，中间一架坐了一个憔悴病人，棕色脸孔，他是偶然摔坏了，他的船还泊在码头上。他额头上横扎了一条白绷带。跟我对谈的那个病人忽然间伸出一只瘦得像触须的手，抓住我的肩膀。'只有我这样的眼力才能看出那条船沉下了。我素来以眼力过人出名。我想他们喊醒我也是为了这个缘故罢。他们的眼力都赶不上我，没有一个能够看出这条船是真了，还以为是走得顶好的，大家合唱起来——这样唱！'……一阵狼嗥般的喊声穿进我的灵魂深处。'啊！叫他闭嘴，'那个偶然摔坏的人生气了，有点泪意低声说。'我想你大概不相信我，'那个人用个无法可以描写的骄傲神情继续说。'我告诉你在波斯湾这一边再也找不出第二个像我这样的眼睛了。你向床下看一下。'

　　"我自然立刻弯下身子。我敢说无论谁都会立刻听他的话。'你看到什么没有？'他问。'什么也没有，'我非常难为情答道。他仔细观察我的脸孔，那种蛮野的鄙视神情，简直会使我一个人枯萎了。'这是在意料之中的，'他说，'但是假使我去看，我能够看见——天下真找不到像我这样好的眼睛，我告诉你，'他又抓着我，急于将心里话说给我听，把我拖弯下身子了，'我能够看见百万个粉红虾蟆。天下真找不到像我这样好的眼睛。整整百万个粉红虾蟆，真难看，到〔倒〕不如看一条船沉下去。我看一条船沉下去，一面还能够整天抽烟斗。他们为什么不把我的烟斗还给我呢？我看管这班虾蟆时非抽烟斗不可。满船的虾蟆总得有人看管，你知道。'他滑稽地向我丢个眼风。我头上出来的冷汗滴到他身上，我的制服贴着我潮湿的背；下午的凉风猛烈地吹过那一行空床，铜条架着的帐幕的硬折就垂直地颤动起来了，床上盖被跟光地板没有离多少，也无声无响地波动起来，我的冷震是透到骨髓里去了。热带的和风在这空旷病室里飞舞着，真是荒凉，同故乡旧仓廪里冬天的狂风一样。'别让他再嚷起来，先生，'那一个病人生气焦急极了，远巴巴向我大声喊，他的声音通过这所空房，像一个颤动的呼唤经过一条洞道。他那只紧抓着的手扯我的肩膀，他很奸滑样子瞟着我。'满船都是虾蟆，你知道，我们都要悄悄地立刻退出去，'他极快地向我耳语'全是粉红色的。全是粉色的——有看门狗那么大，头顶有一只眼睛，难看的嘴四围都是脚爪。喔！喔！'他身上急促的痉挛，通了电流也似的，使人们看出平铺的盖被下面颤动的瘦削脚腿的形状。他放松我的肩膀，仿佛向空中取点什么东西；全身紧张抖战着，好像刚松下的琴弦；我向下看时，只见他眼里那个怪物冲出他玻璃般的眼睛了。我亲眼看他这副老卒的脸孔同高尚冷静的形相立刻消灭了，是给小窃般的狡猾，可恶的谨慎同绝望了的恐惧弄坏了。他好像想喊，自己又止住——喊：'他们在底下现在干什么呢？'他问，手指着地板，说话声音同姿势都小心得出奇。我顿然有点明白他的意思了，他是怕船里搭客会知道船快沉了，闹起来弄得他无法逃生，想到这里，我真讨厌自己这下聪明。'他们都睡着了，'我答道，仔细看他会有什么反应。果然，这是他最想听的话，只有这句能够使他安静下去。他叹口长气。'嗯！安静，平稳，我在这儿是个老手。我知道他们这班畜生。谁先动，我先把谁的头捣烂。他们人数太多了，这只船不能再支持十分钟。'他又喘气。'快些，'他忽然喊，一样大声接连呼号着，'他们都醒了——有一百万人。他们践踏我！等下！啊，等一下！我要把他们打成一堆一堆，跟苍蝇一样。等我！救呀！救——呀！'一阵持久不断的哀号完成了我的绝望。我看见远处那一个病人沉痛样子举起双手，扶着他那个绷带缚着的头儿；一个封裹伤口的医生现身病室的极端，胸前的白围巾一直到下巴，看过去人非常小，好像是从望远镜细小那一头望过去的。我自认完全失败了，也不再去找麻烦了，踏出一只长窗户，逃到外边走廊去了。那阵哀号还是追着我，简直同报仇一样。我转进一处没有人的楼梯顶，忽然间四围一丝声息也没有了。我走下那个没有地毡的光亮楼梯时候，那里的寂默真可以助我把散乱的思想冷静下去。在下面我碰到一位住院的外科医生，他正走过院子，请我停住。'来望你的水手吗，船主？我想明天我们可以让他出院。可是，这班蠢才简直不晓得怎样料理自己。我说，到圣地去的人们坐的那条船的机车长也来我们这里了。一个奇怪的症候。最厉害的酒精中毒。他在那家希腊人或者意大利人开的酒店痛饮三整天。

你能料到会有别的结果吗？我听说每天喝四瓶那种勃兰地。若使是真的事实，那可奇怪了。我想他胃肠该是锅铁铸的。头脑，吓！头脑自然是胡涂了；奇怪的是他发狂好像有他一条线索。我要想找出这里面的真相，罕见极了——这么一类疯颠〔癫〕也有一种论理线索。照向来例子，他该看见有许多蛇在身旁，但是他却没有。老例现在也得打折扣了。唉！他的——呃——他的幻象是两栖动物。哈！哈！不，说句实在的话，我真不记得对于中酒麻痹症我有这样感到趣味过。你知道吗，这么一个狂欢的试验后，照道理他应当已经死了。啊！他的确是个结实东西。在热带又滞了二十四年。你真该去偷看他一下。那么一个气概轩昂的老酒鬼。我从来没有遇见这样出色的人——自然是指从医学的眼光看去。你去瞧一下吗？'

"我一听到他讲这段故事，只好照常装出觉得很有趣的样子，现在就拿出惋惜的神气，低声说没有空工夫，赶紧跟他握手作别。'我说，'我走后，他喊道，'他不能上法庭受审。你想他的证据是必需的吗？'

"'绝对用不着，'我从门口大声回答他。"

第 六 章

官府的意见分明是同我一样,审判并没有延期举行,还是在预定那一天开庭,来了结法律上的手续。旁听的人很多,一定是为着里面所含的心里意味,事实已经是绝无可疑的了——我指他们独自逃生那件重要事实。至于帕特那怎么样受伤,那是无法探究的,法庭既不希望知道,旁听的也没有一个关心。可是,我不是告诉你们过,港里的海员都来了,海上种种色色的人们全在那儿。他们自己也许不觉得,其实他们所以来纯粹是为着想知道一些心理状态——希望能够窥见人们情绪的强度,力量同凶很到底是怎么样。结果他们自然没有窥见这些东西。法官审问唯一能够到场,唯一情愿受审的那个人时候,老是无聊地盘问大家都知道了的那个事实,翻来覆去的诘难真是毫无用处,好像想知道一只铁箱里藏了什么东西,却老拿铁槌子敲箱子外头。但是,正式审问怎么能够不是这样呢。正式审问的目的不在于那个基本的"他们为什么独自逃生",却在于那个肤浅的"他们怎么样独自逃生"。

"那个年青人的确能够告诉他们他为什么独自逃生了。虽然这正是旁听的人们感到兴味的地方,法庭的诘问却免不了带他离开这个,据我看来,唯一值得知道的一点。你们不能希望这班官府会去查问一个人的精神状态——也许只是他的肝火情形。他们的职务只是抓到外面的事实,而且说句老实话,一个临时审判官同两个航事顾问也不能够干别的什么。我没有含了他们是傻子的意思。审判官是很耐烦的。一位顾问是个帆船船主,胡子略带红色,十分虔敬,还有一个就是白力厄利了。白力厄利这个大块头。你们里面一定有人听人们说过白力厄利这个大块头——蓝星轮船公司第一流汽船的船主,他们说的就是这个人。

"他背上这个荣耀的职务,好像觉得非常无聊。他一生没有做过一回错事,绝没有遇到出险,绝没有尝过灾祸,绝没有碰了什么钉子,总是一路高升;他好像是那种走运的人,根本不晓得什么叫做迟疑莫决,更不知道什么叫做失掉自信的能力了。总而言之,三十二岁他就带领东方商船里顶好的那种船——他自己因此也自命不凡了。世上再也找不出第二个像他这样的人。我想假使你老老实实问他,他一定会回答,据他看来,世上没有第二个像他这样的船主,人们拣他来带那条船,真是找到了一个最恰当的人。至于其他没有带他这条一点钟走十六海哩的钢铁汽船奥萨的人们只好算做无用的可怜家伙了。他在海上救了许多人命，把许多船从危急中打救出来；保险商赠他一架金表，外国政府赠他一副双眼望远镜，上面刻了称赞的话，纪念他这些功劳。他牢牢记住自己的长处同得到的奖品，真可说念念不忘。我很喜欢他，虽然我有几个熟人——也是和蔼可亲的人们——无论如何，绝不能容忍他那种态度。我极相信他自认为比我高明得多——真的，就说你是统一了东西两半球的大皇帝，你在他面前也会觉得不如他——但是我对于他总不会真真恼了。他并不是为着我有什么自甘堕落所以瞧不起我，并不是为着我有什么——你们能够会意吗？他所以把我当做一个可以轻视的东西，只是因为我不是世上一个走运的人，不是带奥萨的梦塔究·白力厄利，没有得到刻了字的金表同证明了我航海本领同不可当勇气的镶银双眼望远镜；没有念念不忘地牢牢记住我自己的长处同得到的奖品，而且没有博得一只最奇怪不过的黑猎狗的爱护同崇拜——天下从来没有一个这么奇怪的人给一个这么奇怪的狗爱过。这些毛病全压到你身上，当然足够叫你生气；但是我一想起天下有十二万万大概可以算做人类的人跟我同处于这些要命的，不利的情形之下，我觉得为着那个人性格上一些说不出来的可爱成分，也能够忍受他这副好意的，藐视的哀怜了。我从来没有弄清他这个可爱成分到底是什么，但是有时候我真羡慕他。人生的荆棘不能刺伤他那派自满的神情，好比小针不能括〔刮〕破岩石的光滑表面。这真值得羡慕。当我看他坐在那个脸色暗淡，态度谦虚的庭长旁边，他对于世人同我所现的那种自得神气真是花岗石一样的坚牢。可是，还没有多久，他就自杀了。

"吉姆这个案子自然叫他很不耐烦。我心里有点儿害怕，一想到他是多么轻视这个受审判的年青人，可是那时他也许正在暗地里审问他自己。他必定判定他自己犯了个绝不能减刑的大罪。不过，他一跳海，那些秘密证据也就无从查考了。你们假使认为我稍微懂得人们心里，那么请你们相信，横梗〔亘〕他心中的那件事情必定是非常重要的，也可说只是一些细节，不过会引起许多念头——提醒不少意思，不惯有这些思想的人们却会因此觉得无法活下去了。我很知道他，敢说他的自杀不是因为欠债，也不是喝醉了，也不是为个女人的缘故。他跳海刚在审判结束后一个星期，他带的那条望外洋走着的船离海港还不到三天。好像他是大海中间那一个地点忽然看见阴间大门开得很大迎接他。

"但是，他的自杀也不是出于一时突然的冲动。他那位头发斑白的大副——一个最好不过的海员，对待生人可算个极有礼貌的老头子，但是我从来没有看见一个大副对船主像他那样不恭敬——说那段故事时会满眼都是眼泪。那天早上当他到舱面来，白力厄利好像正在地图室写字。'那时还欠十分四点，'他说，'中夜那一班守望的人们还没有下班。他听见我在舰桥上跟二副说话，叫我进去。我不愿意去，马罗船主，说句真话，我一看见可怜的白力厄利船主，心里总是不舒服，说起来真惭愧。我们绝不晓得一个人的性情到底是怎么样。他太常高升了，许多老资格的人们都赶不上他，更不要提到我了；他有个该死的臭架子，使你觉得地位不如他，他虽然没有讲什么，单是说"早安"时的神气就够你受了。我从来没有同他说话，除非为着公事，那时我要费尽力气才能把自己截住，没有骂出口。'（这一点他太恭维自己了。我常常纳罕白力厄利怎么能够忍受他的态度，不说多久，就说一半的航程。）'我有一个老婆，许多孩子，'他接着说，'我在公司里服务已经十年了，总是希望下次有船主空缺出来会补我——我真是个傻子呀。他说，这样子说，"请进来，琼斯先生，"用他那个骄傲的声气——"请进来，琼斯先生。"我进去。"我们把船的位置写下罢，"他说，身子向地图弯，手里拿一把两脚规。照通常规矩，下班的海员去休息时会干这件事。但是我也不说什么，看他在地图里当时船的位置上画了一个小十字，写下日期同时刻。我此刻好像还看见他写着他那种干净的字：十七日，八日，上午四时。年数是用红墨水写在地图楣头。他从来没有把一张图用过一年，白力厄利船主从来没有这样子。我现在还保存着那张地图。他画完后，站着看他所做的标记，自己微笑一下，然后望着我。"这样子再走三十二哩，"他说，"我们走上平坦的海路了，那时你可以将航行的方向改向南二十度。"'

"'那次航行我们走过赫克忒河岸。我说，"是的，先生，"心里奇怪他焦急什么，因为要是更改航行方向，我总得先通知他。那时船上刚好打八下钟；我们走出来，到舰桥上，二副在要去休息之前照例说道——"速度表上七十一哩。"白力厄利船主看一下罗盘，然后向四方瞭望。黑夜的天空却很清彻，星群朗朗照着，像寒带霜夜的景况。忽然间他好像微叹一下，说道，"我现在到船尾去把速度表拨回零度，那么就不会有错了。再走三十二哩，你们就安全了。让我们算一算——拨回速度表后要多算百分之六的哩数，那么我们可以说照表上再走三十哩，你们可以立刻向右舷转二十度。白走了是没有用的——是不是？"我从来没有听到他一口气说过这么多话，而且我觉得他这些话是无谓的。我不说什么。他走下扶梯，那条狗不管他到那里去，昼夜不离他的脚跟，也就鼻子向前跟他溜下去。我听到他鞋底后跟在后舱面践踏的声响，然后他停住，向那条狗喊道——回去，"流浪人。到舰桥去，孩子！走——回去。"然后他从黑暗里向我喊道，"把那条狗关在地图室里，琼斯先生——可以吗？"'

"'这是我最后一次听到他的声音。这几句话也就是人们最后听他说的话了，先生。'说到这里那个老头子声音颤动很厉害。'他怕那条可怜的畜生会跟着跳下水，你知道吗？'他声音有些抖了接着说。'是的，马罗船主他替我们把速度表拨回零度——你肯相信吗？——他还添上一滴油。油瓶他就搁在旁边。五点半时候副水手长把水龙软管拖到船尾去洗，没有过多久，他就停止工作，跑上舰桥，——"您到船尾来一下好吗？琼斯先生，"他说，"有一件怪东西。我不想动他。"他说的是白力厄利船主的金表，用表链仔细挂在栏杆上。'

"'我眼睛一见到这个，心里痛一下，就明白了，先生。我的腿软和和起来，好像我亲眼看他跳下水，我能说出他此刻在后头跟这条船离多远了。船尾栏上的速度表指出十八哩同四分之三哩。大桅旁边不见了四粒缠索铁针。我猜大概是他放在衣袋里帮他沉下去；但是，天呀！四粒铁针比起白力厄利船主这么壮健的一个人有什么中用呢。也许在最后那一刹那他有点信不过自己了。我想他一生里只有这次显得狼狈；但是我要替他辩护，他一跳下水，绝不会游泳，连试一下都不会，正如假使是偶然失足，他会有勇气抱个万一的希望整天支持着在水面。是的，先生。他的确是比谁都强——他自己不是也曾说过吗，我有一回亲耳听到。当那一班人午夜里正在守望时候，他写了两封信，一封给公司，一封给我。他告诉我许多话，关于怎么样驶船——可是我到商船上做事时，他还没有毕业哩——还有许多暗示，教我怎么样对付上海那一方面人们，为的是我将来可以带领奥赛这条船。他写信的口气是像个父亲给他最疼不过的孩子的，马罗船主，可是我还比他大二十八岁，我尝海水时候，他还没有穿好长裤哩。给公司的那封信——他故意没有封上让我看——他说他一向好好地服务——一直到最后一分钟——就说现在他也没有辜负他们的付托，因为他把船交给一个天下找不出再合式的船员手里——他指的是我，先生，指的是我！他对他们说，若使他最后这个举动没有叫他们就完全不相信他了，那么当他们要补这个船主空缺时候，请他们想起我一向忠实的服务同他此刻热烈的推荐。还有许多这类的话。我简直信不过我自己的眼睛。这些话使我浑身难受，'那个老头子非常不安宁地说着，用一只有碾药刀那么宽的大姆〔拇〕指，把眼角上一些眼泪挤去，'你会想。先生，他跳海，只为的是给一个倒霉的人最后一次高升的机会。看到船主这样可怕地,鲁莽地自杀了,再想到这么一来我岂不是个成功的人吗,一惊一喜,把我弄胡涂了整整一个礼拜。但是不碍事。皮力温的船主已经调到奥赛来了——在上海时候走上船来——一个光会打扮的小子,先生,穿一套灰色花衣服,头发中间分着。"哦——我是——哦——你的新船主,琼——琼——哦——琼斯先生。"他整个人浸在香水里——遍身是油腻的香味,马罗船主。我敢说因为我那样看他一眼,所以他结巴说不出话了。他含糊说我自然会失望——可是他还是立刻告诉我好些,他的大副升做皮力温船的船主了——这当然不是他弄出来的——公司大概总是明白的——对不住……我说,"你别理琼斯这个老头子,先生;管他妈的,他也失望惯了。"我立刻看出他那副文雅的耳朵听到粗话,很不自在;当我们第一次同用午餐,他就开始用种惹人讨厌的样子说船上这事不对,那事不对。我从来没有听见这么一种声音,除非是在傀儡戏场里。我咬定牙关,眼睛胶着盘子也似的,极力镇静;但是我后来不能不说几句怒话;他立刻跳起,用脚尖走路,他那些漂亮的翼膀全鼓出来,像个争斗着的小鸡。"你要知道我是跟最近过世的白力厄利船主不同的,你将来就会知道了,你得当心些。""我已经知道了,"我说,非常不高兴,假装做很忙于吃牛排。"你是个老流氓,琼——哦——琼斯先生;而且公司里也晓得你是个老流氓,"他尖声向我说。那班厨下洗酒瓶的该死小子站在一旁听着,他们的嘴笑得张开连到两边耳朵了。"我也许是个不可救药的人,"我答道,

"但是我还没有坏得忍看你坐在白力厄利船主的椅子上。"说了这话,我放下刀叉。"你自己想坐在这里——你的痛心是为了这个,"他冷笑一声。我离开客厅,把我的破衣服打捆起来;脚夫还没有去干别的事情,我已经在码头上了,我随身的行李全在脚旁。是的,失业了,漂流着——滞在岸上——十年服务的结果——六千哩外还有个可怜的女人同四个孩子,他们吃的全靠我留下赡家的那一半薪水。是的,先生!我宁可吃这口苦,不愿听人家骂白力厄利船主。他的照夜镜留下给我——这就是;他希望我招呼他的狗——他也在这儿。喂,流浪人,可怜的孩子。船主到那里去了,流浪人?那一条狗拿一副悲哀的黄眼睛望着我们,凄凉地叫一声,爬到桌下去了。'

"这些谈话都是二年后在一只叫做火后的旧船上的事。琼斯碰到一个古怪的机会,当了这条船的船主——是马得生请他来的——就是他们通常喊做疯子的那个马得生——你们知道这个马得生没有找到差事时候,常在海丰码头上住宿。那个老头子带些鼻音接着说——'是的,先生,就说天下人都忘却了白力厄利船主,最少这里会记得起他。我写一封详详细细的信报告他父亲,却没有得到一字回答——既没有一句谢谢,也没有骂一句滚蛋!什么也没有!也许他们不愿意听到这个消息罢。'

"看到这个眼泪汪汪的老头子琼斯拿一条线织红手帕揩他的秃头,听到那条狗凄凉的吠声,看到天下唯一记得起他的地方:这所小船室苍蝇乱飞,污秽不堪,使我回想起白力厄利船主的形状时,觉得有一层说不出的,下流的哀感情调罩着,这也许是'命运'给他的报应罢。因为他一生总是那么相信自己的光荣高尚，他的生活几乎没有尝过人们共有的恐惧，几乎！也许完全没有。谁知道他这回自杀时心里居然想起个多么灿烂的身后之名？

"'他为什么干这件卤莽的事呢，马罗船主——你想得出来吗？'琼斯双掌合起来，问我。'为什么呢？我真想不出来！为什么呢？'他打自己那个满是皱纹的低平额头。'假使他是个穷人，老头子，或者欠了债——或者从来没有体面过——否则疯了。但是他这样人怎么会疯呢，绝不会疯。你可以相信我。一位船主有什么性格他大副不晓得，那也不值得知道了。他年青，体子好，境遇好，没有忧虑……我有时坐在这儿尽想，简直想到头里嗡嗡叫起来。总得有点理由罢。'

"'你可以相信，琼斯船主，'我说，'他致命的原因总是个不会怎么样打动你我的心的事情，'我说；然后，好像一道光明射到他那个一团乱纷纷的脑子里，这个可怜的老头子末了说出一句深刻得出奇的话。他松一松鼻涕，抑郁地向我点头：'是的，是的！先生，你我都没有像他那样自命不凡。'

"我最后一次同白力厄利谈话的回忆当然免不了给这件紧接着发生的事情烘染了。我最后一次同他谈话是当开庭那天，第一次延会后，他和我一同走上大街时候，他有点烦恼样子，我觉得很奇怪，因为通常当他肯赏脸同人们谈话时候，他的神气总是十分冷静的，稍微带些玩世的容忍态度，好像天下会有同他对谈的这么一个人到〔倒〕是件好笑的事。'他们抓到我来当法庭顾问，你看，'他开始说，于是就诉了一大阵苦，说天天来到法庭是多么不方便。'只有天知道这个案子要多久才能了结。最少也得三天罢，我想。'我不说话，听他讲完，心里想这也是排架子的一个好法子。'这有什么用处？你想不出一个再傻的办法，'他生气接着说。我说既然派定他，他是不能不干的。他拦住我，好像关住的怨气全喷出来了。'我坐在那儿自己好像是个傻子。'我惊愕得抬起头来望他，这绝不像白力厄利说的话，更不像当他谈到自己的时候。他停住，轻轻拉一拉我的衣襟。'我们为什么糟踬那个年青人？'他问。这句话刚好打中我心上的一个意思，我想起那个失踪了的德国人，立刻答道，'你要我的命，我也不知道，除非是因为他让你们来糟踬。'这句话应当只是暗暗指出来，我这样分明说出，他也不反对，我真奇怪。他也怒汹汹说道，'嗳呀，是的。他难道不晓得他那个下流船主已经脱逃了吗？他还能够希望会有什么好事呢？无论什么事都不能够救他了，他总算毁了。'我们都不做声，同走几步路。'为什么他滞在这儿吃下这许多霉气呢？'他喊，带了东方人说话时的蛮劲——子午线以东五十度的地方恐怕也只能够在说话上显得蛮劲，其他举动总免不了懒洋洋的。我很纳罕他怎么会这样想，现在我却十分相信他的确应当这样想，因为那时可怜的白力厄利实在是想着他自己的生活。我指出给他看，据说帕特那的船主括〔刮〕了不少钱，随便在那儿都能够设法脱逃。吉姆的情形却大两样了：政府暂时把他留在'水手收容所'里面，也许他袋里连一个便士的福气都没有。逃走也得有点钱罢。

'真的吗？不见得罢，'他冷笑一声，我回答一句，他就说道，'好罢，那么他尽可以爬到坟墓中间，滞在里头！我敢向天赌咒，若使是我，"我"一定要这样干。'我不知道为什么他的语气激怒了我，我说道，'像他这样来受审到〔倒〕也是一种胆量，明知道他逃走了，不会有人肯去追他。''什么胆量！'白力厄利咆哮起来，'这种不能叫人直起腰干来的胆量，我是绝不去理会的。假使你现在要说这是一种胆小，一种柔弱，那到〔倒〕可以。我告诉你我要怎么办，我肯出二百个卢比，若使你也肯出一百卢比，还愿意去叫这个穷光蛋明天清早逃走。那个汉子要不肯受这种法庭的侮辱，才算个有廉耻的人——他是会懂得的。他必得走开！这样子让大家睁大眼睛看着简直是地狱里的惨事，我太看不过眼了：他坐在那儿，那班可恶的本地人，小船员，水夫，舵工做出怪样子来，足够使一个人羞得遍身灼热，化成灰了。这真太可怕了。嗳呀，马罗，你难道没有想到，没有觉得这是可怕吗；你难道现在——来罢——救个同行的人？他一走开，这些事立刻都停下了。'白力厄利非常有劲样子说出这句话，好像立即要把他的皮夹子拿出来，我止住他，冷冷地说道，据我看来，这四个人的卑鄙行为并没有这样了不得的重要。'我想，你还说你自己是个海员，'他生气了说道。我说我是这样称呼自己，也希望我的确可以算做海员。他听我说完，他的大手臂一摆，好像将我的个性取消了，把我推到大众里面去了。'最坏不过的，'他说，'是你们这班东西都缺乏身分〔份〕观念；你们没有看清你们的地位是多么高尚。'

"当时我们慢慢走着,现在停在海港办公处的对面了。我一看见这个地点,想起帕特那那位胖船主就是从这里失踪了,简直像一小片羽毛给狂气吹得无影无踪,我免不了微笑一下。白力厄利接着说:'这真丢脸。我们海员里现在什么人都有了——有些是十足的流氓;但是,管他怎么样,我们必得保全这一行职业的名誉,否则我们快要变成一群零落四方的笨家伙了。人们是相信我们的。你知道吗?——相信的;老实说起来,我绝不像那班从亚洲出来,到圣地去的一切人们;但是一个高尚的人就说对满船一袋一袋的破皮也不肯这样干。我们不是有组织的一群人,唯一使我们团结起来的东西就是这个廉耻观念。这么一件事情会动摇我们的信仰力。一个人也许过了一生海上的生涯,没有碰到一回有下个决心的必要,但是当那个必要时候来了……阿哈!……假使我……'

"他停住,用一种另外的口气说,'我现在交你两百罗比,马罗,请你去同那个汉子谈一谈。他真可恶!我希望他根本没有到这儿来。我想我家里人认得他家里人。他的老父是个牧师,我还记得去年我住在厄色克斯我的亲戚家里时候,我还见过他一面。我大概没有记错。那个老头子好像很喜欢他这个当海员的儿子。真可怕,我自己不能跟他谈——但是你……'

"这样子,为着吉姆事情,我看见了白力厄利的真面目了,过几天他就把他的真假面目都付给大海去保藏了。我自然不愿插手进去。最后这句'但是你'(可怜的白力厄利管不住他自己的骄傲了)好像含有我是同虫子一样的没有人会注意到的意思,因此我听到这个提议很觉愤慨。为着这句触怒的话，或者其他理由，我变得很坚决地相信，这回审问对于那个吉姆可算做一个严重的责罚；他来受审——实在说起来完全出于他自己愿意的——可说是这个可怕案件里一个补救的办法。我以前还没有这么十分相信。白力厄利生气样子走开了。那时我对于他的心境没有像现在知道得这么清楚。

"第二天我到法庭太迟，就独自坐在一个地方。我自然不会忘记前天同白力厄利谈的话。现在他们两人都在我眼前了。吉姆的态度带了个沉闷的无礼神气，白力厄利的态度带了一个鄙视无聊样子；可是这两种神气恐怕都是装出来的。白力厄利一点也不觉得无聊，他是气不过的；那么吉姆也许不是无礼罢。据我分析起来，他并不是。我想他是绝望了。那时我们彼此直目相视。彼此望一眼，他的眼神仿佛阻止我不要想同他谈话。无论那个假定是不是对的——无礼也好，绝望也好——我觉得我不能帮他什么忙。这是审问第二天的情形。我们互相睇视后不久，审问就停了，等第三天再开庭。白种人立刻成群走出。前些时候，法官叫吉姆退堂，所以他能够同第一批人一齐出去。门口的光线射进来，我看见他的头同宽肩照得格外分明了。当我慢慢走出来，一面同一个人说话——一个偶然向我开口的陌生人——我从法庭里可以看见他双肘倚在凉廊栏杆上，背朝着这一群滴嗒走下几级台阶的人们。那时有些低声说话同鞋子曳行声。

"第二个案子我想是一个放钱债人受人凌辱殴打的事情；那

个被告人——村里面一个前辈，白胡子直垂胸前——坐在一片凉席上，紧挨着门外头，他的儿子，媳妇，女儿，女婿，我想以及村里面差不多一半的人口围他身旁，站着或者蹲着。一个瘦削的黑女人，她背一部分同一只黑手臂全裸露着，鼻子穿一只薄薄的金环子，忽然间用个泼妇的高声调说起话来。跟我说话的那个人自然抬头望她一下，那时我们正走过大门，打暴躁的吉姆背后经过。

"我不知道是不是村里人把那只黄狗带来。总之，那儿有一条狗，在人们腿下穿来穿去，那样悄悄地溜着，只有本地狗才会那样子。跟我说话的那个人踩着他了。那条狗却一声不响，跳去了。那个人慢慢笑一声，稍微抬高声气说，'你看那条可怜的狗；'当时有一堆人冲来，我们也就分手了。我背靠墙站一会儿，那个陌生人挤下台阶了。我看见吉姆转过身子，向前抢一步，挡住我的路头。那时只有我们两个人，他睁圆眼睛，下个顽梗的决心样子，眼睛钉〔盯〕着我。我才知道我可说是给人'剪径'了，好比在大森林中间。那时凉廊是空的，法庭里的声响同行动也停了；这一座房子给个大静寂罩着，可是里面深处有个东方口音卑鄙地哀哭着。那条狗正要躲进大门时候，忽然间一下坐下，去捉蚤子了。

"'你向我说话吗？'吉姆非常低声问，弯下身子，不是对着我，却好像是向我瞄准样子，这种情形你们只好自己去体会罢。我立刻答道，'没有。'他那种冷静口吻却含有一种成分，叫我不能不小心。我注视他。这活像大森林里碰到剪径，不过结果是比那个更不定些,因为他也许既不要我的钱,也不要我的命——他不是要个我能够爽爽快快给他或者保护住的东西。'你说你没有,'他很惨淡地说,'但是我可听见了。''恐怕是一些错误罢,'我申明,完全抓不到眉目,眼睛老是钉〔盯〕着他。我看着他的脸孔好像看快霹雳一声打出雷来的,不知不觉里慢慢一层一层加黑的天空。这一阵狂风雨正酝酿着,此刻还是静默,不过阴沉的空气已经紧张得出奇了。

"'我敢说,我没有在你听闻所及的地方开口过,'我十分真实地说。看到这个争执的无谓,我也有点生气了。现在我才想起我生平只有那一回真是快要打人了——我不是说笑,我的确要拿出拳头来打人了。我想我有点模糊感到这种拳脚交加的空气了。其实他并没有怎样活动威吓我。而且,他还带个奇怪的容忍态度——你们知道吗?但是他弯下身子,虽然不是个特别大汉,看起来好像是足够把一扇墙压扁了。可是有个现象最使我放心,那是我看他有一种笨重的踌躇神气,我认为这要归功到我态度同口吻的诚恳,那是一看就知道的。我们两个脸对着脸。在法庭里,殴击那个案子正审着。我零零落落听几个字:'是的——水牛——棍子——我怕得……'

"'你整个早上睐着我是何居心?'吉姆末了问我。他抬头一望,又垂下了。'你以为因为你神经锐敏,我们都得坐着尽瞧地面吗?'我严厉地反驳他。我是不肯服贴贴地让他这样对我胡闹。他又张开眼睛,这回老望着我的脸孔。'不,睐着我是没有什么关系的,'他慢悠悠的说,好像自己仔细想一想这句话对不对，——'睚着我是没有什么关系的。这个我可以忍受到底。不过'——他这时说得快些了——'我不让谁在这个法庭之外骂我。你有一个同伴，你同他说话——啊，对的，我知道，你是同他说话，那是你的自由。但是你的意思是要我听见……'

"我请他相信他必定有个古怪的误会。我真不知道这个误会是怎么生下来的。'你以为我是敢怒不敢言吗，'他说，还只是稍微露一些怒意。我是非常注意的，连他一丝的表情也看得出来，但是我还是那样莫明〔名〕其妙；可是，不知道为了这几个字里的什么成分，也许只是为着他说这句话时的口吻，我忽然能够完全原谅他了。我看见这个意外的困难境地，也不觉得烦恼了。这一场事情一定是由于那方面的误会，他把什么弄错了；我的直觉又相信那个误会必定是很不幸的，很可恶的。我为着信义起见，急欲把这个僵局面结束，好像一个人急欲打断别人无端地向他说出的讨厌体己话。最可笑的是我一面想这些高尚的思想，一面自己觉得有点怕这个对抗形势结果会——很有可能的——弄出一场说不清的，使我当个笑柄的下流吵架。我并不希望接连三天当个名人，眼睛挨帕特那船大副打出一个青紫圈子，或者其他这类的事情。他大概是不管他自己会干出什么来，或者无论如何，总觉自己行动是十分有理由的。他为着某事盛怒着，这用不着魔术家才看得出，虽然他的态度很安详，甚至于有点不灵活。我承认假使我知道怎么样子可以平下他的气，不管多大牺牲，我都愿意干。但是我真不晓得，这是你可以猜到的。那简直是个不透一丝光的黑暗。我们默默相对站着。他总是要发作样子,经过了十五秒钟,他走近一步,我已预备好格住来拳,虽然我一条筋也没有动。'假使你有人们两倍大,六倍强,'他轻轻说,'我也要你晓得我把你当做什么东西。你……''停住!'我喊,这使他停一秒钟。'在你告诉我你把我当做什么东西之前,'我很快说道,'你可以讲给我听,我到底说了或者干了什么吗?'接着大家都不出声。他忿忿不平地打量我,我也用尽记忆力去回忆到底说过了什么话,那时法庭里一个东方口音正在滔滔不绝地,愤慨地反驳扯谎这个罪名,我因此有时不能用心了。然后我们差不多同时候说话。'我要指出给你看我不是你说的那个东西,'他说,带个危机已到了的口气。'我声明我根本不晓得是怎么一回事,'我同时诚恳地宣布。他想用他藐视的眼神来把我压倒。'现在你看我不害怕,你就想偷偷地溜出去了,'他说,'那么,谁是个可怜的狗——哼?'于是,最后我明白了。

"他仔细瞧我的脸孔,好像要找个地方来栽他的拳头。'我绝不让任何人,'他低声威吓。这真是可怕的误会;他完全不能自持了。我无法告诉你,我是多么震骇。我想他从我脸上也看出我的一些情感,因为他的表情也变一点儿了。'老天呀!'我结巴说道,'你难道以为我……''但是我敢说我听见了,'他坚持着,自从这场不幸的事件开始,到此刻他才抬高声气。然后有点儿瞧不起样子,他说,'那么,不是你说的吗?好的,我要去找那个人。''别当个傻子,'我气极了,'完全不是那么一回事。''我亲耳听见,'他又说,忧郁地抱个十分决心样子。

"也许有人会笑他的固执。我是不会的。啊，我绝不会！我从来没有看见人这样残酷地给自己的本能冲动糟跶过。一个字就够将他的谨慎剥光了——那个谨慎是我们的灵魂体面所必需的，比我们肉体得穿一套衣服还来得重要。'别当个傻子，'我重说。'但是那个人说了，你并不否认这句话吗？'他清清楚楚说出个个字来，看着我的脸孔，一点退缩神气也没有。'不，我并没有否认，'我说，我的眼睛也回答他的注视。末了，他的眼睛跟着我那个指点着的手指向下看。他起先不懂得，后来胡涂了，最后吓住了，好像一条狗是一只怪物，他生平绝未见过的。'谁也不想侮辱你。'

"他细看这条可怜的畜生。那条狗同石像一样地不动，双耳直耸着，蹲在那儿，尖嘴指着门口，忽然捉一只苍蝇，一架机器也似的。

"我望着他。他那个给太阳晒黑了的漂亮脸孔鬓毛底下飞红了，接着他的额头也红了，一直扩张到他卷发的发根了。他的耳朵红得非常厉害，连他那副深蓝色的眼睛都因为血液跑到头上变暗淡得多了。他的嘴唇稍微撅着，好像他快哭出眼泪了。我看他是羞得说不出一个字来了。也许因为失望罢——谁知道？也许他正希望把我打一顿可以恢复他的地位，可以平下他自己的气？谁能说他从这么偶然一吵希望可以得到多大的安慰呢？他是太纯朴了，会希望一切不可能的事情实现；但是他这一下却没有闹出好结果来。他对自己的确很坦白——更不用说对我——怀个热狂的希望，想这样子直截爽快地替自己辩白，可是天上星辰故意同他开玩笑，偏不凑巧。他喉咙咯咯响一声，好像一个人头上给人打一下，还未完全失掉知觉。看起来真可怜呀！

"我赶不上他，一直追到大门口。末了，我还得快跑一下子，但是当我喘不出气地在他肘旁，笑说他跑了，他说，'绝不会，'立刻站住，面向着我。我解释我绝不是说他怕'我'所以跑了。'不会为着怕谁——不会为怕世上任何人，'他板起脸孔说道。我不愿点出给他看就是天下最勇敢的人分明也有个例外，我想他自己不久也会明白了。他静静等着，我正想找些话说，马上又想不起来，他又望〔往〕前走了。我追赶他，心里怕又要看不见他了，赶紧说我不愿意他把我认错；以为我——以为我——我结巴说不出来了。当我正想把那句话讲完，我忽然觉得那句话真傻，自己很不高兴，但是一句话的力量跟里面的意思同论理的层次是不相干的，我这句低声傻话好像反使他高兴。他打断我的话，很和平客气样子，从这一点可见他有极大的自制力，否则他的精神有个惊人的弹性——'全是我的错。'他这么随便说，仿佛是指一两件小事，真叫我怪纳罕。难道他没有看出这句话所含的可怜意思吗？'你很可以原谅我，'他接着说，有些发脾气样子，'法庭里面那班睁大眼睛的人好像都是傻子——也许真会有想我所想的那回事。'

"这句话忽然使我对于他的性格有个新认识，我很惊叹。我好奇地望着他，跟他那个不显羞愧，不可探测的眼睛对视。'我不能忍受这类事情，'他很直爽地说，'我也不打算忍受。在法

庭里那是另一回事，我不得不挨那个苦——我也能够挨。'

"我并不自称能够了解他，他露出给我看的一些性格是像密雾里偶然的裂缝露出的风光——几块鲜明的，但是一瞥眼就消失了的零碎景物，不能够叫人对于那个地方有个整个的概念。这样东一块，西一块，无非引起人们的好奇心，却不能使人们满意；拿来做定方向用是更不行了。总之，他的态度容易叫人误会。这是我对于他的概括批评，天快黑时候他离开我了。我那时在马拉巴旅馆住了几天，经我恳切的邀请，他就到那里和我一同用晚餐。"

第 七 章

"一条走外洋的邮船那天下午到了,旅馆的大饭厅有大半间屋子满是袋里有一张一百镑的环游世界的船票的人们。这班人有的是夫妇,虽然在旅途中,已经好像过家常日子一样,彼此也厌烦起来了;有的是几个人一组,有的是一大群人一组,还有些孤单单的人独自郑重地用餐,或者高声嚷着,大吃一顿,可是大家都好像在自己家里那样随便想想,谈谈,说笑话,或者摆出生气样子。他们对于新印象正像他们放在楼上的铁箱那么晓得接受。此后他们可以挂出走过某地某地的牌子了,他们的行李也正是如此。他们将牢牢记住他们这个特色,好好保存他们手提包上胶水黏着的行李票,算做一个证据,恐怕也就是他们这次增广见识的盛举所留下来的唯一的永久痕迹罢。黑脸孔的伙计们没有声响地轻轻走过这片光滑的大地板;有时我们听到小姑娘轻脆的笑声,同她们的心一样的天真,一样的空虚,或者当杯盘声忽然寂默时候,听到某一位滑稽家故意拖长声气说的几个字,他是正在铺张船上最近可笑的风流新闻,来替满桌子露齿微笑的人们解闷。两位四海飘零的老处女打扮得整整齐齐,预备勾住男人的灵魂,毫不留情地把一盘一盘菜吃个精光,用暗淡的嘴唇彼此耳语,一双呆脸孔煞是古怪,仿佛是两架衣服丽都的茅草人。吉姆喝了一些酒,心花开了,舌头也滑了。我看他的胃口的确也不差。他好像把我们开头认识时那段情节忘却了,埋在什么地方了,好像那件事在这个世界上已经是不成问题了。这些时候里,现在我眼前的是这双小孩子般,跟我对望着的蓝色眼睛,这副年青的面貌,这对有劲的肩膀,这个在美丽丛发底下透出一线白痕的黄铜色宽额,这副使我一见就生出无限同情的形相:这种坦白的外表,这种天真的微笑,这种年青人的严重态度。他的确是一条好汉,是咱们这样的人。他平心静气说话,带一种泰然的直率口气,还有个安详的神情,那也许是由于男子汉自制的本领,也许是由于脸皮厚,也许是由于铁石心肠,也许是由于庞大的麻木,也许是由于惊人的欺骗,谁知道!我们的语气是那么不在乎样子,简直好像说的是另外一个人的事,是某一次的足球比赛,或者是去年的天气。我的心飘游在种种推测上面,等到话头凑巧,我能够没有得罪他向他提起这次审问。我说,全部看起来,这回审问必定叫他很难受。他突然伸出一只手臂,紧抓我的手,那跟他还隔块桌布,放在盘子旁边的。他眼睛死钉〔盯〕着我,射出光辉,我那时真是惊吓了,我给他这个热烈到无法说出的情感的表现弄胡涂了，只好结巴说道'那一定是极难堪的。''简直是——在地狱里头受罪，'他含糊说出来了。

"这个举动同这几个字把隔壁桌旁两位收拾得很干净的踏遍全球的人吓得抬起头来了。他们正吃着冰冻的布丁。我站起来，我们就走到前面走廊上喝咖啡，抽雪茄烟去了。

"八角形的小桌子安了玻璃球，里面点着蜡烛；一丛一丛硬叶子的花木把一套一套舒适的柳条椅子隔开了。一排好几对粉红色的柱子把从高窗子射进来的光线留在上面，闪着星光的阴沉沉夜色夹在中间，好像一幅华丽的帘帷。轮船夜里点的灯在远处霎眼，仿佛是一群将没的星儿，对面的小山有点像锁在那里，快打出雷声的黑漆云团。

"'我不能逃走，'吉姆开始说。'船主逃走了——这于他个人是很好的。我却不能逃走，也不愿意逃走。他们总是设法逃走了，但是这于我是不行的。'

"我聚精会神听着，坐在椅子上，分毫不敢动；我想知道——一直到今天我还是不知道，只好暗自猜想罢。他很忧郁，同时又很有把握样子，好像信得过自己本来的纯洁，因此就把在他身里一下一下绞扭着的真理遏下去了。他开头用人们承认不能跳过二十呎高墙那么一种绝望口气说他现在绝不能回家里去了；这句话使我记起白力厄利所说的话，'厄色克斯地方那位老牧师好像很喜欢他这个当海员的儿子。'

"我不能告诉你们吉姆知道不知道他是他父亲特别'喜欢'的儿子，但是当他提到'我的爸'时候，他的口气是要我晓得自有世界以来挨大家庭负担的苦恼的人们里,从来没有一个像这位仁爱的乡下老牧师那么慈善。这虽然没有道破,却含在口气里面,而且他很担心,只怕人家误会了,这种态度真是诚实可爱,但是却给这个故事里其他不相干的成分加上深切的人生意味了。'此刻他已经在家乡报纸上看到这回事的详细情形了,'吉姆说,'我绝不能再见这位可怜的老头子的面了。'听到这句话,我不敢抬起眼睛,一直等到听他说'我绝不能够解释清楚,他一定不会了解,'那时我才抬起眼睛。他正在抽烟,沉思默想着,过一会儿,振作一下精神,又说话了。他立刻表示他的一个希望:我不要把他跟——我们就说——他的同谋犯混起来看。他不是他们那种人;他完全是另外一类的。我并没有表示反对的意思。我并不想为着枯燥的真理缘故,抢去他能得到手的一点儿极小的安慰。我却不晓得他到底是不是十分相信他自己说的那句话。我也不知道他耍的是什么枪花——假使他是耍枪花的话——我想恐怕他自己也不了然;我相信没有一个人会看透为着躲避内疚那个可怕影子自己所弄出来的狡猾遁辞。我一声不则,他那时正在踌躇他到底干什么好,当'这个无聊的审问完结了'。

"他分明是同白力厄利一样很瞧不起这些法定的手续。他自认他不知道到那儿去好。他的神气显然是自言自语,不像跟我说话样子。证书已经不生效力了,一生的事业也毁了,要到别的地方既没有路费,滞在这里又看不出会有什么工做。回家也许能够想些办法;但是总免不了要靠他家里人帮忙,这件事又是他所不愿意的。他真看不出会有什么办法，除非是当水手，——也许能够得到汽船上舵工的位置。当个舵工大概总行罢……'你以为行吗？'我忍心问他。他跳起来，走近石栏杆，望着夜色。过一会儿他又回来，耸立我的椅旁。他硬压下自己的愤慨，因此很痛心，所以年青的脸孔上还有些愁闷神气。他很知道我不会怀疑他驶船的本领。他声音稍微颤动问我，为什么说那句话？我从前对于他是'极能原谅的。'我简直没有笑他，当——他声音含糊起来了——'那个误会，你知道，使我变成一个傻家伙。'我都还热烈地打住他的话头，说道，据我看来，那么一个误会并不是件好笑的事情。他坐下来喝咖啡，慢慢想着，把那一小杯全喝干了。'我绝没有承认我那回干的是傻事，'他向我明明白白宣布。'不是吗？'我问。'不是，'他有把握样子冷冷答道，'假使你碰到这类事情，你会怎么办呢，你知道吗？你知道吗？你会承认你自己'……他呷下一口气……'你会承认你自己是一条———条——狗吗？'

"说了这句话——骗你我不是人！——他抬头望着我，带个探问的神气。那么，这是一句问话了——一句实实在在的问话！可是，他也不等我回答。我还没有恢复常态，他又接着往下说了。他的眼睛一直望着，好像夜色里写了一些话，他就看着念出来。'最要紧的是打好主意。我却没有；没有——那时还没有。我不是想替自己辩护；可是我想解释——我希望有些人能够了解我的情形——有些人——最少一个人！就是你！为什么你不可以？'

"这些话是很严肃的，但是也带点可笑的色彩，他这类的奋斗向来是如此。他要从火里打救出他对于自己性格的信仰，可是同时又十分尊重习俗的意见——这些意见虽然只是人生这场把戏里的一个规则，只能算是一个，却有极可怕的势力，因为人们的本能都非常相信这些意见，谁不服从，谁就得挨大家厉害的责罚。他淡淡开始谈他的故事。一只救生船载了他们四个人漂流着，在暗澹的返照光中给德尔轮船公司那条汽船检〔捡〕起来了。他们一到大船上，胖船主就编出一段故事来，其他人们都不做声，人家起先也都还相信他的话。你既然有那种好运气把可怜的漂流人从假使不是惨死，最少也是惨痛里救出，你当然不会去盘问他们。过了一天，阿奉对尔船上的船员有工夫去慢慢想，也许忽然会疑心这件故事里面'有些可疑的地方'，因此都瞧不起他们了；但是这班人自然也只是狐疑，不说出口。他们救了沉到海底的帕特那汽船的船主，大副，两个机车手，照道理说，他们晓得这么多也就很够了。我没有问吉姆，他在那条船上滞十天，当时心里的情绪是怎么样。从他叙述那段经过时的口气，我可以推测他一面是给这个新发现弄晕了——发现了自己是这么一个人——一面必定是正在努力想对于天下唯一能够完全了解这件事重大意义的那一个人解释他那个不得已的苦衷。你们要知道他并没有把这回事认为是一件小事。这一点我是很有把握的，他跟其他人们不同也就在这一点。至于上岸后，听到这场遇险——那时他干出了这么丢脸的事——有那么一个预料不到的结果，他到底作何感想，他分毫也没有告诉我，我也无法去推测了。我真不知道他有没有觉得站不住脚了？我真不知道他有没有这样感觉。但是过了一会儿，他一定设法又找到一个新立脚点了。他上岸后就在水手收容所滞了两个礼拜等候着，那时有六七个人也住在那儿，所以我能够打听出一些他的情形。他们胡里胡涂的意思好像是他不单有许多短处，而且是个坏癖〔脾〕气的畜生。这些日子里他整天埋在走廊上一张长椅子里面，只当用餐时候才离开那块坟墓，或者深夜里独自跑到码头上漫游，跟他的环境漠不相关样子，默默地彷徨着，像个无家可归的怨鬼。'我想那些日子里我没有对一个活人说过三个字，'他说。我真替他伤心。他立刻接着说道，'这班人一定有一两个会信口说出我立下决心不肯忍受的话，可是当时我又不想跟人们吵架。不！那时我到不想。我是太——太……我就没有那个心情。''那扇间壁始终挡住海水了，'我高兴样子问他。'是的，'他低声答道，'始终挡住了。但是我肯向你立誓，当我手摸着时候，我觉得那扇间壁鼓起来了。''真奇怪，旧铁板有时真有劲，无论怎么冲都不碍事，'我说。他躺在椅子深处，双脚呆板板伸出来，两臂垂着，稍微点几下头。你们绝对想不出一个再悲哀的形相了。忽然间他抬头坐起来，用劲打自己的大腿。'唉！多么好的一个机会掉了！我的天呀，多么好的一个机会掉了！'他冲口喊出，但是最后这两个字'掉了'的声音好像是给苦痛绞出来的哀号。

"他又不做声了，现出一种向远处望着的静默眼神，心里热烈恋慕着这个失掉了的光荣，他的鼻孔一时也张开了，闻一闻徒然的好机会那种醉人的气味。假使你们以为我会纳罕或者吓了,那么你们真把我这个人看错了,错得很厉害,不止一端!唉,他是个画饼充饥,拿幻想来过瘾的人!他会一下子不能自制了,整个人给幻想占住了。我从他那副端相着夜色的眼睛能够看出他整个精神都飞驰了,满心是不顾死活的英雄壮举,头在前冲到幻想国土里去了。他也没有闲情去惋惜那次失掉了的机会,他已经是这么自然地,一心一意细想他所没有得到手的那件好事。我虽然同他只隔三呎,我的眼睛还注视着他,其实他跟我已离得很远了。每分钟他都是更望〔往〕浪漫事业那块莫须有的国土里钻去。末了,他的精神跟那场幻梦默契了!一种古怪的喜色涌到他脸上,放在我们中间的那条点着的蜡烛一照,他的眼睛闪出光辉了;他的确微笑了!他的精神跟那场幻梦打成一片了——打成一片了。那是一种狂欢的微笑,你们的脸孔——或者我的脸孔——所绝不会有的,我亲爱的孩子们呀。我想把他打回头来,就说道,'假使你始终滞在船上,那是多么好呀,你想的是这个吗!'

"他转过身子来向着我,忽然现出惊奇的眼色,十分沉痛样子,脸上有个迷乱,慌张,苦痛的神气,好像他是从一颗明星上跌下来的。你我也绝不会这样望着人。他浑身震颤,好像有个冰冷的指尖触着他的心儿。末了,他叹一口气。

"那时我的心境不大慈悲。他这样不小心自相矛盾的确足够激怒人。'真不幸,你没有预知会有这样结果!'我带个十分残酷的用意说道;可是这一条毒矢却不生效力——落到他脚旁,好比是一条气力已尽的箭矢，他连检〔捡〕起来都不想，也许竟没有瞧见。过不多久，舒舒服服躺着，他说，'管他妈的！我告诉你那扇间壁鼓起来了。我在下舱面山形铁旁边提着灯，看见一片像我手掌那么大的铁锈从铁板上自动地落下来。'他手摸着额头。'那片铁锈动着，跳下来，像个活的东西，我亲眼看见的。''这使你很不安了，'我随便插一句。'你以为，'他说，'我是想着自己吗，我背后单是前中舱里就已经有一百六十人了，都是睡得顶熟的——船尾还有；舱面还有——睡着的——一点也不知道——救生船也只能够容纳三分之一，就说是来得及的话？我预料就当我站在那里时候，铁板会破开，海水会冲过他们身上，当他们躺着……我能够干什么呢——什么呢？'

"我很容易忆想出他的情形：那块洞窟也似的小地方黑压压地挤满了人，球形灯的灯光照出间壁的一小部分，那面却有整个大海的力量压着，他耳朵听见的又是那班熟睡到不知人事的搭客的呼吸声。我能够想像出他睁圆眼睛望着那块铁板，给掉下来的铁锈吓住了，明知死就在眼前，心里闷得不能出气了。我想这是船主第二次派他到前头去的时候，我看船主的意思是要支使他离开舰桥。他告诉我他头一个冲动是要大声呐喊，立刻把那班人从睡梦里叫醒，弄得跳起来恐慌万状，但是他深深感到自己的无能，好像背了一个重担，简直喊不出声来。我想人们说的'舌头黏着上腭'恐怕就是这样罢。'口里太干燥了，'这是他提到这种状态时用的简洁字句。他只好不做声，又从一号舱口爬上舱面去。一只装在那儿的招风帆偶然摆过来，碰到他脸上,他还记得,虽然只是轻轻擦他一下,却差不多把他打下舱口的梯子了。

"他自认一走到前舱面,看见另一群熟睡着的人们,他双膝就发抖得很厉害了。此刻机器已经停止,汽笛也叫起来了。那种深沉的呜呜声使夜里的海天颤动得像一条低声的琴弦。船身跟着也震动了。

"他看见这儿那儿有人从席子上抬起头来,或者一个模糊的身体坐起来,睡眼朦胧地听一会儿,又躺下去,重新凑进箱子,汽管,通风筒那些波涛起伏般的乱东西堆里去了。他知道这群虔信的蠢货不大懂事,还不能明白那个怪声响的意义。在他们眼里,铁板做的大船,白脸孔的海员,他们在大船上所闻所见的,总之,船上一切东西都是同样可怪的。他们非常信得过,以为绝不会有危险,正好像他们永远不能了解这些东西。那时他忽然想还好是这样子。这种念头真是太可怕了。

"你们得记住他也正同处在他那种地位的任何人一样,十分相信那条船随时都有沉下的危险;那些凸出来的,铁锈侵蚀的铁板虽然挡着大海,可是好比一条根基已坏的堤坝,最终总免不了抵不住了,就放进来一阵浩荡的怒潮。他站着不动,望着这些横着的躯体,可说是一个晓得了自己命运的死囚看到默默无声的已死伴侣。他们可算是'已经死去了'!绝不能得救的!救生船也许足够他们一半人用,可是时间已来不及了。来不及了!来不及了!好像值不得去开口,值不得去动手动脚。也许他还没有喊三个字或者走三步,自己已经在波涛中跳着了,人们拼命的奋斗已经把大海搅成难看的白沫了,到处是苦楚的呼救声。真是没有办法。他能够十分明幻想出眼前快发生的事情;他分毫不动,站在舱口,手提着灯,心里已经看清那场惨事的始末了——连极细微的磨人细节都没有忽略。我想当他对我说出这些他不能向法庭说的话,他心里必定又看一遍那场惨事的始末了。

"'我看得很明白,正同我现在看见你一样,我不能够干什么。我的四肢仿佛都没有生气了,我想我很可以就站在那儿,等候着,我想也不会有多少时候……'汽笛忽然不响了。他说,那个声音虽然叫他精神错乱,可是寂默立刻叫他闷得难堪了。

"'我想我会先闷得出不了气,然后才淹死,'他说。

"他声明他没有打算救他自己的命。他脑子里唯一的念头,忽然消失,忽然重现的,是八百人,七条救生船;八百人,七条救生船。

"'好像有人在我脑子里大声说话',他有点发狂样子说道。'八百人,七条救生船——时间又来不及,你试想一想。'他全身靠着桌面,脸对着我,我只好设法避他的眼锋。'你以为我怕死吗?'他用一种凶猛的低声问我。他把张开的手砰的一声打到桌面,咖啡杯子都跳起来了。'我肯发誓我不——我不……天呀——我绝对不!'他把身子拉直,双手横叉着,他的下巴垂到胸前。

"杯盘相碰的低声从高窗子隐隐传到我们耳里。忽然来了一阵谈笑声,几个人兴高采烈地走到长廊上。他们笑哈哈谈起开罗地方的驴子。一个红脸孔，昂步走着的踏遍世界的人正在嘲笑一个灰白色脸孔，轻轻走着，很焦急样子的长腿少年，说他在市场里买东西上当了。'不，的确没有——你想我受骗到那样地步吗？'他十分严肃，十分认真地追问着。这一队人走开了，陆续坐到椅子上；接着火柴闪出光芒，照见连表情的影子都没有的脸孔同白衬衫前部的平滑光面，一秒钟之内光芒又消灭了；于是狼吞虎咽里杂着闲谈的嗡嗡声，我听着觉得很荒谬，好像跟我隔得无限远了。

"'有些水手睡在一号舱口，我伸手就可以摸到，'吉姆说。

"你们要晓得那条船采用热带水手守夜的办法，船上所有的水手都去睡个通夜，舵工同守望者接班时有人来叫唤。吉姆很想抓着身旁本地水手的肩膀，把他推醒，但是他也没有干。他的手臂好像给什么东西捏着了，垂在两旁，举不起来。他不是害怕——啊，不是！光是举不起来——此外没有别的。他也许不怕死，但是我要告诉你们，他怕的是突然的骚乱。他那个该死的想像替他描摹出大家惊慌时的种种恐怖，比如互相践踏着望〔往〕前冲去，可怜的哀号，打翻了的救生船——他曾经听到的水上遇险时一切可怕的情境。他也许肯死去，但是我想他大概要安安静静死去，没有增加了什么别的恐怖，好像在一种恬适的失魂里长逝了。某种程度的不辞毁灭并不是什么特别稀罕的事，可是你很少遇见一个人，他的灵魂披上了'决心'这副刀火不能穿的盔甲，虽然拼到一场明知终久必败的奋斗，还肯一直周旋到底。通常人们当希望渐渐消沉时候，求安静的心就渐渐强起来了,弄得末了连生的意志都被压倒了。我们里面谁没有看见过或者自己感觉过这种情绪——这种极疲倦的心境,这种深觉努力的无用,这种休息的希冀?跟不讲道理的大力搏斗过的人们最懂得这种滋味,——大船破了,在救生船里漂流着的人们,沙漠上迷路的步行者,以及跟无知无识的自然力或者群众的盲目兽性决斗的人们。"

第 八 章

"他站在舱口旁边,暗自预料随时会觉到大船从他脚下沉去,海水打他背后冲来,把他漂起好比一片木屑;他这样站着到底有多久时光呢,我也说不清,总不会很久罢——也许两秒钟。有两个人,他瞧不见的,朦胧地谈起天来,此外还有人们曳行的怪声,他也不知道是来自何方的。在这些声响上面就罩着大难将临之前的那种可怕的寂默,快要砰磕一声毁了之前的那种磨人的寂默;那时他忽然想起,也许他还来得及跑到前头去,把绑住救生船的短索弄断,那么大船沉下时,救生船也会浮起来了。

"帕特那的舰桥很长,所有的救生船都挂在上头,一边四条,一边三条——最小的那一条放在左舷旁,差不多跟舵轮并排着。他请我相信——他分明很焦急,只怕我不信——他向来是十分小心,才把救生船收拾得随时立刻可以使用,他懂得他的职务。我敢说在这一方面他的确是个上好的船员。'我一向相信有备无患这句话,'他说,眼睛很不安样子钉〔盯〕着我。我对于这个健全的原则点头赞成,我的视线却抽去,躲避这个人身里那种微妙的不健全成分。

"他那时就蹒跚望〔往〕前跑去。他得踏过人们的腿子,才免得踩到人们的头。忽然有一个人由下面抓住他的衣服,从他肘下就来个苦楚的声音。他右手提的灯的灯光照出一个仰望着的黑脸孔,脸上显出恳求的表情,正同他的声音一样。吉姆学会了一些土话,懂得他话里有'水'这个字,重复说了好几遍,用种坚持的,祈祷的,差不多是绝望的口吻。他赶紧推一下,正要抽身走开,却觉有一只手臂抱着他的大腿。

"'那个叫花子死缠着我,不肯放手,像个快沉下去的人。'他很动听地说。'水,水!他说水字到底有什么用意呢?他晓得什么呢?尽我的镇静能力,我叫他立刻松手。他正挡着我的路头,时机已经是很紧急了,搭客们也转动起来了;我需要的是时间——需要时间去把救生船绳子割断,使救生船可以漂起来。他现在把住我的手,我觉他快要喊出声了。我突然明白他这么一喊就会弄出大家的惊慌,因此我用那一只自由的手来摆脱自己,手里的灯打到他脸上了。玻璃玎珰响一下,灯光也灭了,可是这么一碰却使他松手,我就跑开了——我要到救生船那里去;我要到救生船那里去。他从我背后袭来,我回过身子,他绝不肯安静,总是要呼喊;我几乎把他勒死,才弄明白他要的是什么。他要一些水——喝的水;你知道他们喝水是受严格的限制,他却带了一个男孩子,我起先已经注意好几回了。他的孩子病着——口干。他一看见我走过去,赶紧求我给他一些水。就是这么一回事。我们正在舰桥底下,黑暗中。他总是想拉住我的手腕,真是无法将他打发走。我只好奔到自己的床位,攫起我的水壶,塞他手里。他就不见了。那时我才知道我自己多么需要水喝。'他一只肘搁在桌上,手掌罩着眼睛,身体斜凭着。

"他这些话里有个古怪的意味,因此我整个背脊从头到底觉到一阵寒冷。遮着他眉毛的那只手的手指稍微颤动,他又开口打破这个暂时的静默了。

"'这类事情一个人一生里也只会碰到一回……唉!好罢!当我末了走上舰桥,那班叫花子正在将一条救生船从垫木上取下。一条救生船!当我走上扶梯时,却有一个沉重的打击降临到我的肩膀,刚好没有打中我的头。可是这也不使我停步,于是这个动手打我的机车长——那时他们已经把他从床架上叫醒了——又把挡脚板举起。我却绝没有慌张的意思,这些事情好像都是自然的——可怕的——可怕的。我一闪身避开这个可怜的疯子,将他从舱面提起,仿佛他不过是个小孩子,他就在我手臂里向我耳语,"不要这样!不要这样!我起先当你是那班黑鬼。"我把他扔开,他滑过舰桥,撞倒那个小鬼——二副——的腿上,使他也站不住脚了。船主正忙着弄救生船,向四面一望,垂头朝我走来,像一只野兽咆哮着。我跟石头一样毫不退缩,结结实实站在那儿,"好像这个",他用指节轻敲椅旁的墙,"快要发生的那些惨事我好像全听到了,全看见了,亲身尝过二十次了。我不怕他们。我缩回拳头,"他停住脚步含糊说道——

"'吓!是你。快来帮忙。'

"'这是他说的话。快!好像谁还能够快到来得及。'我问,'你想干些事情吗?''是的。逃走,'他回过头悻悻说道。

"'我想那时我大概不明白他的意思。机车长同二副已经爬起来了,望救生船奔去。他们喘息着,互相推,互相践踏,诅大船,诅救生船,彼此诅骂——还诅我。大家都在互相埋怨。我不动,也不说话,细看船身倾斜着。大船是平静得好像放在干船坞里面架子上——不过船身是这样子。'他举起手,手掌朝地,指尖向下弯着。'这样子,'他又说。'我看得见前面的水平线,正在船头上,清楚得像一架钟;我还能够看见那边远处的水,黑碌碌的,发光着,而且很平静——像湖水那么平静,像死水那么平静,大海是从来没有这么平静过的——真是平静得叫我不忍看了。一条船头朝下漂着的船,靠一片腐烂到经不起撑的旧铁板挡着海水,你看过没有?你看过没有?啊,是的,撑起来,我连这个办法都想到了——天下所有的办法我全想到了。但是,你能在五分钟之内把那扇间壁撑起来吗,——或者就说五十分钟罢?我到那里找得出肯到下面去的人们呢?还得要木料——木料!而且看着那扇间壁,你会有勇气动手去挥一挥木槌吗?不要说你有,你是没有目击那一回事的:其实谁也不会有那种勇气。真是窘极了——要干那件事,你总得有个成功的希望,千分之一的希望也好,最少总该有一线希望的影子;

可是你是绝不会有的,谁也不会有。你当我是一条狗,白站在那儿,可是换做你,你会怎么办呢?怎么办呢?恐怕你自己也说不清——谁也说不清。一个人要做什么事情,最少总得有个回身的时候。你要我怎么办呢?把这班搭客吓疯了,那有什么好处呢,明知道我独手不能救他们——真是没有法子可以救他们?你听!正像我坐在你面前是件千真万确的事实……'

"他每说几个字,就急急吐几口气,飞快瞟我几眼,好像他在苦痛里想看一看这些话对于我会有什么影响。其实他不是对着我说话,只好算做在我面前跟他自己辩论,也可以说是同另外一个肉眼看不见的人辩论,那个人跟他对抗,守着他寸步不离,也占了他的灵府。这场微妙的重要争论是审判厅所不能处理的,因为争的是他的真性格到底是怎么样,那是用不着一个法官来判决的。他所需要的是一个同盟者,一个帮手,一个共谋犯。我觉得很危险,恐怕会被他计陷,蒙蔽,引诱,威吓,弄到卷入旋涡,去参加这场辩论,其实这场争论是无法解决的,假使我们对于各方面都得公平——对于振振有词的善良方面同对于别具苦衷的不善良方面。你们没有亲眼目击,只是间接听到他的话,无论我怎么解释,总不能了解我的复杂情绪。他好像要我了解一个'不可思议的东西'——这种感觉叫我烦闷极了,我不知道拿什么来打比才好。他要我看出天下真理都含了三分偏见,天下坏事都带了纯粹诚恳的成分。他要我自己性格的各方面,向来拿出来让阳光照着的光明方面同永远偷偷地在黑暗中过活,像月球那一半,只是有时从边缘露出些可怕的暗淡光辉的卑鄙方面，对他都生出同情。他真能够操纵我。我自己承认，并且我也让他操纵。那回事变固然是件不显著的小事——你爱怎么说都可以，也可以说无非是一个年青人沉沦了，世人像这样的人还有整千整万哩——但是他是咱们这类的人；那回事变虽然绝对没有重要的意义，正同蚂蚁窝淹了水一样，但是他那种神秘态度却使我耽心，好像他是他这类人里面打头拿旗子的，好像这回事里面所含的隐晦真理是要紧到足够影响人类对于本身所下的批评。"

马罗停住了，口里衔的雪茄烟也快灭了，他用劲抽几下，重新又燃起来。他好像完全忘却这个故事了，突然又开口说下去。

"这自然是我的错。一个人对于别人的事情真不该发生趣味。这是我的毛病。他的毛病是另一回事。我的毛病是关于人们偶然的情形——也就是人们表面上的情形，没有鉴别力，没有去注意检〔捡〕破布的人的灰斗，或者街上遇见的人的好衣料。街上遇见的人——不错。我遇见过许多人，"他暂时显出悲哀神气接着说，——"遇见他们，彼此也有——也有——我们就说有相当的接触罢；比如跟这个汉子的结识——可是每次我所能注意到的只是人们的性格，总不去理他们表面的情形。这种眼力真是平民主义的，真该咒诅，也许比完全的盲目会好一点儿罢，但是于我是没有利益的——这话请你相信。人们总是希望别人看重他的好衣料。可是我对于这些表面东西绝对不能生出热情。唉！这是个短处；这是个短处；后来就有一个天气温暖的晚上；一群人太懒了；连打纸牌都不想——要听故事……"

他又停住，也许要别人来说句鼓励的话，可是没有人肯说话；只有主人，好像尽一种不得已的责任，含糊说，"你的话总是这么微妙，马罗。"

"谁？我？"马罗低声说。"啊，不对！'他'那个人才是微妙；无论我怎样试尽法子，想把这个故事说好，总免不了失掉了无数委婉的情绪——太精细了，不容易用这些没有彩色的字传达出来。他真是把事情弄得太复杂了，却因为他那个人是那么简单，——世上最简单不过的可怜人！……天呀！他真叫人惊奇。他坐在那里告诉我，他什么事情都不怕，他说这是真的，正同他坐在我眼前那么真——而且他很自信。我告诉你，他的态度是天真到近于荒唐了，是极古怪的，是极古怪的！我偷偷注视他，好像疑心他蓄意把我痛痛快快嘲笑一阵。他自信只要来得正大光明，'来得正大光明，你记住，'无论什么逆境，他都能够对付。自从他才'这么高时候'——'完全是一个小孩子，'他自己就预备好怎么样去征服海陆上一切的困难。他骄傲地自认早已有这种远虑。他一向推敲各种危险同各种防御，预料最坏的环境，私试最强的毅力。他心里必定过了一个非常壮伟的生活。你们能够想得出吗？接连不断的冒险，无限的光荣，锦上添花的胜利！天天这样深深地感到自己的聪明，心里都是非常高兴的。他自己胡涂了，双眼发光着，每说一个字，这类怪诞的光辉向我一照，我的心儿在我胸里更见沉重了。我当然不想哈哈大笑，可是恐怕我也许会微笑，就拿出呆板板的脸孔来。他就现出不耐烦的神气了。

"'总是料不到的事情发生了，'我用安慰的口吻向他说。我的眼光迟钝激起他发出一声鄙视的'呸！'我想他的意思是料不到的事情也不能够损害他，无论什么都打不倒他这种十分完好的准备，除非是一件不可思议的事情。他这一次是冷不妨的碰上灾难了——他对着自己低声诅骂海水同天空，大船同人们。真是一切东西都合伙起来陷害他！哄他怀了这种高尚的失望心境，使他连一个小指头也没有举起，那时很明白眼前危急情形的其他船员却在那儿滚来滚去，一团混乱，满身的汗，拼命弄那条救生船。可是正要弄好的最后一秒钟却出了一个岔儿。大概是他们太慌张了，不知怎的把救生船前头垫木的滑钉紧紧塞住了。他们本来是已经胡涂了，再看到这个意外的要命麻烦，简直是不知所措。当时的情景一定是很好看的，在这个睡着的默默大海里，一条不动的大船安详地浮着，这班叫花子却在上面拼命买力气，心里只怕来不及，抢着把救生船松下，四肢都贴在地上，失望了站起来，彼此拉拉扯扯，推来推去，互相刻毒地怒骂，打算杀人，打算哭出声来，所以没有勒着彼此的颈项，也只是因为怕那个默默不语的'死神'，站在他们后面的，像个铁心的冷眼监工。啊，是的！那种情形一定是很可观的，他全瞧见了，他能够用轻蔑的，痛心的口吻谈论那班人干的事，我想他是靠着直觉知道了一切详细经过，因为他对我赌咒过，他是另外站在一旁，没有去理那班人同救生船，连瞧一眼都没有。我很相信他的话。我想他的精神都集中于去注意船身的可怕倾斜，去注意在这个万全的环境里发现出来的临头威吓——好像是给一把系在发丝末端，正对着他这个胡思乱想的脑袋挂着的利剑吓怔了。

"他放眼看去，世界上没有一个东西动着，可是他心里能够直截痛快地向自己描状漆黑的水平线突然望〔往〕上跳，大片的海面突然歪起来，船身悄悄地飞快举起，给大海残酷地扔开，无底的深渊就来抓住了，接着是他们没有希望的奋斗，星光从他头上消失了，上面漆黑得好比坟墓里的穹窿——他年青生命的反抗——末了那场惨淡的结局。他能够活画出来！天呀！谁不能够？你们得记住在幻想方面，他是个巧妙的艺术家。他真是个有天才的可怜小鬼，能够一下子看出将来的情景。他心里一瞧见这些情景，整个人打脚底到颈项都化做冷冰冰的石头了，他脑子里却有热烈的思想跳动着，一群跛脚的，盲目的，哑吧的思想跳动着——一堆可怕的残疾人急急旋转着。我不是告诉你们过，他向我自剖，好像我是操了拘禁同释放的大权。他老是望〔往〕事情里面钻去，越钻越深，所希望的是我会说他无罪，其实这对于他是毫无好处的。这种案子，无论我扯了多么堂皇的谎话，也是掩不过去的，是谁也不能帮忙的；恐怕连'创世主'也没有办法，只好让一个犯罪人自己去料理罢。

"他站在舰桥的右边，极力远离他们抢救生船的地方。他们还在那儿抢，疯狂也似地骚动着，谋反也似地偷偷干着。那两个马来水手还是守着舵轮。请你们自己心里画一画这场，谢谢上帝！幸好只有这么一次，海上事变的演员，四个人精神错乱了，暗暗地拼命买力气，三个人旁观着，完全不动，下面凉篷盖了好几百人，绝对不晓得这么一回事，他们正觉得疲倦，他们正在做梦，他们正在希望，可说是已到毁灭的边缘，却给一个看不见的手拘住抓住了。他们情形的确是这样子，我绝不怀疑；大船既然是那样子，这种局面可说是最要命的了，绝不能够有个更坏的。救生船旁边那班叫花子有十三分怕得发疯的理由。说句老实话，假使我在那儿，我也不相信在每秒钟过去之前，大船还有浮在水面的可能；我连一个假铜币都不肯拿出来打赌。可是，大船还是浮着！这班睡着的拜谒圣地的人们可说是命里注定了不该淹死那儿，得走完他们一生的历程，将来去收个另一种苦痛的下场。仿佛他们认为慈悲的天帝喜欢看他们在世上这样低首下心颂扬他的恩惠，还要他们多活一会儿，所以向下面的大海示意，'不许你把他们害死！'他们居然脱险了，我会心里纳闷，觉得是件不可解的怪事，假使我不晓得旧铁板能够多么强韧——有时真是强韧得好像我们偶然碰着的那班好汉的精神，他们给世上的灾难磨折到像个影子，还抵住人生的重压。据我想起来，那两位舵工的态度也可算是这二十分钟里一件不小的怪事。他们两位跟其他各样各色的本地水手都是从亚丁运到法庭来当证人的。一位是怪难为情样子，年纪很青，光滑的黄脸孔显出快乐的神气，因此更见得年青了。我记得十分清楚白力厄利叫通事问他，那时他心里想什么，通事跟他谈了一会儿，带个庄严的神气向法官说——'他说他什么也不想。'

"那一位有一对闭着的，很耐烦样子的眼睛，一条棉织的蓝色手巾因为洗的回数太多，已经退色了，缚住一把班〔斑〕白的头发，还打了一个巧妙的结子。他的脸孔皱起来，缩成几个可怕的窟窿，满脸网子也似的皱纹使他的皮肤更显得棕色了。他说他知道大船出了什么不好事情，但是他没有听到上头的命令，他记不起有过什么命令，他为什么要离开舵轮呢？法官又问了几句，他那双瘦削的肩膀就望〔往〕后一耸，说道那时他绝没有想起白种人会因为怕死离开大船，他到此刻还是不相信的。也许有什么别的原因罢。他很内行样子摇一摇他年老的下巴。唉！秘密原因。他是个富有经验的人，他要'那位'白种的爷们知道——他脸转过来对着没有抬起头的白力厄利说话——他在海上听白种人调度已经有好多年了，他懂得许多事情，——当我们正听得出神，他突然兴奋起来，发抖了，就滔滔不绝说出一大堆声音古怪的名字，已经过世的船主的名字，人们忘却了的本地商船的名字，虽然都是大家熟悉的，却好像变了样子，仿佛哑吧的时光老人这些年来都在磨弄这班名字。法庭一下子寂默了，——最少有一秒钟的完全静默，渐渐又化成深沉的嘈杂声音了。这段意外的枝节是第二天开堂时最动人观听的事情——全场的听众都受感动了，个个人，除开吉姆，他生气样子坐在前面第一张长凳子的末端，对于这位与他不利的，好像有个神妙辩护辞的古怪证人，简直是没有抬起头来望一眼。

"大船已经不走动了，那只舵轮因此也是不管事了，那两个本地的水手却还是那样老守着舵轮。假使他们命里注定了要死在船上，那么'死神'来临时候，会瞧见他们还滞在那儿。白种人连望他们一眼都没有，也许早已忘却世上有他们这两个人了。吉姆的确是把他们忘记了。他心里只晓得他是什么也不能干了；他现在跟他们合不上来，这样孤单单地，真是什么事也干不出来了。他没有别的办法，只好随着大船沉下去罢。假使他把这件事吵得大家都知道，那也是没有用的。难道有什么好处吗？他站在那儿等候着，不则一声，模糊地想起好汉应该具有的那种谨慎，因此更见坚决了。这时候，机车长小心走过舰桥，来扯他的袖子。

"'来帮忙！看上帝的面子，来帮忙罢！'

"他用脚尖走着，回到救生船旁边，立刻又转回来，跟他的袖子捣乱，恳求他，同时也咒骂他。

"'我相信他会亲我的手，'吉姆怒汹汹说道，'一会儿他又口吐白沫，对着我的脸孔低声说道，"假使我有空，我真想把你的脑袋打个粉碎。"我把他推开。他忽然抓着我的颈项。该死的奴才！我打他一下。我看也不看就动手打他。"你难道不愿意救你自己的命吗——你这个没有胆量的小鬼，"他哭着说。没有胆量！他叫我做没有胆量的小鬼！哈！哈！哈！哈！他叫我做——哈！哈！哈！……'他整个人靠椅背上，大笑起来，浑身都动了。我生平没有听过这么一种痛心的声音。这个笑声一传出来，大家谈论驴子，金字塔，市场以及其他事情时候的兴致好像都遭殃了。整个暗淡的走廊上种种声音都消沉下去了，大家模糊的灰色脸孔一气转过来对着我们，当时是这么寂静，一条茶匙掉到走廊的棋盘格地板上所发的清澈玎珰声却同短促的，银音的叫喊一样的响亮。

"'你千万不要这样大笑，旁边还有这么多人，'我跟他理论。'你知道，他们会觉得不愉快。'

"他起先丝毫没有显出听见了的样子，但是过一会儿睁大眼睛，完全不是看着我，却好像探视某一件可怕景物的实在情形，他满不在乎样子含糊说道——'啊！他们会当做我喝醉了。'

"说了这句话，他那种静默的神气会使你疑心他绝不会再做声了。但是——别担心！他现在不能不说话，正好像他不能够靠着意志力叫他自己不继续生存下去。"

第 九 章

"'我正向自己说,沉下去罢——你这该死的东西!沉下去罢!'他就打这句话重新说起来。他希望这场把戏快些了结。他真是太孤单了,所以他脑子里就用诅骂的口吻向大船提出这个建议,同时他却享有目击这几幕——据我看来是——下流喜剧的特权。他们还在弄那个滑钉。船主正在发命令。'到救生船底下去,试一试能够不能够抬起来,'其他人们当然都偷懒不肯干。你们知道假使大船忽然沉下去,刚好碰上平平地挤在救生船船底并不是件愉快的事情。'你自己为什么不干呢——你是我们里面最有力气的人!'那位短小的机车手含着泪声问船主。'天杀的!我身材太大了,'船主失望了,口水乱飞着回答。这样情况真是太古怪了,连天使瞧见也会哭起来。他们呆站着一会儿,没有干什么,忽然间机车长又跑到吉姆身旁。

"'来帮忙,汉子!你疯了吗,把你唯一逃走的机会扔掉?

115

来帮忙,汉子!汉子!你看那里——看!'

"这个人疯疯颠颠〔癫癫〕地老指着船尾,末后吉姆也只好向那边望一下。他看见一阵没有声响的乌云已经把天空吃进三分之一了。你们知道那个季候里那种暴风雨是怎么样子起来的。开头你只觉得水平线变黑了——此外没有别的什么,然后有一阵跟大墙同样不透光的乌云起来了,那阵云气的边缘成一直线,还镶上一层叫人看着难过的微白光芒,从西南方飞上来,把一群一群的繁星都吞进去了;射下影子到水面,把海天混合了,成个朦胧的深渊。到处都是静悄悄的。没有打雷,没有刮风,没有声响,连一闪的电光也没有。然后从这一大片阴沉沉的景物里涌出一片弓形的灰色云,底下的黑云就暴涨一两下,好像也波动起来了。接着是风雨齐下,猛烈异常,仿佛是从某一个结结实实的东西里冲出来的。当他们起先没有向那边望着时候,就来了这么一阵乌云。他们此刻才见到,的确很有理由暗自推想,假使在极端的平静里,大船才有在水面再浮几分钟的可能,那么只要海上稍微一骚动,恐怕大船立刻就会结束了。这种暴风雨来临之前总会有一阵浪涌,大船第一下对着这阵来浪的点头也可算是最后一次的点头了,大概会变成向下栽,可以说,会延长成为长久时间的向水里钻,向下,向下,一直钻到海底。他们因此这一下怕得这样乱跳,做下这些傻事,表现出他们极端贪生恶死的心情。

"'那阵云是墨黑的,墨黑的,'吉姆气不过地沉着说道。'那阵云从我们背后掩过来。那个鬼东西!我想我起先脑子后面一定还有一点儿的希望。我自己也不晓得。但是这时候总算取消了。看到我自己这样上当，我真气发疯了。我大怒，好比坠进陷阱里面去了。我算是"被"收拾到陷阱里面去了！我还记得那天晚上很热。一丝风也没有。'

"他记得这么清楚，躺在椅子上喘气，我看他好像浑身出汗，喉管也闭塞了。那阵乌云一定叫他气发疯了；真可以说把他重新打倒了！但是同时也使他记起先前叫他跑上舰桥的那个重要目的，他却是一跑上来就把那回事忘记得无影无踪了。他原先岂不是打算把绑住救生船的绳子割断吗。他赶快摸出他的刀子，立刻乱砍起来，好像什么也没有看到，好像什么也没有听见，好像他就不认得船上的人们。他们以为他已经胡涂发狂到无可救药了，可是又不敢大声反对他这种无用地白费时光。他一做完，就回到先前站着的那个地点。大副也在那儿，预备好了一把抓住他，紧靠着他的头，低声痛骂一番，仿佛想咬他的耳朵。

"'你这个蠢材！你以为当那班畜生都到水面来，你可以有一点儿逃生的机会吗？哼，他们从这些救生船上会把你的脑袋磕破。'

"看到没有人理，他就站在吉姆肘旁，难过得绞扭自己的手。船主站在另外一个地方，老是精神不宁地双脚拖来拖去，口里咕噜说道，'铁锤！铁锤！我的天呀！拿把铁锤来。'

"那个身材短小的机车手像个小孩子呜咽着。虽然他有许多短处，而且手臂也折了，结果他却是这群人里面最有胆量的人，的确还能够鼓起勇气,到机车间去跑一趟。说一句公平话,我们得承认这一趟非同小可。吉姆告诉我,他射出一个不顾死活的拼命眼神,好比是给人家迫得无路可走了,他低低哭一声,飞快地跑去,立刻爬回来,铁锤在手,停也不停一下,就投身去弄那个滑钉了。其他人们立刻不理吉姆,都跑去帮忙。吉姆听见铁锤的丁丁声,松下来了的垫木堕地的声音。救生船可以活动了。这时候他才回过头来去瞧一下——一直到这时候他没有回过头。但是他还是远远站着——他还是远远站着。他要我晓得他还是远远站着的;他跟这班人——这班有铁锤的人们——是绝不相同的。简直找不出一点相同来。大概他自己觉得跟他们隔绝了,中间有一块不能穿过的空间,有一个不能压倒的障碍物,有一片无底的深渊。他极力跟他们离得顶远——尽那条船的宽度。

"他远远站住,脚底胶着那块地方也似的,眼睛钉〔盯〕着这群弯下身子,聚在一起,给一个共同的恐慌吓得古怪地前后左右动着的模糊人形。舰桥上装有一张小桌子,桌子旁边的木桩上头绑着一盏手提灯——帕特那船的中部没有地图室——灯光射到他们用劲的肩膀上,射到他们弯成弓形摇摆着的背上。他们要把救生船的船头望〔往〕夜色里推去;他们老是推着;再也不肯回头来瞧他一眼。他们不理他了,好像他真是跟他们离得太远了,同他们隔绝到毫无连络的希望了,是不值得给一句动情话,瞟一眼,或者传个手势的。他们也没有闲工夫去掉回头,来看他这种消极的英雄气概,受他这种不合作态度的冷讽。救生船很沉重,他们推着船头,费尽力气,已经是连一句激励的话也来不及说了。可是那阵乱烘烘〔哄哄〕的恐慌以前把他们的自制力吹散得有如风前的粃糠,此刻又使他们拼命的努力变做一桩傻事,请你们相信我的话,拿来给趣剧里面瞎闹的小丑去演刚合式。他们推着时候,用他们的双手,用他们的头儿,用他们全身的重量,用他们全付的魄力,为着救自己可爱的生命——可是他们刚刚把船头完全推出吊艇架,就立刻都放手了,抢着爬上去。结果自然是救生船一下子又打回来,将他们赶到后面去了,又是个没有办法。他们就挤在一起,呆站一会儿,狼狈极了,凶猛地低声将能够记起的骂人话拿来对着彼此出气,接着又去弄那条救生船了。这把戏一连演了三次。他气不过地向我细述那段经过。那回滑稽勾当从头到底他都瞧见了,一分钟也没有忽略,'我厌恶他们。我痛恨他们。可是我又不得不从头看到底。'他淡淡地说,愁闷的眼睛注视着我。'天下有人像我这样可耻地磨折过吗?'

"他双手抱着头,静默了一会儿,好像受了什么一言难尽的虐待,迫得发疯了。这些事情他是无法向法庭解释的——甚至于无法向我解释;但是假使我不能相当了解他这种暂时沉默的深意,那么我也可以说不配听他的衷肠话了。他的毅力受了这么一个总攻击,真可说有个阴险卑鄙的复仇之神蓄意戏弄他,叫他受罪,还拿他来开玩笑——好像当惨死或者羞辱降临到他身上时候,还有人们在一旁扮出好笑的鬼脸来相欺。

"我虽然没有忘却他所说的事实,但是隔了这么久,我是记不起他用的字眼了；我只记得他真古怪，光是叙述事实，却能够设法传达出盘旋他心际的那股怨气。他说，有两次，他相信最后的一秒钟来了，就闭上眼睛，但是两次他都得再睁开眼睛，看见眼前茫茫的寂静更昏黑了。静悄悄的乌云影子从天顶投到船身，仿佛把生机洋溢的大船上一切声音都压下去了。他再也听不到凉篷下说话的声音了。他对我说，每次他闭上眼睛，幻想的光辉一闪，就照出这群肉体排在那儿等死，同大白天一样地分明。可是一打开眼睛，看到的又是这四个朦胧的人形疯了也似的跟一条别扭的小船挣扎着。'他们一再爬上救生船，摔到后面去，跳下来站着，你咒我，我咒你，忽然又一把冲上去……真够叫你笑死，'他眼皮也没有抬起，加上这句注语；然后睁大眼睛一会儿，悲哀地向我微笑，'我看到了这场把戏，应该过个快乐的一生，我敢说！在我死去之前，这场好玩的把戏会重现我眼前许多回。'他眼皮又垂下了。'看见同听到……看见同听到，'他重复说两次，中间隔了好大工夫，那时他渺茫望着。

"他振作一下精神。

"'有决定闭紧眼睛，'他说，'可是我不能够。我真不能够，我也不管谁晓得我不能够。他们要批评我，请他们自己先尝一尝那回事的味道罢，要他们尝一下——看会不会比我高明。第二次我的眼睛是飞快地睁开——我的嘴也张开了。我觉得大船摇动了。单是船头稍微向下倾斜，浸些水——又轻轻举起——这么慢慢地！永远是这么慢慢地；总是这样一点儿一点儿地。

大船有许多天没有涌得这么厉害。乌云在我们头上飞驰,这个第一阵的浪涌是来得这么慢,大海好像是铅汁做成的。这个波澜没有什么力气,但是却把我脑子里有些东西打倒了。假使你处在那样地位,你会怎么办呢?你自己很有把握——是不是?假使现在——就说此刻——你觉得这所房子动摇了,就打你椅子下面动摇起来,刚刚动一点儿,你会怎么办呢。跳!我敢向天打赌!你会从你坐的地方一跳落到那边灌木丛里去了。

"他挥出手臂到石栏杆外面的夜色里,我却保守我的静默。他的眼睛很严厉地钉〔盯〕着我。我现在真可说受他威吓了,这是绝无可疑的。我现在应该什么也不表示,怕的是一不小心,只要一个姿势或者一个字就够暴露出我对于这场公案持了什么态度,弄得我自己也牵连到里头去,无法摆脱了。我却很不愿意冒这种危险。你们千万不要忘记他坐在我眼前,的确是太像我们这类的人,所以有危险,一弄得不好,也许使我们也信不过自己了。但是假使你们想知道我当时的心境,我就告诉你们也无妨;那时我的确瞥眼估一估我跟走廊前面的草地里那堆黑碌碌的东西隔有多远。他说得过分了,我还跳不到那儿,落下的地点跟那块地方还会隔几呎——只有这一点我是有十分把握的。

"他想最后的一分钟到了,就站着分毫不动。他脑子里确然胡思乱想一场,他的双脚却胶着舱板。这时候他忽然看见救生船旁边那班人有一个突然向后退,双臂举起来抓空气,立脚不稳,塌下来了。其实他不是跌倒,只是整个人轻轻塌下,变成坐着的姿势,堆成一团肉,肩膀靠着机器间的天窗。'这就是那个蠢货。一个脸色青白,上髭不齐,形容憔悴的年青人。那时他代理机车三副,'吉姆向我解释。

"'死了,'我说。关于这件事我们在法庭里听到了一些。

"'据说是,'他愁闷地不在乎样子说道。'我当下自然绝对不晓得。人们后来说他的病是心脏弱。那个人说身上不舒服已经有些日子了。这一下也许是因为兴奋过度了,或者太累了。只有魔鬼晓得罢。哈!哈!哈!我们很容易看出他并不想死。好笑吗?我却肯拿我的命来打赌,他是给他们骗了,弄到白糟跶了自己一条命!上当了——的确是。上当到把自己杀死了,绝对是!正好像我……唉!假使他老不动;假使当他们因为大船将沉,跑去把他拥出床位时候,他肯叫他们找魔鬼去!假使他只站在一旁,手插在衣袋里,把他们痛骂一番!'

"他站起来,舞他的拳头,向我瞪眼睛,又坐下去。

"'一个很好的机会失掉了,喂?'我低声说。

"'你为什么不发笑?'他说。'这是恶鬼弄出来的笑话。心脏弱!……我有时希望我的心脏也是这样。'

"这话却叫我生气了。'你希望吗?'我用深刻的讥讽口吻喊道。'是的!"你"难道不能了解吗!'他也喊起来了。'我不知道你还有什么别的希望,'我生气答道。他完全不了解样子对我望一眼。我这一枝暗箭又是大大落空了,而且他也不是个会去理会流矢的人。请你相信我的话,他真是太没有疑心了,因此人们反不容易中伤他。我也喜欢看我的流矢白费了——喜欢看他简直没有听到我拉弓的声响。

"那时他当然不晓得那个人死了。再过一分钟——他在船上的最后一分钟——种种事情,种种刺激,乱纷纷都到他身上来了,好比海浪打到石头。我用这个比喻是经过了一番考虑的,因为据他所述,我不得不相信他始终有个古怪的幻觉,以为他完全处于被动的地位,好像他自己没有什么动作,只是让那班凶神来摆布,他们也单拣出他来做他们恶作剧的牺牲品。第一个刺激是吊艇架最终也肯向外摇摆了,发出轧轧的声音——这个轧铄声好像由舱面从他脚底穿进他身里去,顺着脊椎,一直达到他的头顶。那阵暴风雨此刻已经很近了,另一阵更厉害的浪涌又把这个被动的船身抬起来,这个吓人的浪涌简直叫他怕得出不了气,那时惊惶的惨号利剑一般同时刺到他的脑子同心肝。'放手!看着上帝的面子,放手!放手!大船就要沉下去了。'接着是救生船的轴轳冲破船台,凉篷底下有许多人都用惊慌的声气谈起来了。'那班叫花子一开口叫喊,他们的声音足够把死人也弄醒了,'他说。救生船真的下水了,震动溅泼一下,接着就是里面人们践踏同绊倒的空洞声响,还杂有混乱的呐喊。'解下钩子!解下钩子!推!解下钩子!你们要救自己的命,就得赶快推罢!暴风雨到我们头上来了……'他听到微弱的风声高高地在上头吹着;还听到他脚底下有个苦痛的喊声。一个消沉的声音在一旁开始诅骂一粒丁铰钩。大船的头尾都嗡嗡响起来了,好像是个被人骚扰了的蜂窝。他就用叙述上面那些话那种的安详口气——那时他的态度,脸孔,声音刚好都很安详——接着说,简直没有给我一个警告,'我踩到他的脚了。'

"这是我第一次听他说他动了。我惊奇得冲口嚎一声。那么最终也有个东西叫他动起来了，但是到底什么时候，什么原因把他从兀然不动里扯出来，连他自己也不明白，正好像给狂风拔起的大树自己不晓得横压过来的是什么风。这些东西全到他身上来了：嘈杂的声音，古怪的形相，死人的两腿——哼！这种魔鬼开玩笑硬塞进他的喉咙，但是——你们注意——他绝不肯承认他的食管有什么吞呷的动作。说也奇怪，他怎么能够把他的幻觉传染到我心上。我听着，很相信他，好像听一段回生妙术的故事。

"'那个人慢慢滚到一边，我记得那个人是我在大船上最后看到的东西了，'他继续说。'我也不理他在那儿干什么。看起来他好像是要站起来了；我自然以为他就要站起来，我预料他将由我身旁飞跑过去，翻过阑干随着那班人落到救生船里面去了。我听得见他们在那儿漂荡着，有个同飞箭一样快的喊声叫道，"乔治"。然后三个声音一同大声喊着。三个声音，我却听得很分明：一个是嗄嗄叫，一个是绝叫，一个是咆哮。啊唷！'

"他身体稍微颤动一下，我看他慢慢站起来，好像有一只没有发抖的手从上头抓住他的头发，把他由椅子里拖出。他站起——慢慢地整个人都站起来了。可是他的膝头一锁紧，上头那只手好像就放松了，因此他有点站不住样子。当他说'他们大声喊'时候，他的脸孔，他的行动，甚至于他的声音都带了一种可怕的静默，我不自觉里就倾耳去听极端寂静时人们仿佛听到的那种假声响，去听那些喊叫的余音。'船上有八百人，'

他说,他那样可怕的渺茫睇视把我钉〔盯〕到椅子背上去了。'八百个活人,他们却在喊一个死人赶快下来逃命。"跳,乔治!跳!啊,跳!"我站在一旁,我的手按着吊艇架,态度十分安详。天色已经是漆黑了。你看不见天空,看不见大海。我听到救生船在一旁一再发出跟大船相撞击的声响,此外没有别的声音,这样子有一会儿工夫,但是我脚底下的大船满是人们谈话声。忽然间船主咆哮道,"我的老天爷呀!暴风雨来了!暴风雨来了!把小船推出去罢!"听见暴雨的第一个咝声,觉得暴风吹起来了,他们就喊道,"跳下来,乔治!我们在底下可以接着!跳!"大船慢慢投到水里去了;暴雨横洗过来,像个山崩般的波涛;我头上戴的便帽也吹飞了;我的气息赶回喉咙里去了。我好像是在塔顶上,听到底下深处又来个疯狂般的尖声呼喊,"乔——治!啊,跳下来罢!"我脚底下的大船沉下去了,沉下去了,船头先沉……'

"他默想着,举起一只手到脸上,手指挑剔着,好像有个蜘蛛网恼着他,然后望着张开的手掌,足足有半秒钟光景,才胡里胡涂说出——

"'我跳下去了……'他自己又截住,眼睛也不望着我……'大概是跳下去了罢,'他加上这一句。

"他那副澄蓝的眼睛转向着我,举个可怜的直视。看他站在我面前,哑吧样子,很痛心神气,我也感到悲哀了觉得我虽然有智慧,却无从措手,同时又混有老年人看到小孩子般的祸事,爱莫能助时所感到的好玩的,深刻的怜悯。

"'大概是这样罢,'我也含糊说。

"'我完全不晓得,一直等到抬起头来看一下,'他赶紧说明。这也是可能的。你听他话得像听个小孩子把事情弄坏了时候说的话。他真是不晓得。不知怎的,他跳下去了。这类事情莫明〔名〕其妙地发生了,是绝不会再有的。他的身体一部分落到别人身上,就横卧在一块坐板上面了。他仿佛觉得他左边肋骨一定全断了;然后身子滚过来,模糊里瞧见他所弃的大船涌起在他上头,船旁的红灯发光着,在雨里射出大块的光辉,好比隔一层雾看见的悬崖上的一团火。'大船好像比一扇墙还高;真像一片削壁,隐隐高临着这条救生船……那时我希望我能死去,'他喊道。'已经是无法再回转去了。仿佛我跳进一口井——跳进一个无底的深阱……'"

第 十 章

"他双手手指锁起,忽然又扯开。他真是跳进一个无底的深阱里头去了,这是件绝无可疑的事情。他从高峰上摔下来,再也不能爬上去了。救生船那时已经漂过大船船头。当时的天色太黑,他们彼此看不见,而且急雨几乎把他们淹死,使他们睁不开眼睛了。他说他真好像在洞里给洪水冲去一样。他们都拿背来对着这阵暴风雨;船主大概找到了一枝桨,就拿来放在船尾上当舵用,使救生船还是望着前头走去;有两三分钟,世界的末日好像到了,因为四围是漆黑的,海水又是滔滔不绝地打进来。大海发出哗声,'仿佛有二万只锅子的水都滚了。'这是他的譬喻,不是我的。我想第一阵疾风过去后,就没有什么大风了;审问时候他自己也承认那天晚上大海没有什么波涛。他蹲在小船船头,偷偷地向后面望一下,只见桅顶灯高挂着,射出一道暗淡的黄光,像一颗将要消失的最后晨星。'看见那盏灯还在那儿,我很为惊惶,'他说。这是他说的话。其实他所以觉得惊惶,无非因为想起那班人淹死的苦痛还没有过去。他必定希望越快看不见那桩丑事越好。救生船里面没有一个人做声。在黑暗中,救生船好像望〔往〕前飞驶着,其实当然不会走多少路。骤雨从后面扫过来,嘈杂响亮的咝声随着雨声跑到远处去,也就消失了。那时什么声响都没有了,除开救生船两旁轻轻的溅泼声。小船里面有一个人牙齿震战得很厉害。他觉得有一只手推他的背,还听到一个低微的声音说道,'你也来了吗?'另外一个人颤声喊道,'大船沉下去了!'他们都站在一起,向船尾那方看去。连一个灯光也没有见到。一片黑碌碌的,疏疏的冷雨吹到他们脸上。救生船稍稍倾侧一下。那个人的牙齿震战得更快了,突然停住,一再想开口,却总没有成功,第三次才压下颤抖,勉强说道,'刚——刚——刚——来——来——得——得——及……不——不。'他又听到机车长一肚子的气样子说道,'我亲眼看见大船沉下。我刚好掉回头向那边望一下。'这时候海上的风差不多完全息了。

"他们在黑暗里守望着,他们的头半朝着迎风的方向,好像他们预料会听到哭声。起先他很感谢夜色把那幕惨剧遮住了,不让他看见,后来一想又觉得既然知道了有这么一回事,可是一点儿也没有看见,一点儿也没有听到,这岂不是这场可怕的不幸里顶不幸的一点吗。'你以为这个感想很奇怪吗?'他断断续续地叙述时忽然低声插进这一句。

"可是我并不觉得奇怪。他必定在不知不觉里有个信念,以为现实绝不会像他幻想所臆造出来的恐怖那么凶恶，那么叫人痛心，叫人害怕，好像想复仇样子。我相信开头这几秒钟，他的心是给这场惨事全部的苦痛困恼住了，那八百个搭客黑夜里遇到残酷的猝死时候所受的一切恐惧，一切惊惶，一切失望合起来的味道，他一个人尝到了；不然他为什么说，'我好像觉得我必得跳出那条该咒的小船，游泳回去看一下——半哩的路——或者还多些——无论多么远——总得游泳到原来那个地点……'为什么他会有这么一个冲动呢？你们看出这里面的意义吗？为什么要回到原来那个地点呢？为什么不就在旁边溺死——假使他是打算溺死的话——为什么一定要回到原来的地点去看一下呢——好像必得等他先看到他们一切的苦痛都过去了，他的想像得到安慰了，然后死才有解脱的意义。我不让你们任何人对于这件事有其他的解释。这种情调是等于密雾忽然破开。让我们瞥眼看到的一些古怪的，动人的景物。这种真情泄露是很少见的，可是他却随便吐出来了，好像是最自然不过的几句话。他说，他用力压下这个跳到水里游泳的冲动，那时他就感到四围的静寂。海上的静寂，天空的静寂，合成一片无限大的静寂，同死神一样的静寂，就围着这几个救出来了，心头跳动着的生命。'你在救生船里可以听到一根针掉到地上的声音，'他说，他的嘴唇古怪地一撮，好像一个人叙述一段惊心动魄的事情时，正想法强压下自己的情感。静寂！只有故意创造出他这样人的上帝才晓得他对于这下静寂到底作何感想。'我想世上无论什么地方都不会这么静寂，'他说。'你分不出大海同天空，看不见什么，听不到什么。没有一丝的光线，没有一个人形，没有一点声音。你真会相信世上每块干燥的陆地都沉到海底去了，世上个个人，除开我同船上这班叫花子，都淹死了.'他斜凭桌子上，他的指节支撑住咖啡杯，酒杯同雪茄烟头。'我有点相信世上的情形的确是如此。什么东西都毁了——一切都完了……'他深深叹一口气……'对于我个人真是这样的.'

马罗突然坐起来，用劲把他的方头雪茄烟扔掉，一条红色的火线就从他手上射出，穿进帷幕也似的爬藤里面去了，好像是小孩子玩的火箭。听故事的人们没有一个人动一下。

"哼，你们以为怎么样呢？"马罗忽然兴奋起来喊道。"他可以算忠于自己吗？他这个救出来的生命还是毁了，因为他觉得他自己没有立脚地，因为他眼睛没有看见东西，因为他耳朵没有听到声音。毁灭——哼！其实这些时候无非乌云弥漫天际，无非大海没有扬波，空气没有骚动。无非是一个晚上，无非是一下的静寂。

"这种静寂只有一会儿工夫。他们忽然高兴起来，同声大谈他们的脱险。'一开头我就知道大船会沉下去。''我们真险呀，再迟一分钟就不行了。''真是侥幸，天呀！'吉姆却不说话，但是已息的微风又转回头，一阵和风渐渐狂起来了，大海的喃喃声就凑进这班人的喋喋不休，那是吓得不敢做声之后的反动。大船沉下去了！大船沉下去了！这是绝无可疑的。谁也不会有什么办法。他们老是反覆说这几句话，好像不能止住他们自己的舌头。大船一定沉下去了。灯光都没有了。不会错的。大船一定沉下去了。我们不能希望会有别的结果。大船不得不沉……他看出他们说话的口气好像他们所舍弃的只是一只空船。他们的结论是大船一开始望〔往〕下栽，过不了好久，就会完全沉下去了。这一点好像给他们一种愉快。他们互相安慰，以为大船不会闹很大工夫——'投下去像一架熨斗。'机车长报告桅顶灯当快沉下去时候突然落下，'好像一根你扔掉的点着的火柴。'听到这一句话，机车副发神经病样子哈哈大笑。'我真高——高——兴，我真高——高——兴！'他的牙齿震颤得'像个电气急响器，'吉姆说，'他突然哭出声来。他呜咽号泣像一个小孩子，噎着气了，含泪喊道，"啊呀！啊呀！啊呀！"他会安静一会儿，突然又说，"啊，我可怜的手臂！啊，我可怜的手——手臂！"我很想把他打倒。他们那些人都坐在船尾座，我刚能够分辨出他们的形状。我听到各种声音，一阵咕噜，一阵嚷声。这些是都不是容易忍受的。我又觉得寒冷。我不能做什么。我想假使我一动，就会摔出船旁，而且——……'

"他的手偷偷摸索着，碰到酒杯，忽然退缩回去，好像扣着一块灼热的煤球了。我轻轻推一推酒瓶。'你还想喝些酒吗？'我问。他生气样子看着我。'你以为我不振作一下精神，就能够把我所要说的话说出来吗？'他问。那一队踏遍世界的人们已经去睡觉了，廊上只有我们两个人，此外还有个白色的模糊人形，给我们看一眼，就带个讨好的神情走来，迟疑一下子，静静又退回去。时候已经很晚了，但是我也不催我的客人快说。

"当他在这个颓衰心境里，他听到他的伴侣开始骂某一个人。'你先前不肯跳下来,有什么东西把你绊住呢,你这个疯子?'一个叱斥的声音说道。他听见机车长离开船尾座,要爬到前面去,好像对于'这个从来没有过的大傻子'怀个恶意。船主就坐在船旁,拼命用劲喊出得罪人的形容词。这阵咆哮使吉姆抬起头来,就听到'乔治'这个名字,同时黑暗里有一只手打他的胸膛。'你还有什么话可以拿来替你自己辩护呢,你这个傻子?'有一个人理壮言顺地勃然大怒样子问道。'他们都来跟我过不去,'他说。'他们都在骂我——骂我……却是用乔治这个名字来骂我。'

"他停住,睁大眼睛,想现出笑容,接着掉望视线,继续望〔往〕下说去。'那个短小的二副把头放在我的鼻孔底下喊道,"嗳呀,是那个讨厌的大副!""什么!"船主从小船那一头闹起来。"不对!"机车长尖声叫。他也弯下身子来看我的脸孔。'

"微风忽然离开小船了,又下起急雨。急雨打到海面时所发的那种不断的、轻微的、略带神秘意味的声响从夜里四处传来,'他们大吃惊了,起先不能再说什么话,'他沉着地向你〔我〕叙述,'我对他们会有什么话可说呢?'他踌躇一会儿,用个猛劲,继续说下去。'他们拿许多难堪的话来骂我。'他的声音低得同耳语一样,有时一想到他们那班人是多么卑鄙,心头一横,就提高声气了,好像他谈的是件秘密丑事。'不管他们怎么骂我,'他凶猛地说道,'单是从他们的声调,我也能听出他们是多么恨我,这到〔倒〕是一件好事。他们不能原谅我也到那条救生船上面去了,他们心里恨这件事,恨到发狂……'他大笑一声，自己又打住……'但是他这么一恨，却不叫我不想跳……你看！我双臂叉着，坐在船沿！……"他很伶俐样子栖在桌上，双臂叉着……'像我样子——你看？稍稍向后一倾斜——一点儿——一点儿。'他皱着眉头，用中指指尖敲他的额头，'这个念头老滞在这里，'他很动听地说道。'这些时候——这个念头。雨——又冷又密，冷得像雪水——比雪水还冷——打到我的薄棉布衣服上面——我知道一生里再也不会这么冷了。天色又黑——全是黑的。没有一颗星，无论什么地方都没有一点亮。那条该死的小船船外空无一物，那两个人在我面前猖狺，像一双下流的杂种狗对待一个逃到树上去的小窃。猖狺！猖狺！你来这儿干什么？你真是个好男子！太上流了，太高尚了，不肯拿出一个指头来帮忙。现在你不出神了吗？就暗暗跑进来？是不是？猖狺！你不配活！猖！猖！他们简直是比赛谁叫得更响亮。那一个——我看不见他——分不出他的形状——会从船尾对着雨滴乱说出一些龌龊的瞎话。猖！猖！唬——唬——唬！猖！猖！听他们乱叫一阵真有意思；这些声音却维持了我的生活力——我告诉你。也可以说救了我的命了。他们老是这样叫，好像想用这阵吵闹把我赶出船外！——我纳罕你也有跳下来的勇气。我们这儿并不要你这样的人。假使我知道是谁跳下来，我会把你推倒——你这个下流种子。你怎么摆布那个人呢？你那里找到跳下来的胆量——你这个没有胆子的人？什么东西把我们三人阻挡了，弄得我们不把你掷到船外去？……他们出不了气了；海上急雨已经过去了。什么也没有了。小船旁边什么也没有，甚至于没有一丝声音。他们要看我翻出船外，是不是？我敢拿我的灵魂来担保！我想只要他们肯安静下去，他们倒会如愿相偿。把我掷到船外去！他们会吗？"试一试罢，"我说。"我肯出两便士来打赌。""你还不值得，"他们同声叫起来。天色是这么黑了，只当他们转动时候，我才有十分把握我看见他们。天呀！我真希望他们肯试一试！'

"我免不了喊道，'多么奇特的一回事！'

"''不算平庸吗——唉？'他说，'好像有点吃惊他们假装认为我有某种理由把那个蠢货弄死了。我为什么要把他弄死呢！我怎么能够懂得他们捣什么鬼？我可不是跑到小船里面去了吗？跑到小船里面——我……'他嘴唇旁边的筋肉收缩成一个不自觉的怪相，打破他通常的假面具了——可说是一些猛烈短促的明亮光辉，好比一闪弯曲的电光，让人们瞥眼看到云团里面的神秘旋纹。'我跑到里面去了。我分明是同他们一块儿——是不是？这不是很可怕吗，一个人迫得干出这样的事情——还得负责任？他们拼命呼唤的那个乔治，我懂得他的什么？我记得我看见他盘身坐在舱面上。"没有胆量的凶手！"机车长老用这种话称呼我，好像不能记起别的字眼了。我本来不理这些，不过他的吵闹却叫我不耐烦。"闭嘴，"我说。听到这句话，他就鼓起力气，胡喊一阵。"你杀死他。你杀死他。""不对，"我喊，"可是我立刻要把你杀死。"我跳起来，他向后倒下，很可怕地砰的一声躺在一块坐板上面去了。我也不知道他怎么会这样子。天色太黑了。我想起先他是打算向后退。我当时站着不着，脸孔对着船尾,可怜的短小二副含泪说道,"你不会动手来打个一只手臂已断了的人——你不是说你自己是上流社会的人吗。"我听到脚步践踏声———下——两下——还听到喘着气的沉重喉音。那只野兽也向我走来了,他的桨在船尾上噼拍〔啪〕作响。我瞧见他动着,庞大的,庞大的,——好像你在雾里,你在梦里看见的一个人。"你来,"我喊。我会把他打落水里去,像一包零碎的绳索。他停着,向自己喃喃,又走回去。也许他听到风声了。我却没有听见。这是我们最后遇到的一阵巨风。他回去找他的桨。我觉得伤心。我很想试一试……'

"吉姆张开,又合拢他那几个弯曲的手指,他双手有个热烈的,残酷的震动。'镇静些,——'我低声说。

"'喂,什么?我的心并没有乱,'他非常不高兴样子向我抗议,突然一扯,却把白兰地酒瓶打翻了。我望〔往〕前跳,我的椅子在地板上擦出声来。他一跳离开桌子,好像他背后有一个矿爆炸了,他半转过身子,然后蹲下,现出一对惊吓的眼睛同鼻孔旁边有点发白的脸孔。接着是一种极不安的神情。'很对不住。我怎么笨手笨脚到这样田地!'他很难过地低声向我说,那时流出来的强烈气味忽然把我们包起来了,在清冷的黑夜里使人感到下流宴饮的空气。饭厅里灯光都灭了;长廊上只有我们的洋烛孤零零地发出微光;柱子从头到底都变墨黑。草地那边港口办事处的昂大基角在晶莹的星光里显得很分明,好像那堆暗淡的建筑物滑到这边来仔细看,倾耳细听我们的谈话。

"他装出一种不在乎的神气。'我敢说我现在还没有那时镇

静。那时无论来了什么,我都是有准备的。那些事都可算是小事……'

"'你在救生船里面倒过得顶有意思,'我说。

"'我是有准备的!'他又说。'大船灯光灭后,救生船里面什么事情都可以发生——世界上任何事情——而且没有人晓得。我感到这一点,我觉得高兴。天色也暗得可以。我们好像活埋在一座空旷的坟墓里面了。跟世上任何东西都不相关了。谁也不会来下个批评。随便干出什么事情都不要紧。他又粗糙地大笑一番,这是我们谈话里第三次的大笑,但是此刻旁边也没有人来怀疑他是喝醉了。'没有恐惧,没有法律,没有声音,没有眼睛——甚至于我们自己的眼睛也看不见,最少要等——等到太阳出来。'

"他的话所提醒的真理打动了我的心。大海里面一只小孤舟的确有点古怪。从死神影子底下运出来的人们现在好像给疯神的影子罩住了。当你的大船弃绝了你,你的整个世界——创造你,约束你,照顾你的那个世界——好像都要弃绝你了。人们的灵魂仿佛在一个深渊里浮游着,本来跟一块巨大的东西有个牵连,这一下因为太英雄,太荒唐,或者太做恶了,弄得漂荡起来。我们的信仰,思想,爱憎,自觉,甚至于外物形态的认识既然都是因人的主观而不同,我们对于沉船的感想当然也是一个人有一个样子的,各人有各人的观察点。这一回的沉船好像带个下贱的气分〔氛〕,因此他们更见得十分地孤独无依了,——当时环境的一种下流伎俩使这班人跟世上其他人们——他们的行为标准没有受过这么一个狰狞可怕的玩笑的试验——更见隔绝了。这班人跟吉姆闹癖〔脾〕气,因为他是个一心半意的偷逃者;他也把对于全部事情的怨恨都集中到这班人们身上去了;他真想痛痛快快报仇一番,因为他们给他这么一个可恨的机会。一条孤舟在波涛汹涌的大海里当然会把种种思想,情绪,感觉,热情里面的不合理成分都惹出来了。可是这次海上的灾难是充满了下流的滑稽情调,他们的始终没有动武也可说是这个情调的一部分。完全是威吓,完全是极可怕的,像煞有介事的装模作样,从头到底是个纸老虎,是魔鬼心里非常瞧不起他们时候计划出来的一套把戏。魔鬼的真恐怖向来是当几乎要胜利时候给人们的毅力挡住了。我等了一会儿问道,'那么有什么事情发生吗?'这真是一句废话。我已经知道得太清楚了,不至于去希望会有个令人赞叹的举动,会有疯狂的情调,会有阴险的恐怖,这些好事情是不会发生的。'什么也没有,'他说。'我是打算真跟他们打架,可是他们只想大闹一阵。什么事情也没有发生。'

"太阳出来了,他正同先前跳下去时候一样,站在船头上。他真有耐性,老是准备着!而且整夜里他一只手把着舵扛。他们起先想装上舵时候,反把舵弄掉到水里去了;我想总是当他们在小船里,跑来跑去,干出一切事情,设法离开大船船旁时候,不知怎的,把舵扛踢到前头去了。那是一长块沉重的硬木。他把在手里分明有六点钟左右的时光。你能说这不是有准备吗!你们能否想出他的情形,半个晚上默默站着,脸孔朝着一阵一阵的急雨，眼睛凝视暗昧的人形，老是注意模糊的动作，倾耳静听船尾座上偶尔的低微说话声！这是出于勇敢的毅力呢，还是因为受了恐惧的威吓呢？你们以为怎么样？他的坚忍是无法否认的。六点钟左右始终保持个守势；六点钟左右老是带个固定的严防态度，那时救生船随着微风的高兴慢慢前进或者不走一步，光是漂着；那时大海平静下去，最终睡着了；那时云团从他头上飞过，那时天空从黑漆无光的一大片减成暗淡有微光的穹宇，还有个更明亮的光辉闪烁着，东方比较朦胧些，天顶却是灰色的；那时那些黑影子——起先将船尾旁边低低发光着的星群蒙蔽住了——得到廓〔轮〕廓了，浮凸起来，变成肩膀，顶，脸孔，面貌了，——还拿凄凉的凝视来跟吉姆相对，他们有披散的头发同扯破的衣服。他们对着白亮的朝暾霎他们的红肿眼皮。他们的样子好像是喝醉了摔到臭沟里打滚有一个礼拜了。他生动地形容他们的情况。然后他含糊说那天的日出光景预告了会有一天晴朗的天气。你们知道海员那种习惯，无论说什么事情，总爱提起天气。在我这方面哩，他这几个含糊的字就够使我好像亲眼看见太阳的下半截从水平线上涌出，一阵大波纹颤动着，人们视线所及的海面都受到影响，好像海上生出了这么一个光球，也免不了一下寒噤，那时最后一口的和风也吹动空气，好像是苦痛之后的一声长叹。

"'他们坐在船尾，肩膀挨着肩膀，船主在中间，像三只龌龊的猫头鹰。'我听出这句话的口气含了痛恨的意思，有个侵蚀的作用，使最通常的字眼也染上怨气，同一滴强烈的毒液滴到一杯清水里去一样；但是我是一心一意都搁在那个日出。我能够想出上头是清澄的无云天空，这四个人就囚闭在大海的寂寞里面，那个孤单的太阳也不管这一点的生命力了，还是向清朗的穹苍上升，好像打算从一个更高的地点来熟视止水反映出来的自己光荣。'他们从船尾喊我，'吉姆说，'好像我们是向来在一块儿过活的好伴侣。我听见他们的声音。他们求我不要胡闹，快把"那块好舵扛"扔掉。我为什么"要"这样干呢？他们并没有害我——他们有吗？他们对于我并没有什么损害……没有损害！'

"他的脸孔飞红了，好像他肺里的空气不能够通出来了。

"'没有损害！'他冲口说。'我让你来判一判。你是能够了解的。你能够吗？你是看得明白的——你看得明白吗？没有损害！老天爷呀！他们还要怎么害我呢？啊，是的，我很知道——该怪我自己，我岂不是自己跳下来吗？不错。我跳下来，我告诉你我跳下来；但是我告诉你他们太捣乱了，那时谁也止不住自己。这分明是他们干的事情，简直是等于他们拿一条钩篙把我拖下去。你看得出来吗？你必得看出来。来，请你老实说出你的意见。'

"他那对不安的眼睛钉〔盯〕着我，问我求我，向我挑战，向我哀恳，就是要我的命，我也不能不低声说，'你的确受磨难了。'他飞快拦住我的话头，反驳道，'我不该受这样磨难。跟这班人一起，我绝没有成功的希望。现在他们又是这么要好样子——啊，要好得出奇，真是见鬼！咱们算是好伙计，咱们算是同船的好朋友。只好尽量利用眼前的机会罢。他们对于我并没有怀了什么恶意。他们绝不关心那个乔治。乔治最后一分钟又跑回他自己的铺位去找什么东西，因此绊住脚来不及了。那个人分明是一个傻子，这件事自然是很痛心的。他们眼睛望着我，他们嘴唇动着；他们坐在小船的船尾，对我摇头——他们三个人；他们向我招手。我为什么不来合作呢？我不是跳下去了吗？我当时什么话也不说。我要说的意思还找不出字眼来传达哩。假使那时我开口，我会像个畜生那样直叫着。我问我自己什么时候才会醒来。他们大声劝我走到船尾去，静听船主所要说的话。用不着到黄昏，一定有船把我们检〔捡〕起来——我们正在运河交通的大道上；此刻在西北方已经看得见一条汽船的烟了。'

"'看到这阵隐隐的云烟，这片低低的棕色薄雾，薄到你可以看见后面的海天界线，我很为感动，心里觉得非常难受。我向他们喊道，从我所坐的那个地方我能够听得很清楚。船主开始咒骂，声音哑得像一只乌鸦。他不愿单为"我"的方便起见就拼命去大声喊。"你是不是怕岸上的人们会听见吗？"我问。他向我睁大眼睛，好像想把我扯成碎片。机车长劝他跟我讲好话，因为我的脑筋还没有清楚。船主从船尾站起来，好像一根厚肉柱——老是说话——老是说话……'

"吉姆还是默默沉思着。'怎么样？'我问。'不管他们同意胡诌出什么谎话，那跟我有什么相干呢？'他不顾一切地喊道。'他们爱怎么说，就怎么说罢。我是晓得实在的经过的。无论他怎么样子把人们骗住了——我总是相信我所晓得的,绝不能改变。我让他说话,辩论——说话,辩论。他老说下去。我忽然觉得我两脚站不住了。我身里很不舒服,太累了——累得要死。我放松舵扛,背转过来朝着他们,坐到最前一个的坐板上面。我已经受够了。他们大声问我,要知道我懂不懂——他们说的话对吗,个个字都是对的吗?天呀,全是对的,他们这班人说的话只能够这样子。我也不转过头去。我听见他们乱谈一番。"那个傻子什么话也不肯说。""啊,他很懂得。""不理他罢,他不碍事。""他会干什么呢?"我会干什么呢?我们不是同在一条船上吗?我想装聋。那边的烟雾望〔往〕北飘去,消失了。大海是静得像死水。他们从水桶喝些水,我也喝一下。后来他们大忙起来,把小船的船帆安到船沿上。我肯当守望的人吗?他们爬到船帆底下去,我看不见他们了,谢谢上帝。我觉得累,累,全无精力了,好像有生以来我就没有睡过一个钟头。阳光太强了,使我看不见海水。有时他们有一个人爬出来,站着向四方一望,又爬到下面去了。我能听见船帆下一阵一阵的打鼾声。他们里面有些人能够睡得着。最少有一个人。我却不能够!四围全是光线,光线,小船好似落到光线里面去了。有时我觉得十分吃惊,看到我自己坐在一块坐板上面……'

"他在我椅子面前踱来踱去,一只手插到裤袋里,他的头垂着,沉思样子,他的左臂隔了许久就伸出,他的手势好像是要把一个看不见的闯进来的人赶走,不让他站在他面前。

"'我想你以为我那时快疯了,'他换个声调又说起来。'你很可以这样想,假使你还记得我把我的便帽丢了。太阳在上头从东方爬到西方,我的头顶总是光露着。但是我想那天我不会害什么病。太阳不能够叫我发疯……'他的左臂一挥,把疯狂这个观念赶到一边去了……'太阳也不能够杀死我……'他的手臂又来抵抗一个影子……'死不死全看着我自己怎么样罢。'

"'真的吗?'我说,听到这个新奇的口气,我非常惊骇,真是无法表示出来。我望着他,有个极古怪的感觉,假使他脚跟一转,拿出一副完全新的脸孔来,我的感觉也不过这样罢。

"'我没有得到脑炎,我也没有倒下去死了。'他说。'我简直不理我头上的太阳,我很冷静地默想着,无论什么人在树荫底下默想也不能比我更冷静。那个腌臜的船主从帆布下冲出他那个剃光的大头,缩起他暗淡的眼睛望着我。"雷打的,你快要死了,"他咆哮一下,又退进去,像个乌龟。我看见他,听到他说的话了,可是他没有打断我的思想。我那时正在想我不肯死去。'

"吉姆走过我面前,眼睛很注意地向我一溜,想探一探我的思想。'你是不是说你自己正在打算肯不肯死去?'我尽我的力量用一种神秘莫测的口吻问他。他点一下头,还是踱着。'是的,当我坐在那儿,我想到这一点了,'他说。他又走几步,走到他这种巡行的无形界线上去了;当他翻转身子走回来,他的双手已经是深深地插到袋子里面去了。他走到我的椅子面前停住,向下看着。'你相信吗?'他很好奇地问我。我深为感动,向他严重宣布,凡是他认为可以告诉我的,我都愿意绝对相信。"

第十一章

"吉姆歪着头,听我说完。他身旁好像有一层密雾围着,他就在那里面行动,就在那里面过活;可是此刻密雾忽然破开,又给我瞥眼看一下他的真相了。暗淡的蜡烛在玻璃球里爆烟,只有这盏灯火替我照出他的形容。他背后就是黑夜,晶莹闪烁的星群在夜的天空里排成一层一层,望〔往〕后退着,这样子摄引人们的眼睛到更黑暗的远天去了。但是好像此外还有一个神秘的光辉,来替我照出他这个小孩子般的头。仿佛那时候他心里的青春情绪一下子发光,随又熄灭了。'你真是一个难得的好人,肯这样子听我的话,'他说,'这对于我有不少的好处。你不晓得这对于我有多么重大的意义。你不晓得……'他仿佛找不出合式的字眼来了。我这一瞥是看得很分明的。他是那么一种年青人,你喜欢看见你身旁有那种人;你喜欢幻想你自己曾经是那种人;他那种人的形容会使你重新记起你认为已经消灭了，冰冷了的那些幻梦；那些幻梦现在好像跟另一朵的火焰接触了，又燃起来，就在你身里深处飘动着，送出一道光……一股热气……是的；我那时清清楚楚瞥眼看他一下……这也不是我最后一次的窥破他的真相……'你不晓得一个人居于我这种地位能够得到别人的相信是多么难得的痛快事情——像这样子向一位长辈把肚子里头的话和盘托出。我这次碰到的不幸是这么不容易说清的——是不公平得这么可怕的——是这么难了解的。'

"密雾又紧闭起来了。我不知道他觉得我多么老——多么有智慧？那时我自己却觉得非常老，自己也知道无用的智慧太多了，他所感到的恐怖还只有一半罢。海上的生涯有一个特点，是别的职业绝对赶不上的。凡是已经到大海里去浮沉的人们，一看到站在峭岸上的青年真会有无限的同情；那班青年双目炯炯地望着庞大海面上的灿烂光辉，其实那些光辉全是他自己那副满是火花的眼光反射出来的。起先总是有这么壮丽的渺茫希望来驱使我们到海上去，这么光荣的无限前途，这么华美的冒险欲望，冒险本身就可算是一个酬报，恐怕也就是唯一的酬报罢。结果我们得到了什么呢——好罢，我们不谈这些；但是我们里面有谁能够不微笑一下？无论那一种生活，幻梦跟现实总没有差得这么远——无论那一种生活，总不像这样子开头全是幻梦——迷梦大醒也来得更快——意志销磨也更见十足了。我们岂不是开头都有同样的希望，结果是同样的觉悟，就在同样称心好梦的回忆里度过该咒的龌龊日子了？所以当一个在外流浪的愁闷青年回来时候,我们对他会特别牵情;在同行的情谊之外,还感到更热烈的一种情绪——那种心境同大人爱小孩子一样,这也是不足为奇的。吉姆那时坐在我眼前,他相信多活几岁,多点智慧。对于现实的苦痛,就能够找出一个补救的办法;他还让我瞥眼看出他是在困难情境里面的一个青年,那又是一种再窘不过的情境,就是须发斑白的老头子看到,也只好一面严重地摇头,一面匿笑。他还在那儿想自杀哩——这个该诅的家伙!他居然拿'那件事'来做默想的材料,他以为救到自己的生命了,其实他生命的一切光彩已经在黑夜里随着大船沉下去了。他会这样想真是再自然不过的事情!他这样子诚心诚意大声求人家同情也的确是够悲惨,够滑稽的事情;我既然说不上比别人强,怎么好不肯去怜悯他呢。可是正当我看着他时候,他身旁的密雾又破裂了,他说道——

"'我当时真是胡涂了,你知道。一个人绝对料不到会碰上那类事情。那也不像一场打仗;打仗倒是在意料之中的。'

"'那的确不像一场打仗,'我容纳他的意见。他的神气却变了,好像他一下子成熟了。

"'话虽然是这么说,一个人也不能够那么确定,'他低声说。

"'嗳!那么,你也说不清吗,'我问。我们当中来了一声微叹,像一只夜鸟飞过,我一听到,怒气也就平下去了。

"'是的,我也说不清,'他勇敢地说道。'那回事情跟他们弄出来的那套谎话的确有些相像。那套话并不完全是个谎——

可是也不能算是真相。那是介于……你知道,十足的谎是一眼就可以看破的。可是那回事情的是非相去还没有一张纸那么厚。'

"'还要怎么样子分明才好呢?'我问,但是我想我讲得太低声了,他简直没有听到我说的话。他向我辩论,他的意思仿佛是人生道路像网子那样纠纷着,中间插了许多深坑。可是他的口气很可以叫人相信。

"'假使我没有——我说,假使我老守着大船?好罢,还会守多久呢?就说一分钟罢——半分钟罢。来,让我们看一看,过了三十秒钟——大船一定沉下去了,关于这一点我们当时好像很有把握——我会跌到水里去了;你看,我难道不会碰到什么就一把抓住了吗——桨,救生圈,格子——无论什么东西。你看是不是?'

"'那么,你的命还是得救了,'我插进这一句。

"'最少总可以说我希望能够得救,'他驳道。'这种心境我倒没有,当我……'他发抖了,好像将吞进一口难吃的药水……'跳下去时候,'他下个死劲说出来了。这个努力好像从气波里传到我身上来,我坐在椅子里面也稍微颤动一下。他就用暗淡的眼神把我钉〔盯〕住。'你相信我说的话吗?'他喊。'我肯赌咒!……真是窘透了!你找我到这儿来谈天,那么……你必得相信!你说你肯相信。''我自然肯相信,'我就申明说,他听到我那种干燥的口吻,也就冷静了。'请你原谅我,'他说,'我当然不会同你谈起这件事,假使你不是一个君子。我应该知道……我自己也是——我自己也是——一个君子……''是的，是的，'我赶紧安慰他。他正望着我的脸孔，就慢慢转开他的视线了。'现在你明白了，我为什么不去自……也什么不肯那样子把自己了结了。我是不愿意给我自己做出来的事情吓住了。而且假使我老守着大船，我也会尽我的力量来救我自己。我们知道有些人在水面可以漂了好几个钟头——在大海上——后来救起来，也没有受了什么损伤。我会比许多人更持久些。"我"的心脏是绝无毛病的。'他将右拳从衣袋里拿出，向胸膛一打，发出来的声音像夜里隐隐的爆响。

"'没有毛病，'我说。他正在默想，双脚稍微分开，下巴垂着。'相差好比一根头发，'他含糊说道。'这件事情的是非相差还没有一根头发那么宽。而且那个时候……'

"'午夜里要看出一根头发真是不容易，'我插进这一句，大概有些恶意。你们知道我所说的同业的休戚相关是指什么吗？我恨他，好像他把我——我！——的保存当初美梦的一个绝好机会骗去了，好像他把我们这类生活的光彩最后一星星的火花抢去了。'那么，你就逃了——立刻逃到救生船里面去了。'

"'跳下去的，'他直截痛快地改正我的话。'跳下去的——你得记住！'他重覆说，我真纳罕他的意思，那么分明，可是又有点隐晦。'唉，是的。也许那时我看不清楚。但是在救生船里面我有的是时间，有的是光线，而且我也能够想了。这件事情别人自然是全不晓得的，但是这一点并不使我心里觉得好过些。这句话你也得相信。我本来不想谈这件事……不……是的……我不愿意扯谎了……我正想谈这件事；我所希冀的就是谈这件事——那时我已经有这个企望了。你以为你或者任何人能够叫我说,假使我……我却是——我却是不怕说出来的。我当时也不怕独自默想。我倒愿意睁大眼睛来看这回事。我是不打算逃避的。起先——夜里,假使没有那班人,我也许……不!我敢向天赌咒,我不让他们高兴,以为我也来替他们圆谎了。他们已经把我害够了。他们杜撰出一段故事,据我看来,他们自己也很相信。但是我是晓得真相的,我此后要过个高尚的生活,来弥补这场过失。我并不要别人帮忙。那类畜生弄出那套勾当来,我是不肯随和的。扯出那么一个谎结果会有什么用处呢?我也是迫得无路可走了,已经不高兴过活了——告诉你一句真话;但是那样子——那样子——躲避责任,会有什么好处呢?那绝不是一个好办法。我相信——我相信那样干会——那样干会——准会没有什么结果。'

"他老是走来走去,说出了最后这一句话,忽然转过身子来对着我。

"'"你"相信的是什么呢?'他汹汹地问我。接着是一会儿的静默。我突然感到给一个深刻的,绝望的疲劳压住了,好像起先我正做梦在空中漫游,庞大的虚空恼了我的精神,竭了我的体力,他的声音就一下子把我惊醒了。

"'……准会没有什么结果,'过了一会儿,他固执地向我低声说。'一定没有!我该做的事情却是睁大眼睛去看清事实——单为着我自己——等待下一次的机会——看一看我自己到底是怎么……'"

第十二章

"四围是静悄悄的,我们听不见一点儿的声音。他的情感弥漫我们中间,好像一层密雾,移动着,仿佛给他的奋斗搅乱了。这个没有实体的帷幕有时也裂开,那么我这双睁大的眼睛就可以看见他轮廓分明地站在我面前,可是又充满了渺茫的哀恳神情,好像是一幅图画里的一个象征人物。夜里的冷空气压着我的四肢,沉重得好似一块大理石。

"'我懂得你的意思,'我低声说。我讲这句话无非是要证明给自己看我还能够打破这个麻木的状态,此外并没有别的用意。

"'刚刚当太阳快要落山时候,阿奉对尔来把我们载走了,'他含怒说道。'一直对着我们驶来。我们就坐在小船里面等候着。'

"'过了好大工夫,他说,'他们把杜撰的那段故事说出来了。'接着又是一阵闷人的静默。'到那时候,我才晓得我已经下了一个什么决心,'他加上这一句。

"'你到大船上并没有说话,'我低声说。

"'我能说什么呢?'他用同样的低声问我……'轻轻的震动。把船停住了。看一看有什么损伤。设法把救生船放下,同时极力避免产生恐慌的情况。第一条救生船刚下水,风浪滚来,大船就下去了。像一块铅板那样沉没了……天下有什么事情会比这个更分明呢"……他垂着头……'更可怕呢?'他注视我的眼睛,他的嘴唇颤动了。'我跳下去了——是不是?'他非常惶恐样子问我。'此后我要过个高尚的生活,来弥补这场过失。他们编出的故事是不相干的'……他双手叉着一会儿,向苍茫的夜色左右望一望:'简直是等于骗死人,'他结巴地说。

"'大船上结果并没有人死去,'我说。

"听到我这句话,他离开了。我只能够这样子描状他的态度。忽然间我看见他背紧靠着栏干〔杆〕。他站在那儿一下子,好像正欣赏夜的洁净同安静。下面花园里一些开花的灌木在湿空气里散出强烈的香味,他又急步回到我面前了。

"'那也是不相干的,'他说。讲话时那种顽梗的神气是谁也比不上的。

"'也许是,'我赞成他的意见。我忽然想起恐怕我会被他压倒。毕竟,我晓得什么呢?

"'不管有没有人死去,我总是不能逃脱的,'他说。'我得活在人间,是不是?'

"'吓,是的——假使你要这样子去着想,'我模糊答道。

"'我自然很高兴,'他随便说,他的心却专注在另一件事情上面。'那个好消息,'他慢慢说出,头也抬起来了。'你知道听到那个消息后我第一下的感想是什么?我放心了。我放心了,晓得那些叫喊——我有没有告诉你我听到叫喊?没有?唉,我听到了。求救的叫喊……随着微雨吹来。大概都是我自己的幻想罢。可是一直到现在,我还不能够……多么傻呀……别人都没有听到。我后来问他们,他们都说"没有"。没有?可是就在我问他们的当儿,我还听得见那些声音!我应该晓得那不过是——但是我就没有去想——我光倾耳听着。很低微的尖声叫喊——每天都听得见。然后这里那个杂种鬼跑来对我说。"帕特那……法国炮舰……好好拖到亚丁来了……调查……海港办公处……水手收留所……你的住宿我们已经替你安排好了!"我跟那个小鬼同走,听不见那个喊声了,就享受静寂这个新滋味。那么,岂不是没有人叫喊吗?全是我自己的幻想。我不得不相信他的话。我再也没有听到什么声音。我暗自纳罕我起先还能够忍受多久。那简直是越来越坏……我说的是——那个叫喊越来越大声。'

"他默想着。

"'那么,其实我并没有听到叫喊!好罢——就算没有声音罢。但是灯光呢!灯光的的确确是灭了!我们没有瞧见灯光。灯光真是不在那儿了。假使在那儿,我一定会游泳回去——我会回到船旁去大声嚷——我会求他们让我到大船上面去……我要试一试我的机会……你疑心我吗?……你怎么晓得那时我的心情是怎么样？……你有什么权利配疑心我？……就在那样的情形里，我也差不多做出来了——你能够了解我吗？'他的声音低下去了。'可是那儿连一点的闪光也没有——连一点的闪光也没有，'他悲哀地向我抗辩。'你懂得吗，假使那时有灯光，你就不会看见我在这儿了？你看见我——所以疑心我。'

"我摇头否认他这句话。小船跟大船还只隔一哩的四分之一的路，怎么会完全看不见灯光了，这真是一个疑问，在法庭里也讨论了许久。吉姆坚持第一阵急雨过后，什么也看不见了；他的伴侣对于阿奉对尔的船员也作同样的叙述。凡是听到这段话的人们当然都会摇头微笑。法庭里有一位老船主坐在我身旁，白胡子刺到我的耳朵，向我细声说，'他们当然会扯谎。'其实没有一个人扯谎；连那位机车长也没有，虽然他说桅顶灯沉下去好像你扔掉的一根火柴。最少，不是有意的扯谎。一个人有他那种的肝脏，处在他那样的地位，当掉过头去急急偷看一下，他的眼角很有瞧见一粒浮动的火花的可能。大船的灯光本来照得着他们，他们却忽然间连一点亮也没有看见，对于这件事他们只能够有一种解释：大船沉下去了。这种解释是很分明的，而且可以给他们一个安慰。他们预料的事情果然来得这么快，那么他们的匆忙也不算是不应当的了。难怪他们不另外去找别的解释。但是真正的解释到〔倒〕很简单，白力厄利一提出来，关于这个问题法庭就不再啰苏了。你们大概记得，他们把大船停住，大船就躺在海上，船头还朝着那天晚上行驶的方向，船尾高高翘起，船首向水里钻去，因为前部已经满是海水了。船身既然是这样子东歪西倒,风浪稍稍一打到后身船旁的上面部分,船头就立刻掉过来,跟海风相对了,好像是抛了锚的。船位这么一变动,几秒钟之内,小船上的人当然看不见大船的灯光了,那全在下风那一边。假使他们还看得见灯火,那么这些在黑漆云团里面闪烁的亮光必定有一种默默的恳求神气,会引起悔恨同怜悯的情绪,不下于人们眼睛的神秘能力。这些灯光会传达出这个意思:'我在这儿——还在这儿'……就是最孤单的,被人见弃的人们的眼睛恐怕也只能够这样表情吗?但是大船却拿背来对着他们,好像鄙视他们的命运,连瞧一下都不肯。大船旋转过去,上面满是搭客,顽梗地向着海上的新危险睁眼,说也奇怪,这些危险大船居然度过去了,末后命终于一所旧船拆毁厂里面,好像这条汽船命里注定了该在许多铁锤的打击之下暗暗地死去。那班到圣地去的人们命里注定了后来要收什么各样各式的结果,我也无从知道;但是命运在将近的将来——就在第二天早上九点钟——却带来了一艘回国途中的法国炮舰,从累羽侬回来的。炮舰舰长的报告大家都已知道了。他看见朦胧平稳的海面上有只汽船船头倒栽着,危险万分地浮动着,就稍微驶出航路,去看一看到底是怎么一回事。汽船的桅顶斜桁上有一面倒旗飘扬着,本地水手到也不错,晓得在白天里揭出遇难的信号,但是厨子还照常在前头厨房里备餐。舱面挤满了人,好像是一个羊圈;栏干〔杆〕到处都有人倚着,舰桥上拥塞了许多人,结结实实的一大堆;好几百对眼睛圆睁着;但是当炮舰走到并排时候,却听不见一个声音,好像有个魔力把这一大群人的嘴唇都封上了。

"法国人大声招呼，却不能得到一个明白的答覆，用双眼千里镜一照，看出舱面那群人并不像害了瘟疫样子，就决定派一条小艇过去。两位船员走上大船，听到本地水手的土话，还设法同那班阿剌伯人交谈，结果总是弄不出眉目来；但是危机的性质自然是能够分明的。看到有一个白种人死了，蜷卧舰桥上，他们也很为震骇。'给那个死尸弄胡涂了，'（原文法文）许多年后我听见一位法国少尉对我这样说。他是个老头子，有一天我在悉德尼城里一家可说是咖啡馆里面完全出于偶然碰到的，他能够十分明白记起这件事。我顺便可以说，这件事有个非常大的力量，无论多么坏的记忆力同多么久的时间都不能够使人们忘却。这件事好像具有了一股古怪的魄力，老活在人们心里，老活在人们舌尖上。后来我常听见人们提起这件事，虽然已经隔了许多年头了，而且跟原来的地方也相去有好几千里，可是会忽然从最不相关的谈话里跳出，由顶辽远的一句暗示里跑到表面来。这样处处相逢不晓得可以不可以算是一桩快事。今天晚上我们岂不是谈起这件事吗？在这里只有我一个人是海员，而且只有我一个人脑子里晓得这段经过，但是这件事跑出来了！假使有两个陌生人都知道了这件事，那么无论他们在地球上什么地点偶然见面，在他们分手之前，这件事一定会跳到他们嘴上，简直是同命运一样地逃不脱的。我从来没有看见过那个法国人，谈了一个钟头之后，我们这一生里也绝不会再有什么来往了。他又不像一个多话的人，却是个态度安详的大块头，穿一套有许多折痕的制服，睡眼朦胧地坐对着大半杯颜色暗淡的酒。他的肩章有点儿变色了，他那副剃得很干净的大脸颊微带黄色；他的样子像一个爱嗅鼻烟的人——你们知道吗？我不说他嗅鼻烟；可是那种习惯跟他那类人是很相合的。我们会谈起这件事全因为他伸手过大理石桌面，交给我几张我不想看的'祖国新闻'。我说'谢谢'（原文法文）。我们就谈几句显然是不相干的话，忽然间，我也不知道怎么起来，我们已经谈得顶得劲了，他正告诉我他们给那个尸首弄得多么胡涂了。我那时才知道他是炮舰派到大船去的两位船员里面的一位。

"在我们坐的那家铺子里，人们可以喝到各色的外国酒，特别为到那里去的海军军官预备的。他就啜一口那杯好像药水的深色酒，也许并不怎么样龌龊，不过是一杯黑醋栗酒罢。他一只眼睛向大杯里一望，轻轻摇一下头。'没有法子能够了解——你知道吗，'（原文法文）他说。他的态度在不开心里杂有沉思的意味。我很懂得他们是怎么样子不能够了解。炮舰上没有一个人英文程度足够明白本地水手所说的经过。而且这两位船员身边有许多嘈杂的声音。'他们一大群人冲到我们身上。还有许多人围着这个死尸（Autour de ce mort），'他说。'我们只好先去听最噜苏的那班人。那些人自己有点骚乱起来了——好家伙！（原文法文）像那么一群的群众——你知道吗？'他很有世故，很宽容样子插进这一句。至于间壁，他劝他的舰长顶好不要去理，看起来已经是那么凶恶了。他们赶紧（En toute hâte）运两条大缆到船上去，把帕特那拖起来——却是船尾在前——在那样的情形之下，这的确是一个不傻的办法，因为船舵离水面太远了，于驶船上是不大济事的，而且这么一来，间壁也不会那么紧张了。间壁情形，他不动情地随口解释，需要最谨慎的处置（Exigeait les plus grands ménagements）。我免不了疑心这些安排大半是出于我这位新交的主意。他的样子像个很可靠的船员，已经不大活动了，在某一方面也像个航海家，不过当他坐在那儿，胖大的手指锁着，轻轻放在肚子上，他却叫你想起那班恬静的，爱嗅鼻烟，弄到脸色枯黄的乡下牧师。他们的耳朵虽然灌有历代农民的罪恶，苦痛同忏悔，他们脸上的表情却故意老是那么安详，那么简单，好像是一层薄幕，把困苦同烦恼的神秘全遮住了。他应当穿了一套陈旧的黑色法衣，一直扣到丰满的下巴，不该穿上有肩章同铜扣的外套。他宽大的胸膛一下一下起落着，一面继续告诉我那是件见鬼的麻烦勾当，像我这样当海员的人（En votre qualité de marin），必定（Sans doute）能够体会出来。说完这句话，身体稍稍向我倾斜，他撮起那双剃光的嘴唇，让空气逃出，轻轻的一声哑。'凑巧得很,'他继续说，'海面是平得像这张桌面，而且没有一丝风，也正同这儿一样'……我忽然觉得那个地方是闷得难堪，太热了；我的脸孔也发烧，好像我是年青到会觉得难为情，会双颊飞红。他们'自然'（原文法文）向最近的英国海港驶去，他继续说，一到那里他们的责任就算完了。'谢谢上帝'（原文法文）……他稍微鼓起肥胖的脸颊……'因为，你知道（Notez bien），拉纤时候，我们老派有两个船员拿把斧头守着大缆，预备割断绳子，跟后面的船分开，假使那条船……'他慌慌忙忙闭上那双厚重的眼皮，他的意思因此更见分明了……'假使是你，会怎么办呢！'大概他只好这样子尽力做去罢（On fait ce qu'on peut），有一会儿工夫他设法使他庞大不动的躯体带上听天由命的色彩。'两位船员——整整三十个钟头——老守着那儿。两位，'他重覆说，略举起右手，伸出两只手指。这的确是第一次我看见他用手势，却给我一个机会，'注意'到他手背上有个星形的创痕——分明是一粒炮弹弄出来的。我的眼睛好像发现了这个以后就精明起来了，立刻又看到另一块的伤痕，从比额头低一点儿的地方起，一直到头旁花白短发底下止，才看不见了——大概是一把枪擦伤的或者一把指挥刀斫伤的。他双手按着肚子。'我就在那条叫做……叫做——我的记性不行了。吓！帕特—那。对啦！是这个名字。帕特—那。谢谢你。（原文法文）真好笑，一个人怎么这样健忘。我在那条船上足足滞了三十个钟头……'

"'真的吗！'我喊起来。他还是望着自己的手，嘴唇又稍微撮起，但是这一次并没有发出咝声。'我们断定，'他不动声色，单是眉头向上凑，说道，'应该留一位船员在那条船上，为的是可以照顾（Pour ouvrir l'œil），'……他懒洋洋地叹一口气……'可以用信号跟拖船通信——你知道吗——还有其他事情。而且，我也是这样主张。我们把救生船预备好，随时可以下水——同时我在那条船上也正在想种种办法……总之，尽我们的力量干去。那是个很有意思的情境。一连三十个钟头。他们弄点东西给我吃。谈到酒——别妄想罢——一滴也没有。'他的态度还是那样子无精打采〔采〕，他脸上的表情还是那么恬静，可是他有个古怪的法子，能够传达出无限厌恶的意思。'我——你知道——我吃东西时候，假使没有一杯酒——那简直是无法过活。'

"我只怕他会细诉他的苦痛，因为虽然他的手脚分毫没有动，他脸上的筋肉一点儿也没有跳，可是他却使我觉得这个回忆很叫他心理难受。但是他好像一下子就把那回事完全忘却了。他们把拖来的那条船交给他所谓'海港官吏'。那班官吏接收那条船时候的冷静态度真叫他吃惊。'简直使人想起每天都有人发现了这么一个滑稽的东西（Drôle de trouvaille），送去交给他们。你们英国人真古怪——你们这班人，'他加上这句注脚，他一面拿他的背靠着壁头，看起来好像绝不会有什么表情，仿佛同一袋面粉一样。那时海港里刚好有一艘军舰同一艘印度海军的汽船。他对于这两条船的小艇运送帕特那船上的搭客的敏捷很表示赞美。其实他那种麻木态度并没有遮掩了什么，而且反具了一副神奇的，差不多是不可信的本领，能够用无法窥破的手段，给人们一个深刻的印象，这真是无上的艺术，不能再高明了。'二十五分钟——我看着手里的表——二十五分钟，多一分钟也没有'……他松开，接着又握紧他的手指，他双手还是不动地按着肚子，可是很能传出他那种惊异的心境，比起双臂惊骇地向天伸出更来得动人，是无数倍更动人……'把那一大群（Tout ce monde）全运到岸上去了——以及他们简单的行李——船上没有人，只剩下一队正式水兵（Marine d'l'Etat）同那个有意思的死尸（Cet intéressant cadavre）。二十五分钟'……他眼睛垂下，头稍微倾斜，他的舌头好像很自得地细尝这下伶俐工作的滋味。他虽然没有多说什么话，却能够使人们相信他的赞美是很可宝贵的。过一会儿，他又恢复到那个几乎是始终没有变更的不动姿势了，接着告诉我，因为上头有命令要赶快驶到土伦去，两点钟之后，他们就离开了，'所以（De sorte que）我生活中这段故事里（Dans cet épisode de ma vie）有许多情节到如今我还是不明了。'"

第 十 三 章

"说完这几句话,态度一点儿也没有变,那位法国船员可说是悄悄地归于沉默了。我就陪着他。忽然间他又开口,但是并不来得仓卒,好像规定的时候到了,又该他那种和平的,沙哑的声音从呆板的姿势里出来了。他说,'我的天呀,(原文法文)时光过得多么快!'这句话的确是再通常不过的,但是他一说出口,我就觉得一下子睁开眼睛了。我们向来总是不聪不明,做梦也似地过日子,说也奇怪,居然能够度过一生。也许我们到应该这样过活,天下数不尽的大多数人会觉得活在世上都还不坏,而且情愿活下去,恐怕也是因为他们是这么胡涂罢。可是,我们大概都免不了有时会忽然觉醒过来,那时在一刹那里我们看到,听见,了解许多东西——几乎是世界上一切东西——然后又回到安逸的睡眠状态里头去了。他说话时候,我抬起头来,望他一眼,瞧出他的实情了,我真是从来没有把他看得这么清楚过。我看见他那个埋在胸前的下巴，他衣服上不雅观的折痕，他紧握着的双手，他呆板的姿势，这些细节都是这么古怪地叫人想起他简直是落伍了，所以滞在那儿。时光真过得快，赶上他，跑到前头去了，就把他留在后面，让他去绝望，光给他几件无聊的礼物：铁褐色的头发，晒黑的脸孔上疲倦的神情，两块疤痕，一双变色的肩章；他是那种肯耐劳的可靠汉子，世上伟大的名誉全建设在他们这种人身上，可是他们却埋在惊天动地的功勋的基础下面了，安葬时还得不到一声鼓角。这种无名英雄真是数不尽呀！'我现在是"胜利"船上的少尉'（那条船是当时法国太平洋舰队的旗舰），他告诉我，说时他的肩膀跟大墙离开两英吋，就算替他自己介绍罢。我隔一张桌子向他略略鞠躬一下，告诉他我带一条商船，现在泊在剌士卡忒海湾里。他已经'注意'到了，——一条很漂亮的小船。提到那条船，他的态度很客气，虽然还是那么冷淡。我甚至于想他客气到歪起头来恭维我，当他分明喘着气一再说道，'呀，是的。一条很漂亮的小船，涂上黑色的——很漂亮的——很漂亮的（Très coquet）。'过了一会儿，他慢慢扭过身子，跟我们右边的玻璃门相对。'一个沉闷的城（Triste ville），'他凝视外面的大街说道。那天是个晴朗的日子，正刮着南风，我们能够看见行人道上的男男女女跟狂风相斗；大街那边的屋子前面有阳光照着，不过也给一阵一阵飞得顶高的尘土弄模糊了。'我上岸，'他说，'来活动一下我的双腿，但是……'他没有说完，又沉到深深的休息里面去了。'请你——告诉我，'他重新开头，庞大的躯体现在我面前,向我提出这个问题,'这回事到底是怎么样——实在的情形(au juste)?真古怪。比如那个死尸——以及其他种种情形。'

"'此外还有活人哩,'我说,'那是更古怪得多的。'

"'一定的,一定的,'他声音不很高赞成我这句话,然后,好像经过了一番仔细的考虑,低声说,'分明是如此。'我不大费力就把这回事里面最引起我注意的那一节说给他听。我好像觉得他仿佛有知道那一节的权利:他岂不是在帕特那船上滞了三十个钟头——他岂不是可以说接了那班人的位置吗,他岂不是'尽了他的力量'去帮忙吗?他静听我的话,他的样子比先前更像个牧师了,此外——也许因为他那双垂着的眼睛——还有个潜心虔敬的神情。有一两次他耸起眉峰,(但是并没有抬起眼皮,)好像一个人要说,'魔鬼!'有一回他冷静地喊道,'呀,呸!'他的声音却非常低。我说完后,他故意撮起嘴唇,发出一种悲哀的啸声。

"假使是别人,这种啸声总可以证明出是感到无聊了,指示出漠然的态度;但是他却神秘得很,能够设法使别人觉得他虽然不动,却是深有所感,满是珍贵的想头,好比一粒鸡子满是蛋黄同蛋白。他最后也只说一句,'很有趣味,'而且说得很客气,声音低得好像耳语。当我还没有忘却我的失望,他又自言自语样子向我说道,'就是这么一回事。就"是"这么一回事。'他的下巴好像更深地埋在胸前,他的躯体好像更沉重地压在坐位上。我正要盘诘他到底是什么意思,他全身却颤动起来,好像预备开口了,正好像我们还不觉得有风时候,沉水上已经看得见一阵微波了。'那个可怜的青年就这样子跟其他人一起跑掉了,'他安详严重地说道。

"我不知道为什么我微笑了;我记得谈起吉姆时候,只有这一次我是真真微笑了。这句简单的话经他一用法文说出来,听到耳朵里总觉得有点好笑……'跟其他人一起跑掉了,'(原文法文)这位少尉说道。忽然间我很赞美这个人的见识。他的确是一下子指出要害,抓到我最感到趣味的那一点了。我觉得我自己好像是个律师,毫不动情地,单从职业上来观察这个案子。他那种镇静谙练的安详态度是一个已经晓得了全部事实的专家才会办得到的,在他眼里人家的苦恼都无非是一场儿戏。'呀!青年,青年,'他宽容地说道。'究竟,一个人不会因此死去。''因为什么死去?'我飞快问他。'因为害怕。'他说明他的意思,一面啜他的酒。

"我看出他受伤的那只手最后三个手指是僵的,不能够分开来各自活动,所以他举杯时候只好一把抓起酒杯。'一个人总免不了害怕。不管他先前说得多么好听,但是……'他很笨地放下酒杯……'恐惧,恐惧——你看——总在这儿!'……他指他胸前一粒铜扣旁边的地方,吉姆从前向我申明他的心脏绝没有毛病,打的也就是这个地方。我想我大概露出反对的神气,因为他一再坚持,'是的!是的!一个人尽可以随便说,一个人尽可以随便说,说得天花乱坠;但是结果算起来,一个人并不比其他任何人更聪明——也不会更勇敢。勇敢!那也不过是说得好看罢。我走遍天下,处处白刀子进去红刀子出来(Rouléma-bosse 法国俚语,打仗的意思),'他十分严肃地说出这句俚语,'我也结识了勇敢的好汉——鼎鼎大名的!好罢!(原文法文)'……他随便喝酒……'勇敢——你以为真是勇敢吗——在军队里——一个人不得不勇敢——这行职业需要的就是这个(le métier veux sa)。对不对?'他跟我讲道理了。'怎么样!(原文法文)他们个个人——我说他们个个人,假使他是个老实人——请你们注意(原文法文)——都会承认到了某一点——到了某一点——就说我们里面顶有胆量的——只要到了某一点,你总会把一切全放弃了(Vous lachez tout)。你活在人世,就不能不承认这条真理——你懂得吗?在某一种的环境之下,恐惧是一定会来的。一个十分骇人的恐惧(Un trac épouvantable)。就是那班不相信这条真理的人,还是一样地免不了害怕——怕他们自己。绝对是这样的。请你相信我的话罢。是的。是的。……到了我这样年纪,一个人是不会瞎说话的,总是知道得十分明白,才肯说出口——魔鬼弄的!(原文法文)……'他说出这些话,身子却一点儿也没有动,好像他光是抽象真理的传话人,但是讲到这里他慢慢旋转他的手指,因此他的态度更加冷淡了。'这是很分明的——好家伙!(原文法文)'他继续说。'无论你下了多么大的决心,甚至于只要很简单的头痛或者一阵不消化(un dérengement d'estomac)就足够……比如,拿我自己来说罢——我本身已经证明过这条真理了。怎么样!(原文法文)我此刻在这儿同你谈天,曾经有一回……'

"他喝干他的酒,又去旋转他的手指了。'不,不,一个人绝不会因此死去,'他决然说道。我一看见他不打算往下说出他个人的故事,真是失望极了。而且,你们知道,那类故事别人又不好意思强他说出,因此我更加失望了。我坐着不说话,他也是这样,好像他顶喜欢这样子相对默然。甚至于他的大姆指此刻也不转了。他的嘴唇突然动起来。'正是如此,'他和平地重新说起。'人生下来就是个懦夫〔L'homme est re(le) poltron〕。这真是一个难题——好家伙!(原文法文)否则,做人也太容易了。但是习惯——习惯——时势的必需——你知道吗?——以及怕别人瞧见——你看(原文法文)。一个人因此也只好容忍下去,不露出惊惶的神情了。还有别人的榜样!他们并不比你高明,但是面子上却显得很勇敢……'

"他的声音停住了。

"'那个青年——你要晓得——并没有得到这些刺激——最少在那个时候,'我向他解释。

"他很能原谅样子绉起眉头。'我没有说他有;我没有说。我们所谈的那个青年也许具了顶好的性情——顶好的性情,'他稍微喘气一再重覆说道。

"'我很高兴,看到你对于这件事取个宽仁的态度,'我说。'关于这件事他自己好像——唉!——还觉得很有希望,而且……'

"他的脚在桌子底下擦出响声,我因此停住了。他抬起那双沉重的眼皮。我说,抬起——真没有别的话可以描状出他那样故意睁开眼睛——最后完全打开给我看了。跟我相对的是两个狭窄的灰色小圈,像两只小钢环,就围着深黑色的瞳人。从这么庞大的躯体来了一个这么锋利的视线,真叫人觉得极有力量,仿佛看见一把大斧头上有剃刀那么快的刀口。'请你原谅,'他十分客气说道,他举起右手,身体向前倾斜。'让我……我坚持一个人也可以好好过活,虽然明知道勇气不会自然而然跑来(Ne vient pas tout seul)。这个自觉不该叫我们慌张。多晓得一些自己的真相不该就使我们觉得不能活下去了……但是廉耻——廉耻,先生!……廉耻……那是非常重要的——那的确是!到底值得不值得活下去,当……'他庞然一冲,站起来了,好比一只牛受了惊吓从草地上爬起……'当一个人没有廉耻了——嗳!的确!(原文法文)——我不能说出什么意见。我不能说出什么意见——因为——先生——我完全不晓得那是怎么一回事。'

"我也站起来了,大家都努力拿出极客气的态度,我们就相对默然,好像排在火炉架上面的一对磁狗。那个家伙真该死!他戳破这个胰皂泡子了。人们的谈话本来随时有感到说也徒然的危险,这个霉此刻降到我们的谈话上面来了,弄得我们说的全是空洞的声音。'是的,'我勉强一笑说道,'但是难道这件事不能够躲得无影无踪吗?'他好像立刻就要反驳我的话,但是一开口,又变个主意了。'这一点也是太微妙了,我无从下判断——是远在我的判断能力之上的——所以我简直不去理会。'他用受伤的那只手的姆〔拇〕指同中指夹着便帽的遮檐,拿在胸前,笨重地向我鞠躬。我也向他鞠躬。我们相对鞠躬;我们非常客气地各将右脚向后微曳来行礼,那时有一个最龌龊不过的伙计在旁欣赏,好像他出了钱来看我们演这套把戏。'伙计,'法国人说。脚又向后曳一下。'先生'……'先生'……他那片粗大的背一出去,玻璃门也就关上了。我看见狂风望〔往〕南吹刮,把他抓住,顺着风势赶去,那时他的手抱着头,他的肩膀挡着风,他外套的后面下襟吹得紧贴着他的腿上。

"我又独自坐下来,觉得灰心——对于吉姆那回事灰心。假使你们纳罕为什么过了三年多,那回事还是那样分明在我心头,那么你们必得知道最近我还会见过他。我刚从三宝垅回来,我到那里去装一批运到悉德尼的货:一桩顶无味的事情——我们这位查利所谓我那种合理的交易——在三宝垅我又看到吉姆了,虽然彼此没有谈多少话。那时他替德准做事,是我介绍的。当水上兜揽生意的伙计。'我的水上代表,'德准是这样子称呼他。你们真想不出一个更缺乏安慰,更不会带上灿烂火花的生活方式了——除非是替保险公司当说客。波布·斯坦吞那个小子——我们这位查利同他很熟——就尝过这个味道。后来为着救西佛拉船上的一位太太的女仆,反弄到自己泅死的也就是这个人。你们也许还记得——那是一个落雾的早晨,两条船在西班牙海边相撞了。所有的搭客都好好地装在救生艇里面,推到远离大船的地方去了,波布却把他的小艇望〔往〕大船斜驶去,亲自跑到船面去救那个女人。怎么单把她一个人剩在后面呢,我也说不清;总之,她已经完全疯了——不肯离开大船——死抓着栏杆。救生艇里面的人们看得很清楚这两个人在那里角力;

但是可怜的波布在商船服务时候算是一个最矮的大副,据说那个女人穿着鞋子站起来有五英呎十英吋那么高,力气大得同一匹马一样。所以他们老在那儿拉拉扯扯,瞎闹一阵,那个不幸的女人不断地叫喊着,波布有时向下面大声警告他的小艇不要靠近大船。小艇上的一个水手后来告诉我,'先生,完全像一个顽皮的小孩子跟他的妈妈打架。'这位老头子回忆起来,还免不了匿笑。他说,'末了,我们看出斯坦吞先生也不去拖那个女人了,光站在一旁,望着她,好像是个看守者。我们后来猜想他大概预料波浪冲来也许会慢慢把她从栏杆上扯开,那么可以给他一个救她的机会了。我们为着自己生命的缘故,不敢驶近大船;过了一会儿,右舷一倾侧;大船就突然沉下去了——扑通一声。海水那样把大船吸收进去真有些可怕。我们绝没有见到什么东西,无论活的或者死的,再浮上来。'可怜的波布会到岸上来过活是为着一段恋爱的纠纷,我是这样相信的。他妄想他跟大海完全脱离关系了,以为靠得住可以享受陆地上一切的幸福了,但是结果却当个替保险公司兜揽生意的说客。他有一位亲戚住在利物浦推荐他干这个差事。他常把这行职业里的种种经验告诉我们,叫我们笑得哭起来了。他看见有这样的影响,也觉得很高兴。他胡子长到腰间像一个矮鬼,他那个短小的身材就用趾尖在我们中间行走,说道,'你们这班叫花子听起来当然会高兴,随口哈哈大笑,但是干了一个礼拜那类的工作,我那个永生的灵魂就缩小到同一粒枯萎的豆子一样大了。'我不知道吉姆的灵魂怎么样去适应这个新环境——我也没有空去想这些,因为我太忙了,老在那儿设法找些工作,使他可以糊口过活——但是我敢说他那个冒险欲必定感到饥荒了。这行新职业绝对没有含了什么东西可以满足他的冒险欲。看他干这件事真叫人心里难受,虽然他拿出一个顽梗的冷静态度来对付一切,关于这一点我不得不佩服他。我看到他衣服褴褛地蹒跚走着,我心里老想这也许是那些英雄迷梦的一个责罚罢——他起先追求他拿不起的一种光荣,活该现在挨到这个苦恼。他太喜欢幻想自己是一匹光荣的赛跑的快马,现在落个无声无臭地当苦役,像沿街叫卖果子的人使用的驴子。他也干得很好。他把自己埋没在中间,低下头去,绝对不则一声。很好;的确很好——除开某一种怪诞猛烈的爆发,那是当帕特那案子又跳到人们嘴里的那些惨澹时候。不幸得很,东方海上的那段丑事永远活着,老是不能压下去,所以我总觉得还没有把吉姆安顿好,恐怕还免不了操心。

"法国少尉走后,我坐着想起吉姆来,可是我没有连想到德准暗澹清冷的店后,不久以前我们就在那里匆匆握手,我所连想的却是许多年前在将烬的蜡烛的闪光之下,我看见他同我两个人坐在玛拉哈旅馆的长廊上,夜的凛冽同黑暗就在他的背后。国家法律的神圣利剑正挂在他的头上。明天——也许可以说是今天?(我们分手时,午夜是早已溜过去了)——警察厅那个铁面无情的法官对于凌辱殴击那件案子,定下罚款同监禁期间的处分后,就会拿起可怕的军器,打到他湾〔弯〕下了的颈项。我们夜里的密谈非常像陪一个判决了死刑的犯人最后一晚彻夜的祈祷。他也可以说是个犯人了。他的确是个犯人——我已经一再向自己说过，他是个无法援救的犯人。可是我总希望能够使他免受正式定罪那些刺心的礼节。我并不说我能够解释为什么我有这个希望——我并不觉得我能够；但是假使到了此刻你们还没有得到一个相当的观念，那么我的叙述一定是非常不明了，或者是你们太渴睡了，不能抓到我的意思。我也不想替自己的道德辩护。我也没有含了什么道德意味，当我出于一时的冲动，把白力厄利脱逃的计划——我可以说——照原来那么粗糙的形式——向他说出。卢比是不成问题的——已经预备好了，在我袋子里面放着，专等他用。啊！算做借款；当然是算做借的——假使他想要一封介绍信，给一个能够替你找差事的人（在仰光）……当然！我极愿意帮忙。我第二层房子里也有纸，笔，墨水。当我说话时候，我已经是巴不得就把那封信写出：日，月，年，早晨二点三十分……请你看着我们多年的友谊，替杰姆士先生找些工作，杰姆士先生是……我甚至于打算用这种恳挚的语气来替他介绍。假使他没有博得我的同情，那么他有个更好的成就——他已达到同情心的源泉了，换一句话说，他打动了我的自私心了，那是个隐晦的，容易激动的情绪。我一点儿也没有瞒你们；否则，我的行动简直是不可解的，世上任何人的行动都不该有那样子不可解，而且——还有一个原因——你们明天准会把我的诚恳连同一切过去的教训全忘却了。在这件事情里，说句粗话，说句精确的话，我是个无可责备的人，但是我这个微妙的自私主意却给这个犯人简单的道德心打倒了。他的确也是自私，不过他的自私有个更高尚的来源，有个更洁净的目的。我晓得，不管我怎么说，他总是非常想经验正式定罪那些礼节；我也不说什么话了，我觉得辩论起来，他年青的意气会很有力地把我压倒：我所认为用不着谈的道理，他却肯牢牢相信。他那个没有说出，差不多还未想好的热烈希望的确带有良好的成分。'跑开！这个办法我简直不敢想，'他摇头说道。'我自己情愿帮忙，既不要，也不预期你有什么感谢，'我说，'你什么时候方便就可以还这笔款，而且……''你待我真好，'他低声说，头也没有抬起来。我仔细观察他：他一定觉得将来是渺茫得可怕；但是他一些也不迟疑，仿佛他的心真是什么毛病也没有的。我生气了——那天晚上这也不算是第一次生气。'我想这件凄惨的勾当，'我说，'在你这种人眼里必定是够辛酸的……''是的，是的，'他向我一再耳语，他的眼睛注视着地板。这种情境真是叫人心裂。他高高站在灯光上面，我能够看出他颊上的毫毛，他光滑的脸孔皮下涨着热血。不管你们信不信，我说这种情境真叫人气得心裂，我因此凶起来了。'是的，'我说，'请让我告诉你，我完全想不出这样舐到杯底的苦味于你会有什么好处。''好处！'他从静默里喃喃地说。'我肯死去，假使我想得出，'我愤愤不平地说。'凡是能够说出来的话，我已经全告诉你了，'他慢慢继续说，好像正在冥想一些无法得到答案的问题。'但是，究竟这是"我"的烦恼。'我张开嘴正要反驳，忽然觉得我完全失掉自信力了；他仿佛也对我绝望了，就独自喃喃，好像一个人半出声地对自己说话。

'"到……到医院里面去了……他们没有一个人肯来受审……他们!……"'他稍微移动他的手,含有轻蔑的意思。'但是我不得不来承当,我必不可躲避……我也不愿意有什么躲避。'他不说话了。他注视着,好像给一个鬼迷住了。他那副不自觉的脸孔就反射出藐视,失望,决心种种转瞬即逝的表情——接连反射出来,像一面照妖镜照出打面前滑过去的妖精的形状。他是在多伪的鬼怪同严肃的幽灵中间过活。'啊,别胡说,我的朋友,'我开口说。他不耐烦样子动一动。'你好像不大了解我,'他干脆说,然后睁开眼睛望着我,连眨一下也没有,'我可以跳下去,但是我绝不肯偷逃。''我并不想惹你生气,'我说。我真傻,还加上一句,'比你还强的人有时也觉得逃走是最方便的办法。'听到这句话,他满脸涨红,那时我一慌张,几乎给自己的舌头窒塞了。'也许是这样,'他末了说道,'我还没有那么强:我经不起这样干。我不得不把这件事打倒——我"现在"正跟这件事相斗。'我从椅子里站起来,觉得全身都僵了。当时的寂静真叫人难受,为着要打破这种空气,我想不出别的好办法,只得用一种不在乎的口吻说道,'我不知道已经是这么晚了……''我敢说对于这事件你一定觉得很腻了,'他粗鲁说道,'告诉你一句真话'——他开始向四面寻找他的帽子——'我也是一样的。'

"好罢!他拒绝了这个唯一的救援。他劈开了我这只帮忙的手;他现在正预备走去,栏杆外面的夜色好像很沉静地等候他,仿佛已经看定了他,将要一下子把他抓去了。我听到他的声音。'吓!在这儿。'他找到他的帽子了。有好几秒钟,我们两个人都在犹豫着。'你打算怎么办，当——当……'我很低声问。'大概是鬼混去罢，'他硬声硬气地含怒答道。我已经有几分恢复常态了，想一想最好还是不去理这句话。'请你记住，'我说，'在你离开此地之前，我很想同你再会一面。''这当然可以，我就不晓得会有什么阻碍。那件该死的勾当并不会使我隐形，'他沉痛万分说道，——'没有这么好的运气罢。'当我们分手时候，他向我结巴说不出话来，很有不知道怎么办才好的样子，现出踌躇不安的神气，那样子一团慌张真叫人看着心理难过。愿上帝赦宥他——也赦宥我罢！他那个喜欢胡思乱想的脑子忽然想起恐怕我不大愿意同他握手。这个念头真是可怕到不能用言语形容了。我相信当时我向他大声呐喊，好比看到一个人快要走下峭壁，你会乱嚷起来。我记得我们一齐抬高声气，他脸上现出一个可怜的狞笑，拼命把我的手一抓，接着是一声狂笑。蜡烛爆烟了，这下告别的礼节也就算完结了，从黑暗里传来一声呻吟。他设法走开了。夜色把他整个人吞进去了。他真是一个可怕的笨手笨脚的人。可怕的。我听到他的皮鞋踏着石子发出来的砾砾声。他正在快跑着。绝对是快跑着，却没有什么地方可去。那时他还不到二十四岁哩。"

第十四章

"那天晚上我睡的时间很少，匆匆忙忙用过早餐后，稍稍踌躇一下，就决定今早破例，不到船上去视察了。我这个举动真是很不对的，因为我的大副虽然在各方面都可以算做一个好男儿，却给他自己的胡思乱想糟蹋了，假使在预先料定的时候没有得到他妻子的来信，那么他就会生气妒忌到发疯，弄得对于一切工作都摸不出头绪，还跟船上所有的水手吵架，不是一个人关在卧室里去呜咽，就是大发脾气，几乎使水手要合伙造反起来了。我一向总不能够了解这种情形；他俩已经结婚十三年了，我曾经瞥眼看他太太一下过，说句老实话，她长得那么不好看，我真想不出天下会有一个男人放荡到那样地步，居然肯为着这样的女人投身到罪恶旋涡里去。这个意见我老没有向可怜的塞尔芬说出，我也不知道我该不该这样不则一声。那个人真是把自己关在一所小规模的人间地狱里面，我间接也就受害不浅,但是一些无谓的客气,绝对是无谓的,拦住我的嘴了。海员跟妻子的关系的确可以做一个有趣味的题目,我能够告诉你们许多例子……但是此地此刻我们谈的不是这些事情,我们说的是吉姆——他却是个还未结婚的人。假使他的古怪良心,他的自尊心,假使荒谬的妖精同严肃的幽灵,这全是与这个青年不利的密友,都不肯让他从斩头木砧上逃开,那么跟他自然说不上这么亲密的我却非常想去看他的脑瓜滚下来。我到法庭去了。我本来不希望会怎么样子深为感动,或者眼界顿开,或者觉得有趣,或者甚至于吓了一跳——当我们还活在世上时候,间或一次又热闹又带劲的惊慌,总该算个很有益的训练罢。但是我也没有预料到我心里会那么难过。他的责罚最刺心的一点是在于当时那种冰冷的,下流的空气。他所犯的罪真正的意义是他对于人群失了信用了,从这个观点看来,他并不算个无关重要的奸贼呀,但是他的处分却是暧昧得很。没有高筑的绞台,没有大红的刑衣(他们有没有大红的刑衣藏在塔山上面?他们到应该有),没有看到他的罪恶害怕得战栗,看到他的命运伤心得流泪的吓昏了的群众——也没有报应分明的凄惨气象。当我走着时候,我看见明亮的阳光,那是太热烈了,不能够给人以安慰,大街上到处是一块一块乱七八糟的杂色,好像一个破碎了的万花筒:黄色,绿色,蓝色,耀目的白色,露出来的棕色肩膀,有红色布罩的牛车,一队穿着褐色衣服的本地步兵,头发黑色,脚上一双满是尘土,有纽带的长靴,整整齐齐向前走着。一个本地的巡警穿着剪得太小了的暗色制服,腰间围上一条漆皮的带子，拿一副东方人特有的乞怜眼神望着我，仿佛他那个漂泊的灵魂很感到苦痛，因为跑到这个预料不到的——你们怎么说呢——天神一般的——化身里去。法庭的院子里面有一棵孤单的大树，荫〔阴〕影底下坐了跟陵辱殴击案子有关系的村民，他们穿着颜色鲜明的衣服，看起来好像一本东方游记里五彩石印的野宿图，只差前景里那个不可少的一缕炊烟同一群吃草的驮兽。后头有一面光溜溜的黄色土墙高耸着，俯视这棵大树，反射出太阳的光辉。法庭里面却是阴森森的，因此更见庞大了。风扇在黯淡的高处急促地摇来摇去，摇来摇去。这儿那儿我们可以看见一个围着布的人，给光露的四壁一衬矮多了；他们分毫不动地坐在一排一排空凳子中间，好像都沉到虔敬的默想里面去了。挨打的原告是个朱古力脸色的胖子，剃个光头，肥胖的胸膛一半露出，鼻梁上有个鲜明的标记，庄严地兀坐不动，只有他的眼珠子闪烁着，在沉闷的空气里打滚，他的鼻孔呼吸时候一张一翕可来得很凶。白力厄利落到坐位上，极疲倦样子，好像前天晚上他整夜都在煤屑铺成的竞走路上跟人们赛跑。虔敬的帆船船主显出兴奋的神情，种种举动都带了不安的色彩，好像费了很大的劲才能够把自己压住，否则会站起来，诚恳地劝我们祷告上帝，痛改前非。法官精细灰白的头从梳得很整齐的头发下面露出来，像一个已经绝望了的病人的头，当人们把他洗过澡，梳得好好的，支在床铺上。他将花瓶——一束紫花，还杂有长干的红花——推到一边，双手抓着一张浅蓝色的长方形纸，眼睛向纸上一溜，前臂搁在桌子边缘，就用平淡清晰的随便口气大声念出来了。

"天呀！虽然起先我很傻，想到了绞台同滚下来的脑瓜——请你们相信，那天我所看见的却比斩头还要坏，真是更坏得无数倍了。那天的情境有个永远不散的乌云罩着，还不如斩头那么痛快，斧头一下去，接着就有休息同安全的希望了，使观众的心境会松活起来。那天的处置有死刑的宣布那么冷酷，那么咬牙切齿样子，同时又有流徙的判决那么残忍，那么叫人焦心。那天早上我就是这样看法——甚至于到此刻我还觉得我这种小题大做含了一个不可磨灭的至理。从这一点你们就可以想出我当时的印象是多么深刻了。也许就是因为这个原故，我总不能够叫自己承认这件事情算已经了结了。这件事却老在我心头，我总想打听各方面的意见，好像实际上这回事还没有解决：个人的意见——各国的意见——天呀！比如那个法国人的意见。法国的意见是用那种冷静的，明白的辞句说出，仿佛从一个机械的口出来，假使机械也会发言的话。法官的头有一半给那张纸遮住了，他的双眉却好像是大理石塑的。

"法庭先讨论几个问题。第一个是那条船原来是不是各方面都没有毛病，很可以用于那次航行。关于这个问题，法庭的结论是那条船并没有那么健全。第二个问题，我记得，是一直到遇险时候止，他们有没有尽了海员应有的小心，好好驾驶那条船。关于这个问题，法官答个'是'字，他们怎么会这样满意呢，那大概只有上帝才晓得罢。跟着他们就宣布没有找到什么东西能够证明出这次遇险的真正原因。也许因为碰上一只漂流着的破船罢,我记得那时有一条装松脂,走外洋的挪威小帆船失踪了,正是这种船最容易一遇见风浪就颠覆过来,一连好几个月漂流着——可说是海上的伥鬼,到处巡行,打算在黑夜里来杀害海上的船只。这类浮尸大西洋的北部到〔倒〕不少,海上一切的恐怖都聚集在那儿——密雾,冰山,存心捣乱的破船同凶恶的长风,那种风跟僵尸一样抓着人不放,一直等到人们的精力用竭,人们的希望也消散了,剩下来的仿佛只是一架空壳罢。但是在东方——在这些海面上——这类的遇险却很少见,所以这回事好像是一个恶魔故意安排的,可是除非他的目的在于要杀死那个傻货同把吉姆弄到求死不得,他这下捣鬼真可算做绝无意义的瞎闹。我心里一想起这个意思,就没有那么注意听着了。有一会儿,我光听见法官说话的声音;可是过一下子,他的声音又变成明白的字句……'完全不顾他们最大的责任,'那个声音说。下面一句话我又没有听到,然后……'危险时候,他们各自逃生,完全不管那些应归他们负责的人命同财产'……那个声音淡淡说下去,也就停住了。灰白色的额头下面有一双眼睛刚刚从那张纸的上边射出凶猛的目光。我赶紧看吉姆一眼,好像预料他会躲得无影无踪了。他却分毫不动,还在那儿。他坐着,漂亮的脸孔十分红,极端注意地听着。'所以,……'那个声音开始加重语气说道。吉姆的嘴唇张开,睁大眼睛,整个人专心细听坐在桌子后面的那个人说的话。那些话给风扇的风吹到静寂里面去了,我注视这些话对于他会生什么影响,因此我只听到一部分的判词……'法庭……船主考斯道夫某某……

德国人……杰姆士某某……大副……以前的证书不生效力了.'一阵的静寂。法官放下那张纸,斜倚椅子靠手的地方,跟白力厄利随便谈天。人们开始走出去了;有的挤进来,我也向大门走去。当我站在外头时候,吉姆望大门走来,经过我身旁,我就抓住他的手臂,将他留下。他给我一个眼色,使我很难过,好像他现在的地位该由我来负全部的责任;他望着我,好像我是罪恶的化身。'总算完了,'我结巴说。'是的,'他答道,呼吸有些困难。'现在谁也不要再提……'他一扯,他的手臂就从我手里滑出去了。他走去以后,我望着他的背。那是一条长街,过了许久我还瞧得见他。他走得倒还慢,两脚有些开叉,好像觉得不容易壁直站着。刚在我快瞧不见他时候,我仿佛看见他有点站不稳样子。

"'一个汉子摔到大海里头去了,'我后面有一个沉重的声音说道。我转过身子,瞧见一个我稍微认得的西澳大利亚人;支斯得尔是他的名字。他也正在看吉姆。他的胸膛非常大,粗糙的脸孔刮得很干净,带上桃花心木的颜色,上唇边翘起两把细长密生的铁灰色胡子。他当过商人,采珠人,打捞难船货物的人,我相信他还当过捕鲸鱼的人;据他自己说——人们在海上能做的种种勾当,他全干过了,除非是当海盗。太平洋的南部同北部是他原来觅食的所在;但是为着要购买一只便宜的汽船,他就跑到这么老远来。他最近在某地方发现了——他自己这样说——一只有海鸟粪的孤岛,但是船只不容易靠近,而且那里抛锚的地方最少总说不上安全。'简直跟金矿一样的值钱,'他会喊道。'就在窝尔坡尔暗礁中间。假使那里邻近你真找不出一个四十㖊以内的抛锚地点，那有什么关系呢？不错，那儿有飓风，但是那个东西的确可算做上等货，简直同金矿一样的值钱——还要值钱哩！可是那班傻子没有一个能够看清这一点。我找不出一个船主或者轮船公司老板肯把船驶近那个地方。所以我决定自己来运这堆天赐的好东西……'他要买一只汽船也就是为着这个用处，我知道那时他正同波斯的拜火教徒开的一家公司交涉得上劲，要买一只九十马力，两桅方帆，属于过去时代的残破旧船。我同他相遇谈天过好几次。他很深刻样子望着吉姆。'为着那件事气得心痛？'他现出轻蔑的神气问道。'很痛心，'我说。'那么，他这个人可说没有多大出息了，'他提出他的意见。'那里用得着这样慌张！不过是一小块驴皮做的证书罢了。那张东西从来没有叫人发财过。你们对于天下事物必得看出真相——否则，你们还是立刻宣布自己的失败好罢。在这个世界上你们绝不会有什么成就。你看我，我向来不为着什么事情心痛。''是的，'我说，'你能看出事情的真相。''我希望我能够看见我的伙计到这儿来，我想的就是这件事，'他说。'你认得我的伙计吗？鲁滨孙那个老头子。就是那个鲁滨孙。"你"认得他吗？那个声名狼藉的鲁滨孙。他年青时候专会偷运鸦片同捕杀海獭，恐怕此刻活在世上的瞎闹水手没有一个赶得上他。据说他常坐在捕海獭的双桅船上，向阿拉斯加驶去，当时的雾是密得只有上帝才辨得出一个个人形。天地所不容的鲁滨孙。就是那个家伙。他跟我合伙来弄海鸟粪这桩生意。可算是他一生里最好的机会了。'他拿嘴唇凑近我的耳朵。'吃人的生番？——啊，许多年前，他们常常这样称呼他。你还记得那段故事吗？斯条亚岛的西岸有一条海船破了；不错，七个水手一同到岸上去，他们仿佛不十分和睦。有些人太狠心了，简直无法对付——他们不懂得怎么样从恶劣的境遇里想出最好的补救办法来——没有看清事情的真相——"真相，"我的孩子呀！那会有什么结果呢？还用得着说吗！一阵阵的不幸接连发生；恐怕免不了一拳向他们的头上打去；真是活该。那班人最有用的时候是当死过去了。据说有一艘英国军舰乌尔外因的小艇发现他跪在海草上，赤条条的，像初生下的婴儿，正在唱一种什么赞美诗的调子，当时下着微雪。他一直等到那只小船驶近岛岸，只隔一桨远的时候，才站起来，跑了。他们踏着高高低低的漂石追赶他，整整化了一个钟头，末后一个水手掷一块石子，侥幸得很，刚打好中他的耳朵后面，把他弄得不省人事了。岛上光剩下他一个人吗？自然。但是这个故事正同起先说的捕海獭的双桅船一样，只有上帝才知道真正的情形罢。小艇上的人们也不大追究他从前的经过。他们用一块船布把他包起，赶快将他运走，黑夜已经来临了，天气也变凶恶起来，大船上每隔五分钟就发出一声召回的号炮。三礼拜后他完全复原了。不管岸上人怎么样麻烦他，总不能够叫他焦急；他光闭紧嘴唇，让人们嚷去。船破了，他所有的财产全漂去了，这岂不是已经够坏了吗，那里还用得着去理会他们骂他的话。这个人跟我正合式。'他举起手臂向大街下边某一个人招呼。'他有些钱，所以我不得不让他来合伙。不得不！找出了这么一笔宝贝，却肯随便扔掉，真会开罪于上帝呀，可是我的钱已经用完了。想起来的确叫人难过，但是我能看出事情的真相，假使我"必得"跟人合伙——我想——假使必得跟别人合伙，那么还是跟鲁滨孙好些罢。今天早上在旅馆里用完早餐后，我离开他，独自到法庭来，因为我想……呀！祝你早安，鲁滨孙船主……这是我的朋友，鲁滨孙船主。'

"一个形容憔悴的老人非常匆忙地跄跄跟跟穿过大街，来跟我们在一起，就用两只手支着伞柄，颤巍巍站着。杂有琥珀色的雪白大胡子一直垂到腰间，身上穿一套白色的制服，头上戴一顶绿边缘的古怪帽子，他那双满是皱纹的眼睛惊奇地向我睐视。'你好吗？你好吗？'他尖声问道，态度和蔼可亲，身体稍微颤动着。'有点聋了，'支斯得尔低声告诉我。'你把他拖到六千哩远的地方，单为着要买一只便宜的汽船吗？'我问他。'我一看见他，就肯带他环游世界两周，'支斯得尔顶用劲地说。'那只汽船会叫我们发财，我的孩子呀。该诅的澳大拉西亚找不出一个明白的船主同轮船公司老板，个个都是那样傻得要命，这难道也该算我的错处吗？有一回我跟奥克兰地方一个人一连谈了三个钟头。"你派一条船出去，"我说，"你派一条船出去。第一次运来的货我愿意分一半给你，白送的，绝不要你的什么——无非做个好开场罢。"他说，"假使地上只剩了这么一个港口可以去船，我还是不肯干这件事。"当然是个十足的蠢货。危险的岩石同潮流，没有抛锚的所在，要把船停在峭壁底下，没有一个保险公司肯冒这个险,而且他想最少要三年工夫才能够把货物装好。蠢货!我几乎跪下去向他恳求。"但是你得看清事情的真相,"我说,"危险的岩石同风浪,管他妈的。请你看清事情的真相。那里有海鸟粪,苦因士兰栽甘蔗的人会争着要买——在码头上就会打起架来,我告诉你……"你对于一个傻子会有什么办法呢?……"这是你平时爱说的那种笑话,支斯得尔,"他说……笑话!我简直会哭出声来。你不信,你可以问这位鲁滨孙船主……还有一个轮船公司老板——住在惠灵吞地方,穿着一件白背心的一个胖子,他仿佛觉得我要向他耍什么把戏。"我不知道你要找那一种傻瓜,"他说,"我现在正忙着哩,再见。"我真想双手抓着他,将他从他办公室的窗子扔下。但是我并没有这样干。我却温和到像一个副牧师。"请你仔细想一想,"我说,"千万请你仔细想一想。明天我再来拜访你。"他猪叫也似地含糊说道,"整天不在家。"当我走下楼梯时候,我焦急得几乎把脑瓜儿向壁头撞去。这位鲁滨孙船主就能够告诉你。想起来真叫人痛心,那么可爱的肥料白白放在阳光底下当废物——那种肥料一用下去,甘蔗就会冲到天上去。苦因士兰人也发财了!苦因士兰人也发财了!在比利斯本,我最后到那里去试一试,他们叫我做疯子。傻家伙!我所碰见的唯一懂事的人却是给我赶车的马车夫。我猜他是个破落户。呀呀!鲁滨孙船主,你记得我向你谈过那个车夫,我正比利斯本时候雇用的——你记得吗?那个汉子眼光真不坏,一霎眼就看穿了。跟他谈话的确是件乐事。一天晚上,跟那班轮船公司老板鬼混整天之后，我觉得万分难过，我说，"我非喝酒不可。赶快，我非喝酒不可，否则我会发狂了。""我可以替你办，"他说："去罢。"我不知道假使没有他，我会弄到什么地步。呀呀！鲁滨孙船主。'

"他轻轻敲他伙计的肋骨。'嘻！嘻！嘻！'那个老人大笑起来，胡里胡涂望着大街的那一头，然后用一双悲哀的，模糊的眸子来偷看我……'嘻！嘻！嘻！'……他更沉重的倚着洋伞，眼睛注视地面。我用不着告诉你们，我想跑开已经有好几次了，但是每次都让支斯得尔挡住，他牵着我的衣服。'再等一分钟。我有个主意。''你那个鬼主意到底是什么呢？'末后我冒火了，'假使你以为我会跟你合伙''不，不，我的孩子呀。太迟了，不管你多么想加入。我们已经有一条汽船了。''你有一条汽船的影子罢了，'我说。'做个开张总可以——我们并不怎么样故意苛求。是不是，鲁滨孙船主？''并不！并不！并不！'那个老人头也没有抬起来，咯咯说道；他是这么坚决，老年的脑袋几乎有一点儿颤动得太厉害了。'我知道你认得那个小孩子，'支斯得尔说，头向大街上一点，吉姆早已从那条街上走去了。'昨天晚上，他在马拉巴旅馆同你一块儿吃东西——我听见人家说。'

"我说那是真的，我还说吉姆到〔倒〕想规规矩矩地好好过活，可是现在他却不得不节省，每用一便士，都得小心——'也不会有很多的便士用罢！对不对，鲁滨孙船主？'——他耸一下肩膀，将他自己那一大片的胡子，那时声名狼藉的鲁滨孙在他旁边咳嗽，比以前更牢固地抓着伞柄，好像打算懒洋洋软下去，变成一堆老骨头了。'你看，所用的钱全归这个老头子出,'支斯得尔低声告诉我这句衷肠话。'为着要运那些该咒的东西,我已经把钱用光了。但是等一会儿,等一会儿,好日子快到了!'——他对于我那种不耐烦的神情好像忽然觉得惊奇。'啊,嗳呀!'他喊;'我正在告诉你一件空前的大事,你却……''我有个约会,'我温和地替自己辩解。'那有什么要紧?'他真有些纳罕样子问道;'让他们等着罢。''我现在就是这么办,'我说;'你先把你的意思告诉我岂不更好吗?''买下二十所这样的旅馆,'他怒汹汹地向自己说道;'请个个会说笑话的人都到里面去住——比这个二十倍大。'他一下子抬起头来。'我要那个年青的人。''我不懂你的意思,'我说。'他没有什么用处,是不是?'支斯得尔轻脆说道。'我一点儿也不明白,'我声明,'唉呀,你不是亲口告诉过我他很痛心,'支斯得尔驳道。'呀,据我看来,一个年青人已经……无论如何,他总不会有很大的用处;但是你看我正需要一个人,我有一种工作,他干起来到顶合式。我打算找他到我岛上去办事。'他含有深意样子点一下头。'我要派四十个苦力到那个岛上——找不到,我就设法去偷。总得有人去料理那些肥料呀。啊!我打算大大方方干一下:木头盖的小屋子,波浪形的铁板铺的屋顶——我认得有一个人住在哈巴特,他肯赊我这些材料,让我挂帐六个月。我真有这种打算。我敢拿我的名誉做担保。还有饮料,我也要设法供给。我要到处去找一个肯赊我半打旧铁桶的商人。我打算承雨水吃,你看怎么样?让他去管理一切。请他做苦力的最高监督。这岂不是一个好主意吗?你有什么意见没有。''可是,有时整年没有一滴雨水落到窝尔坡尔暗礁上,'我说,其实我太吃惊了,简直不能够笑出声。他咬一下嘴唇,好像心里觉得很不耐烦。'啊,没有什么关系。我要替他们安些什么东西——或者运淡水给他们吃。别谈这些话!问题不在这一点。'

"我一句话也不说。我好像一瞥眼看见吉姆站在不毛的岩石上,海鸟粪一直堆到他的膝头,海鸟的叫声回旋他的耳际,灼热的日球高挂在他的头上;空旷的海天都在颤动,凡是眼睛看得见的地方全是热得慢慢滚起了。'就是对于我顶大的仇敌,我也不劝他……'我开口说。'你到底是怎么一回事?'支斯得尔喊道;'我打算给他很高的薪水——那自然得等到我们开工时候。他的工作容易得很,好像从木头上跳下来。简直用不着干什么事,光是腰带上绑了两把六响的手枪……他绝对用不着怕那四十个苦力会闹出什么乱子——他有了两把六响的手枪,而且是岛上唯一有武器的人!这个差事其实比人们所推想的还要好得多。我要你帮我去劝他。''不行!'我大声嚷。鲁滨孙那个老头子将他那双烂眼悲哀地睁大一会儿,支斯得尔带有无限的鄙视神气望着我。'那么,你不肯去劝他吗?'他慢腾腾说出。'绝对不,'我答道,肚子里非常生气,仿佛他要我帮他去杀害一个人:'而且,我敢说他也不会干这件事。他的境遇虽然很窘,可是据我所知,他还没有发狂。''他在世上真没有什么用处,'支斯得尔大声自言自语,'他跟我做事是最合式不过的。只要你能够看出事情的真相,你就会知道他找不出一个再适当的差事了。而且……是呀!这是个绝妙的,顶靠得住的机会……'他忽然大发脾气。'我非有一个人不可。你看！……'他跺脚，现出难看的笑脸。'无论如何，我可以担保那个岛一定不会从他脚下沉去——我相信关于那一点他准会有些戒心。''再见，'我冷冷说道。他眼睛钉〔盯〕着我，仿佛我是个不可了解的傻子……'我们得走了，鲁滨孙船主，'他突然向那个老头子的耳朵大声喊道。'那班波斯的拜火教徒正等着我们去确定那桩买卖。'他从下面紧紧抓着他伙计的手臂，将他摆过去，忽然掉过头来向我斜视，这真是出乎意料之外的。'我刚才完全是一番好意，想帮他忙，'他说，那种神气，那种声调的确叫我的热血滚起来了。'一点也不感谢——我可替他声明，'我还嘴了。'啊！你真精灵，简直同魔鬼一样，'他冷笑一声，'但是你也正同他们那班人一样，眼睛给乌云罩住了。我倒要看一看你能够替他想出什么办法来。''我自己就不知道我有跟他办交涉的意思。''你不知道吗？'他口水乱溅，灰色的上髭气得翘起来了。那个声名狼藉的鲁滨孙靠着伞子，背朝着我，站在他身旁，非常沉静同忍耐，活像个没有气力了的拉马车的老马。'我没有发现一个海鸟粪的岛啦！'我调侃他。'我相信你也不会认得，就说有人牵着你的手，一直带你到那样的一个岛上，'他立刻跟我针锋相对，'可是在这个世界上，你总得先看出一件东西，然后才能够利用。总得彻底看清，差一点儿都不行呀。''还得叫别人也看清，'我讥讽他，同时向他身旁那个弯下的背脊飞一眼。支斯得尔对着我哼一声，'他的眼睛很好——你尽可以不必担心。他并不是个小狗。''啊呀，不是！'我说。'我们走罢，鲁滨孙船主，'他对着老头子的帽缘喊道，带有一种蛮横的恭敬态度；'天地所不容的人'倒很听话，就望〔往〕前稍微跳一下。汽船的影子正在等候他们，'幸运'也在那个美丽的小岛上期待着。他们真是一对古怪的寻金人。支斯得尔态度从容，大踏步走着，目空一世，一个胖大的躯体，脸上现出得胜的颜色；那个老人却是个高身量儿，憔悴不堪，弯着身子，钩在他的手臂上，干枯的胫骨呆板板地拼命赶快向前追。"

第十五章

"我并没有立刻就去找吉姆,无非因为我的确有个不能忽视的约会。不幸得很,在我的代办处,我碰到一个新从马达加斯加来的汉子,他抓着我,一定要告诉我关于一桩奇怪买卖的小计划。那个计划牵连到牲口,弹药筒同一位大概叫做拉芬那罗的王爷;但是里面最大的关键却在于一位海军上将的胡涂——我想是皮耳上将罢。一切事情全看这一点为转移,那个汉子却十分有把握,仿佛觉得找不出一个力量够大的字眼来形容他的自信力。他那双小球形的眼睛从脸上鼓起来,射出暗淡的光辉,他的前额长有一个肉瘤,他的长头发一直望〔往〕后梳去,并没有向两边分开。他得意地向我重复说出一句他特有的口头话,'最少的危险,最大的利益,这是我办事的规则。你看怎么样?'他使我头痛,吃不下点心,可是他却骗了我一顿点心,好好吃下去了;我一将他摆脱开,立刻就到水边去。我瞧见吉姆倚着码头的栏杆。他身旁有三个本地船夫为着争五个小钱大吵一阵。他没有听见我走上来,但是一下子转过身子,好像我的手指轻轻一触,有一把捎键松开了。'我正在旁观着,'他结巴说道。我记不清我说了什么话,总不会很多罢,但是他并不为难,就跟我到旅馆去了。

"他跟着我,随便听我调度,好比一个小孩子;他带一种服从的神气,脸上没有什么表情,仿佛他在那儿正等我上来将他带走。其实,对于他这种驯良,我也用不着这样纳罕。在这个有些人觉得那么大,其他人却以为比芥子还小的地球上面,他却找不到一个地方可以——我怎么说才好呢——可以藏身。真是如此!他想躲起来——独自守着寂寞。他在我身旁很镇静地走着,向这儿那儿望一望,有一回掉过头去看一个西笛波欧的救火夫,那个人穿一件对襟褂同浅黄色的裤子,黑脸孔上有一缕一缕的丝光,好像是一块无烟煤。我却怀疑他有没有看见东西,甚至于知道不知道这些时候我同他在一起,因为假使没有我到这里慢慢推他向左边转,到那里轻轻拉他向右边拐,我相信他准会不管方向,一直望〔往〕前走去,要等到给一扇墙或者其他的障碍物挡住了。我带他到我的卧室去,我立刻坐下开始写信。世界上只剩了这么一个地方(除非是窝尔坡尔暗礁——但是那地方没有这么近便),在那里他能够前前后后仔细想一想,不会再受世人的打扰了。那桩该死的勾当——的确像他从前所说的——并没有使他隐形,可是我的行动却好像他真是肉眼看不见的。一坐到椅子上,我就对着写字台弯下身子,像中古时代一个钞书的僧侣,单是执笔的手悄悄动着,此外可说是万分的肃静,只怕会有什么声响。我也不能算吓住了;可是我的确是兀然不动,好像房里有个危险物,只要我这方面有一些活动的样子,就会生气,一下子扑到我身上来。我房里并没有多少陈设——你们知道那类的卧室照例是怎么样子——一架四条柱的床铺,上面挂了一幅蚊帐,两三张椅子,我写字用的那张桌子,以及光露的地板。一扇玻璃门通到楼上的走廊,吉姆就对着这扇门站住;他不能有个更清静的所在了,但是他还觉得时光不容易挨过。暮色降临大地,我点一枝蜡烛,不敢多动一下,那种小心样子,仿佛我干的是件违法的事情。他必定觉得时光不容易挨过,我也正同他一样,甚至于,我不能不承认,希望他给魔鬼抓去了,最少也得在窝尔坡尔暗礁上面。有一两下我想恐怕只有支斯得尔才能够直截痛快地料理这么一个不幸的事情。那个古怪的理想主义者立刻找出一个实用的办法——好像他是绝不会错的,真叫人疑心他的确能够见到事情的真相,虽然由想像力不及他的人们看来,那些事都是神秘的,毫无希望的。我写了又写,把我所欠的信债完全还清了,还是望〔往〕下写去,写给那班万想不到会从我这里得到一封拉拉扯扯,说了一大堆闲话的平常信的人们。有时我斜着眼睛偷看他一眼。他站在那儿,生根也似的,但是一阵一阵的寒颤从他的背脊滚下,他的肩膀就忽然耸起来了。他正在挣扎着,他正在挣扎着——看起来,好像多半是因为出不了气。蜡烛直立的火焰一照,他那个庞大的影子归拢一处,仿佛具了个默默含愠的自觉神情；在我这双偷视的眼里，房中不动的家具也有一种倾听的态度了。当我手不停挥地匆匆忙忙写着时候，我脑子里满是幻想；当我这枝笔不在纸上跑的时候，虽然屋子里没有一点儿的声响，我却觉得我的思想非常混乱，深深受了骚扰，仿佛听到猛烈的，吓人的怒号——有点像在大海上遇到了一阵狂风。你们里面有些人会晓得我指的是什么——那是焦虑，痛苦，忿怒杂在一块儿，还加上慢慢爬进来的一种丧胆的感觉——自认有这种感觉是件很不愉快的事情，可是也使我们的毅力更见得难能可贵了。我并不是说我有什么本领，所以能够支持得住，虽然看见吉姆这样紧张的情绪。我还可以躲到写信里去哩；假使有必要，我尽可以写信给一些陌生人。忽然间，当我正取一张新的信纸时候，我听到一个低微的声音；自从我们两人关在房子里面，这要算从朦胧的静寂里传到我耳鼓的第一个声音了。我还是垂头，停着手不动。在病榻旁边看护病人的人们当值夜时候在静寂里听到了这样的低微声音，那是从痛苦的躯体同疲倦的灵魂榨出来的。那时他是这么用劲推开那扇门，上面所有的玻璃全震响了。他走来走去，我屏息倾耳听着，可是我自己也不晓得还会听到什么。他的确太把一个无谓的手续当做一回事了，弄得自己非常伤心，其实照支斯得尔严格的批评说来，在一个看清事实的人的眼里，那些判词是不值得一顾的。一个无谓的手续！不过掉了一小张羊皮纸罢了。是的，是的。但是无法走近的鸟粪堆大概又当作为别论罢。一个懂得道理的人尽可以为着那回事气得心碎。许多人谈话的声音，杂着银器同玻璃杯的叮当声隐隐从下面饭厅冲上来；我的烛光的外沿射到打开的房门外面，照见他的背上；再远一点儿的地方就是墨黑了。他站在一大片阴森森的景物的边界，好像是绝望的黑海岸旁一个孤零零的人形。窝尔坡尔暗礁就在那儿——一定的——是黑漆虚空里的一点，是快淹死的人可以抓着的一根芦草。我对于他是这么同情，我简直不愿他家里人在这个时候看见他。我觉得我自己看见已经是够难过了。他不再喘气，背也就不颤动了。他站着，像一条箭那么直，我模糊可以看见他是沉默着；这个沉默的深意坠到我心窝里，像一块铅坠到水里，弄得我心头非常沉重，有一秒钟，我真希望我眼前唯一的事情是出钱去料理他的出殡。你们看，甚至于法律都不理他了。把他安埋是件多么容易办的善举呀！而且跟人们处世应有的智慧也正相合，那是无论什么东西，只要会使我们记起我们的愚蠢，我们的弱点，同我们的末日，只要会使我们失掉做事的效率——比如，我们失败的回忆，我们压不下的恐惧的影子，我们已死了的朋友的尸体——我们都该设法扔在一边，用不着去睬了。也许吉姆真是伤心得太过分了。假使的确如此——那么支斯得尔的聘请……想到这一点，我又取一张新的信纸，开始坚决地望下写去。他跟大海可说只有我一个人挡在中间。我感觉到一种责任的观念。假使我一说话，这个不动的，受苦的青年会不会跳进黑暗的大海——去抓那根芦苇呢？那时我才晓得要发出一个声音有时是多么不容易的事情，说出来的话就具了一个古怪可怕的力量。真是见鬼，为什么不该这样呢？我一再问我自己，我的笔头却老是写着。一下子，从白纸上，刚刚在我的笔尖底下，支斯得尔同他年老的伙计会十分显明，十分完整地涌现我眼前，摇摇摆摆，做出种种的姿势，好像是一个光学玩具反射出来的形相。我会注视他们一会儿。不！他们太荒唐，太瞎闹了，不该走进谁的命运里去。一个字会有很远的效力——很远的——经过了许久时间还会有破坏的能力，同子弹飞过空间一样。我什么话也不说了；他站在外面，背朝着烛光，好像给世上一切看不见的人类仇敌绑住身体，堵着嘴了，一下也不动，一声也不做。"

第十六章

"好的时候快来了,我将看见他受人爱护,受人信托,受人赞美,人人一提到他的名字,就会说起他的魄力,他的豪勇,仿佛他的确是个好汉了。这是实在的真话——请你们相信;正像我此刻生在这儿徒然谈到他的身世是件实在的事情。在他那方面呢,他也有一副本领,只要看到一点儿的影子,就会以为他的希望可以实现了,他的好梦可以完成了,假使没有这些幻象,世上也就不会有爱人同冒险家了。他在丛林里抓到了不少的光荣同恬适的乐趣(我不说他过的是丛林里天真的生活),这些于他已经够好了,正好比别人在大街上得到了不少的光荣同恬适的乐趣。幸福,幸福——我怎么说才好呢?——无论在世界上什么地方,向来是一口气从金子做的杯子里喝进去的!你自己晓得那个味道——只有你一个人晓得,你尽可以随意把这口酒弄得多么香甜醉人。他这种人准会痛饮一番,你从他近来的行事上就可以猜出了。我看他，假使不能说是沉醉，最少也可说给嘴唇上的香醉弄得双颊发红了。但是他不是一下子就得到这个幸福。你们知道吗，有一个时期他在货商雇用的那班拉买卖的下流人们里受训练，那时他可受苦不少，我也很担心，——好像你们可以说——好像我没有尽我的职务。我不敢说我看见他这个盛况后就完全放心了，这是我最近一次见到他的情形——灿烂光荣，管辖了许多人，跟他的环境——森林的生活，那班人的生活——很合得来。我可以说我深为感动了，但是我必得自认这个印像究竟不能持久。他是受他这个孤立的地位的保护，像他这种上等当地人只有他一个，他又跟自然有密切的关系，自然对于爱好自然的人们向来是这么要好，一点也不苛求。但是我不能够把他这个安全的情境老留在跟前，总记起从我打开的房门所望见的他，那时他看到失败后当然的结果，恐怕有些痛心的太过分了。我当然高兴我的努力会有一些的结果——甚至于会有些光荣；但是有时我觉得，假使我没有打消钱斯多见鬼也似的慷慨的建议，也许于我自己心境的安宁上会有更大的好处。我不知道吉姆那个丰富的想像力对于瓦耳坡耳小岛——那是水面上最无希望的，谁也不恋的一小块干地——会作什么感想。但是恐怕我也无从知道了，因为，我必得告诉你们那个钱斯多到某个澳大利亚海港把那条两桅方帆属于旧时代的汽船补好后，就开驶进太平洋去，共有二十二个水手，跟他的神秘命运也许会有关系的唯一消息就是过了一个月左右有一阵狂风，人们猜想吹过瓦耳坡耳浮滩时也许正赶上这条船。那班寻金的人们消失的无影无踪了，从一片荒凉里再也没有来了一个声响。完了。天下所有活泼急性的大海，再没有比太平洋更小心的了；寒冷的南冰洋自然能守个秘密，但是比起来却是个暮气沉沉更像坟墓了。

"这种小心含了一个一了百了的意味，那是值得感谢的，我们大概都肯承认这句话——死这个观念我们会能忍受岂不是也有着这戒心么？结束！完了！这个有力的字，使命运的影子不能再在生命的屋子里出没了。这个完了的感觉——不管我亲眼瞧见了他的情形同他自己恳挚地请我放心——我却没有得到，当我回头来看吉姆的成功。我们活在世上一日，我们总是有希望，不错；但是我们也有恐惧。我并不是说我追悔起先不该那样办，我也不夸张，说出了这件事我晚上就睡不着觉，但是我总免不了常想起他把他的丢脸看得太重了，其实要紧的远是在他所犯的罪，我真看——我可以说——看不清他。他这个人的确有些朦胧。我疑心他自己也看不清楚。他有微妙的知觉，微妙的情绪，微妙的渴望——可说是一种净化过的，带上理想色彩的自私。他是——假使你们认为我可以这样说——非常微妙的；非常微妙的——可是非常不幸。一个比较粗糙些的人们就不会老挨这阵苦痛；他们一定会妥协下去——叹一口气，哼一声，甚至于哈哈大笑一下；一个更粗糙些的人会始终胡里胡涂，什么也攻不进去，那么看起来也就是索然无味了。

"但是他的确是太有意思了，或者是太不幸了，不该随便掉结狗儿，或者甚至于不该掉给钱斯多。我觉到这一点，当我坐在那儿面对着那张纸,那时他在我房里一面奋斗,一面喘气,那样怪可怕地偷偷挣扎着,才能吐出气来;我觉到这一点,当他跑出去到走廊上,好像要投身下去——到〔倒〕并没有实行;我更觉得这一点,当他滞在外面,给低微的烛光照着,夜色做他的背景,好像他站在一片绝望的阴沉沉的大海岸旁。

"忽然来了一阵沉闷的轰轰声,使我抬起头来,这下响声好像又流去了,接着就有一片强烈的,照出一切东西的眩光到黑夜盲目的脸上。这个持久的,夺目的闪光好像在天上滞了好大工夫,真是有些不合理。隆隆的雷声渐渐响亮起来,那时我看见他,黑碌碌的,轮廓分明的,呆板板地栽在一片光明的大海岸旁。当最灿烂的时候,砰礴一声直冲到天顶上,黑暗就向后跳,他从我那双晕眩了的目前消失了,好像他已炸成为无数的原子。一声狂暴的叹息吹过来;仿佛有盛怒的手扯开灌木,摇动下面的树顶,猛力闭门,把屋子前顶的玻璃窗打破了。他走进来把门关好,看见我伏案写字;我忽然非常焦心,差不多有些害怕,不知道他会说什么话。'我可以有一支香烟吗?'他问。我头也不抬起来,把烟盒推一推。'我要——要——抽烟,'他低声说。我变得非常高兴了。'请等一会儿,'快乐地哼一声。他在房里走来走去,'这算完了,'我听他说。一下隐约的雷声从海上传来,像遇险的号炮,'今年季候风来得早呀,'他闲谈也似地说,大概站在我身后。这句话使他有转过身子的勇气了,我一把最后一个信封写好,就回身过去。他在房子中间抽烟,正抽得带劲,虽然他听见我这个行动,有一下工夫他还是把背来对着我。

"'来——我都还弄得好,'他忽然转身说道。'吃了一些亏——可不很多。我不知道将来是怎么样。'他脸上没有露出什么情感,不过有些暗淡浮肿了,好像他故意把气闭着。他好像勉强微笑一下,当我默然看着他时候。他继续说下去……'可是得谢谢你——你的房子——方便得很——给我这么一个汉子——弄得打断了腿也似的,'……雨点还是滴沥着,打到花园里;一只水管(必定有个破洞),就在窗子外头,发出古怪的呜咽同哗哗的哀鸣,好像故意打趣,模仿凄惨的哭声,有时突然来了一会儿的静默……'一块藏身之地,'他含糊说道,就停嘴了。

"一闪不亮的电光从窗户的黑格子冲进来,一点声音也没有,又退出去了。我正在想我怎么样去接近他才好,我这回不愿再挨他骂绝了,他却发出短促的笑声。'现在简直跟一个流氓一样了……'他手指夹着快熄了的烟卷头……'没有一个——一个,'他慢慢的说,"可是……"他停住了;外面的雨下得加倍大。'将来非找到一个机会想法完全恢复不可。必得这样子才行!'他清晰地向我耳语,睁大眼睛看我的长靴。

"我就不晓得他这么想再得到手的是什么东西,我就不晓得他这么可怕样子念念不忘的是什么东西。那个东西所含的意义太大了,简直无法说出。据钱斯多看来不过是一张驴皮……他望着我,等着我的答覆。'也许可以办到。假使人寿够长,'我切齿说,这种怨恨真没有道理。'可不要把这回事看得太重。'

"'天呀！我觉得好像没有一个东西能够伤害我，'他用一种暗淡的自信口吻说。'假使这回事不能将我打倒，那么不用怕，有的是时间——去爬出这个丢脸的地位，而且……'他向上望着。

"我突然觉悟了，晓得天下那一大群的漂泊者同浪游者都是从他这类人补充来的，那一大群人日趋下流，沉沦，沉沦，一直沉到地面上所有的臭沟里去。他一离开我的房子，那'小块藏身之地'，他就将凑进去，开始那个向无底深坑的旅途了。我最少可说没有什么迷梦。前次会面，我觉得言语具有非常大的力量，但是我那时简直怕开口，正好像一个人站在光滑的立脚地上，分毫也不敢动，只怕一下子就会摔倒。当我们打算料理别人贴心的需要时候，我们才觉得人们是多么不可测，多么飘摇莫定，多么朦胧迷离，虽然他们和我们一样地看到星光，感到太阳的热力。仿佛寂寞是人生一个苛刻的，绝对的条件；我们所注目的血肉之躯，只要一伸出指头，就会化了，剩下来的是那个反覆不定的，不知道理的，忽东忽西的精神，那是我们眼睛跟不上，我们的手抓不着的。我所以不说话，因为我怕会失掉他，因为我忽然坚决相信，假使我让他溜到黑暗里去，我将绝不会原谅自己。

"'啊，谢谢——我得再说一下。你真是——嗳——非常——的确我找不出话来……非常！我说不出道理，可是我很明白。我恐怕假使这回事没有这样子猛冲上来，我就不会像我应该有的那样感谢。因为根本上，……你，你自己……'他口吃了。

"'也许是,'我插进去。他皱眉。

"'究竟还是自己负责任。'他注视我像一只鹰。

"'这话也是对的,'我说。

"'好罢。我已经尝到底了,无论谁我都不让他来跟我开玩笑,这件事,我非——非生气不可。'他握着拳头。

"'这真像你这个人,'我说,带个微笑——上帝知道那是毫无欢意的——但是他讥嘲样子望着我。'这是我的事情,'他说。忽然有一个不能遏的坚决精神来到他脸上,随又消失了,像一片徒然飞过去的影子。再一会见,他又同先前那样,看起来好像个在苦恼中的小孩子。他扔掉纸烟。'再见,'他说,好像有一件紧急的事情等着他干,在这儿滞得太久了;然后有一两秒钟,他一动也不动。滂沱的大雨不断地泻下来,仿佛是一往直前的大水,暴怒难遏的雨声,使人想起踢下去的桥梁,拔起来的树木,同下面掘空的大山。没有一个人能够挺胸抵抗这个庞大湍急的横流,那像要打破,要旋绕这块昏黑的静土,我们躲在上面,危险万分,有如在个岛上。有孔的水管哗哗作响,塞住了又吐出水,水点四下飞溅,真讨厌,大有嘲笑一个要救自己生命的游水人的意思。'外面正下雨,'我劝他,'而且我……''不管下雨或天晴',他粗鲁地说,制住自己走到窗口。'完全是大水,'过一回〔会〕儿他喃喃自语,他的额头靠着玻璃。'天也黑了。'

"'是的,非常黑,'我说。

"他以脚跟当中心向后一转,走过房子,的确打开到外廊去的房门了,我才从椅子里跳起来。'等一会儿,'我喊,'我要你……'‘我今天晚上不能再跟你一块儿用晚餐，’他骂我，一只腿已踏出房门了。'我丝毫没有请你的意思，'我喊。听到这句话，他缩回他的脚，但是还是不相信的样子站在门口。我赶紧诚恳地求他不要胡闹，请他快进来，把门关上。"

第十七章

"他毕竟走进来了；但是我相信这大概是因为外面下雨罢。那时雨势正来得非常凶猛，可是我们谈话时候，就渐渐歇下去了。他的态度十分稳重安详；他的举止像一个本来沉静的人心里给一个观念占住了。我向他谈他现在物质上的情形；我唯一的目的是要救他，使他不至于丢脸，堕落同失望，这些危险正在外头等着，打算一下子把一个没有朋友，无家可归的汉子，吞进去了。我苦口劝他接收我的帮助，我所持的理由也很充足，可是我每回抬起头来看他那个光滑的，聚精会神的脸孔，这么严重，同时又这么年青，我心里就很不安，觉得我不但没有帮忙，恐怕还是一个障碍，因为他这个受伤的灵魂好像正追求一个神秘的，渺茫的，说不清的解脱。

"'我想你也打算照常吃喝，照常睡在屋子里面，'我记得我生气时候向他这样说。'你说你不敢碰那些该归你得的薪水……'

他好像现出惶恐的样子，他这种人也只能这样表情了。(他当帕特那船的大副，应当还得三星期同五天的薪水）'嗳，这些事是绝不相干的；可是，明天你要怎么办呢？你要跑到那儿去呢？你总得过活呀……''问题不在这一点，'他忍不住了，低声说这一句。我不理他，还是继续努力去打倒我所认为神经过敏的顾忌。'无论从那一方面着想，'我末了说道，'你绝对要我帮你忙。''你不能够，'他非常简单，非常温和地说，他是抓着某一个观念，我只能模糊看出，像黑暗里闪动着的池水，可是我已绝望，晓得永远不能走近去看清里面的底蕴。我怕看他那个安排得很相称的体格。'无论如何，'我说，'我看得见的，我总可以帮忙。我也不自夸我有多大的本领。'他不相信样子摇一下头，连望我一眼都没有。我却变得非常热烈了。'现在我能够，'我坚持。'我还能够替你干别的事。我现在就在替你干别的事呀。我肯相信你……''那笔款……'他开始说。'我说你真该挨骂，找魔鬼去罢，'我喊，故意装出盛怒的样子，他吓了一跳，微笑了，我就痛切地劝他。'这绝不是钱的问题。你这个人真真太肤浅了，'我说（同时我自己想：就这么说罢！也许他的确是）。'请你看一看我要你带走的这封信。我是写给一个我绝没有求情过的人，而且说到你时，我所用的字眼，人们只有替一个极要好的朋友谈话时候才肯冒险用的。我替你负完全责任，自己一点余地也不留了。我现在就是这样子干。真的只要你稍微想一想这到底是什么意思……'

"他抬起头来，雨已经过去了；单是窗外水管还在那儿流泪,古怪地滴沥着。房里很恬静,所有的影子都挤到房角里,跟吐出匕首形,静静站着的笔直烛火离得很远了;过了一会儿,他脸孔上好像满是轻柔的光辉,如像朝暾已经出来了。

"'天呀!'他喘气说道。'你真慷慨!'

"假使他忽然向我伸出舌头,做出嘲笑的样子,我也不会觉得更惭愧。我自己想——我这么一个假仁假义的小鬼,真该受人这句刻毒的恭维……他眼睛发光,一直望着我的脸孔,可是我看并没有含了嘲笑的晶亮眼神。一下子他浑身颤动;受到很大的刺激样子,跟平卧着的木人似地给一根线牵动了。他举起双臂,然后猝然放下。他简直变成另一个人了。'我从来没有见过,'他叫道;接着忽然咬自己的嘴唇,皱起眉头。'我一向真是个该死的傻瓜,'他用严重的口吻慢腾腾说……'你是个好汉,'接着他含糊喊道。他抓住我的手,仿佛那时他才第一次见到我的手,立刻又放松了。'嗳呀!这是我——你——我……'他结巴说不出口;然后回到他从前呆板的,我可以说骡子式的态度,他沉重说道,'我简直可算个畜生,假使现在我还……'他的声音好像断了。'好罢,好罢,'我说,他这下感情流露几乎把我吓住了,因为有一种奇怪的骄傲穿插在里面。我好像偶然拉动那根线,其实并不全懂这个玩笑的动作。'我现在得走了,'他说。'天呀!你实在帮我的忙了。因为这件好事……'他胡涂地带有赞美的神气望着我。

"这自然是件好事。十之八九我救了他,使他免得挨饿——那种古怪的挨饿,大概总跟贪酒连在一起的。我干的也正是这些罢了。关于这回事,我是一个迷梦也没有的,可是看着他,我却暗自纳罕,最近这三分钟内他心里分明怀着的到底是那一种的迷梦。我逼他接受我的帮助,藉此能够好好地过相当的生活,能够照常得到衣食住,可是那是他受伤的灵魂,像折了一只翼膀的鸟儿,也许会跳来跳去,扑进一个小洞里去,静悄悄地饿死在那里。我逼他接受的就是这些:实在是一件小事;可是——你们看——他接受时的态度却使这件事在朦胧的烟火里显得像一个庞大的,模糊的,也许是危险的影子。'你不会怪我没有说出什么适当的话吗?'他突然说道。'真不能够说出什么话。昨晚你已经给我无限的好处。就是:你肯细听我的话——你知道。我是请你相信,我起先有好几次想,我的头颅也许会飞去了!'他急急地飞来飞去——的确可以说是飞,两手用力塞在袋子里,又立刻扯出,把便帽扔到头上去。我真料不到他也会这么轻快活泼。我就想起给一阵旋风牵住的一片干叶,那时却有一个神秘的恐惧,一团渺茫的疑虑把我压到椅子上去了。他站着分毫不动,好像发见了什么奇事,惊怪得呆住了。'你使我又能信得过自己了,'他清醒地说道。'啊!看着上帝的面子,我的好朋友呀——别再提这件事罢!'我恳求他,仿佛他伤害了我。'好。我现在就不说,此后再也不谈这回事了。可是,你不阻止我想……不要紧……我将来还要做出……'他匆匆忙忙向房门走去,垂下头站住,又走回来,徐徐地一步步想着。'我向来想,假使一个人能够把从前完全抹去,一块干净的石板也似地重新过活起来……现在你……可以说……是的……给我一块新石板。'我的手一扬,他大踏步走出去,也没有回头;关着的房门外面,他的脚步声渐渐沉下去了——那是一个人在光明的阳光底下毫不踌躇的步伐。

"可是至于我呢,孤零零地对着寂寞的灯光,我还是莫名其妙得出奇。我已经不是那么年青了,不会每转一个湾〔弯〕,就在我们交到好运或者厄运的不重要的脚步旁边发现出伟丽的境界。我禁不住微笑,想起我们两个人,究竟还是他得到光明的梦。我却觉得悲哀。一块干净的石板,他不是这么说么?好像我们个个命运的大体并不是已经用不能毁灭的文字刻在一块岩石上面了。"

第 十 八 章

"过了六个月，我的朋友（他是个尖酸刻薄，已经过了中年的单身汉，人们都说他癖〔脾〕性古怪，他又是一家碾米磨坊的主人）写信给我，他看到我那封介绍信写的那么殷勤，以为我总想知道后来的消息，就稍微详述吉姆的为人。那些好处分明是属于沉静的，精明的那一类的。'对于干我这种事情的那班人们，我一向顶多只能怀个无可奈何的容忍态度，所以一直到现在我独自住在一所大屋子里，甚至于这种热得冒气的地方，我那样屋子给一个人住也不能不说太大了。我跟他已经同住了一些时。好像我这下并没有弄错。'念了这封信，我仿佛觉得我那位朋友心里对于吉姆不但怀了个宽容的态度——简直已经有彼此相好的情绪了。我的朋友有个特殊的态度说出他所以喜欢的理由。吉姆在那种地方能够保持他的新鲜气概，这一点就算难得了。假使他是个姑娘——我朋友信里说——那么我们可以说他正像一朵花开着——羞答答地开着——像一朵紫罗兰，不像热带上这些粗鲁的花木。他到屋里住已经有六星期了，还没有想要拍他的背，或者叫他做'老头子'，或者想法使他觉得好似一块老朽的化石。他也没有年青人惹人生气的那种喋喋不休。他脾气好，不大说自己的事情，绝不卖弄聪明，谢谢上帝——我朋友信里说。不是，我看，吉姆却还聪明，晓得悄悄地领略这个老头子的诙谐风趣，而且同时他的天真纯朴，也使老头子觉得好玩。'朝露还沾在他身上哩。我想出了好主意，让他住在屋内一间房子里，跟我一块儿用餐，我自己也觉得没有那么枯萎了。有一天他真是想得出奇，从房子的那一头走过来，没有别的目的，光是特地为我开门；我觉得跟人类更接近了，我已经有许多年没有这种亲切的感觉。好笑吗，是不是？我自己猜出这里面有些原故———些可怕的小灾祸——你知道得很清楚的——但是就说我知道那是可恶可怕的大罪，我想人们也能够设法赦宥他，至于我这方面，我敢说我想不出他会犯什么大罪，顶多不过偷果园罢了。是个更坏得多的"罪"吗？也许你应当告诉我；但是我们俩人都久已成为圣人了，所以也许你会忘却当年我们也干过坏事？也许将来有一天我要问你，那时我想你大概会告诉我罢。我不想自己去盘问他，最少也得等到我对于他的过去，有个相当的概念。而且，时间也未免太早。让他再替我打开几回门罢……'我朋友这样写着。我是三倍的高兴——看到吉姆弄得这样好，看到信里的口气，看到我自己的聪明。我分明知道我干的什么事，我对于人们的性格有正确的认识，以及其他满意的感想。假使有一件奇怪的料不到的好事从此产生了，那是多么好呀！那天黄昏时候，躺在我船尾的天幔阴影底下椅子上面（那时我在香港口内了），我替吉姆安上空中楼阁的基石。

"我到北方走一趟，当我回来的时候，我看见我的朋友有一封信等着我。我就先把这封信扯开。'据我所知，并没有银匙失掉，'第一行就这样写；'可是我也懒得去调查。他走了，早餐桌上留下一封正式道歉的短信，写那封信的人不是傻，就是全无心肝。也许这两点都是他的性质——于我都是一样的。恐怕还有一两个神秘的青年人，请你让我告诉你，我已经把铺子，毫不踌躇的永远关起来了。这是我最后一次的古怪行为。你别以为我心里有什么难过；但是打网球的朋友很惋惜他，为着我自己的缘故，在俱乐部里我扯了个动听的谎……'我将这信扔在一边，开始到桌上信堆里去寻找，等到我看到了吉姆的笔迹，你们会相信吗？百分之一的机会！可是偏偏碰到那个机会了！帕特那那个矮小的副机师出现了，贫穷的景况多少有点增减，得到管理磨坊机器的临时差事。'我不能忍受那个小畜生亲昵的态度，'吉姆从一个海港写信给我，那个地方同他应当在那过舒服生活的地方的南方，相隔有七百哩。'我现在暂跟欧格屈洛和白雷克公司，船货商，在一起，当他们——好罢，老实说出我的头衔——的跑外。提到晓得我来历的人，我就向他们说出你的名字，他们当然是知道的。假使你能够写信给他们，替我说好话，那么我这个差事可以变成永久了。'我这个楼阁的坍台使我十分灰心，但是我自然照他所希望的写了那信。那年还没有过完，我新订的租船契使我航行那条路，我就有跟他相见的一个机会了。

"他还是跟欧格屈洛和白雷克一起；我们，在他们所谓'我们的客厅'，从铺面通过去的，那里面会面。那时他刚打一条商船上回来，头向下跟我对面站着，预备一场的口角。'你有什么话可以替你自己辩白呢？'我们一握完了手，我立刻开始说道。我给你的信里已经全说了——此外没有别的，他顽强地说道。'那个汉子说出来了吗？——或者干了什么？'我问。他望着我，脸上带一种忧虑的微笑。'啊，没有！他并没有。他认为这是我们两人秘密的事情。每回我到磨坊去时候，他的样子总是神秘的可恨；他用一种恭敬的神情向我眯眼——等于说我们是知道我们过去那些事情的。向我讨好得不堪，跟我亲昵得要命——以及其他这类的事情。'他坐到一把椅子上，眼睛钉〔盯〕着他的双腿。'有一天我们刚好独自在一个地方，那个汉子居然好意思向我说，"呀，吉姆士先生"——那里人们都喊我做吉姆士先生，好像我是主人的儿子——"我们在这块地方又相聚了。这比那条旧船好得多了——是不是？"……你看这种下流话，会不会叫人心惊呀？我望他一眼，他装出狡猾的神气。"你用不着心里不安，先生，"他说。"真正的君子，我是一眼就可以看出的，我也知道君子的情感是多么锐敏。可是我希望你能留我干这个差事。那只老朽的帕特那一遭殃，我也吃亏不少了。"天呀！那真可怕。我不知道我曾说什么，或干什么，假使那时我没有凑巧听见邓佛先生在过道里喊我,那是用中餐的时候,我们一同走过院子,穿过花园,一直走到平屋。他开始用他那种慈爱的态度来嘲笑我……我相信他喜欢我……'

"吉姆静默了一会儿。

"'我知道他喜欢我。所以我的处境更加困难了。这么一个好男子!那天早上他轻轻把他的手插到我的臂下……他对我也很随便。'他发出一个短促的笑声,他的下巴落到胸前了。'呸!当我想起那个卑鄙的小畜生对我怎么说,'他忽然用个颤抖的声调开始说道,'我简直不能想我自己……你大概知道这里面的意思……'我点头……'那个老头子比一个父亲还好,'他喊;他的声音沉下去了。'我一定要告诉他。我不能够老是这样继续下去——我能够吗?''怎么样?'等了一会儿,我低声问道。'我想还是走开好些罢,'他慢慢说出,'这件事必得埋起来。'

"我们可以听见白雷克正用一种费劲的怒骂的口气,在铺子里责备欧格屈洛,他们合作已经有好多年了,可是每天从店门打开一直到关店之前的最后一分钟,人们总可以听见白雷克,一个身体短小的,乌油油的头发,两个愁闷的小眼珠,不断地在一种悲哀的,褫夺魂魄的盛怒之下跟他这位伙伴吵闹。这个永久不变的骂声可真是那地方一个不可少的东西了,正同其他的装置一样;连生客都会很快就完全不理这回事了,除非是也许喃喃说一声'讨厌'或者突然站起,把'客厅'的门关上。欧格屈洛自己呢,他是一个瘦棱棱的步履沉重的斯干特那的人,态度匆忙,嘴上一大团浅褐色的胡子,还是继续指挥他底下的人们，对一对行李包的号数，在铺子里一张站着写字的写字台上开帐或者写信，不管那个人怎么喋喋，总是照常做事，简直好像他是个十足的聋子。有时他发出一声厌烦的，草率的'呸'，那自然不生什么效力。他也没有期望会有分毫的影响。'这里的人们待我很好，'吉姆说，'白雷克是个小鬼，欧格屈洛倒是好人。'他急急站起，步伐整齐地走去立在窗前，正对着泊舟处的一架三脚望远镜旁边，就拿眼睛凑上去看一下。'那船今天整个早上滞在港外，现在得到一些微风，正驶进来了，'他耐心地说；'我得跑到船上去了。'我们默默握手，他转过身子走开。'吉姆，'我喊。他回头看一眼，他的手拿着门键。'你——你简直是把一笔财产扔掉了！'他从房门又走到我跟前。'这么慈爱的一个老头子，'他说。'我怎么能够？我怎么能够？'他的嘴唇跳动。'在这儿到〔倒〕不要紧，''啊，你——你——'我开口说，却想不出一个适当的字眼，但是当我知道了没有一个恰好的毁骂字眼时，他早已走去了。我听见欧格屈洛沉重温文的声音在外头高兴地说道，'那条船就是沙拉格郎崛，吉姆。你得设法做第一个上船的人。'白雷克立刻就插嘴，像个生气的白鹦鹉尖声呼喊，'告诉船主，我们这里有他的邮包，这就会把他带来了。你听见了没有，你这位叫什么名字的先生？'吉姆答应欧格屈洛时候，声调里带些孩子气。'是的，我要跟他们赛跑，'他仿佛从那件划小船的寒尘差事里找到他的安宁。

"那次航行我没有再会见他，但是我第二次航行（我的契约时期是六个月）的时候，我走到那家铺子去。离大门还有十码，我的耳朵就听到白雷克骂人的声音；当我走进去，他十分悲哀地望我一眼；欧格屈洛满脸堆笑走向前来，伸出一只全是骨头的大手。'看见了你我很高兴，船主……唑……正想着你该回到这儿来了。你说什么，先生？……唑……啊！他！他离开我们了。请到客厅来坐……'门砰的一声关好后，白雷克费劲的声音变模糊了，他一个人在旷野里拼命怒骂……'他把我们弄得非常不方便，待我们太坏了——我要说……''他到那里去了？你知道吗？'我问。'不知道。你也用不着问，'欧格屈洛说，翘着胡子，很恭敬的样子站在我面前，双臂笨重的垂在两旁，一条细薄的银表链串在绉折的薄绒背心上，挂得很低。'像那样的人说不上到什么一定的地方去。'听到这个消息我太关心了，也没有闲情去请他解释这句话的意思。他继续说下去。'他离开——让我看——他离开的那一天刚好有一艘汽船带着回家的拜谒圣地的人们打红海回来，停在这儿，有两片航轮都掉了。这是三星期以前的事情。''有人提到帕特那那个案子吗？'我问他，暗自忖度恐怕那顶糟的事情又来了。他吓了一跳，望着我，好像我是个魔术家，'哎呀，是呀！你怎么晓得的？有些人在那里谈那件事。那里有一两位船主，海港上范洛机店的经理，还有其他两三个人，此外就是我了。吉姆也在这儿吃一盘火腿面包同一杯啤酒；当我们忙的时候——船主，你看——我们没有正式用午餐的时间。他就站在这张桌子边旁吃火腿面包，我们其余的人们都围着望远镜看那条汽船进口；范洛的经理渐渐谈到帕特那船上的大副；有一回他替他修理一些东西，接着他告诉我们那是一条多么破烂的船已经挣了多少钱了。他提到那条船最后一次的航行，然后我们都插嘴。有人说这样，有人说那样——没有说多少——是你或任何旁人都会说的那些话；还夹几下笑声呢。沙拉格郎崛的船主乌帛里，一个躯体庞大，声音洪亮，拿着一把手杖的老人——他就坐在这张椅子上，听我们谈话——他忽然用手杖猛敲地板，大声喊道，"下流种子！"……我们大家都跳起来了。范洛铺子的经理向我们眯眼，问道，"什么事，乌帛里船主？""什么事！什么事！"这个老人嚷起来；"你们这群小鬼笑什么？这不是一件可笑的事情，这是人性上的污痕——的确应当这样看。我简直瞧不起肯跟那种人同在一间房子里的人们。是的，先生！"他好像跟我对视，我为着礼貌的缘故不得不说话。"下流种子！"我说，"自然是，乌帛里船主。喝一些凉东西罢。""见鬼，你的酒，欧格屈洛，"他眼睛发出一道闪光说；"我要喝酒时候，我自己会嚷。我要走了。这里现在热得怪闷的。"听到这话，其他人都大笑起来，他们也就跟这个老人走出。然后，先生，那个可恶的吉姆，他把手里拿着的面包放下，从桌子那头走到我这边来；他那杯啤酒还斟得满满地站在那儿。"我要走了，"他说——声调正像这样。"还不到一点半钟哩。"我说："你尽可以先抽一口烟。"我以为他是说现在是他到下面去工作的时候了。当我明白他耍的是什么把戏，我的手臂垂下了，——这样子！像他这样人，并不是随时可以找到的，你知道，先生；他划小船勇敢得像个十足的魔鬼；无论什么天气，都肯驶到海外好几哩去迎接来船。不止一回，有些船主进来时候，满心都在他这种行为，开口第一句就是，"你找到了一个不怕死的疯子来当你们水上拉买卖的伙计，欧格屈洛。白天里我放矮船帆慢慢地小心驶进来，忽然从密雾飞来一只半浸到水里去了的小艇，一直驶到我们船尾龙骨的地方，浪花溅过小艇的中桅。两个吓住了的黑鬼缩在后面船侧，舵柄旁有一个大声喊着的恶魔。喂！喂！来呀船！来！船主！喂！喂！欧格屈洛和白雷克的伙计早来招呼你们！喂！喂！欧格屈洛和白雷克公司！哈！喂！大喊一声！踢那两个黑鬼——把小帆挂起——那时有一阵风浪来了——箭也似的冲到前头去，一面向我呼喊，叫我张起船帆，他可以带我们进去——不像人倒像个魔鬼。生平从来没有看见有人这样子驶船。一定不会喝醉了——是不是？这么一个安静的，声气温和的汉子——当他走上船的时候，脸孔红晕起来，像个女孩子。……"我告诉你，马罗船主，假使有一只生船进来，只要吉姆出去，那么谁也赶不上我们，其他船货商仅仅做他们老主顾的生意，而且……'

"欧格屈洛现出给情感压倒的样子。

"'嗳呀，先生——看起来好像他愿意坐在一只旧鞋〔船〕里跑到海外百哩的地方，替公司抓一只新来的轮船。假使这铺子是他自己开的，而且还没有一点儿的基础，在那方面也是能够这样尽力了。现在……一下子……这样突如其来！我自己想："阿呀！加薪——麻烦是在这一着——是不是？好罢，"我说，"用不着跟我捣这乱子，吉姆。就说出你的数目罢。只要是合理的都可以办到。"他望着我，好像有什么东西黏在他喉咙里，他想咽下。"我不能同你们待在一起。""你到底开什么鬼玩笑？"我问。他摇头，我一看到他的眼神，就知道是无法挽留了，简直可以说他已经离开此地了，先生。于是我转过身来，把他骂得脸上发青。"你是躲避什么东西？"我问。"谁攻击你？什么事情叫你害怕？你简直是傻得还不如一个耗子，耗子还不会从一只好船上搬走。你想到那里可以找到更好的位置呢？——你这样不是，你那样不是。"我说了一大阵，我把他弄得看起来好像生病的样子，我老实告诉你。"我们这里的生意是不会坏的，"我说。他跳得很高。"再见，"他说，对我点头，那种尊严的样子好比一位爵爷；"你这个人很不错，欧格屈洛。请你相信我的话，假使你知道我的理由，你也不会挽留我了。""这是你生平所说的顶大的谎，"我说；"我知道我自己的心。"我真是气得只好大笑了。"难道你连把在这儿的这杯啤酒喝干都办不到吗？你这个古怪的叫化子，你？"我不知道他到底碰了什么事情；他仿佛不能找到房门；真是可笑呀，我可以告诉你，船主。我自己把那杯啤酒喝下了。"好罢，假使你是这么忙，我就喝你这杯酒祝你前途的好运气罢，"我说；"可是请你注意我的话，假使你还是这样要下去，很快你就会发现这个世界太小了，不够容纳你这么一个人——这是我所要向你说的。"他向我做出怪样子，立刻冲出去，他当时的脸孔是够把小孩子吓住了。'

"欧格屈洛刻毒地哼了一声，用多节的手指梳他褐色的上髭。'自从那时起，找不到一个有一点好处的伙计。在生意上老是焦急，焦急，焦急，简直不成话。假使我可以问，船主，请

问你到底在那儿遇见他？'

"'他是帕特那最后那次航行的大副，'我说，觉得我该向他解释。有一会儿时候，欧格屈洛呆呆地站着，手指插到脸颊上的头发里，然后忽然爆发了。'哪个鬼去理这些闲事？''我敢说谁也不爱理，'我开始说……'他到底是什么东西——这么样子干事情？'他忽然将左边的上髭塞进嘴里，惊奇地站着。'嘻！'他喊，'我告诉他这个世界还嫌太小，不够他这样乱跳呀。'"

第十九章

"我把这两段意外的事情仔细告诉你们,为的是要让你们看出在这些新环境里他怎么样处置自己。他还有许多同样的事情,我两只手的手指还数不下哩。这些事情都染上了高尚的怪诞的色彩,因此使我们更深切更动情的感到这些举动的无望。扔开你日日要吃的面包,为的是因此你可以有自由的两手去跟一个幻影恶斗一场,这也许是常见的英雄壮举。从前就有许多人这样办过(可是我们也活下一生,却很知道人们去当流荡汉是为着身体挨饿,并不是为着灵魂不安),那班天天饱食终日,而且还想这样活下去的人们也赞美这种光荣的愚笨。他却不幸得很,因为无论他多么拼命不怕死,人们对于他总没有明白的认识,好像他老给阴影遮住了。人们总是怀疑他的量胆。其实往事的影子恐怕是无法抓到的。你只可以跟这影子对抗,或者躲避——我遇到有一两个人,他们却能对着他们熟悉的影子眯眼。

吉姆分明不是那类眯眼的人；可是我无论怎么捣弄不清的是，他的行为是近于躲避影子呢，还是跟影子对抗。

"我用尽心力，却只能发见，正同我们一切行动的色彩一样，这两个态度的区别是那么精细，我们简直无法下个断语。他的办法可以说是逃避，也可以说是奋斗的另一方式。据普通人看来，他无非是一块长不出好苍苔的，老在滚转着的石头，因为他们觉得这是最可笑的一点了；过了相当时间，在他漫游的范围以内（那可说是个直径三千哩的大圆周），他们全晓得他这个人了，甚至于可以说是声名狼藉，正好像一个怪人乡下没有一个人不晓得。比如，在盘谷，他跟做出租轮船和买卖柚木生意的郁哥兄弟办事，我们几乎感到凄恻，看他在太阳光底下走来走去，紧抱着他的秘密，其实连河上的乡下老都知道了那么一回事。他住的那家旅馆的老板熊保克，一个虬髯的雄纠纠〔赳赳〕的阿尔舍细亚人，拼命要传布本地种种龌龊的谣言，就很愿意双肘搁在桌上把这个故事点缀一番说给客人听，只要有客人肯吸收这个消息，一面喝着那些更贵的酒。'你们得注意，他是个最温和有礼貌的人，恐怕是你们生平还没见过，'他总是这样慷慨地结束他的叙述；'非常高尚。'常到熊保克开的旅馆去的那些杂人的确也不错，否则吉姆也不能设法在盘谷住整整六个月了。我说人们，陌生的人们，看到他就会欢喜他，正好像我们爱一个好孩子。他的态度是沉静的，可是仿佛他的外表，他的毛发，他的眼睛，他的微笑，使人们对他都生好感，无论他到什么地方去。他当然不是个傻子。我听见锡格孟·郁哥

（瑞士人），一个给残酷的消化不良病所糟蹋了的温和人儿，他的脚跛得可怕，每走一步，他的头就摆了个九十度的弧形——我听见锡格孟·郁哥很了解吉姆的样子说，还是这么年青，他可算'有本领了'，说话的口气好像这些本领是量得出来的。'为什么不派他到上部的乡村去？'我很关心地向他提议（郁哥兄弟在内地也有租借地同柚木森林）。'假使他很有本领，像你所说的，那么他很快就会干得顶顺利了。在身体方面，他是再合式不过的。他向来非常健康。''嗄！在这个地方能够不害消化不良的毛病的确是件大好事，'可怜的郁哥很羡妒地叹一口气，偷偷看一看他那个毁坏了的、凹进去的胃部。我走开了，让他沉思地敲着桌子，口里喃喃说道，'这是个主意，这倒是个主意。'不幸的很，当天晚上，旅馆就发生一件不妙的事情。

"我不知道吉姆有没有大错，可是那的确是件深堪惋惜的事。那是属于酒馆里殴打那类可悲的事情，跟他格斗的是个斜眼的丹麦人，那类人的名片上常有不正当的头衔，他的头衔是：暹罗海军上将。这个汉子打台球的本领自然是太差了，可是又不愿意输给别人，我猜想大概是这样子。他喝了不少酒，打了六盘就说出难听的损人的话，把吉姆拿来做讥笑的资料。当场的人大半没有听到他所说的话，那些听到了的人们好像给接着发生的可怕结果一吓也记不清楚了。这个丹麦人侥幸能够游泳，因为房子通到走廊，下面就是宽阔的黑色的美南河流着。一只船，满船的中国人，也许正要去冒险偷东西，将这位暹罗王海军军官钓起来，午夜左右，吉姆也出现在我的船上，头上没有帽子。'房子里面个个好像都晓得那回事,'他说,一面喘着气,仿佛打架后心里尚未大定。他原则上对于这件事总有些懊悔,可是这次,他说,不容他有'取舍的权力'。最使他心惊的是他看出他这个负担谁都晓得,好像这些时候他老把这个罪状背在肩膀在大家面前走着。这件事情发生之后,他自然不能再待在那个地方了。大家都骂他凶很得像一只畜生,以为他一向处在为难的地位,真不该如此行动;有人坚持那时他已经醉得丢脸了;其他人却批评他缺乏机警。甚至于熊保克都很不高兴。'他是个顶有礼貌的年青人,'他对我辩论样子说道,'但是上尉也可算个最高尚的汉子。他每天晚上在我公共食桌上用餐,你知道。台球杆又打断了。这是我不能容受的。今天一起床,我先到上尉那儿道歉,我想我自己总算洗清了;但是请你想一想,假使个个人都弄出这套把戏!嗳呀!那个人也许会淹死!在这个地方我又不能跑到第二条街去买一条新的台球杆,我得写信到欧洲去定购。不行,不行!像那样的脾气绝对不行!'……这一点使他心里极端地难过。

"这是他的——他的向后退里最不好的一回事了。谁也不会像我这样为他悲伤。虽然,像人们听到别人提起他的名字时候所说的,'啊,是的!我知道。他在外头漂泊了不少时光,'可是在他的流荡生涯里他从来没有挨过人家的糟蹋同蹂躏。最近这件事却叫我深深地感到不安,因为假使他这个锐敏的神经会弄到使他在下流的酒馆里跟人们吵起架来,那么他将失掉那个无害的,虽然令人生气的,傻汉子的头衔,同时得到流氓这个头衔了。不管我多么相信他，我却免不了想起在这些情形里从空名到实事只有一步之差呀。我想你们会懂得这时候我已经不能把他丢弃在一旁不理了。我带他坐我的船离开盘谷，我们那次的航行，时间可不短。看到他那样退缩畏葸，真叫人觉得难过。一个海员，就说光当个搭客吧，对于海轮总会感到兴趣，总会拿个批评的欣赏的眼光来四望海上的生活，好比一个画家看到别人的作品。无论从那方面来说，他都可算是'在船上'；可是我这位吉姆一大半时间老是躲在下面，好像他是个不买票偷坐船的人。他这种态度传染到我身上，弄得我都不跟他谈起航海的事情，那些事是两个海员一同航行时当然会谈到的。有时一连好几天，我们彼此没有谈一句话；我也非常不愿意当他面前对我的船员发命令。常常，当独自跟他在船面上或者在船舱里，我们不知道眼睛看着什么东西才好。

"我把他安顿在第述那里，你们知道，只要有法子把他打发去，我就觉得很愉快了，可是我相信他的地位现在渐渐变得难堪了。他已经失掉了一些强性，他先前每次摔倒能够一下子跳回到那个不妥协的态度里去就全靠着这种强性。有一天到岸上来，我看见他站在码头上；岸傍的水同远处的海面连成一片光滑的望上升的平面，泊在极远处的船只好像不动地泛在天上。他等候他的小船，那正在我们脚下装着一些小铺子的包裹，打算交给一只快出口的轮船。问好后，我们都不做声——并排站着。'天呀！'他忽然说，'这个工作真是要命。'

"他对我微笑；我得告诉你们他总能够设法微笑。我没有回答他的话。我很知道他不是指他的职务;他跟第述办事,工作很轻松的。我连看他一眼都没有。'你愿意完全离开这地方吗?'我说,'你肯到加利福尼亚或者西海滨去试一下吗?我可以想一想能够怎样帮你的忙……'他有些鄙视样子挡住我的话头。'换一个地方有什么不同呢?'……我立刻觉得他是对的,真没有什么不同;他所需要的并不是减轻工作;我仿佛模糊看出他所需要的,他在那里等待的,似乎是件不容易说得清的——大概是个好机会那类的幸运吧。我也给他好几次的机会了,不过那些光是挣面包的机会。但是人们还能帮些什么别的忙呢?我突然觉得他这种地位是绝望的,可怜的白里立说的话又回到我心头,'让他爬到地下二十尺的地方,就待在那儿。'还是那样好罢,我想,比起这样在地面上等候那些永远不会发生的奇迹。但是这些事谁能有多大的把握呢。就在那里,就在那时候,他的小船跟码头相隔还不到划三桨那么远,我已经下个决定,当晚要去跟史泰商量一下。

"这位史泰是个受人尊敬的富商。他的'公司'(他开的是个合资公司,叫做史泰公司,有位副老板,像史泰所说的'管束那班软体动物')在各岛上做很大的买卖。还在顶偏僻的地方设立分处,为着收集本地的出产品。我一定要同他商量并不是因为他有钱受人尊敬。我要将我的难题暗地里说给他听,都是因为他是我所知道的一个最靠得住的人。他那个秃发的长脸孔好像有个单纯的,聪明的,仿佛是不倦的好意的光明照着。他脸上的皮肉下垂,有深刻的皱纹,颜色灰白,好比一个老过静坐生活的人——其实他绝不是那样。他头发很稀少，从高起庞大的额头望〔往〕后梳去。人们想二十岁的他一定就很像现在六十岁时的样子了。他的脸孔是个学生脸孔；只有那对几乎全白了的浓密眉毛同眉毛下面发出来的坚决精明的眼神跟他这个，我可以说，学者的相貌不大相称。他身材很高，骨格松散；他那微曲的身子，同一副天真的微笑，使他有种慈祥地倾听着的样子；他的长手臂同苍白的大手有个罕见的从容姿势，好像正在指示着，正在表明着。我这么仔细的谈他，因为这个人虽然有这么一个外表，而且还具有一个正直的宽容的性格，同时却有一副刚毅的精神，同勇敢的气概，那些是猛烈得可以叫做拼命，假使跟他的性格没有这么相称，好像是他身体里天然的机能——同良好的消化机能一样——是他自己完全不自觉的。我们有时说一个人把自己的生命随便拿在手中。这句话用到他身上，还不能算做恰好；他在东方的早年生活简直可说是拿自己的生活当球来耍。这些事情都已经过去了，可是我晓得他生平的经历，同财产的来源。他又是一个负了相当盛名的自然学家，也许我应该说是一个博学的标本搜集者。昆虫学是他专门研究的学问。他搜集的吉丁虫（Buprestidae）和长须虫（Longicorns）——都是甲虫——可怕的小怪物，已经死了，不动弹地躺着，带有凶恶的神情，同他的蝴蝶标本，不动的翅膀在盒子的玻璃盖底下，还是很美丽，有一种飞翔的神气，把他的名字播扬到远方去。这个商人，冒险家，有时当马来苏丹的顾问（他提到这个人时候，向来只把他称做'我可怜的谟罕默特·朋苏'这名字），为着几斛死虫的原故给欧洲有学问的人们听见了，他们对于他的生活同性格绝不会有个相当的概念，而且我也不想知道。我是晓得他的经历和品行的，认为他是个非常适当的人物，我尽可以把吉姆的困难，同我自己的困难私下里说给他听。"

第二十章

"晚上很迟的时候,我穿过了一个堂皇的,却是非常不亮的空饭厅,走进他的书房。屋子里面是静悄悄的。一个年老的相貌凶恶的爪哇仆人,穿着仆人的制服,白短衣,黄裙子,领我进去,他把房门打开,低声喊一声'啊,主人!'立刻就退到一旁,莫名其妙地不见了,好像他是一个鬼,暂时现出肉身,特地来干这个差事。史泰连椅子一起转过来,他的眼镜好像同时也推到额头上去了。他用他那个安详诙谐的声调来欢迎我。大房子里面只有一个角落,他安置书桌的地方,给一盏有罩的桌灯照得很亮,其余的地方却溶到杂乱的阴影里去了,好像是一个山洞。绕着墙壁有许多的窄架子,上面排满了一个样子,一种颜色的黑盒子。那些架子并不是从地板直到天花板,却只有四尺多高,看起来好像是条暗色的宽带子。这些架子就是甲虫的陵墓。墙上挂有木牌子,东一块,西一块,并没有一定的距离。灯光照到里面的一块,'鞘翅类'这名词,用金字写的,就在庞大的朦胧里发出神秘的光辉。保存蝴蝶标本用的玻璃盒子,排成三长行,放在细腿的小桌子上面。有一个这样的盒子,从本来的地方被挪开,站在书桌上,桌面撒有许多长方形的纸片,上面写了细小的黑字。

"'你看,我正在干这件事——这件事,'他说。他的手在篮子上头动着,里面装有一只孤单单的,非常壮丽的蝴蝶,张开古铜色的暗晦翅膀,一共有七吋多宽,上头白色线纹十分精致,旁边的黄色斑点也灿烂非常。'这种的标本,"你们"的伦敦城里只有一个,——没有多的。我要把这个标本留下来给生我的那个小镇。总算是我这个人的一部分罢。也许是我最好的那一部分。'

"他的身体从椅子上向前倾斜,十分注意地看着。他的下巴突出盒子的前方了。'真妙,'他低声说,仿佛忘记了我站在他的身旁。他一生的历史的确很古怪。他生长在拔伐里亚,二十二岁的时候,就加入一八四八年的革命运动,当个热烈的分子。后来完全妥协了,设法逃出来,起先躲在脱立斯脱地方一个可怜的表匠,共和党党人家里。从那里他又流落到屈立波列,带有一些廉价的表去沿街叫卖,——的确不能算个很好的开始,可是结果却很交上好运气,因为在这儿他遇见一个荷兰的旅行家——我想是一个还算有点名望的人,可是我记不起他的名字。这个博物学家雇他当个助手,就带他到东方去了。他们在群岛旅行了四年多,有时在一起,有时分开,到处搜集昆虫同飞鸟的标本。然后，那位博物学家回家去了，史泰无家可归，就跟他在西利白内部——假使西利白也可以说有内部——旅行时遇见的一个老商人滞留在一起。这位苏格兰老头子是唯一的白种人被那时当地的官吏准许住在那儿，因为他是哇鸠国元首，一个女人的好朋友。我常听见史泰叙述这个老头子，已经半身不遂了，怎么样把他介绍给本地的宫廷，过不多久他的瘫病又发，就死过去了。他是个胖子，体格雄伟，雪白的胡子使他带了族长的神气。他走进议厅，全国的酋长，领袖，头目，都聚集在那里，女王就斜倚在华盖底下的一个高榻上，是一个满面皱纹的胖妇人（据史泰说，谈话非常随便）。他拖着他的腿，他的手杖一下一下打到地上，抓着史泰的手臂，一直带他到榻旁。'请看，女王，同酋长们，这是我的儿子，'他用洪亮的声调宣布。'我跟你们的父亲做生意，我死后，他得跟你们同你们的儿子做生意了。'

"经过了这么一个简单的仪式，史泰就继承了这位苏格兰人特殊的地位同他所有的商品，此外还有一所深沟高垒的屋子，那正盖在国里唯一可以航行的大河的岸旁。过没有多久，这位谈话非常随便的老女王死了，国里就有许多要争王位的人们，因此弄得非常纷乱。他拥护一个年青的王子，三十年后他每提到这王子，就喊他做'我那位可怜的谟罕默特·朋苏'。他们两人建了无数的战功，身经古怪的冒险。有一回在那个苏格兰人屋里，部下二十人，却能够抵抗整个军队的包围，而且支持了整一个月。一直到现在我还相信本地人对于那回战事的叙述。

当时史泰好像尽量把能够弄得手的个个蝴蝶同甲虫都据为己有，绝没有一回放弃。这样子经过了八年的打仗，交涉，佯和，爆发，修好，诈计以及其他这类的把戏，正在永久和平好像到底要成为事实的时候，他那个'可怜的谟罕默特·朋苏'却在自己皇宫的门口，正从得意的猎鹿回来，非常高兴地下马时候，给人暗杀了。这件事变使史泰的地位非常不稳固了，可是他也许会住下去的，假使过了很短的时间他没有失掉了谟罕默特的姊妹（'我亲爱的妻子，公主，'他常常这样严重地说），她生了一个女孩——母女在三天之内都得了一种传染的热病死去了。这么一个残酷的损失使他不忍再住下去，他就离开那个地方。他冒险的，初期的生活就这样子结束了。此后的生活跟以前这么不同，假使悲哀的真意并没有这样老跟他滞在一起，那么这个奇怪的过去真好像是一场幻梦了。他有一些钱；他重新挣扎过活，许多年后，他积了一笔很大的财产了。起先他在群岛里到处旅行，可是老年偷偷跑到他身上来了，最近几年他很少离开他那个跟城市相隔三哩地的大屋子，里面有一片很大的花园，旁边都是马厩，办公处，同从他许多底下人同食客住的竹筑的小屋。每天早上他坐一辆二轮马车到他城里的大办事处，里面有许多书记，白种人同中国人。他有一队双桅小船同本地的木船，他做岛上土产的大宗生意。此外他就过凄清的生活，但是没有厌世的色彩，天天摩挲他的书籍同他搜集的昆虫，把他那许多标本拿来分类，然后仔细排起来，跟欧洲的昆虫家通信，替他的宝贝写出一本解释的目录。这是这个人一生的历史了，我来跟他商量吉姆的事情,并没怀有什么具体的希望。可是单单听到他所发表的意见,已经会叫我得到安慰了。我心里很焦急,但是我尊重他凝视一个蝴蝶时紧张的,差不多是热情的专心态度,好像在薄翅上铜色光辉里,在白色的线纹里,在华丽的边缘里,他能够看出别的东西,一个象征,指示出某一个事物虽然会死亡,却能抵得住消灭,正好像这些精细的,无生命的组织显出一块灿烂的形相,那是死亡所无法损坏的。

"'真妙!'他重复说,抬起头望着我。'你看!多么美——这还算不了什么——请你看多么精确,多么和谐,却是这么微弱!又是这么有魄力!这么一分也不差!这真是"自然"——大力的平衡。每颗星是如此——每根草也是如此站着,——伟大的宇宙在绝对的均势里产生出——这个东西,这个怪物,"自然"的杰作——"自然"的确是了大艺术家。'

"'从来没有听见一个昆虫学家这样发挥过,'我高兴的说道。'杰作!人类该算作什么?'

"'人类也是个可敬的东西,却不是"自然"的杰作,'他说,眼睛老钉〔盯〕着玻璃盖子。'也许那位艺术家有点儿疯了。嗳?你以为怎么样?我有时仿佛觉得世界上并不需要人类,而且也没有他们的位置,可是他们来了;假使不是这样,为什么人类要占领一切地方呢?……'

"'还要去捉蝴蝶,'我加进这一句。

"他微笑了,躺到椅子上,伸一伸他的腿。'请坐,'他说。'我攫到这个难得的标本是在一个非常美的早晨。当时我有个非

常兴奋的情绪。你不知道一个采集者得到这么一个稀罕的标本是多么可乐的事情。你不能知道。'

"我舒服地躺在摇椅上微笑。他两个眼睛望着墙壁,却好像看穿过去了。他就谈一天晚上怎么样有一个信差从他那个'可怜的谟罕默特'那里来,请他到'大宅'去——他是这么说的——那跟他的房子相离有九或十哩样子,中间一条马路通过耕种的田地,这儿那儿还有几丛树林。第二天清早,他从他那个高垒深沟的房子出发,先抱一抱他的小爱麦,就留下'公主',他的妻子,来管理一切。他形容她怎么样送他到大门口,一只手搭在他的马颈上走着;她穿一件白短衣,头发嵌了几把金针,左肩上挂一条棕色的皮带,夹了一把连响的手枪。'她正像女人向来说话的口气嘱咐我许多话,'他说,'叫我一切小心,最好能够设法在天色尚未大黑以前回家,以及我这样单身外出是多么危险的事情。那时我们正跟别人打仗,地方很不安全;我的部下在屋子的四旁镶上弹子打不进去的百叶窗,一面装好来福枪的子弹,所以求我不要为她担心。无论谁来攻城,她都能守着这个屋子,一直等到我回来。我乐得稍微笑一笑。我心里高兴,看到她这么勇敢,这么年青,这么强壮。我那时也年青呀。到大门口,她牵着我的手,紧紧握一下,就向后退了。我把马勒住,在大门外头站着,一直等到我听见大门的门闩安上去了。当时我有一个大仇敌,一个大贵人——也是一个大流氓——带一队人徘徊在邻近地方。我的马慢慢走了四五哩地;前晚下了雨,但是雾已经上升了,上升了——大地是一片的干净土,躺着对我微笑,这么新鲜,这么天真——像一个小孩子。忽然间有些人开了一阵排枪——我觉得最少也有二十发,我耳朵听到子弹飞过去的声音,我的帽子跳到我脑壳的后头去了。这是一个诡计,你知道。他们弄我可怜的谟罕默特来请我,然后埋伏了大兵。我立刻看穿了,我想——这得用点手段。我的小马鼻子发出声音,跳着,站起来了,我慢慢望〔往〕前倒,我的头靠着马鬃。我的马又好好走起来了,从马的颈子上我的一个眼睛可以看出我左边一丛竹林前有一片轻微的烟云挂着。我想——哈哈!我的朋友呀,你们为什么不等到时候再开枪呢?时候还没有Gelungen(到)呢。啊,不是!我用右手抓住我的连响手枪——悄悄地——悄悄地。究竟,只有七个这样的无赖汉。他们从草上爬起来,将裙子卷上,开始望〔往〕前跑,把长戈举得比头还高,挥舞着,彼此呐喊要小心抓到那匹马,因为我已经死了。我让他们走到房门这么近,然后砰,砰,砰——每发一枪都描〔瞄〕准一下。我还对着一个人背发一枪,但是我没有打中,已经隔得太远了。然后我又独自坐在马上,干净的大地对着我微笑,这三个人的尸首就躺在地面。一个盘着身子像一条狗,还有一个背靠地躺着,手臂还遮着眼睛好像要挡掉阳光,第三个人很慢地拖起他的腿,然后一踢,又直起来了。我坐在马上非常仔细地观察他,但是再也没有什么动作了——Bleiben aus ruhig(一动也不动)——老是那样呆着。当我去瞧一瞧他脸上有什么生命的表征时候,我看见仿佛有一个暗淡的影子飞过他的额头。那就是这个蝴蝶的影子了。请看那翅膀的形状。这类蝴蝶总是高飞,而且飞得非常快。我抬起头,看见已经鼓翼飞去了。我想——难道真是那一类蝴蝶吗?可是接着我就不知道那个蝴蝶飞到那儿去了。于是我下了马,慢慢走着,牵着我的马,一只手提着我的连响手枪,我的眼睛上下左右到处寻找着!末后我看见那个蝴蝶坐在十呎远的一小堆秽土上。我的心立刻猛跳起来,我放开我的马,一只手还是提着我的连响手枪,那一只手就从我头上脱下柔软的毡帽。望〔往〕前走一步,别慌张。再走一步,扑!我抓到手了!当我站直时候,我太兴奋了,浑身发抖,像一片叶子,当我分开这两片美丽翅膀,看看我得了一个这么罕见,这么奇怪的完全标本时候,我的头都晕过去了,我的大腿也软得丝毫没有气力了,我只好在地面上坐一会儿。当我替那位教授采集时候,我就非常希望自己能够有这类的一个标本。为了这个宝贝,我有好几次旅行到很远的地方去,受了许多的困苦;简直跑到我梦里去了,现在却忽然夹在我的手指里——算我自己的东西!真像诗人(他却读做"时人")所说的——

So halt'ich's endlich denn in meinen Händen, Und neun'es in gewissem Sinne mein.

(如今我终于把它弄到了手,在某种意义上它算是我的所有。)

"最后一个字他忽然说得特别低,因此更引起我的注意,他的眼睛渐渐不望着我的脸孔了。他开始默默地,十分忙碌样子装一个长管的烟斗,然后大姆指停在烟锅的管口上面,又含有深意地望着我的脸孔。

"'是的，我的好朋友。那天我每觉得我的生活没有什么缺陷了；我使我最大的仇敌非常生气；我正是年富力强；我有好朋友；我得到女人的爱情（他说"爱清"），我有一个孩子，我的确满心都是快乐——我从前所梦想的东西现在也弄到手了！'

"他擦一根火柴，那忽然发出强烈的闪光。他那个沉思着的脸孔的筋肉跳动一下。

"'朋友，妻子，女儿，'他慢慢说道，凝视手里那朵小火焰——'呼！'火柴吹灭了，他叹一口气又转过身子来向着玻璃盒子。微弱漂亮的蝶翅稍稍颤动一下，好像把这一口气使他梦里庄严的宝贝又得顷刻的生命了。

"'工作，'他指着散在桌上的那些纸片，用他通常那种温柔快乐的口吻说道，'大有进步了。我正在描写这个罕见的标本……那你有什么好消息呢？'

"'我对你说出真话罢，史泰，'我说，我那种用劲却叫我自己惊奇，'我来到这里是为描状一个标本……'

"'蝴蝶吗？'他带个不相信的神气，很滑稽地热烈问道。

"'没有那么完美，'我说，觉到满腹的疑虑，忽然丧气了。'我指的是一个人！'

"'唉，原来是这么一回事！'他低声说，我面前这微笑的脸孔就变严重了。然后看我一会儿，他慢慢说道，'好罢——我也是一个人。'

"你从这一点可以看出他这个人了；他知道怎么样慷慨地鼓

舞你，反把个小心的人弄得将开口说出美丽话时候又踌躇了；但是假使我犹豫，那也不会很久罢。

"他盘腿坐着听我说完。有时喷出大口的烟雾，他的头完全看不见了，只从云里来了一个同情的咆哮。当我说完，他分开双腿，放下烟斗，两肘靠在椅子把手上很诚恳地身体向我倾斜，他把双手的指尖合拢着。

"'我很了解。他是个痴心妄想的人。'

"他替我对于这症候下个诊断了，起先我很惊奇，为什么会这么简单呢；我们的谈话真像医生的诊察——史泰很有学问样子坐在桌子面前一张安乐椅上；我有点焦急样子对着他坐在另一张椅子上，可是稍微偏侧些——因此我仿佛自然要问——

"'用什么治法呢？'

"他举起一个长食指。

"'只有一个药方！只有一个办法能够去我们的本质！'那个指头重重地向书桌拍一下。他从前弄得这么简单了的案子——假使是可能的——好像更简单化了——而且完全绝望了。一会儿的静默。'是的，'我说，'严格讲起来，问题不是怎么医好，却是怎么过活。'

"他点头赞成，好像有点儿悲意。'喳！喳！大概可以用你们大诗人的话：问题是……'他还是同情地点着头……'怎么做人！啊呀！怎么做人。'

"他站起来，指尖没有离桌面。

"'我们同时想做许多种类的人，'他又说。'这个壮丽的蝴蝶看到一堆秽土,就静静地坐在上面;但人绝不肯老滞在他的秽土上。他要做这样的人,他又要做那样的人……'他的手上下动着……'他想当个圣人,他也想当个魔鬼——每回他一闭起眼睛,他就看见自己是个非常高明的汉子——高明到他永远不会办到的……在梦里……'

"他按下玻璃盖子,自动的锁键就搭的一声关上了,他双手抬起盒子,虔敬地送回原来的地位去,从灯光明亮范围走进朦胧的境地——最后到一片模糊的昏暗里去了。我当时心里有个古怪的感觉——好像这几步把他带出这个苦闷具体的世界了。他那个高个子仿佛失掉了实体,弯着腰,舞动着,没有声响地在看不见的东西上面徘徊着;我还可以瞥见他在那个老远的地方莫名其妙地忙些好像是不相干的事情,他的声音打那儿传过来也就没有那么锋利了,却好像是宏大的,严重的——给距离弄软熟了罢。

"'因为你不能够始终闭起眼睛,所以来了真正的烦恼——心里的苦痛——世上的苦痛。我告诉你,我的朋友,你看出不能实现你的好梦,这于你是反有好处的,因为你还不够强,还不够聪明。喳!……而且一向你又是这么高明的一个汉子!Wie? Was? Gott in Himmel!(怎么?什么?上帝在天!)怎么一回事呢?哈!哈!哈!'

"在蝴蝶坟墓里徜徉着的人影笑得非常狂暴。

"'是的!这个可怕的事情是非常有趣的。生到这个世界来的人坠进梦里去,正同一个人掉到海里一样。假使他像那些没有经验的人们想努力爬出水面，去吸空气，那么他就淹死了——Nicht wahr?（是不是？）……不该这样子呀！我告诉你！唯一的办法是把你自己交给这个破坏的原素，在水里手脚来努力，使深海，非常深的海，把你托起。所以你假使问我——怎样过活呢?'

"他的声音极强烈地跳起来，好像在那个黑暗里，他得了灵感的激发，听得智慧向他耳语。'我要告诉你！那回事也只有一个出路。'

"他的拖鞋发出绰繗声，他隐埋于微明的光圈里面，忽然走进灯光明亮的范围来了。他那只伸出来的手对着我的胸膛，好比一把手枪；他那双深凹下去的眼睛好像看穿了我，但是他那双歪扭着的嘴唇却没有说出一个字，在黑暗里我看见的那种有把握的神气也从他脸上消失了。指着我胸膛的手垂下了，走近一步，他把这手轻轻按着我的肩膀。有些事情，他凄然说道，也许绝不能说出，不过他独居的时候太久了，有时简直把些事忘却了——忘却了。他在远处阴影里时候所怀的自信力给灯光毁灭了。他坐下来，两肘靠着书桌上，扪他自己的额头。'可是，那也是真话——真话。沉没到破坏的分子里面……'他放低声气说话，没有望着我，两手夹着他的脸孔。'这是个路径。去追随梦境，一再追随梦境——就这样子——Ewig（永远）——Usque ad finem（直到最后）……'他的信心向我耳语，好像在我面前张开一片茫茫的光景，仿佛是朝曦里平野上微明的水平线——或者也许是在黑夜来临的时候吗？人们没有去下个断语的胆量；不过那的确是一片可爱的，骗人的光辉，射出朦胧的，不可捉摸的诗情，盖住陷阱上——盖住坟墓。他的生活是开始于牺牲，当时对于慷慨的观念怀个热狂；他旅行到很远的地方，走上种种的途径，走上古怪的道路，可是无论他追随的是什么，他总是绝不畏缩，所以也没有什么惭愧同追悔的情绪了。在这方面他可说是对的。这的确是个出路。可是不管怎么样，在人们所徘徊的那片满是陷阱同坟墓的大平原，虽是在微光之下有着不可捉摸的诗情，还是非常荒凉，中心有影子遮盖着，周围是明亮的边缘，好像是一圈满是火焰的深渊。末后我打破静默了，告诉他我以为他是个再痴心妄想不过的人。

"他慢慢摇头，然后带个忍耐的，追问的眼神望着我。这真是丢脸，他说。我们两人坐那里闲谈像两个小孩子，不肯合力用心在找出一些可以实行的方法——一个实际的补救——对于那个毛病——那个大毛病——他重复说，滑稽地，宽容地微笑着。可是话虽是这么说，我们的讨论并没有变得更实际些。我们故意不提吉姆的名字，好像我们想把现实的活人物逐出我们讨论之外，或者他无非是个迷路的鬼怪，一个受苦的，无名的幽灵。'哪！'史泰站起来说道。'今晚你睡在这儿，明早我们要做些实际的工作——实际的……他点一盏两枝的烛台在前引路。我们穿过好几个黑暗的空房子，把史泰手拿的蜡烛闪光来当警卫，这些闪光溜过油漆的地板，这儿那儿扫过光滑的桌面，跳过一样家具的不完全的曲线，或者壁直地一下子出入于远处的明镜，当时两个人形同两朵火焰的闪光也一下子悄悄地偷渡过玻璃砖里结晶也似的空虚深处。他迈向前一步，弯下腰走着，他脸上有一种深刻的，好像凝神倾听的安详态度；细长的黄头发里杂了几根白发，稀稀地散在微弯的头颈上。

"'他太痴心了——太痴心了，'他重复说道。'这的确很不好——很不好……也可以说很好，'他说。'他是太痴心了吗？'我问。

"'Gewiss（真的），'他说，呆呆地站在那儿拿着烛台，也没有望着我。'分明是！不然，什么东西使他心里苦痛，因此认识了自己呢？什么东西使我们觉得他这个人活在世上呢？'

"那时我们很不容易相信世上有吉姆这个人——从乡下牧师家里出发，一阵尘埃也似的人群把他弄得模糊了，事实世界的生死两方面冲突的要求使他变成无话可说了——但是他那个不会毁灭的真面目活现在我心中，有个无法拒绝，叫人不得不信的大力！当时我的印象是那么新鲜，好像我们走过高大静寂的房子时候，因为四围是飞舞的灯光，而且从明亮不可测的镜子深处，忽然呈现出两个拿着闪光的烛火偷偷走着的人形，我们可说走近绝对的'真理'了，那正同这宇宙的'美'一样，总是不可捉摸的，躲避起来的，一半沉到神秘静默的死水里去。'也许他是个痴心的人，'我稍微笑一声承认他的话，我的笑声引起一种出乎意料之外的大声回响使我立刻按下声气了；'但是我敢说你是。'他的头垂到胸前，高高举起烛光，他又继续望〔往〕前走。'好罢——我也活在这个人世呀，'他说。

"他领着我走。我的眼睛跟着他的身体转动，但是我所看见的不是大公司的老板，下午茶会的上宾，学术团体的通信员，以及招待远道来访的博物学家的主人；我只看见他命运的真相，他是懂得怎么样迈步追逐他的气运的，他的生活在低微的环境里开始，后来却满是慷慨的热情，处处有友谊，爱情同战争——完全是浪漫故事里的高尚成分。走到我那间房间的门口，他正面对我。'是的，'我说，好像正在谈论着，'在许多东西里面，你还痴痴地梦想哪一只蝴蝶；可是一个晴朗的早上，当你的梦来到眼前时候，你并没有让那个绝妙的机会逃走。你有吗？他却……'史泰举起他的手。'你知道我白放过了多少次的好机会；有多少次好梦来到眼前了，我却没有抓到手？'他怅惘地摇头。'我仿佛觉得里面有些梦必定是非常有趣的——假使我曾经去想法实现。你知道有多少吗？也许连我自己都不晓得。''不管他的梦好不好，'我说，'他却知道一个梦，那是他绝对抓不到的。''你这样的梦每人都知道有一两个，'史泰说；'做人麻烦就是这一点——这是太麻烦……'

"他站在门槛上跟我握手，从举起的手的下边望着我的房子。'好好睡罢。明天我们得干些实在的事情——实在的……'

"虽然他的房子是在我房子的那一边，我却看他又从来的那条路去。他又去看他的蝴蝶标本了。"

第二十一章

"我恐怕你们没有一个人听到别人提起巴多森这个地名？"马罗静默着在那里小心地点燃雪茄后，又说下去了。"这也无关紧要；夜里我们的四周有一大堆的天体，人类就从来没有听得说过，因为那些是在人类的动作范围之外的，跟世上任何人都不相关，除非是天文学家，他们受公家的钱，就为的是可以很有学问样子讨论那些天体的组织，重量，同轨道——行动是怎么样不合规则，星光是怎么样地离位——可说是一种科学上的专门扯谎。巴多森也正是如此。巴塔维亚内府里重要的职员很内行样子提起这个地名，尤其关于那里种种不合规则同离奇古怪的事情，此外商界里也有极少数的人知道世上有这么一个地名。可是谁也没有在那里待过，我疑心没有一人愿意亲自到那儿去，正好像一个天文学家，我想，会极力反对迁居到远处的星球上去，因为在那儿跟地球上的薪俸作别，看到一个崭新的天象，他会弄得莫名其妙了。可是天体同天文学家跟巴多森都不相关。到那里去的却是吉姆。我的意思是叫你们知道假使史泰安排好把他送到第五层的星儿那里去，他也不会有个更大的变更。他将他在世间的许多缺点同他所得的那种名誉都扔在后头，那边有套完全新的环境让他的想像力去工作。完全新的，完全是出奇的。他这个地位也就来得出奇。

"史泰是唯一晓得巴多森的人，比任何人也知道得多。我疑心官府里面的人们还没有他晓得清楚。我相信他到过那个地方，或者在采蝴蝶标本时候，或者还晚些，当他那样顽皮地想把一些浪漫的味道加到做生意这盘油腻的碟子上。群岛各处他差不多都走遍了，而且在混沌蒙昧的时候，当人们还没有为着增进道德的原故——呃——也为着增加利钱的原故，把灯光（甚至手电灯）带到里面去。正在我们谈论吉姆以后第二天清晨我们用早餐时候，我向他说出可怜的百里立的话：'让他爬到地下二十呎的地方，就滞在那儿，'于是他提起这个地方。他很感到趣味样子向我凝视，好像我是一只罕见的虫儿。'这也办得到，'他说，一面啜他的咖啡。'把他好像埋起来了，'我解释。'我们当然不愿干这件事，可是看到他是这种性格，那恐怕是最好的办法了。''是的；他正年青，'史泰沉思着。'可算做世上现在最年青的人，'我承认他的话。'Schön（多美呀），巴多森那个地方，'他还用冥想的口吻继续说……'那个女人现在也死了，'他令人不可解地加上这一句。

"我自然不知道那段故事；我只能猜出从前曾经有一回，巴多森这个地方做了一些罪恶，过失或者厄运的坟墓。史泰这个人，我们是无法怀疑的。他心目中唯一的女子是他称做'我的妻子公主'的那位马来姑娘，偶然说得详细些，'我的爱谟的妈妈。'他提到巴多森时所说的那个女人到底是谁，我无从知道；但是从他吞吞吐吐的话里我晓得她是个受过教育，长得非常美丽的姑娘，含着荷兰人同马来人的两种血液，有一段悲哀的也许只好算做一段可怜的生平，里面最可怜的一节当然是她跟一个马拉甲生的葡萄牙人结婚，这个人从前在荷属殖民地某家公司里当书记。我又从史泰那里晓得这个人很不行，模糊的性格上劣点非常多。史泰派他当巴多森地方史泰公司分处的经理完全为着他妻子的缘故；但是就生意而论，这个办法没有获得成效，最少于公司是不利的，现在那个女人既然死了，史泰倒想换一个经理试一试。那个葡萄牙人叫柯内里，自己觉得有功劳，可是受人们不好的看待，照他的能干倒应该享得个更好的位置。吉姆就是去替这个人的。'我想他恐怕不会离开那地方，'史泰说。'这与我却不相干。我完全为着那个女人才肯……但是我想起还留下了一个女孩，那么假使他愿意滞下去，我也就让他住在那老屋子里了。'

"巴多森是一个边〔偏〕僻辽远的地方，归本地人管理，那儿主要的殖民地也用这个名字。离开海有四十哩的河边上，陆地里头几家的屋子远远站在那儿，我们可以望得见一片森林后耸起两座互相接近的陡峭的山峰，看起来中间只隔一条深的裂缝，简直好像被什么大力的震撼裂开了似的。其实，中间的山谷不过是个窄峡,从内地看来,好像一个参差不齐的圆锥形小山剖成了两半,稍微分开地相倚着。月亮圆了的第三晚,我们从吉姆屋子(当我去拜访他时候他有一所很精致的本地式屋子)面前的空地望去,月儿刚刚从这两座山后头上升,起先有阵散光把这两大堆的岩石烘托得黛黑地站在那儿,然后那个差不多是全圆的发出红光的月儿出现了,从裂缝中间溜上来,一直浮过山巅,仿佛态度雍容地得到优胜,躲开张着大嘴的坟墓了。'真是值得一看的妙景,'吉姆在我一旁说。'是不是?'

"问这句话时候他含了一种骄傲的口气,我不禁微笑,仿佛这个绝妙的风景是经他安排过的。他在巴多森那儿安排了不少的事情!有些简直是同月儿星儿的运动一样地不受他管束。

"真是不可思议。不可思议可说是这个地方的特色,史泰同我胡里胡涂把他摔到那里去,没有别的目的,无非是使他躲开他自己,你们得知道这是我们的目的,虽然我承认我也许稍稍受了别种动机的影响。我打算回家去住一阵,也许我隐隐地希望,我自己也不知道,把他安顿好——把他安顿好,你们注意——在我动身之前。我正要回家去,他却是从家乡来,带着他那可怜的烦恼同那渺茫的要求,像一个人在雾里走着,背负重担,喘不过气样子。我不能说我曾经把他看得很清楚过——甚至于到此刻还没有,虽然我再也见不到他了;但是我觉得我越不能了解他,我越该帮他的忙,因为里面含了一个疑团,那也可说是我们的知识必具的成分。我对于自己又何尝有什么更深的了解呢。而且那时,我得重说,我正要回家去——我的家乡是远得使里面许多火炉石好像只是一个火炉石了，因此就是我们里面最下贱的人们也可以坐在那个炉旁尝一下家庭的乐趣。我们成千成万在地面上漫游，有的享着盛名，有的埋没一生，都是到海外去换名誉，金钱或者只是一片的干面包；但是我觉得我们每个人一提到回家都好像去报帐的样子。我们回家去见我们的长辈，我们的亲戚，我们的朋友——我们所服从的人同我们所喜欢的人；可是甚至于没有这两种关系的人们，那些最自由，最孤寂，最不负责任，丝毫没有牵连的，——甚至于家乡没有留下一个亲爱的脸孔，没有留下一个熟识声音的人们——甚至于他们还得去跟家乡的魂灵相会，那魂灵住在家乡的四边，在家乡的苍天底下，家乡的空气，山谷，高原，田野，河流同树林都蕴有那个魂灵——一个默默无语的朋友，法官，同鼓励者。无论你怎么说，假使你想得到家乡的快乐，呼吸家乡和平的空气，跟家乡的真情坦然相对，那么你就得带一个干净的良心回去。这些话你们也许会觉得纯粹是感伤的调子；其实我们里面很少人有那种毅力，有那种本领，能够睁开眼睛去看一下寻常的情感底下到底隐藏了什么东西。家乡有我们所钟情的姑娘，有我们所敬重的男子，有慈爱，有友谊，有机会同快乐！但是事实上你必得用干净的双手来领受你的报酬，怕的是这种酬劳在你掌握里会变成枯叶，变成荆棘。我想那班孤寂的人们，没有一处火炉或者一段爱情可以说是属于他们的，他们不是回到一所屋子里去，却是回到那块地方去，跟那儿永久不变的，离体的孤魂相会——我想那班人最能了解家乡的严酷，家乡超度的能力，以及家乡有个永久的特权叫我们该安心，该服从，那又是多么好的恩惠。是的！我们只有很少数人能了解，但是我们却都感到这种情绪；我说我们都感到，没有一个例外，因为那些没有这乡思的人们是不算在内的。每片草都从一定地点得到生命，得到精力；人也是一样的，从某一个地点得到生命，同时也得到信仰，他就在那儿生起根来了。我不知道吉姆对于这个道理懂得多少；可是我晓得他觉得，模糊地可是有力地觉得需要这么一个真情或者可说这么一个幻梦——我不管你们安上那一个字眼，这两个字眼其实没有多大分别，那些分别又是这么无聊。他这个人所以值得注意全在他的那种情感。他现在绝不会回家了。他这人决不肯。绝不会。假使他能有描声绘影的表情，那么一想到那个念头他就会发抖，而且叫你也发抖。他却不是这种的人，虽然他也有他特别表情的方法，而且也来得很动人。一提到回家这个念头，他会僵硬呆板得无法挽回，下巴望〔往〕下垂，撅着嘴唇，他那双坦白的蓝眼睛从皱眉底下惨淡地冒出怒气，仿佛面前有个不能忍受的东西，仿佛面前有个使他作呕的东西。他那个硬脑瓜里有许多想像的能力，密结丛生的头发盖在上面同帽子一样的合式。至于我呢，我却没有想像力（我对于他的情形今天也许会更透澈些的，假使我有了种种想像力），我并没有那飘渺的意见，自己画出家乡的神从多佛的白岩上头出现，问我——可说是没有摔断了一块骨头，好好地回来了——怎么安排我的小兄弟。我不会弄出这么一个误会。我很知道像他这种人是没有人会来打听的；我看见过比他更强的人们出去不见了,完全失踪了,却没有引起一声纳罕或者悲哀。家乡的灵魂就没有去理会这数不尽的生命,好比大有为的君主也应该是如此的。流离的人们真可悲呀!我们大家团结一起的时候才有生命。他一向的流离却有点儿特别了;他没有跟别人团结一起;可是他自己也晓得这一点,而且是极强烈地感到,简直使人们对他大为感动了,正好像因为人的生活比较强烈些,所以人的死比一棵树的死更来得动人。我刚好在他身旁,而且我刚好受了感动。就只这么一回事了。我很想知道他怎么会找到一个解脱的路子。比如在我会觉得伤心,假使他变成个酒鬼了。世界是这么小,我真怕有一天会有一个烂眼肿脸,名誉扫地的流氓拦着路头,这流氓穿的帆布鞋子没有鞋底,手肘旁有几片的破布飘动着,他拿出老朋友的资格,要我借给他五块钱。你知道这班衣服褴褛的人们,从他有体面的过去,得意扬扬地走到你面前,真是可怕,他们还有一个不在乎的糙声,无礼的眼光微微避向一边,——对于相信人群休戚相关的人们,这样的会面真是难受,简直比一个牧师看到弥留时还不肯悔过的病人还要痛心。告诉你一句真话,这是我所看到的唯一危险——不单是对于他而且是对于我的。可是我也怕我太缺乏想像力了。说不定甚至于有个更坏的结局,总有些是我所预料不到的,他老不让我忘记他的想像力是多么丰富,你们通常所说的想像力丰富的人无论朝那个方向总摆得更远些,仿佛在人生这个不安的碇泊所里他们的绳缆特别长些。他们的确如此。他们也喜欢喝酒。也许我小觑他了,会怀这么一个忧虑。我怎么能够知道呢？甚至史泰也只能说他太痴心了。我只晓得他也是咱们这类的人。当个痴心人哪里是他的事情呢？我问你们说了这么多我自己天然的感想同胡涂的思虑，因为除此以外关于他是没有什么可说的。他的生活只有对我会发生兴味，你们究竟还是靠着我才对于他的生活感到兴味。我将他牵出来；我把他陈列在你们面前。我那平凡的忧虑是不公平吗？我不敢说，即使到现在。你们会知道得更清楚些，俗语不是说过旁观者清。无论如何，我的忧虑是很肤浅的。他并没有找到个解脱的法子，绝没有；而且他的前进却好得出奇，万无一失地，非常大方地前进，可见他不单能够快跑，而且能够久待。我应该高兴，因为这场胜利我也有份；可是我却不像我所该预料到的那么喜欢。我问我自己他这么一冲有没有真把他带到那层迷雾外头去，他就隐现在迷雾里面，虽不很大，却有趣味，轮廓是飘浮无定的，——一个流离失所的人得不到安慰，渴望能够回到他在队伍里那个低微的地位去。而且，最后一句话还没有说出，——也许永远不会说出。我们的生命太短，所以来不及把话说完，我们总是那么口吃，使我们这个唯一的，永久的主意，没有达到，我们难道不是这样吗？我已绝望，不想听这些最后的话了，那句话假使能说出，响亮的声调准会震动天地呀。可是总来不及说我们最后一句话——我们的爱情，希望，信仰，追悔，屈服或者反抗的最后一句话。我想，大概因为天地不该受震动罢——最少，不该为了懂得天地的真相的我们。关于吉姆我最后一句话很短。我说他有伟大的成功；可是一说出来，或者该说听进去，这成功却小得多了。老实说，我不是不相信我自己的话，却是信不过你们的心。我能够说得很生动，假使我没有担心你们这班汉子都是叫想像挨饿为着去养活身体的人们。我并不是故意得罪人；上流社会的人们照例该没有幻梦——很安稳——很挣钱——很干燥。可是你们一定也有过一个时候知道生活的热情，那是从零碎小事里生出的具有魔力的光芒，像从冷石头打出的火花一样的可惊——也是一样的短命，唉呀！"

第二十二章

"得到热情，名誉，人们的信仰——这些东西的光荣，这些东西的魄力，真可做一段英雄故事的好材料；可是这些成功要有外表才能够动人，吉姆的成功却是没有外表的。他周围三十哩浓密的森林使外面不关心的世界看不见他了，他那个岛旁白浪的声响也将颂扬的歌声压下去了。文化的潮流好像在巴多森以北一百哩的地方一个海岬上就分叉了，一支向东，一支向东南走去，把这个岛上的平原同山谷，老树同陈旧的居民，都扔下不理了，就孤单单地站在那儿，简直是一条来势汹汹的大河两条支流中间一个无关紧要，快碎成粉末的小岛。你们在从前的航海记录里可以常碰到这个国度的名字。十七世纪的商船到那儿去买胡椒，因为当杰姆士一世时候追求胡椒的热狂在荷兰同英国的冒险家心里简直像一朵恋爱的火焰那样燃烧着。只要找得到胡椒，有什么地方他们会不愿去！为着一袋胡椒，他们会毫不踌躇地砍彼此的咽喉，会弃掉他们的灵魂，其实他们对于自己的灵魂向来是看护得非常周到的：他们是那么古怪地拼命追求这个东西，因此他们也不顾死神千般的威吓了；那些谁也不知道的大海，那些可怕的奇病；受伤，被掳，挨饿，染疫，同失望。这狂热使他们伟大！天呀！也使他们显得是好汉；可是也使他们动人哀怜，因为他们正贪恋这行生意时候顽强的死神却来把他们的老少随便杀死，就算做一笔买路钱了说起来真是无法相信单是贪心能够叫人们这样坚持到底，这样闭着眼睛去努力同牺牲。而且这班拿身体同生命去冒险的人们可说是为着一点儿的报酬就不顾他们所有的东西了。他们剩下骨头在异乡的海岸上晒得雪白，为的是钱财可以流到家乡活人手里去。由我们这班没有那么辛苦的后人看来，他们好像很伟大，不是因为他们是商业的主动力，却是因为他们是注定了的命运的工具，听从内心的呼声，血里的冲动，同将来的好梦，就望〔往〕渺茫的境界里冲去。他们是很奇特的；我们得承认他们也预备好了去吸收奇特的印象。他们得意地把这些印象记下，当看到他们自己的痛苦，海上的光景，异国的风俗，以及贤王的光荣。

"在巴多森他们曾发现不少的胡椒，看到本地苏丹的威严同智慧，很觉得惊异；可是不知怎的，过了一世纪这样断续的来往，那地方又渐渐没有生意了。也许因为胡椒已卖竭。不管怎么样，现在谁也不去理会了；光荣已经过去，苏丹也只是个年青的傻瓜，左手有两只大姆指，从穷苦的住民榨出一笔跟叫化子所得差不多的收入，还有许多的伯叔要来偷呢。

"这许多消息我自然都是从史泰得来的。他告诉我他们的名字,还稍微说一说他们每人的生平同性格。关于本地人营理的许多小国,他有个极充分的认识,简直跟官厅里的报告书一样,可是说得万万倍地更有趣了。他'必得'知道这些情形。他在这么许多小岛上做生意,有些区域——巴多森就是一例——只有他这个公司得到荷兰政府的特别许可能够在那儿设立一个分处。政府信得过他的谨慎,他也自愿冒那一切的危险,这是用不着说的。他用的人也晓得这一点,可是他分明使那件事值得他们一干。那天清晨用早餐时他对我非常坦白。据他所知(最近的消息已经来了十三个月了,他精密地说道),生命财产极端的不安全可算是那儿通常的状态。在巴多森有许多敌对的势力,其中一个是土王阿郎苏丹最坏的一个叔父,管理当地唯一的大河,他偷窃敲榨无所不为,几乎把生长在本地的马来人磨难到灭种了,这班可怜的人毫无自卫能力,连迁居也办不到,——'真的,'史泰说,'他们能够到哪儿去,他们又怎么能够走开?'他们的确就不想跑开。世界(四围是无路可通的高山)已落到贵族的掌握里去了,他们也知道这位土王是他们皇室里面的人。后来我倒遇见了这位先生。他是个龌龊,短小,困顿不堪的老头子,一副阴险的眼睛,一只没有气力的嘴,每隔两点钟就吞一粒雅片药丸,他不管通常的礼节,头上没有戴帽子,一串一串散乱的头发垂在他那个皱瘪不洁的脸旁。当正式见客的时候,他就攀登到一种狭窄的台上,那是盖在一个像破烂谷仓的大厅里,用腐坏的竹子来铺地板,从那些裂缝你可以看见十二呎或十五呎以下有种种的垃圾同秽物乱七八糟地堆在屋子底下。他就在这么一个地方这样接见我们,当吉姆同我去拜访他的时候。房子里有四十人左右,下面大天井里也许有三倍这样多的人。我们背后有不断的转动,来来往往,彼此推撞,低声说话。几个穿着华丽绸衣的青年在远处闪着光辉;大多数是奴才同可怜的寄生虫,都是赤露了半体的,只穿着褴褛的裙子,而且满是灰土烂泥,简直肮脏得不堪。我从来没有看吉姆这么严重,这么镇静,仿佛是神妙不可测的,却来得非常动人。在这群黑脸孔的人们里面,他那个穿着白衣服的英武身材同他那团发闪光的漂亮头发,好像抓到这所席子做墙壁,茅草铺屋顶的暗淡大厅里面所有的阳光,那是从紧闭的百叶窗的空隙透进来的。看起来,他不单是另一类,简直是跟他们根本不同的一种动物。假使他们没有看见他坐着独木舟来到岛上,他们也许以为他是从天上云儿里到他们中间来的呢。可是他却坐乘一只颠簸不定的木皮船前来,坐在(非常凝静地双膝靠在一起,只怕把那只船弄翻了)——坐在一个洋铁箱上——我借给他的——膝盖上放一把海军式的连响手枪——分别时我赠给他的——可是由于上天的干预,也许由于某一个胡涂的念头,他这个人总是如此,否则也许由于完全本能上的聪明,总之他决定不装上子弹带在身旁。他就是这样子走进巴多森河。天下事不能够再无聊,再危险了,也不会偶然得更古怪,或者弄得更寂寞了。说也奇怪,这么一种命运却使他的一切行为都带上偷逃的色彩,仿佛老是出于自然的冲动,不加思索地就把别人扔掉不管了——好像一下子跳进不可知的境界里去了。

"最使我惊奇的正是那个偶然。史泰同我都不大晓得那一边的情形到底是怎么样子,当我们,打个比喻来说,将他举起,不大拘礼地推他过墙。当时我只希望使他能够走开。史泰却别致得很,带有个感情上的动机。他想还清(我猜他是拿货去抵货罢)他那笔永远不能忘的旧债。他生平的确对于从英国三岛那边来的人们特别要好。不错,他从前那个恩人是个苏格兰人——甚至名字都叫做亚力山大·穆纳儿——吉姆却来自土维河南边很远的地方;但是六七千里的距离虽然绝不会使英国缩小,却成为远景里的一闭,就是英国自己的孩子也会觉到这些细节没有什么重要了。史泰是可以原谅的,他所暗示的意向是那么慷慨,我极诚恳地求他暂时守个秘密,不要宣布出来。我觉得不该让自身利益的顾虑使吉姆受什么影响;连这样影响的危险我们都不该去冒。我们得对付别一种的现实。他要个躲避的所在,那么不管会不会危害他,就给他一个躲避的所在罢——此外什么也不要谈。

"此外我对于他十分坦白,我甚至于把那件事的危险性谈得过分了(我当时是这么相信的)。其实我还没有说出实情;他到巴多森岛上的第一天几乎就是他的末日了——会成为他的末日,假使他没有那样大胆,那样克己,假使他肯把连发手枪装上子弹。我记得,当我宣布出我们替他安排好的那个巧妙的藏身办法时候,他那种顽强的,可是疲倦的听天由命的态度就渐渐地消失了,却来了惊奇,趣味,纳罕同孩子般的热情。这是他一向梦想着的那么一个机会呀。他真想不出他有什么长处，值得我……他宁肯不辞一死，只要他能够看清楚他得力于什么会来了这么一个……说是史泰，商人史泰，给我……但是自然还是我该得他的……我打断他的话。既然他说不清楚，他这种感谢又使我发生不可解的痛苦。我对他说假使为着这个机会他得特别感谢谁，那么他该感谢他从来没有听见人说过的一个苏格兰老头子，这个人已经死去许多年了，人们也记不起他的什么，除开一个怒吼的声调同一种粗糙的诚实。世上的确没有人来接受他的谢意。史泰无非是将他自己年青时候所得的帮助现在交到另一个年青人手里，我也没有费什么神，不过提起他的名字罢了。听到这句话，他脸孔红起来了，手指里捻着一小块纸片，很不好意思样子说道我一向总很信托他。

"我承认这话是真的，歇一会儿我说我希望他能够拿我做榜样，信得过他自己。'你以为我不相信我自己吗？'他不安地问道，低低说一个人总得先挣到一点面子；然后高兴起来，大声申明他不再给我什么机会，叫我追悔太相信他了，而且——而且……

"'不要误会，'我挡着他的话。'你也无法叫我追悔什么。'追悔是不会有的；就说有，也完全是我个人的事情；同时我要他明白地了解这个安排，这个——这个——试验，是他自己干的；除开他自己外，并没有别人来负这个责任。'为什么？哎呀！'他结巴说道，'这正是我，'……我求他不要胡涂，他弄得更莫名其妙了。我说他快要使他无法过活了。……'你以为这样么?'他心里不安宁地问我;但是过一会儿又很相信样子说道,'可是我一向是前进着。我难道不是吗?'跟他真无法生气;我止不住微笑一下,告诉他从前像他这种举动的人会变成旷野里的隐士。'将天下的隐士都吊死罢!'他很可爱地任情说道。他自然不怕旷野……'我喜欢那种地方,'他说。他现在去的就是这么一个地方。我大胆向他预言他会觉得那儿怪有意思呢。'是的,是的,'他热烈地说。我刚强地继续说,他有个走出去接着将门很很地关上的趋向……'我真是这样吗?'他打断我的话,忽然古怪地来了,一阵愁闷,浮云的影子也似的,把他从头到足包起来。究竟,他表现的能力真出奇。出奇!'我真是这样吗?'他沉痛地重复说。'你不能说我关于这件事大嚷了一阵。我也能够用劲干下去——可是,该死!你得指出一个门给我……''好的。前进罢,'我插嘴。我可以给他一个严重的应许,说他走以后,那扇门会猛烈地关上。不管他的命运是怎么样,绝不会有人晓得,因为那个国土虽然腐败到那样田地了,人们却认为干涉的机会还未成熟。他一到那儿去了,对于外面世界,他这个人简直等于没有存在。他没有别的,只能站在两片脚底上,而且首先他还得去找那立足的地方。'未曾生存过——这正好,天呀!'他向自己喃喃。他那对钉〔盯〕着我嘴唇的眼睛发光。假使他已澈底了解那一切情形,那么,据我看,他尽可以跳进他所看到的第一辆马车,赶到史泰公司去听最后的嘱咐。我还没有说完,他已冲到屋子外头去了。"

第二十三章

"第二天早上他才回来。他被留在那儿用晚餐同过夜。从来没有见过像史泰先生这么奇怪的人物。他衣袋里有一封给柯内里的信（'那个将被人家开除走的汉子，'他解说，目中的神气暂时收敛一些），他笑嘻嘻拿出一粒本地用的那种银戒指，已经磨成很薄了，看不大出雕缕〔镂〕的痕迹。

"他给我这个东西，把我介绍到一个叫做都拉明的老头子——那儿一位要人——一位大人物——史泰先生在那个地方干过不少的勾当，结交了这么一个朋友。史泰先生喊他做'战场上的同志'。战场上的同志总是很好。对不对？史泰先生不是说了一口顶好的英国话吗？听说他是在西利白那里学会的——偏是那么一个地方！真古怪。是不是？他说话有个腔调——有个鼻音——我难道没有注意到吗？都拉明那个汉子给他这种戒指。他们交换礼物，当他们最后一次分手时候。也是一种订个永久友谊的意思罢。他说这东西很好——我可不是同样的意思吗？他们为着自己宝贵的生命，得一下子跳开那个地方，当那位谟罕默德——谟罕默德——他叫什么名字呢？给人家杀死了。我自然晓得那段故事，仿佛是没有廉耻的畜生干的，对不对？……'

"他就这样子流水也似的说下去，忘却他面前的盘子了，手里拿一把刀子同一把叉（他来的时候我正用午餐），脸颊微红，眼睛的颜色深了许多，这在他是感情兴奋的标记。戒指是属于印信一类的——（'真像你们书里念的。'他很能鉴赏样子插进这么一句话）都拉明会竭力帮他的忙。有一次史泰先生救了那个汉子的命；据史泰先生说，纯粹是出于偶然的，但是他——吉姆——关于这事却有他的意见。史泰先生这种人，正要寻找这种偶然发生的事变。不要紧。偶然也好，有意也好，那件事与他现在是极有益的。希望此刻那个老叫化子还没有解脱到天堂去。史泰先生也谈不清。已经有一年多没有得到消息了；他们那儿正是如火似荼地不断地吵架，而且那条河也不通了。这倒麻烦得有趣；但是不碍事；他要设法找个空隙钻进去。

"看到他这种得意洋洋的聒噪，我很为感动，差不多害怕起来了。他的话多到像一个放假前一晚，满心想找有趣的吵架的小孩子。一个大人会有这种心境，而且是关于这么一回事，的确含了古怪的成分，有点疯狂，危险同靠不住了。我正要劝他态度严重点地看事情，他忽然放下刀叉（他已经开始吃东西了，或者还是说不自觉地囫囵吞进去好些），向盘子旁边到处找件东西。戒指！戒指！见鬼……唉！在这儿……他那个大手掌一把抓住向每个衣袋试放一下。天呀！再丢就不行了。他严重地望着他的拳头默想。有根绳子吗？他要把这个宝贝挂在颈项上！他立刻忙着寻出一根绳子（看起来像一条线织的鞋带）把这个戒指串进去，挂在颈项上。这儿！这个把戏倒不错！那才见鬼，假使……他好像第一次瞥见我的脸孔了，这使他镇静了些。他带个天真的严肃神情说道，我也许不明了他多么重视那个纪念品。那就是一个朋友；有位朋友真是件好事。他多少懂得这个道理。他很有些意味地向我点头，但是一看到我那种否认的姿势，他的头就靠在手里坐着不说话一会儿，沉思地玩弄桌布上的面包碎末。……'把门砰的一声关上——这话说得真巧妙，'他喊，跳起来，开始在房里踱来踱去，他肩膀的姿势，他脑袋的格式，他那种一高一低，望〔往〕前冲去的阔步，使我记起那天晚上，那时他也是这样踱着，自剖，解释——你们爱怎样说都可以——可是，到底他是过活着——在我眼前，在他自己那团小云雾里过活着。他那种不自觉的灵巧甚至于能够从苦痛的源泉得到安慰。他现在的心境同那时正是一样，一样却又有些分别，好像一个易变的伴侣，今天带你走上正途，明天用同样的眼睛，同样的步伐，同样的冲动会带你到绝望的迷途去。他的步态是很有把握样子，他那双晦暗渺茫的眼睛好像正在寻找什么东西。他一边脚踏的好像比那边脚响亮些——也许是他鞋子的毛病——使人家觉得他走路时，有个看不见的停顿。一只手深深塞到裤袋里，那一只忽然在他头上乱舞。'把门砰地一声关上！'他喊。'我老早就等着这么一个机会，我还要给人家看……我将……我预备好了，无论多么麻烦的事情都有法子去办的。……我一向梦想这么个机会……天呀！跳出这个圈子。天呀！究竟也来交上这个好运气。……你等着罢。我要……'

"他大胆地摆头，我承认在我们相识的时间里，这是我第一次看出自己出乎意料之外的十分厌恶他，可是也要算是最末一次了。为什么说这些空话？他在房里很笨重地踱着，非常可笑地挥舞他的手臂，隔一回〔会〕儿就摸一摸胸前衣服里面那粒戒指。他这样派去当做买卖的伙计，而且到一个没有买卖可做的地方，那里用得着这么兴致高呢？为什么要向宇宙挑战呢？去就一件差事不该有这种心境；不单与他不相宜，我说，跟任何人都不合式。他站着不动，弯下腰来看我。我这样想吗？他问，毫无压服的意见，却带一种微笑，我仿佛忽然窥见里面含了无礼的神气。但是那时我比他大二十步〔岁〕。年青人总是无礼；这是他的特权——他必具的条件；年青人不能不表现索取他应有的地位，在这个满是疑团的世界里一个索取都是种挑战，都是种无礼。他走到顶远的基角上去，走回来，可以这样比喻，转过身子把我扯成碎片。他说我会这样说话，因为我——甚至于我对于他有无穷的好意——甚至于我记得——记得——他从前那回——那回——丑事。还用得着去看别人——世上——世上——的一般人们吗？难怪他要跳出这个圈子，决定跳出这个圈子，决心待在外头——这话是敢向天打赌的！我还说应当有那种的心境！

"'既不是我，也不是世上一般人们记得那回事，'我嚷。

'全是你——你一个人记得那回事。'

"他并不退让,继续热烈说道,'忘却一切事情,一切人们,一切人们。'……他声音低沉下去了……'除开你,'他加上这一句。

"'是的,把我也忘却——假使于你有什么好处,'我也用低声说。有一会儿,我们却懒洋洋地不说话,好像都累了。然后他安静地又开始说,告诉我史泰先生叫他等一月左右,看看他能不能待下去,然后才动工替他自己盖一座新屋子,为的是可以免去'无谓的浪费'。他说的话很古怪——很似史泰先生。'无谓的浪费'倒是不错……待下去?何消说得!当然的事。他要黏在那儿。唯一的问题是——让他进去;他可担保他能待下去。永远不出来,待下去是容易的事。

"'别卖傻劲了,'我说,听到他恐吓的口吻,心里觉得不安。'假使你活久些,你就想回来了。'

"'回来到那儿去?'他胡里胡涂问道,他的眼睛直望着墙上一架钟的钟面。

"我静默了一会回〔会〕儿。'那么永远不回来吗?'我说。'永远,'他做梦似地重复说我的话,眼睛也没有瞧着我,然后一下子大活动起来。'天呀!两点钟了,我不是四点钟乘船去吗?'

"这是真的情形,史泰有一条两桅船,那天下午出发到西方去,叫他就乘这条船,可是没有来个延期开驶的命令。我猜史泰忘记了。他抢出去拿他的行李,我也回到船上去,他跟我约好,当他到外面码头去时候,会顺路来看我。然后走出来,非常匆忙,手里提一个小皮包。这个东西不够用,我给他我自己的一个洋铁箱,据说不会透水,最少是湿气不能进去的。他换箱子的方法很简单,就把皮包里的东西一下子撒下来,跟你们倒出一袋麦来一样。我看见有三本书滚下;两本暗色皮子的小书,一本绿色金字的厚书——是价值半个冠纹金币的《莎士比亚全集》。'你念这本书吗?'我问。'是的。烦闷的时候念他最可消愁,'他急急说。他这种欣赏力使我很惊奇,可是来不及谈莎士比亚的好处了。小船室桌上放有一把连响手枪同两个小匣子弹。'请把这个带去,'我说。'也许可以帮你待下去呢。'话一出口,我就看出这几个字带个可怕的暗示。'可以帮你进去,'我非常后悔地更正我自己。他却不理那里面隐晦的意思;他热诚地谢我,一溜烟跑开了,回过头来说一声再见。我从船旁听到他催着船夫加劲划去,由船尾小窗朝外一望,我看见那条小船在大船尾艕底下打转。他坐在里面,身体向前倾斜,用声音同姿势来鼓动他的船夫;他手里拿有一把连响手枪,好像正指着他们的脑袋,我永远不会忘记那个爪哇人吃惊的脸孔,同他们疯狂也似的一桨一桨拼命划去,我立刻就看不见这个情境了。回过头来,我第一下瞧到的是小船室桌上两匣的子弹,他忘却把这件东西带走了。

"我叫水手立刻到快艇上去;但是吉姆的船夫觉得船上有这么一个疯子时候他们的生命可说是千钧一发,因此划得非常快,我的快艇还没有走一半的行程,我已看见他翻过栏干〔杆〕爬上大船;他的箱子也送上去了。两桅船的帆全放松了,主帆也竖好了,绞盘正叮珰响起来,我刚刚在这时候走到船面!船主,一个四十岁左右短小精干的杂种,穿着一套蓝法兰绒的衣服,眼睛极有生气,圆胖的脸孔上颜色像柠檬皮,疏疏的几根黑色上髭在他那对暗色厚嘴唇的两旁垂下,他皮笑肉不笑地迎上来。忽然表面上很自得很高兴的样子,他的心情早已闷闷不乐了。我问他一句话(那时吉姆到下面去了一会儿),他说道,'呵,是的。巴多森。'他要送这位先生到河口,可是'绝不驶上去。'他那种流利的英语好像是从一个疯子编的字典得来的。假使史泰先生要他'驶上去',他将'虔敬的'(我想他要说恭敬地——可是这件事只有魔鬼晓得罢)——'恭敬地提出抗议,为着货物安全起见。'若使不理,那么他就要送上'辞职的信'了。十二个月以前,他最后一次航行到那里去,虽然柯内里先生'捐了许多款'给土王阿郎同当地的要人,说好使买卖可以进行顺利,可是他的船溯江回来时候,沿途饱尝着森林中'匪徒们'的炮火;弄得他的水手'怕伤到四肢,只好静悄悄地躲藏起来,'两桅船几乎搁浅在河口的沙滩上,'势必毁坏,人力无法挽救了。'他一面记起那回事觉得可气,一面听自己流畅的辞令觉得骄傲,因此他那个单纯宽平的大脸又不知道拿出什么表情来才好。他向我蹙额,又向我笑嘻嘻,十分满意地感到他的辞令有叫人无法否认的力量。平静的海上忽然来了一阵黯淡的怒容,双桅船的前桅张着满帆,大帆架在船中间,她一碰到这些微风,好像就不知所措了。他咬着牙龈又对我说土王是个'可笑的土狼'(真想不出他会说起土狼),可是许多别人却比

'鳄鱼的泪'还来得虚伪。一只眼睛注视前面他的水手的动作,他滔滔不绝地说下去——他把那个地方比做'兽窟,因为好久没有受缚,所以变得贪婪无厌。'我想他的意思是'受罚'。他并不想,他喊,'故意把身体献给强盗。'水手用力起锚时那种拉长的呼号声停止了,他也就放下声气来。'巴多森已经叫我觉得腻烦极了,'他使劲结束他的谈话。

"我后来听说他太不小心,弄得人们把他用藤条圈子绑到土王的屋前泥洼中间的一根木柱上。有大半天同一整夜他就处着〔在〕这样不良的情况,但是有好些理由使人相信这无非是一场玩笑罢了。我猜他大概是在默想这个可怕的回忆,然后用吵架的口吻走到船后舵机那儿去跟水手说话。当他又转过身子向着我时候,那是公平的不动意气的话。他将送这位先生到巴多克林的河口(巴多森镇'是在内地,'他说,'还有三十哩的路'),但是在他眼里,他继续说——用一种厌恶疲累的口吻,不像以前那样一口气泻下来了——那个先生简直'已经是个死尸了。''怎么?你说什么?'我问。他装出一个凶猛的可怕的态度,把从背后刺杀的举动模仿得十分像。'已经跟人的尸首差不多了,'他解释,有一个令人难堪的得意神情,他们这类人说了自己以为俏皮的话儿之后照例是这种样子。我看见吉姆站在他背后微微地笑,一边举手阻止已来到我唇边的惊呼。

"然后,当那个杂种像煞有介事地爆发了,大声嚷出他的命令时,当帆桁转过来有个轧轧的声音,一阵浪涛涌过去时,吉姆同我,好像独有我们两个人,到主帆的下风,彼此握手,匆匆地说出最后的几句话。我对于他的命运虽然留心,可是一向有个无聊的情意,那时我这个怨恨的心境却不见了。那个杂种唠叨地说吉姆途上可怜的危险,简直比史泰小心的叙述更来得真切动人。我们那次谈话也不像通常我们来结束时候那样拘泥着一套虚辞;我记得我喊他做'好孩子',他吞吞吐吐说些感谢的话,后来也加上'老头子'这个称呼。好像他的危险可以追赶上我的步数,因此我们在年纪同情绪上都差不多了。那一下是真正深刻的亲密,出乎意料之外的,跟着就消失的,好像一瞥眼瞧见一些永久的,救人的真理。他鼓起劲来安慰我,好像我们两人中还是他更成熟些。'不碍事,不碍事,'他匆忙地,诚恳地说。'我答应好好地招呼我自己。是的;我决不去冒什么危险。连一回有意思的危险事都不干。当然不。我要黏在那儿。别担心;天呀!我觉得什么也不能把我碰坏。啊呀!这是交到好运了,"走"这个字的确不坏。我绝不把这么绝好的一个机会糟蹋了!'……一个绝好的机会!呀,那的确是绝好的,但是机会也是人为的,我怎么能晓得呢?正像他先前说的,甚至于我——至于我记得——他的——他那回不去的事情。这是真话。他最好还是一去了事。

"我的快艇落在两桅船的后头了,我看见他在船尾高举他的帽子,西下的夕阳把他一人照耀着。我听到一个不分明的喊声,'你——将——听——到——我的——消息。'我的信呢,还是我的消息呢,我也说不清。我想一定是我的消息吧。他脚下的大海反映出闪光,弄得我眼花,因此不能把他看得很清楚;我是命里注定了永远不能把他看得很清楚；但是我敢说，他决不是你那个满口怨言的杂种所说的跟死尸差不多。我也能看见那个可怜的小鬼的脸孔，形式同颜色都像个熟了的南瓜，从吉姆肘下什么地方突了出来。他举起手臂，仿佛是要往下伸。希望这不是个恶兆吧！"

第二十四章

"巴多森的海滨（我差不多过了两年才看见）的阴沉而无曲折，正对着苍茫的大海。丛林同蔓藤披戴在低低的山岗上，浓绿的枝叶下露出几条红色小径，宛如流泻着铁锈的瀑布。江口两旁展开了潮湿的平原，站在平原上可以眺望浩瀚的森林。森林往后是参差不齐的蔚蓝的峰峦。海心一串晦暗的小岛，好像快要崩坍的样子，涌现在永久不消的烟霞里，如同墙壁被海水冲毁了剩下的一些碎块。

"拔多克林便是一条流注海口的小江；靠近江口有一个渔人聚居的村落。这条江曾经禁止通航了许久，那时才又开放；我趁史泰公司的双桅小船溯江而上，经过三次潮汐，总算没碰着'匪徒们'的射击。这样情形，我若是相信那渔村长老的说法，只在古代历史上才有。这位长老来到我这船上，俨然是当领港哪。他是很恳挚地同我（他生平所看见的第二个白种人）攀谈，多半是谈些他生平所看见的第一个白种人。他称他吉姆爷,他谈起他时的口气很奇特,亲切中又夹带几分敬畏。他们村上受了这位爷爷的特别保护,足见吉姆待他们很宽厚。假使他曾经告诉我说我会听到他的消息,他的预言倒是一点不假哩。我现在果然听到他的消息了。这时已经有人纷纷议论,说是潮水早涨了两个钟头,他便乘着潮流往上驶。健谈的老人亲自把舵,对于这非常的情形很是诧异。光荣被他一家人占去了。划桨的是他的儿子同女婿;但是他们都还年轻,没有经验,并未注意到小艇的速度,后来还是他把这件惊人的事告诉了他们了。

"吉姆来到那个渔村,固然是幸福;但对于他们,同对于我们里面的许多人一样,幸福降临时候让恐怖先打了个头阵。还在许许多多年代以前,曾经有个白种人一度光顾这条小江,到如今这件事早已提都没人提了。吉姆硬要上巴多森来,他意外的光临惹得人心惶惶;他坚决的态度煞是骇人;他激昂慷慨的举止反显得形迹可疑。这种要求从没听谁说过,更找不出先例来。土王对于这件事会怎么说?他将怎样处置他们?一宵的好时光都为商议办法消磨掉了;可是那个生客的恼怒,似乎立刻就会酿成十分严重的祸患,所以终于预备了一只破漏的独木舟。妇人们为这独木舟预备迟了些时,发起愁来,尖声叫嚷。一位大胆的老太婆竟咒骂这个生客。

"我对你们说过,他就坐在这只独木舟里,他的锡箱上面,双手捧着一管没装子弹的连响手枪,放在膝头玩弄。他怀着戒惧——再没比这种心理更困人的了——坐到了目的地:这地方似乎注定了要让他来充满他美德底声誉的，从内地青苍的山峰一直播扬到海滨飞溅的白浪。江流刚一回转，他便望不见大海，望不见滚滚的波涛，那永远起伏不息，平而复兴的波涛——好一幅人类斗争的写真啊，——同时迎面来了一片森林，那不可移撼的森林，把根儿深深埋在土里，让枝叶高高飞向阳光，在伟大而朦胧的关于森林的民间传说里，可以说是无始无终，不生不灭的。吉姆的幸运就像一位东方的新嫁娘，蒙着轻纱坐在他身边，等待主人用手替他揭开。他也是朦胧伟大的传说底继承子孙哩！然而他对我说，他生平从没有比坐在那只小艇里更沉闷更厌倦的了。他几乎不敢动一动，除了偷偷摸摸似地伸手捞那漂浮在他两只鞋子中间的半个椰子壳，小心谨慎地盛了些水轻轻往外泼。他发觉坐在锡板箱的箱盖上是那么硬。他的体格本来很雄壮；但在这次的旅程中，他屡次经验到阵阵的头晕眼花，有时他迷茫地想，太阳正在他背上晒起不知多大的疱来啦。为了解闷，他尽往前面探望，要认清他所看见那躺在水边的乌黑一团，到底是木块还是鳄鱼。可是他不得不马上抛弃这种消遣方法。太没有味儿了，老是鳄鱼。有一尾鳄鱼扑通一声跳入江心，险些儿打翻了小艇。但是这种骚动立刻也就过去了。随后经过很远的一程，满目都是空漠单调的景像，他倒很感谢那群猴儿，直跳到江边来，当他路过时肆无忌惮地吵嚷了一阵。他就照这样情形步步临近他的伟业，同任何人所成就的伟业一般纯正高洁。他一心一意地渴望落日；同时，他的三个划手却正预备去实行把他交给土王的计划。

"'我一定很累了,有点神思恍惚,要不然,我许是打了一忽儿盹,'他说。他头一件发觉的事,就是他的小艇快靠岸了。他立刻觉得森林已经落在后面,较高处第一批房屋历历在目,左边是一个木寨,他船上的水手们全跳上一块低地转身逃走。他不知不觉地也跟着他们向外跳。他起初以为大概是为着某种莫名其妙的理由被抛弃了罢,可是他忽听得惊惶叫嚷的声音,一扇门被推了开来,许多人直向他蜂拥而至。同时,一只船满载着武装的人们出现在江面,开到他那只空船旁边,拦住了他的退路。

　　"'我吓得太厉害了,再也不能很冷静——你知不知道?那管连响手枪要是装上子弹的话,我怕会打死个把人的——也许两三个哩,那样一来,我可完了。偏偏这手枪并没装子弹……''为什么不装呢?'我问。'呃,我可不能跟这儿全体人民开战哪,我并不是贪生怕死才到他们这儿来的,'他说,目光向我一瞥,隐隐露出他那执拗不平的神情。我忘了对他说,他们也许不知道船舱里实际上已经空无所有了呢。他只好替他自己解释。……'这才算没装子弹,'他怪高兴地重复说,'所以我就兀立不动,问他们有什么事。这倒把他们吓得目瞪口呆啦。我看见这些坏蛋里面有几个搬走了我的箱子。那个长腿老恶棍加沁(我明天便把他指给你看)跑出来,手忙脚乱地对我说,土王要见我。我就说,"很好,"我也正想见见土王,于是我就打那个门里走进去,于是——我就到了这儿。'他哈哈大笑起来。忽又出人意外地使劲问道,'你可知道这里面最妙不过的是什么?我告诉你罢。就是我明明晓得,假使我被收拾掉的话,受

损失的只怕还是这个地方哩。'

"他在他的屋子前面这样对我讲，就当我会说起的那个晚上——先前我们原在眺望那一轮明月，在两山中间的空谷上浮荡过去，好像坟墓里爬出来的精灵向上升腾；她的光辉洒在下界，清凉，惨白，恍如死了的阳光底幽魂。月光似乎含些出没无常的鬼气，脱了躯壳的孤魂似地冷淡恬静，又带点不可思议的神秘意味。月亮之与阳光——阳光是，你爱怎么说都可以，我们借以生存的唯一要素——就仿佛回响之与声音：迷离惝恍，含糊不清，无论情调是讥诮还是悲伤。一切形态被月光剥夺了固有的物质或实体——毕竟实质才是我们人的领域呀，——只有阴影显得格外真切而又不祥。我们周围的阴影的确显得很真切，但是吉姆在我身边似乎也很坚强，仿佛无论什么——纵使是月光奇幻的魔力——也不能从我眼里夺掉他的真切。也许因为他受了幻力的侵袭还能安全无损，所以，的确，无论什么都不能沾惹他了呢。一切都是岑寂，毫无动静；甚至江面上明月的光芒，也仿佛躺在一池死水上的样子。正是高潮时分，万籁的沉寂使这荒凉的天涯地角分外显得孤僻凄清。簇簇的房屋，沿着一片毫无波纹，毫无闪光，然而很辽阔，很明朗的江流，映入水心，变成一排拥挤而模糊的银灰色的形像，同一团团的黑影混合在一起，宛如一大群奇形怪状的妖精，争先恐后地向这条幽灵似的，绝无生动的江流里抢水喝。红红的灯光，东一颗，西一点，在竹编的篱墙里面闪烁，温暖而似灵活的火星，暗示着人间的爱情，庇荫，与安息。

"他坦白地告诉我说,他时常守望这些温暖的小小灯光,一个挨一个的熄灭掉;他又说,他爱看那些人们无忧无虑的在他眼前睡去,从不担心明天的安全。'嗳,这是个和平的所在罢?'他问。他并不善于辞令,但是随后所说的话里似乎含有深刻的意义。'看看这些房屋,没一家不信托我的。啊呀!我对你说过,我再舍不得离开了呢。试问无论哪个男子,妇人,或者小孩。……'他停顿了一下。'呃,我现在总算很过得去啊。'

"我忙说,他所追求的终于被他发见了。我还说,这是我一向深信不疑的。他摇了摇头。'你原来?'他轻轻按了按我肘节上部的手臂。'喂,那末,——你一点都不错哩。'

"在那低低的惊呼声里,含着得意和骄傲,差不多含着敬畏。'啊呀!'他叫道,'只要想,这在我有多么重大的意义哟。'他重新按了按我的手臂。'你还问我想不想离开。老天!我!想离开!尤其是现在你把史泰先生的事告诉我以后……离开!为什么!我害怕的就是这个。这也许——这也许比死还难受呢。断乎使不得——老实说吧。你不用笑。每天,每回,当我睁眼时候——我总感到我受了人人的信托——谁也没有权利——你可知道?离开!上哪儿去?为的什么?想挣什么?'

"我已经告诉了他(这原来是我今番拜访他的主要目的),史泰很愿意供给他一所房屋连带一批大宗的货品,只提出了几项宽松的条件,好让办事的手续有条不紊,稳妥合法。最初他鼻孔里气呼呼作响,胸部猛然鼓动起来。'别忒细致啦!'我嚷道。'这完全同史泰不相干。这正是你替你自己预备下的结果。

还是请你把这些话留着讲给穆纳儿听罢——等你在另一世界遇见他以后。我但愿你们能够晚些日子遇见啊……'他不得不折服于我的游说,因为他的一切胜利:信托,名誉,友谊,爱情……凡是叫他成为领袖的这些要素,同时也叫他变作了俘虏。他以主人翁的目光看看黄昏的和平景象,看看江流,房屋,终古常新的森林,人类悠久的生命,大地的秘密,同他自己心里的骄傲;偏偏就是这一切,征服了他,使他成为忠顺的囚徒,而且简直是支配了他深心的思想,支配了他脉搏微末的跳动,以至他最后的一息。

"这是值得骄傲的事。我也觉得很骄傲——为了他,纵使对于这场交易底特异的高价并不十分了然。多么惊人呀。他那大无畏的精神,我倒不大理会。奇怪,我竟觉得那是无足轻重的;仿佛未免太肤浅太平淡了,无关这事的核心。不。我被他所表现的别种才能,更深深地打动了。他分明能控制生疏的境遇,他在这方面的心思才力来得很机警,还有他那胸有成竹,从容应付的态度!可了不得。他使用起这一切本领来,不啻久经训练的猎犬使用锐利的嗅觉。他不很善于辞令,但是这天生的缄默里含有庄严的气象,他讷讷不易出口的几句话里含有至高的严正意味。他的老调依然未改,总是羞羞答答,面红耳赤的。然而他偶尔也会吐露出一字一句来,表示他对于这番事业——曾经叫他深信能以恢复固有地位的事业,感觉得异常深刻,异常严肃。就为这层原因,他眷恋这个地方同人民,总似乎带着凶猛的唯我独尊的神气,带着侮慢不屑的温柔情绪。"

第二十五章

"那回我们去朝拜土王吞古·阿郎，慢步横过他的庭院，隐约听见周围许多食客们一片惊惶叫嚷的声音，他便喃喃地对我说，'我就在这儿监禁了三天呢。地方很脏罢，是不是？并且我什么东西也没的吃，除非我硬吵着要，然而结果不过是一小碟米饭，同一条比巢鱼大不了多少的煎鱼——那班浑蛋！天呀！我挨着饿在这臭气熏蒸的庭院里面抢东西吃，有些流氓还把他们的碗直碰我的鼻子。你那管著名手枪，当初他们一声说要，我就给了他们，乐得去掉这个劳什子。手里拿着根空空的射击使的铁铳踱来踱去，看着好像个傻瓜似的。'那时我们来到了土王面前，吉姆对于新近擒拿他的敌人，神色很庄严，没点儿畏缩，问候也十分从容。啊！好雄壮！我现在回想起来，还禁不住要发笑哩。可是我也被深深地打动了。声名狼藉的老吞古·阿郎，战战兢兢，吓变了色（他算不得好汉，虽然他爱讲他年少气盛时代的种种故事）；同时，他对待他新近的俘虏，态度上含有恳挚的亲信。注意！纵使被恨得切骨，他还是受人信托哩。吉姆——照我从他们的谈话上推测——更趁着这机会，发表他的意见。几个可怜的村人携带了几块树胶或蜂蜡，想上都拉明家去换米，路上突然遭了匪徒的暗袭同抢掠。'都拉明才是强盗哪，'土王破口说。那老弱的残躯似乎奋激得不能支持了。他坐在团席上，离奇古怪地扭来转去，指手划脚地装腔作态，一壁挥舞着拂尘的蓬乱须毛——尽管他怒发冲冠，却仍显得软弱懦怯的样儿。我们周围，大家圆睁了眼睛，稀〔移〕开了下巴。吉姆开始发言了。他冷静而且坚决地申说了一番他的主旨：谁都可以正大光明地替他自己同孩儿们挣食物，不该横受阻扰。土王对桌枯坐，活像个裁缝，双掌按膝，头儿低垂，目光透过那披散在眼前的灰白头发注视吉姆。吉姆的话说完了，室内鸦鹊〔雀〕无声，个个敛气屏息；谁都一声不响，直到最后，老土王叹了口气，头一抬，眼一翻，急迫地说，'你们听听，老百姓！再不许闹这些小玩意儿了。'这道上谕，大家深深缄默着听聆了。有个怪笨重的男子，显然是位亲信的近臣，目光很伶俐，黝黑的宽脸，脸上瘦骨嶙峋，态度却很殷勤轻快（我后来才探知他是刽子手），从一个较低级的侍者手里接过铜茶盘来，敬我们两杯咖啡。'您别喝，'吉姆连忙嗫嚅着说。我起初不明白他的意思，只看了看他。他啜饮了一口，神色泰然地坐着，把茶碟拿在左手里。我那时觉得很生气。'你到底为什么，'我和蔼地向他微笑了笑，低语着，'让我冒这样无聊的危险？'我自然也喝了,并不见什么动静,吉姆也毫无表示,随后我们差不多立刻告退了。我们步下庭院,向我们的小船走去,被那个伶俐轻快的刽子手护送着;吉姆便说,他觉得很抱歉。不消说,这回是绝无仅有的造化呢。他自己并没想到毒药上去,压根儿没有的事。他断然对我说,照旁人的意见,他的好处比他的危险性多得多,简直是天悬地隔呢,所以……'可是土王对你害怕得什么似的呀。这是谁都看得出来的,'我答辩,我承认我的语气不免带几分烦躁,因为我时刻焦急地留神着有没有腹肠绞痛一类可怕症候的发动。我不耐烦极了。'假使我要在这儿做点儿好事,保持我的地位,'他上船后挨近我坐下,说,'我就非冒这个危险不可:我每月至少总要尝一回哩。许多人放心我替他们这样干法。害怕我!一点不错。他害怕我,大概就是因为我不害怕他的咖啡罢。'他于是指给我看,木寨北面的那块地方,许多木桩的尖头都折断了;'我到巴多森后第三天,就是打这上面跳越过去的。他们还没在那儿安插新桩呢。嗳,跳得不错罢?'俄顷,我们经过一条污浊的小江的口子。'这是我第二回跳越过去的地方。我狂奔,飞样地快,但是还嫌来不及,以为我会把我全身的皮丢在那儿了。鞋掉了,还是挣扎。我时刻暗自想,照这样陷在泥里,要是给那劳什子长枪刺一下,该多么惨啊。我记得,我在泥里扭扭摆摆时候,仅觉得心头作泛。我说心头作泛,半点儿不撒谎——我就像咬了口腐烂的东西似的。'

"那完全是实在情形——幸运在他身旁奔跑,跳越过地穴空隙,陷在污泥里挣扎……依然蒙着轻纱。你明白,正因为他来得那么突兀不测,所以他才幸免于立刻给马来剑送了命,被抛到江心去。他虽然落在他们的掌握中,但是他像个鬼怪,幽魂,或朕兆似的,有点捉拿不稳。这是怎么一回事呢?究竟该怎么对付?同他讲和,嫌不嫌太晚?还是迅雷不及掩耳地结果了他倒好?可是结果了他以后,又会发生怎样情形?怪可怜的老阿郎充满了畏惧,费尽了心机,总打不定主意,差不多快要发疯了。会议屡次哗然散场,顾问先生们匆匆离席,纷纷走到门口,上外面游廊里去。据说,有一位顾问先生,竟从高处跳下——离地约有一丈五尺光景,照我的推测——折断了他的腿。巴多森的执政王有许多古怪习气,譬如正在热烈讨论时候,他每每插些夸大的狂言,于是越变越兴奋,终于一手执着马来剑,飞跃着离开他的座位。但是除掉这样偶尔的停顿以外,关于吉姆运命该怎样决定的问题,还是日夜开会,从事于详密的讨论。

"同时,他在庭院里踱来踱去,有些人闪避他,还有些人眼睁睁地看他,可是大家都小心提防着,而他最初在庭院里碰见的带着把屠刀的那个莽汉,倒不会把他一刀解决。他占据了一间倒塌的小茅棚,能在里面睡觉;周围充塞着污秽腐烂的臭气,叫他觉得异常难受;然而他似乎并没减退他的食欲,因为——他告诉我说——他肚子里老是饿得要命呢。不时从会议室派来个'大惊小怪的笨伯',忙跑到他跟前,用着甜言蜜语发些骇人的问题。'荷兰人要来占领这地方么?这个白种人还乐意泛江打回〔会〕不?上这样可怜的地方来,有什么目的?土王想探听,白人能不能修理钟表的?'他们果然给他拿来一只新英格兰出产的镍钟，他因为百无聊赖，正好藉以消遣，便很勤快地设法去拨动那个闹铃。分明是当他正在茅棚里这样认真工作的时候，他对于他万分危急的处境，才恍悟过来了。他丢下手里的东西——他说——好像丢下个'热烘烘的白薯'，慌忙走出去，至于他今后应该怎么办，或者他究竟能怎么办，他脑子里连念头都没有转一点儿。他只知道当时的情景是无可容忍了。他漫无目的地踉跄走过一所东歪西倒给几棵柱子支撑着的小仓房，他的眼睛忽然碰见了那木栅的断桩，于是——他说——蓦然间，几乎可以说一点没加思索，丝毫未动情感，他便开始逃遁，仿佛实行已经酝酿了一个来月的计划似的。他信脚乱走，飞奔了一程；当他掉头转身时，有个高贵的牧师就挨近他的手肘，另外跟着两个持枪的人们，正想开口发问的神气。他'就打他的鼻头下面'窜过去，'鸟儿似地'掠走了，直到江对面登上岸，摔了一跤，把浑身骨节震得轧轧价响，脑袋似乎快要破裂的样子。他连忙爬起身来。他当时什么也没有想；他所能记忆的——他说——就是听见一声大叫；巴多森第一批的房屋在他前面离有四百码远；他看见那条小江，于是好像不由自主地加紧他的脚步。大地在他脚下简直是飞也似地往后推移。他终于离开了干地，觉得轻飘飘腾云驾雾，又觉得直挺挺站在异常柔软而又胶黏的泥岸里，然而他一点也不惊慌。直到他想移动他的腿，而发见他移动不了时，他才'神志清醒过来了，'照他自己的说法。他想起那'劳什子长枪'来。暗自打量，那些木寨里面的人们，先得跑到门口，于是走下码头，登上小舟，再绕过一块凸出的陆地，所以，他实际上已经逃得够远了，虽然心里还不大敢相信。再呢，正是潮水低落时分，小江里没有水——但是你也不能说干巴巴一滴没有——他大可以安全一时，或许除掉很远的射击以外，并没有任何危险。较高的硬地在他前面大约只离六尺来远。'我想，我反正只好死在这儿了，'他说。他狂乱地伸手乱攫，结果只聚拢来一团可怕的又冷又亮的污泥，压着他的胸脯，一直碰着他的下巴。他觉得仿佛正在活埋他自己，于是又发疯似地乱动起来，握着拳头将污泥四下散掷。污泥落得他满头满脸，连眼睛上同嘴唇里都是。他告诉我说，他忽然想起那庭院来了，好像你想到许多年前曾经安住享乐过的那块地方。他恨不得——他这样说——再回到那儿去修理时钟去。修理时钟——正是转的这个念头。他勉强挣扎，呜咽喘息着猛烈挣扎，几乎叫他的眼珠要从眼窝里跳将出来，让他什么东西都看不见；末了，眼花撩乱，只见黑漆一团，他还是拼命作最后的挣扎，想要把地球打个粉碎，再扔得干干净净——可是他偏偏觉得正软弱无力地朝岸上爬哩。他伸直了肢体，躺在坚硬的地面上，只看见亮光同青天。于是来了个熨贴的思想——盼望他自己睡一忽觉倒也好。他但愿他果真能够酣然入睡啊；那怕睡一分钟。睡二十秒，或者仅仅睡一秒，但是他清清楚楚地只记得他猛然抽筋似地惊醒了。他依然不动一动地躺了片刻，于是爬起身来，从头到脚满是污泥；他兀立寻思，觉得几百哩以内只剩了他孑然一身，孤零零的，盼不着任何人的援助，同情，或怜悯，如像个被逐的野兽。最近的房屋离他不过二十码；一个吃惊的妇人，想抱走她的孩子，拼命地尖声一叫，才又惊醒了他。他穿着短袜向前直奔，满身涂着泥，完全失掉了人形。这一带地方给他走过一大半了。伶俐点的妇女们东奔西逃，滞钝些的男子们丢了他们手里握着的东西，稀〔移〕开了下巴，木鸡般呆立不动。他到处飞散着恐怖。他说，他看见小孩们飞奔逃命，不提防摔倒了，将小小的肚皮贴着地面，乱蹴着两只脚。他曲曲折折穿过两排房屋，走上一面斜坡，不顾死活地爬过一处伐倒的树木筑就的屏障（那时巴多森没一个礼拜不发生战事），冲过篱笆，来到一块玉蜀黍田里，遇见个吃惊的男孩用木棍掷他，却冷不防在路上绊了一跤，便又赶紧逃到好几个惊惶失措的男子们怀里去。他勉强喘过气来，叫道，'都拉明！都拉明！'他记得，人家你拉我扯地把他带到山坡的顶点，在棕榈和果树围成的广场上又给拥到一个颤巍巍坐在椅子里的魁梧男子身边，周围混乱骚动的情形，简直比天翻地覆还利害。他手忙脚乱地在衣服同污泥里搜寻，掏出一只戒指来，忽然发现他自己仰躺在地上，却不知道给谁推翻的。他们只略一松手——你可知道？——他就站不稳了。山坡下面，枪弹乱发，那一带房屋的顶上起了不很清晰的惊惶的喧声。但是他很安全。都拉明手下的人们正在大门前建筑屏障，又用清水灌他的喉咙；都拉明的老妻，满脸呈着慌张同怜悯的神色，尖声地使唤他的女孩子们。'这位老太太，'他轻声说，'为了我大忙特忙，仿佛我是她的亲生儿子模样。他们将我放上一张大床——她那华丽的大床——她跑进跑出，擦着眼睛，给我捶背。我那时

的样子定是可怜极了。我就同木头似的躺在那儿,因为我至今还不知道躺了多久呢。'

"他似乎特别喜欢都拉明的老妻。她呢,对他也发生了慈母般的癖爱。她有圆圆的,软软的,棕栗色的脸,满脸起着细纹,嘴唇鲜红而又厚大(她不停嘴地老是咀嚼槟榔),眼睛紧蹙着,闪烁着,可是很慈祥。她没有片刻的消停;一群面色棕黄而干净,眼睛粗大而庄重的年轻女子,她的女儿,佣仆,同丫鬟们,老受她唠叨的谴责,听她不断的使唤。你该知道这班家人里面的情形;往往就说不出他们的差别来。她很消瘦,连她那件肥大的外衣,前面用宝石扣子结紧的,也显得几分消瘦的感觉。她没有穿袜子的黑脚,套在中国出产的黄草鞋里。我亲眼看见她穿梭似地来来往往,极浓重的灰色长发披垂在两肩。她出身很高贵,说话又直率又尖刻,脾气古怪而且专断。每天下午,她坐在一张很宽阔的圈手椅里,面对着她的丈夫,从墙壁上的大窗洞里定睛凝眉地眺望这一带平底同江流的远景。

"她每回总照样盘着两条腿;老都拉明却整襟危坐,方方正正,威风凛凛的,俨如一座高山坐落在一片平原上的光景。他不过属于商人阶级,可是旁人对他表示的敬意,同他仪容的庄严,倒很是骇人。他是巴多森第二流权威的领袖。从西利白移入的侨民(约有六十个家族,加上附从人等,共能凑集二百个'带马来剑的'男子)许多年前推戴他当了他们的首领。那个种族的人民聪明伶俐,敢作敢为,勇于复仇,比旁的马来人富有更义侠的魄力,虽然受了压迫还是蠢然思动。他们组织了一个团体，同土王对抗。自然是为了商业上的争执。这也可以说是党派纷争和群众暴动的最初起因。为着这个缘故，这一带地方不时烟火四起，射击叫啸的声音震彻远近。村庄烧毁了，人民被拖到土王的木寨上处死或受刑，罪名便是同土王以外的任何旁人交了买卖。吉姆未来前只一两天，就在随后受他特别保护的那个渔村上，好几个家族的主人被土王的一群枪兵赶过了山崖，因为土王疑心他们采集可供食用的鸟窝供给了某某西利白的商人。土王阿郎自以为他是全国唯一的商人，破坏这垄断特权的便得处以死刑；可是他的贸易观念同最普通的抢劫行为就很难区别。他的残暴和贪婪除掉懦怯再不受旁的牵制；他害怕西利白侨民组合的力量，只是吉姆没来以前，他的畏惧还不够叫他安分守己。他利用他的人民去攻击他们，觉得他自己并没有错，旁人似乎也该表示同情才对。后来有个流浪的生客，粗野的阿拉伯人，我相信他纯粹慰藉宗教的立场，煽动内地的部落（草莽之众，照吉姆的称呼法）起来造反，并且他自己在双峰的一个顶巅筑了巩固的营盘；情形从此越发纠纷了。他俯临巴多森的城市，宛如老鹰盘旋在家畜场上；空旷的乡野，却被他蹂躏无遗，扫荡一空。整个儿的村庄往往弄到荒无人迹，房屋在清清河流的沿岸，朽败倒塌，支着发霉变黑的柱子，编墙的干草同盖顶的叶片纷纷落水，呈着自然凋零的奇异感觉，仿佛这些村庄上的房屋，只是一种特殊形态的植物，连根到梢受了疫疠的侵害。巴多森的两个党派还不敢断定，这位枭雄究竟蓄意要打劫那一方面。土王若即若离地同他勾结。布基侨民觉得朝不保夕，祸患无穷，不免腻烦了，意欲请他加入。他们里面的青年便用开玩笑的口吻提议：'先联络薛力夫·阿利同他那些野蛮的喽啰，然后驱逐土王阿郎出境。'都拉明煞费苦心制止了他们。他渐渐老迈了；虽则他的势力还没有衰减，境遇却越变越叫他应付不了啦。吉姆横冲直撞地逃脱了土王的木寨，来到布基的首领面前，献上戒指，可以说受到大众赤心诚意的接待；当时事变的情形便到了这步田地。"

第二十六章

"都拉明在马来人种里<是>我生平所仅见的最奇特的一个人。他的身量,就马来人说,是硕大无朋的,但他并不是单单显得胖;他看上去魁梧而且雄壮。那稳定不动的身体,穿着厚实的织品,染色的丝绸,同金织的锦绣;那庞大的头儿,裹着赤紫的头巾;扁平的大圆脸,满起着皱瘪,另有两条半圆形的粗纹,从宽大凶猛的鼻孔两旁出发,围绕着厚厚的嘴唇;脖子像匹公牛;宽阔绉缩的眉毛,罩在骄横的圆睁睁的眼睛上——整个儿合在一起,叫你看见一回之后,永远再也不能忘记。他平静安定的态度(他一旦坐了下来,肢体简直不大动弹)也像是高贵的表现。后来没听见他提高他的嗓音。他的是嘶嘎而有力的低语,隐隐约约,好像从远方传来的样子。他走动时,有两个强壮的矮矮的青年托着他的肘节。这两个青年,腰部以上赤裸裸一丝不挂,下身穿条白色围裙,把黑绒帽贴在脑袋后面。

他们慢慢扶他坐下，站在他椅子背后；等到他想站起来时，他费了好大劲儿似地慢慢转动他的头，左右顾盼，于是他们又捉住他的胳肢窝，扶他起来。纵使如此，他却一点不带跛子的情态；并且刚刚相反，他所有沉重迟缓的行动倒像是精密的伟力底显现呢。照一般人猜想，他关于公众的事物常同他的太太商量；但是据我所知，谁也没听见他们交谈过一声。他们每逢隆重的集会，坐在墙壁的大窗洞旁边，也往往默然不发一语。他们在下面逐渐暗淡的光明里，望见平原上辽阔的森林，同那深绿幽暗的睡海——随着碧紫的山脉绵延起伏；望见光润曲折的江流，形状好像银铂制就的莫大的S字母；望见长条的棕色房屋，沿着漫长的江流两岸，距离不远处透露着树梢，树梢上面高耸着那一对山峰。他们俩形成了奇异的对照：她是，轻巧，纤细，消瘦，敏捷，带些巫婆气，安静中含有慈母般操劳的神情；他呢，面对着她，庞大而且沉重，好像雕刻得很粗糙的石像，不可动摇中含有几分豪侠同冷酷的气概。这对老夫妻的儿子是个最出色的青年。

"他们生这个儿子的时候已经很老了。他的年纪，实际上也许不像他看着这么年轻。男子十八岁上就做了一家的父亲，到了二十四五岁怕也算不得怎么年轻了。一对老夫妻被必恭必敬的侍从们所环绕，威仪雍容的坐在那间大屋子里，地上铺着细致的席条，高处用白布糊了顶棚；他们的儿子进了这间屋子，一径来到都拉明跟前，吻了吻他的手——同时父亲气象庄严的伸出手来让他吻——于是他走过来，站在他母亲的椅子旁边。

我想我不妨说老夫妇俩大概有点崇拜他罢，可是我从没看见他们公然瞥视过他一眼。对了，那些是公众的礼貌啊。屋子里平常总是人拥得满满的。招呼同辞别等严肃的礼节，姿态上面貌上同低声耳语中所表示的深深敬意，简直形容不尽。'倒很值得看一看哩，'吉姆断然对我说，当我们渡江回去的时候。'他们都好像书里面的人物，是不是？'他得意洋洋的说。'至于邓华力——他们的儿子——是我生平最知己的朋友（除掉你不算）。就是史泰先生说的'战场上的好同志'啊。我总算侥幸。天呀！我只剩最后一息的时候，却滚进了他们这一伙里去，不能不算侥幸了。'他低了头沉思，忽又提起精神来，添说：'不消说，我并没耽误，可是……'他又停了一下。'这似乎不期而然地来到我手里了，'他喃喃地说。'我蓦然间明白了我非干不可的事……'

"无疑这是不期而然地来到他手里的；并且这也是经过了一番角逐奋斗，自然地来到了，因为他所指这来到他手里的力量，原来就是建立和平的力量。只有在这层意义上，强权才是公理。你切莫以为他立刻就认清他的途径了。他来时，布基部落正到了进退维谷的时候。'他们都很害怕，'他向我说——'人人自危；同时，据我看，我明明知道，他们非立刻采取相当的办法不可，假使他们不愿意一个挨一个地屈服土王或者那个浪人薛力夫，何况介在两个中间，更觉得左右为难啊。'可是看到了这层还不中用。他有了主意，还得打通恐惧和自私的壁垒，将他的主意灌入涣散的人心。他终于把这个主意灌进去了。还是不中用。他得筹画个方策才行。他替他们筹画了一个果敢的计划；

他的工作只算是完成了一半。他得利用他自己的亲信,去激发许多存着私心谬想以至畏缩不敢前进的人们;他得调和懦怯的妒忌,解除种种违情悖理的猜疑。要不是借重都拉明的权威,要没有他儿子狂热的赞助,他怕会失败的。邓华力,那出类拔萃的青年,头一个相信了他;他们在棕色人同白色人中间,建立了那奇怪,深沉,而且稀罕的友谊——这里面,种族的差别,似乎由于某种神秘的同情作用,竟将两个生命拉拢得更紧了。关于邓华力,他手下的人们自鸣得意地说,他打起仗来就跟白种人差不离。这话倒也不假;他有那种胆量——野地里的胆量,我不妨说——可是他也有欧洲人的心灵。你遇到那两样漠不相关的性质竟连成一气时,你会意外地发见一种熟悉的思想倾向,明净无染的识见,贯澈始终的毅力,同博爱主义的情绪:于是你不能不愕然。邓华力身量虽小,但是搭配得很匀称可爱,举止既轩昂堂皇,风度又文雅潇洒,性情有如一团清明的烈火。他幽暗的脸,同乌黑的大眼睛,活动时富于表情,安静时显得深沉。他天性好静;坚决的目光,讽刺的笑容,稳重不苟的斯文态度,隐隐暗示着深藏莫测的智慧同力量。这样的气质,给那些往往只注重浮面的西方人的眼睛,启示了种族同地域的差别里面,还能有不少湮没隐藏了的现象,都被无史时代的神秘笼罩住了。他不但信托吉姆,他并且了解他,我坚信。我谈起他,因为他曾钩〔勾〕引了我的情怀。他的——假使我可以这样说——他的恬静而带讥刺的神情,同时还有他对于吉姆的雄心壮志存着清晰的同情,叫我不能不特别关切。我似乎看见人间友谊最初的起源了。假使吉姆是先导,随从者却夺了先导者的心。其实,先导的吉姆,无论在哪种意义上,都可以说是个俘虏。土地,人民,友谊,爱情,好像是妒忌的保护者,监视着他的身体,每过一天,那奇怪的自由底脚镣上便多添一节链环。我对于这个故事一天比一天知道得更详细,我愈觉得我这话是千真万确的。

"故事!我不是听见他讲过么?他带了我风驰电掣地游历过这一带乡间,追逐看不见的野兽;有时在路途上旅行,有时在篷帐里歇息,他曾把这段故事讲给我听过。我们在双峰的一个顶巅——我最后用手掌同膝盖匍匐了一百呎光景才攀登上去的——我又倾听他娓娓地讲了许多。其时我们的卫队(我们沿路经过许多村庄,时常有村人们自告奋勇地来投效我们的),在山腰的一块平地上扎了营。寂无风影的薄暮里,木柴的烟气带着沁人心脾的精美的香味,从下方飘送到我们鼻孔里来。声音也向高处升腾,神奇的是清晰澄澈而绝无痕迹。吉姆坐在一棵伐倒的树干上,掏出烟斗来开始吸烟。鲜嫩的青草同丛林正欣欣向荣;一堆荆棘的枝条下面留有土炮台的遗迹。'这儿是一切的出发点啊,'他沉思默想了许久,说。阴沉的悬崖以外二百码,便是另一座山峰,我在那上面看见一排变黑的高桩,触目都是零乱颓败的景象,薛力夫·阿利筑的那不可摇撼的营盘废墟,依然还在。

"可是这个营盘终归克服了。吉姆早已打定了这么个主意。他在那个山顶上架起都拉明的旧炮来;两尊是装七磅重弹的上了锈的铁炮，还有许多黄铜小炮——通行铜币化制的炮。铜炮固然能代表富足，可是假使由炮口往里胡乱塞满了弹丸，某种短距离以内的射击也能很稳很准哩。顶要紧的事就是先得把这些家伙运上山去。他指点给我看他在什么地方系结过绳索，说明他怎样用挖空木块造成个粗糙的绞盘，将绞盘装在削尖的木桩上转动，并且用烟管的凹斗指示那土炮台的轮廓。山路登到最后一百呎，委实不能再艰险了。他毅然担保他操有必胜的把握。他镇夜劝诱战士们加紧工作。时或点起盛大的野火，沿着山坡光芒四射；'可是这上面，'他解释，'一伙高高盘据着的狡贼，只好在黑暗里东窜西逃。'他从山顶看见山坡上的人们川流不息，好像蚂蚁勤苦操作的光景。那一夜，他自己同松鼠似的爬上赶下，沿着全线指挥，鼓励，同监视。老都拉明坐在他的圈手椅里被抬上山来。他们将他安置在斜坡的那块平地上，他坐在那儿给一团大火的红光照耀着——'那个老头子可了不得——好地道的老首领呀，'吉姆说，'他的眼睛虽小而狠——膝头放着一对用火石点引的挺大的手枪。这对手枪真是壮观呢，乌木枪柄，银质镶嵌，枪机很美丽，枪口同老式手铳的喇叭口相仿佛。似乎是史泰送的礼物——交换那只戒指的，您知道。原来是好老穆纳儿的财产啊。只有上帝知道他怎么会弄到手的。他坐在那儿，手脚一动都不动，背后点着个干柴火，周围许许多多人横冲直撞，呐喊，拖拉——你再也想像不出有谁比这个老头儿更庄严，更神圣不可侵犯的了。假使让薛力夫·阿利纵了他那些凶狠的喽啰来，吓跑我们手下这伙人，他的前途不是没得希望了么？嗳？他来就是不惜准备一死的，如果出了什么岔子的话。一点都不错！天呀！看见他像一块大石头似的待在那儿，我不禁心惊肉跳了。可是薛力夫一定以为我们发了疯啦，始终没肯劳驾来看看我们在干些什么勾当。谁都不信这件事能办得了。喂！我想，连那些拖拉，推撞，辛苦流汗的小子们，都不信这件事办得了啊！老实说，我也并不觉得他们竟敢信……'

"他兀立不动，手里握着一把冒烟的短柴，嘴唇上浮着微笑，稚气的眼睛里发着闪光。我挨近他的脚，坐在一棵树的断桩上。俯瞰下方，延亘着一带陆地，一片辽阔的森林——阴阴沉沉的躺在阳光下，高低起伏有如滚滚的大海；同时还望见蜿蜒江流的光耀，一簇簇灰色的村落，同森林中东一块西一块的空隙——好像光明的小岛，点缀在连绵树梢的黑暗波涛里。昏黄的暮色，笼罩了无边单调的景物；光明照射在这上面，仿佛落入了无底深渊。大地吞没了阳光；只在辽远处，那空寂的大海，沿着海滨，笼在朦胧雾气里，越显得平滑光润，似乎化作一堵铜壁高高升入了天际。

"我就同他一起，待在他那含有历史意味的高山顶上，浴着夕阳的光辉。他极目眺望着森林，幻变无常的暮色，悠久的人类。他好像装置在柱脚上的雕像，他永没凋谢的青春表示着种族的势力，或许表示着种族的气质罢，因为这些种族也是永远不见衰老，并且已经从昏暗里露出头来了。我不明白，他在我眼里为什么老带着象征的色彩。我对他的命运感到兴趣，实在的原因也许就在此罢。那件给他的生活开辟了新方向的事变,现在我们再作一度回顾或追忆,究竟算不算委曲了他,我也不敢断言;可是那时候我是清清楚楚地记得的。这件事就像光明中的一个黑影。"

第二十七章

"传说早已赋予他以超自然的神力。是呢，据说，许多绳索安排得非常巧妙，新发明的奇怪绞盘由许多人合力推转，把每尊炮慢慢拉扯着经过丛林运到上面，好像野猪在草莽里用鼻头掘地开路的光景，但是，……连聪明绝伦的人们都摇头纳罕了。无疑地，这一切都含有神秘的作用，因为，绳索同人臂的力量算得了什么呢？事物里面有着违拗不驯的灵魂，须用强烈的符咒同魔术去制服才行。因此，老苏拉——巴多森很有体面的一个户主——我有一晚上还同他谈了一回闲天呢。然而苏拉也是专耍魔术的男巫：周围许多地以内，每届播谷刈禾时候，他无不到场，为的是要克服事物里面顽强的灵魂。这种职业，他似乎觉得，是最艰难最辛苦的，也许因为事物底灵魂比人类底灵魂还要顽强罢。至于远村愚民，他们信以为真地说（仿佛是世间极平淡极自然的事哩），吉姆把这些炮放在背上驼〔驮〕上山去了——每回驼〔驮〕两尊。

"让吉姆听见了这话,他会生气跺脚,含恼带笑地叹道,'你能把这些笨蛋有什么办法呢?他们整半夜不睡觉,无稽地瞎谈;撒的谎愈大,他们乐得愈厉害。'你能从这似恼非恼的情绪里,发见他受了环境微妙的影响。这多少表示了点他甘作俘虏的心理。他恳切的否定语气倒很有趣;最后,我说,'好朋友,你大概猜想不到,这话连我都相信呢。'他异常惊愕地看了看我。'唔,不见得罢!我想您总不会的,'他说,忍不住轰然雷鸣似的大笑起来。'唔,不管怎样,炮总算架在那儿了,日出时分便齐声爆发出来。啊呀!你可惜没有看见碎条薄片四散飞扬的光影呵,'他叫道。邓华力挨近了他,带着悠闲的微笑凝神倾听,低垂了眼皮,微微移动着两脚。架炮的圆满成绩,似乎叫吉姆的手下人,益发觉得有恃无恐,所以他竟敢将炮台托付给两个曾经阅历过些战事的年长的布基人,他自己却走去加入那埋伏在山谷里的邓华力率领着的扑击队。半夜过后,他们开始往山上爬,等爬到三分之二的路程,便躲藏在湿漉漉的草地里,静候太阳出现,因为太阳出现是他们约好的共同记号。他对我说,他守望黎明的快来,心里焦急而且苦闷;又说,他因辛苦劳碌,匍匐攀援,身上热度增高了许多,忽又感受冷露,顿觉凉透了骨髓;又说,他深怕等不到冲锋前进时候,就会像一片树叶般索索地发抖打颤啦。'这半个钟头,是我生平顶慢顶难过的时光啊,'他伸说。静悄悄的木桩,被天色一衬托,逐渐透露在他们头顶上。满山坡散布着的人们,低低蹲下,躲在阴沉黑暗的石隙间，同露水滴沥的丛林里。邓华力挨着他躺平了。'我看看他，他也看看我，'吉姆说，把一只手轻轻放在他朋友的肩上。'他对我微微地笑，照常很高兴，我却连嘴唇都不敢拨动一下，怕的是我别突然打起一阵寒战来。我包管这话一点都不假。当我们利用地势避免敌人目标时，我浑身汗流如雨——所以您想……'他伸说并不愁结果如何，他这话我倒也信得过。他只担心他能不能抑制这些寒颤。他才没功夫理会什么胜负呢。他不得不爬上那个山顶守待，不管会发生怎样情形。他决没有打回的可能。那些人们从心坎里信赖着他哪。只信赖他一个人！纵使他说的是句空话。……

"我记得，他这时忽然踌躇了一下，把他的眼睛钉〔盯〕住我看。'据他所知，他们还从来没有感到遗憾或失悔，'他说。'从来没有呀。他祈祷上帝愿他们永远不再有啊。同时——倒霉！他们把他的话奉作金科玉律，渐渐弄成习惯了。我简直莫明〔名〕其妙！为什么？还是不多几天以前，他生平从没见过的一个傻老头儿，打许多哩以外的某村庄赶来，想探问他该不该同他的太太离婚。仅是实情。正经话。如此这般。……他不大敢相信。我难道会相信么？蹲在游廊上嚼槟榔，唉声叹气，满地吐痰，待了一个多钟头；当他还没带着那个闷葫芦走出来以前，垂头丧气得同司丧仪的人一般模样。这种情形，乍看似乎可笑，其实并不。那老家伙要说什么来着？——太太很贤慧？——不错。太太很贤慧——虽然老了；于是瞎七搭八地说长说短，就为着几个铜壶。同居了二十五年——三十年罢——

也说不清。好长好长的时光呀。太太很贤慧。偶尔打她几下——并不时常——只是偶尔罢了,当她年轻时候。不得不呀——为了他的体面。如今她老了,忽然有一回拿着三个铜壶去借给她的外甥媳妇儿,从此以后,天天高声嚷着骂他。他的仇敌便嘲笑他;他觉得脸上一点儿光彩都没有了。壶又丢得净光。为了这件事,非常心疼。那样的故事,深浅也测不透;便叫他先回家去,答应着我自己马上就来,解决一切纠纷。这真叫人恨又不得笑又不得;只是麻烦透啦。穿林过隙,走了一天;想探听事情的真相,委婉曲折地同许多傻头傻脑的村夫们打交涉,倒又化了一天功夫。照当时情形,怕会闹出流血拼命的乱子来的。无论哪个傻瓜,不是拥护这方面的家族,就是偏袒那方面;村上一半人恨不得操了随便什么武器,去攻击另一半人,双方正跃跃欲试。光明正大地!绝非开玩笑!……哪里还顾得去收割什么庄稼,不消说终于把那劳什子铜壶还了他——叫人人心平气和才罢。解决这纠纷并不困难。当然不会哩。这地方纵有不共戴天的纷争,只消他指头一弯,没有不烟消冰释的。麻烦的就是要明白是非屈〔曲〕直的真相。至今不敢断定,他对于各党各派是不是都很公平。他很不安。还有那噜噜苏苏的谈话。天呀!似乎一点儿头脑也摸不着。宁可去攻打两丈来高的老木寨,不管哪一天。容易得多呢!比起那种谈话来,这就像小孩子的游戏,用不了那么大功夫。唔,不错;大体上讲,看来未免可笑——那个傻瓜要做他的祖父都不嫌年轻啊。但是从别方面着想,却并不是闹玩儿的。自从打败薛力夫·阿利之后,样样事情只要他一句话就解决了。责任太重啦,'他重复说。'不,的确——正经说,假使三个铜壶换作三条生命,恐怕还是一模一样。……'

"他用这段故事,说明他由战争的胜利,收获了道义上的功果。这回的胜利,确凿是了不起呢!叫他从奋斗里博得和平,从死灭里透入人民深心的生命。但是太阳光下,一股阴惨气氛,布满了大地,保持着穿凿不透,永恒不变的宁静状态。他新鲜的青春的语音(怪极了,他的语音里竟听不大出风霜折磨的痕迹来),轻巧地荡漾着,飘过森林底毫没变动的表面,好像大炮的声音,震彻了那个露水很浓的寒飕飕的早晨,——他那时对于任何世事都不介意,只担心怎样才能遏止全身的寒颤。太阳刚刚斜射在这些不可移动的树梢上,一个山峰的顶巅便发出沉重的轰声来,满山顶弥漫着一股一股的白色烟雾;同时,另外那座山,也似乎突然爆发了,只听见一片可怕的叫啸喧嚷——鼓励,忿怒,惊骇,沮丧的呼声。吉姆同邓华力捷足先登,头一个把手放上木桩。据一般人说,吉姆只将指头一碰,木寨的栅门就推倒了。这份功劳,不消说,他怎么也不肯承认的。木寨全部——他不惮烦地向你再三申说——原来只是个纸老虎(薛力夫·阿利主要的凭藉,就是地势优越,对方难以侵犯);并且,不说旁的,这木寨早已打得七零八落,没有就破,全仗点儿侥幸。他好像个小傻子,将肩膀凑上前去,一筋斗翻进去了。天呀!要不是有邓华力,他怕会被一个满脸斑点,身手刺花的浪人,用长枪戳个对穿,给钉在一块木板上的,那倒活像史泰的一个甲虫哩。第三个进去的人似乎是唐比丹,吉姆自己的伙计。他是北方的马来人,流浪到巴多森来的生客,硬被土王阿郎扣留了,替他在一只御船上当划手。他一遇见机会,脱身便逃,混入布基的居民,暂时找个不甚安稳的栖身之所(只是吃的东西太少了),依附上了吉姆。他的皮色很黑,扁扁的脸,眼睛鼓着,尽流黄水。他崇拜他的'白爷爷',未免过分,差不多近于狂妄了。他像个阴郁的影子,寸步不离吉姆。每逢盛大的集会,他总紧跟在他主人后面,一手按着马来剑柄,用凶暴而深沉的目光眇视着众人,叫他们不敢过于挨近。吉姆派他做这部落里的头目,所以全巴多森觉得他是很有势力的人,没一个不对他恭敬而且殷勤。今番攻打木寨,他竟大显身手,厮杀起来凶很而有条理。扑击队来势很猛——吉姆说——虽然驻防的敌方惊惶失措,可是'木寨里面还经过五分钟的肉搏,末后有个傻大瓜放火烧那树枝同干草堆搭的荫棚,我们大家才逃命散开了。'

"敌方似乎一败涂地了。都拉明正在山腰等候,不可摇撼地兀坐在椅子里,庞大的脑袋上缓缓飘散着炮火的浓烟;他接到这消息时只低声哼了一哼。随后听说他的儿子安然无恙,并且正领头追击,他便不再做一声,使着大劲想站起身来;他的侍从们连忙赶上去帮他忙,恭恭敬敬地扶他起来,于是他威风凛凛地移到一块荫〔阴〕凉地里,躺下来睡觉;全身盖了一条雪白的被单。巴多森的人民欢欣鼓舞,兴奋欲狂了。吉姆告诉我说:他转过身来,背朝着木寨同木寨里面的余烬,黑灰,和没有完全烧毁的尸体；于是从山顶瞭望，不时看见江流两岸许多房屋中间的空地上，忽然黑压压拥满了狂奔飞跑的人们，转瞬间又空空寂寂，踪影全无。他的耳朵微微听见下方锣鼓喧天；群众狂野的欢呼，化为隐约的咆哮，阵阵传送到他跟前来。许多旌旗随风飘扬，好像红白黄各色的小鸟，在棕色的屋脊中间飞舞。'您必定得意极啦，'我喃喃地说，被热烈的同情激动了。

"'这真是……这真是了不起！了不起！'他高声喊，双臂向外一伸。这突兀的动作倒吓了我一跳，仿佛我看见他向骄阳的光芒，向蓊郁的森林，向铜壁似的大海，暴露了他胸中的秘密。城市形成缓慢的曲线，静谧地躺在我们下面，沿着流水昏昏欲睡的江岸。'了不起！'他重复了第三遍——低声细气地说，只给他自己一个人听似的。

"了不起！自然是了不起喽；成功是他这些话的凭证，被征服的地面让他独来独往，人们盲目的信赖，他从火窟里脱险后的自信心，他因胜利而感得的寂寞情怀……不都是了不起么？这一切，我警告过你，口头形容时，显得渺小多了，我不能单用言语向你说出他那无穷孤独的印象来。我当然知道，不管怎样着想，他在那儿总只是个单身，再找不到旁的伴侣，可是他没被怀疑的天赋的性情，叫他同环境接近得那么密切，因此，这种孤独似乎只是给他的权力烘托出来的结果罢了。他的孤独更增高了他的身量。视线以内没一样东西比得上他，仿佛他是个例外的人——这些例外的人们只有用他们伟大的名誉才能测量；至于他的名誉，请别忘了，在许多天旅程所及的范围以内，是奇伟无比的。你得划桨,撑篙,徒步跋涉,仆仆风尘,经过漫漫的长道,横穿连天的莽丛,然后你才能走出他名誉的领域,听不见歌颂他的声音。这种声音,不是我们所周知的钓名沽誉或大吹大擂——并不噪聒——也不响亮。这种声音,从这没有史录的地方的沉寂和暗淡里,取得特殊的腔调,同时这地方便把他的话奉作每天过日子的唯一准绳。这种声音,和静默含有几分共通的性质,随伴着你透过那种静默达到没被探发的深处,永远不离你的耳畔,深彻心底,远及天涯——在低声密语的人们底嘴唇上,带着奇妙同神秘的色彩。"

第二十八章

"薛力夫·阿利吃了败仗，也没有抵抗，早逃出国境了。可怜被逐的村人们从草莽里爬将出来，回到他们朽败的房屋去，当时吉姆商得邓华力的同意，给他们派了几个头目。他就照这样子变作这片陆地实际的统治者了。至于老吞古·阿郎，他起初简直吓得个魂不附体，据说，听到山寨攻克的消息，他蓦然昏倒了，仆伏在他朝廷里竹铺的地板上，躺了整整一天一夜没有动弹，嘴里唏唏呼呼地发着逼闷的声音——凄惨可怕，叫旁人听了没一个敢在一杆枪长短的距离以内挨近他直挺挺的身体。他似乎已经看见他自己给赶出了巴多森的国境，受尽了耻辱，再没人体恤，游魂般地流荡，衣服剥得净光，没有了鸦片，没有了女人，也没有了侍从，人人得以欺凌他，头一个碰见他的人就能送掉他的命。薛力夫·阿利之后就要轮流到他了；这样的魔鬼假使领兵来攻打，还有谁抵抗得了？会见时，他委婉曲折地叫我看透这隐秘的野心。他用的是旁敲侧击的方法，又从容又周密精细到无可比拟。他开头便表白说，他当年轻时代曾经运用了他的力量，可是现在他逐渐老了，乏了。……他的体态轩昂严肃，他傲慢的小眼睛射出两道伶俐探索的光芒，叫你禁不住要想起一匹狡猾的老象来；他的胸膛缓慢地高低起伏，雄厚而有节拍，好像平静的大海的鼓动。他声明说，他对于吉姆爷的智慧也有无限信心哩。只要他能得到一声应许啊！一个诺字就够了！……他静默中的呼吸，他殷殷雷鸣似的低语，叫人连想到暴风雨消煞时最后的挣扎。

"我竭力想岔开这个话头。这是很难办到的，因为吉姆有的是权力，自不消再说；在他的新领域内，样样事情，行也好，不行也好，似乎都由他一个人作主。可是，我不妨再声明一句，这种情形倒也算不了什么，比起我新发现的一件事实来——就是我满面装正经地注意倾听时，我心里忽然来了个念头，觉得吉姆似乎终于快要能够驾驭他自己的运命了。都拉明替国家前途担心，他议论的圆转很打动了我。土地被上帝安排在那儿便永远在那儿，可是白人们呢——他说——他们来到我们这儿，不久就会去的。他们往别处去了。被他们留下的人们，不知道什么时候才盼得到他们的重返哩。他们回到故乡去见他们的亲人，所以这位白人怕也会回去的。……连我自己也莫明〔名〕其妙，我听到这儿，竟情不自禁地使劲说道，'不，不。'分明我是太冒失太轻忽了，因为都拉明掉转脸来直对我看（他脸上的表情，印刻在凹凸不平的深纹里，始终不变一变，好像是个棕色的大假面具),沉思默想似地说,这的确是个好消息;于是他想探听详细的源委。

"他小小的夫人,又像慈母,又像女巫,坐在我另外的一侧,蒙着头,盘着腿,从大百叶窗洞里向外凝望。我只能看见一束飘散的灰白头发,高高的颧骨,尖长的下巴微微咀嚼着的动作。她依然眺望着浩瀚的森林——沿着群山绵延不尽,并没有移转她的眼睛。便用怜悯的声调向我道,他这样年轻为什么竟离乡背井,漂流到这远方来,经过那么许多危险?他在故乡难道没有家庭,没有亲人么?他难道没有年老的母亲,会时常想起他的容貌来的么?……

"这完全是我意料不到的问题。我只能含糊其辞,迷茫地摇了摇头。后来我才完全知道,当我竭力摆脱这层困难时,我是显得很狼狈的样子呢。然而从这时候起,老商人越发沉默寡言了。我恐怕他有点不痛快,我分明给了他寻思的资料。够奇怪了,就在那天(我留在巴多森最后的一天)晚上,我又被这同样的问题难倒了,对于吉姆的命运依然不能解答其源委。这使我不能不来谈谈他的恋爱故事。

"我想你们大概以为这个故事不用我讲,你们自己也能想像的罢。这样的故事我们听见过许许多多了,我们多半总觉得这些并算不得什么恋爱故事。我们大都把这些故事看作机缘的凑合,顶多也不过是情欲的枝叶,或许只是青春和诱惑的掇拾,纵使柔媚缱绻,悔恨怨艾,所历无不逼真,但是归根结底,无非一场空幻,脑海里再不遗留点儿踪影。这种见解大体上都很正确,目前这桩案情或许也能适用。……可是我也不敢断言。要讲这个故事,假使只站在普通立场上去观察,该是很容易的,实际上却大谬不然,这故事乍看跟旁的差不离;然而在我,却从背景里看得见一个女子的忧郁形相,冷酷而贤明的黑影——埋没在孤坟里,带着焦渴而又凄苦的目光,和闭得紧紧的嘴唇。我有一天清晨散步,无意间走近这座坟墓——是个不大齐整的黄土墩,基脚用白色珊瑚块镶成一道干净的沿边,周围用折断了的连皮的嫩树筑了一圈篱笆,细柱的顶端用花叶扎了彩球——花儿是新鲜的。

"因此,这个影子;不管是不是我的想像,但至少有一件意味深长的事,我总能明白指出的,就是那个不能忘怀的坟墓。此外让我再告诉你,那素雅的篱笆原是吉姆用了双手亲自编饰的;你听了这话,该就明白这故事与众不同的特点了。他对于另外一个生命恋恋不忘的情怀,很能代表他天性的严肃。他有一颗赤诚的心,并且是富于浪漫情趣的心。柯内里是个言语不能形容的人,他的太太除她的女儿以外,一辈子再没有旁的伴侣,朋友,或亲信的人。这可怜的妇人,同她女儿的父亲离异以后,怎么竟会嫁给那可怕的小鬼,马拉甲岛上生的葡萄牙人;并且她怎么会同她的前夫离婚,究竟是受了死神的驱遣呢(死神有时倒还是慈悲的),还是受了残酷无情的习俗的压迫;这些在我是个猜不破的哑谜。就我从史泰(他知道的故事是那么多)无意间的谈吐里,偶尔听得的一星半点,我深信她不是个寻常的妇人。她自己的父亲是白种人,做过大官,也是个天分超高,才华焕发的脚色——这样的人是英锐有余，而滞钝则不足，总不把成败得失放在心里，结果他们的生涯往往湮没不彰，不蒙世人的谅解。我猜想她一定也缺少那种超渡浮生的滞纯气质罢——她的生涯终于在巴多森收场了。我们共同的命运……因为男子——我是说真正有灵性的男子——到了心愿满足的时候，偏偏觉得好像被一个比生命更宝贵的人或物抛弃了似的，难道有哪个男子，不能模糊地记起曾经有过这番经验么？……我们共同的命运却用特别残酷的绳子缚住了妇人们。命运不像主人样痛痛快快地责罚，却叫人零碎挨受，仿佛是要满足一种不能调解的私心的憎恨。我们想，命运也许是派定了来做人世的主宰，偏偏在那些最能超脱尘心俗虑的羁绊的人们身上找它报复的机会：因为只有妇人们，有时才在她们的爱情里，平添一种恰恰明了到够吓你一跳的要素——超人间的情味。我满心惊奇地问我自己——在她们心目中的世界到底是怎样的呢——是不是还有我们所知道的形态同实质，我们所呼吸的空气！有时我幻想，她们的世界定是超绝伦常的崇高的领域，被她们冒险的灵魂底骚动，搅扰得沸滚奔腾，又被种种可能的惊险同牺牲的荣誉，照耀得光辉灿烂。可是我又疑心世上的女子是很少的，虽然我也明白，不消说，人类是那么众多，两性的比例——单就数目论——又是这般相等。但是我深信这女儿正同她母亲一样，似乎都不愧为一个真正的女子啊。我脑海中不禁浮现出这两个影像来，起初是一个少妇同一个小孩，后来变作了一个老妪同一个少女，两个人的模样简直没有分别，时光好似白驹过隙，浩瀚的森林把外界隔绝了，寂寞和骚扰围绕着这两个孤另另〔零零〕的生命，她们交谈时个个字眼浸透了悲凉的意味。她们一定推心置腹地谈了许多私话呢，大概谈到事实的还少，谈到深心的情怀的却很多——无疑是些悔恨呀——恐怖呀——预感呀：这类预感，直到老者死后，幼者才完全恍悟了——于是吉姆悠闲地走近来啦。我深信她那时候已经懂得许多了——虽不是样样懂得——懂得最多的似乎就是恐怖。吉姆替她起了个名字，用意是说宝贵，同说一颗宝石的用意相仿——珍珠。很美，是不是？他就没一样事情不在行。他能应付他的幸运，同样他毕竟也能应付他的厄运。他管她叫珠婉儿；他说这个名字，就同他说起'琴儿'来一样，你可知道——总带着良人的，家常的，和平的情趣。我头一回听见这个名字，是在我走进了他家庭院以后的十分钟，其时他狠命地同我拉了拉手，险些儿拉掉了我的胳臂，于是一溜烟跑上楼梯，在笨重屋檐下的门口做出一种孩儿气的欢欣鼓舞的慌张举动来。'珠婉儿！啊！珠婉儿。赶快！来了个朋友了。'……忽然从暗淡的游廊里偷偷地望了望我，他很恳切地嗫嚅着说，'你知道——这——这可用不着瞎说的——没法告诉你，我受了她多大的恩惠呀——所以——你明白——我——的的确确好像……"他这慌张急切的低语忽然被打断了，因为房子里面有个雪白的轻盈的体态翩翩地闪动了一下，发出一声轻微的呼喊，露出一张虽似孩子却很强壮的小脸，眉目清秀纤严；深沉凝注的目光，透过室内的昏暗向外探望，好像一个鸟儿从鸟窠深处探望的光景。这名字，不消说，叫我微微吃了一惊；但是当时还不觉得什么，直到后来，我才从这名字联想到我在路上听到的谣传了。——离巴多森江流以南约莫二百三十哩光景，沿海有一块小地方，我勾留在那儿时候，听到了那种谣传。我所趁史泰公司的双桅小船，停泊在那儿，为的是要收集当地的出产品，我便偷空上了岸，可是叫我十分惊讶的是，发现这样可怜的鬼地方居然也有一个三等驻扎副公使，一个粗大肥胖，油腻腌臜，闪眉烁眼，嘴唇亮晶晶向外翻的杂种。我发现他伸手展脚地朝天躺在一张藤椅上，衣服没有扣扣子，显着阑珊的丑态，冒着蒸气〔汽〕的头顶上放了一大张不知是什么植物的绿叶，还有一大张拿在手里，懒懒地挥舞着当扇子使。……上巴多森去么？噢，是史泰贸易公司，他知道。有准许通行的护照。不关他的事。现在那儿还算不坏啊，他懒洋洋地说，于是拖长了声音道，'那儿来了个流氓一类的白种人，我听说。……嗳？你怎么说？是你的朋友？得！……真有了这样一个流氓——他是干什么的？他怎么会找到那儿去了，这恶棍。嗳？我总有点儿怀疑。巴多森——他们那儿杀人不眨眼——不关我的事。'他住了嘴，唉了一声。'啊！老天爷！好热啊！热极了！唔，那么这个故事里面也许还有点儿花样，并且……'他闭了一只涂满眼矢没精打彩〔采〕的眼睛（眼睛却继续在颤动），同时斜着另外一只眼睛恶狠狠地眇视我。'您瞧，'他神秘地说，'假使——你可明白？——假使他果真弄到了什么稀罕的好东西——比不得你们的绿玻璃块——明白么？——我是政府派的官吏——你告诉这坏蛋……嗳？什么？

是你的朋友？'……他恬适地继续在椅子里打滚……'你这样说过，倒是不错；我乐得给你个暗示。我想你大概也愿意从里面揩点儿油的罢？别插嘴。你只要对他说，我已经听见这回事情了，可是我还没有呈报我的政府。还没有哪。懂么？干么要呈报？嗳？叫他上我这儿来，假使他们饶他一条命，让他生离国境的话。他还是替他自己当心点好。嗳？我答应决不追究。守秘密——你明白么。你也——你自然也好沾我点儿光。劳你驾的小外款。别插嘴。我是政府派的官吏，却并没作呈报。那不过是官样文章。明白么？我知道些很好的人们，他们要买值得有的东西，也出得起大价钱，只怕这光棍一辈子还没看见那么多钱呢。我知道他是什么样的人。'他睁开了两只眼睛死命地钉〔盯〕我，同时我俯临着他站在那儿，不禁惊讶失措了——暗自诧异着，他到底是疯了呢，还是醉了。他津津地流汗，吁吁地喘气，有样没力地呻吟，搔头摸耳，悠闲得可怕，叫我再也看不下这副怪样子，所以也没来得及探发这里面的奥妙。第二天，偶然同当地小衙门里的人们谈话，我才发现沿着海滨正慢慢地传播着一种谣言，说是巴多森有个神秘的白种人得到了一块奇特的宝石——一块体积非常大的翡翠，简直是无价之宝哩。翡翠比任何旁的宝石，似乎更能摄引东方人的想像。人家告诉我说，那个白种人，利用他拔山倒海的气力，同机诈狡猾的手段，终于从远方一个国家的君主手里取得这块宝石，随后他立刻逃出了那个国境，来到巴多森陷入极端困苦的境地，可是他非常凶暴，好像什么都镇压他不了似的，所以竟把巴多森的人民吓得鸡窜狗逃。告诉我这故事的人们大都有着同样的意见,以为这块宝石也许倒是个晦气星——如同塞加达拿国王的那块著名宝石一样,在古时曾给那个国家招致了许多战争和没人谈起的灾难。这翡翠也许就是回教王的那块宝石罢——可是谁也不能断定。的确,关于奇大的翡翠的故事,同白种人最初涉足爱琴海群岛的历史,时代是一样的古远;一般人对于这故事的信心尤牢不可拔,所以四十年以前,荷兰侨民曾由官方发起公开的查究,目的在探寻故事的真相。这骇人的吉姆神话,大半是一个老头儿讲给我听的,他替那地方可怜的小土王当书记一类的官职;他眯着可怜的近视眼,对我细看(那时他坐在茅屋的地板上,算是表示敬意),给我解释,说是这样的珠宝最好的保存法就是暗藏在一个女子身上。这不是说个个女子都使得。她必得是年轻——他深深叹了口气——还要感受不到恋爱的诱惑。他神色狐疑地摇了摇头。但是如今世上似乎的确有这样的一个女子呢。他曾经听人说起一个身材苗条的女子,那个白种人待她十分尊敬,十分关切;她没人作伴时决不单身出门。人人都说,差不多天天看得见这个白人同她在一起;他们并肩走路,在旁人面前也不闪避,他将她的手臂挽在他的手臂底下——紧紧压在他的身侧——照这样子——简直是破天荒的举动啊。这也许是撒谎罢,他承认说,因为这未免太奇怪了,谁都做不出来的;至于旁的方面呢,她的确把这个白人的珠宝暗系在她怀里,自是毫无疑义的。"

第二十九章

"人人公认这就是吉姆夫妇傍晚散步的光景。我参加作第三者,已经不止一次了,回回总觉得不大痛快,因为明知柯内里偷偷地跟踪在附近,老是歪扭着他的嘴,好像永远准备磨牙切齿的样子——他以为受了女儿女婿们委屈,心底里怕在暗暗叫苦哩。但是你可曾注意到:从海底电线同邮船航线的终点再过三百哩以外,那功利主义的西方文化,焦头烂额的骗人幌子,早已失却了权威,终于枯萎了,凋亡了,让给纯粹的想像活动替代了——这种纯粹的想像活动,同许多艺术作品一样,有华而不实的空泛,又时常有摄人心魂的魔力,偶尔也有深奥隐密的真理。儿女英雄的奇缘看中了吉姆,找上他身来——这才是故事里真实的部分,其余都是不相干的。他并没隐藏他的珠宝。实际上,他把这珠宝却矜夸得了不的呢。

"我现在想起来,我毕竟才看见了她很少的一部分啊。我记得最清楚的，是她平匀的，苍白得同橄榄似的颜色，是她乌油油的，深蓝的头发，蓬蓬松松地披散在一只暗红的小帽子底下，这帽子便戴在她端正的头顶上，戴得很后。她的举止没有一点拘束，不带分毫迟疑；她一含羞，脸上就会泛起一层暗红的彩霞。当吉姆同我正谈话的时候，她总要走来走去，目光锐敏地瞥视我们几下，沿路留下一个风韵潇洒的美好印象，留下一种警惕提防的清晰暗示。她的姿态很奇怪，羞涩中又带点儿泼辣。每回倩然笑了一笑之后，好像想起某种永远避免不了的危险似的，笑影吓跑了，脸上随即呈出一种默默的，忧抑〔郁〕的，焦思的神情来。有时她也跟我们一起坐下，把她纤纤素手的指节抵着她软软的面颊，压成一团一团的靥涡，然后侧耳倾听我们的款谈；她清明的大眼睛老是钉在我们嘴唇上，仿佛每个说出声来的字眼都可以看得见的样子。她母亲教过她读书和作文；她又从吉姆学得不少英语，她讲起英国话来有趣极了，也像吉姆似的好些音节发不清楚，声调还带些孩子气。她妩媚温存的柔情，不啻是飞扑着的翅膀，翱翔在他头顶上。她的心神完完全全给他一个人浸渍透了，所以无形中她也染了一些他表面的习气：譬如舒展她的手臂，掉转她的头儿，注射她的目光，所有的情态都跟他差不离。她警醒的爱情，紧张到这般地步，几乎让人能靠感官体验得出来，仿佛确凿是存在周遭实质的空间以内，同一股特殊的香郁一样密密缭绕着他，又同一种颤抖，幽隐，热情充溢的声音一样停留在日光下。我猜想你大概以为我也是浪漫气质的人罢，这可错了。我现在给你们叙述的只是些清醒的印象,我生平偶然遇见的一段青春,一件奇怪而不大称心的恋爱故事,给我遗留下的印像。我很关切地观察他受了他的——得——好运的摆布。她对他的爱情含了些妒忌,可是她为什么要妒忌,并且有什么可妒忌的,这连我也说不清楚。土地,人民,森林,都跟她串通了来监视他,带着一致的警醒,带着幽隐,神秘,牢不肯放的情趣。这里面可说简直没有疏通的余地啊;他就幽禁在他那权威的自由里;她呢,虽然随时都肯放下她的头儿让他做踏脚凳,同时却毫不放松地防守着她的胜利品——仿佛他是很难管束的样子。至于唐比丹,在我们旅行的路上,跟在他白爷爷后面,大踏步走,头往后仰,恶狠狠的,好像个土耳其王帝的卫兵,满身戴着武器,带着马来剑,屠刀,同长枪(另外还捎着吉姆的洋枪);甚至于唐比丹都老实不客气起来,装作毫不妥协的守护者的神气,好像个阴郁的忠心耿耿的狱卒,准备为他的俘虏捐弃他自己的生命。有几晚,我们坐到夜阑更深还没有睡觉,他悄悄的朦胧的形像便在游廊下面来回走动,脚步轻轻的,要不然,我蓦一抬头,会意想不到地望见他直僵僵地呆站在阴影里。照例,过了一忽儿,他又一声不响地消失了;可是等到我们站立起来时,他就像从地底里跳将出来似的,凑近我们身边,准备接受吉姆随便什么命令。至于那个女子,我相信,在我们未道晚安握手作别以前,她也从不自个儿先去睡觉的。不止一次了,我从我房间的窗户里看见她同吉姆一起蹑手蹑脚地走出来,凭倚着粗毛的栏干〔杆〕——两个白净的人影里偎倚得紧紧地,他的手臂挽着她的腰肢,她的头儿放在他的肩上。他们悠悠的低声细语传送到我耳边来，清彻，柔腻，在深夜的岑寂里带着温静的悲凉情调，好像一个生命用着两样声气自己跟自己攀谈的样子。随后有一回，蒙在蚊帐里，躺在床上，翻来覆去地睡不着，我明明白白听见了轻轻的挤轧声，微弱的呼吸声，战战兢兢地清嗓子的咳嗽声——我就知道唐比丹还在巡夜哩。虽然他蒙白爷爷的恩宠，在围地里有了一所房屋，已经'娶了妻，'并且最近托福生了个小孩，可是我相信，至少是在我勾留的期间，他每夜总是在游廊上睡觉的。要叫这个狞狠的忠仆说话，同叫泥菩萨开口一样烦难，连吉姆自己，也只能得到他斩钉截铁的一字半句儿回答，几乎可说是硬逼出来的抗议。他的意思似乎是说，谈话不是他的本分。我听见他心甘情愿地说出的最长的话，是在一天早晨，他突然向着院子伸出手去，指着柯内里说道'吃洋教的来了。'我并不觉得他是跟我说话，虽然我就站在他身边；他的目的似乎是要唤起全宇宙的愤恨的注意。随后又唧唧咕咕提到狗子，提到熏肉的香味，特别显得轻快，灵巧，这可叫我吃惊不小。院子是一块宽敞见方的空地，给太阳烤成了一片炎炎的火光；柯内里沉浸在浓烈的光焰里，一瞥一瞥的走到眼面前来，那偷偷摸摸，贼头贼脑，饱〔包〕藏祸心的样子，简直没法形容。看见了他，不由人不想起各样令人作呕的东西。他缓慢艰难的步伐，活像个可憎的甲虫的匍匐，只有两条腿蹲蹬蹲蹬地搬动得很起劲，身体却平平稳稳地溜冰也似的溜了过去。我猜想他大概是想笔直地走向他的目的地去，竭力避免走冤枉路，可是他把一只肩膀冲着向前，进程似乎总免不了歪斜。人家常常看见他迂缓曲折地在茅棚丛中绕来绕去，仿佛是追寻猎物的踪迹；打游廊前面经过时候，眼光偷偷向上张望；然后拐过一所茅屋的基角从容不迫地隐没了。他表面上好像同这个地方脱离了关系，其实这不过证明吉姆忒嫌疏忽，或者是鄙夷不屑，没有理会罢了，因为柯内里在一件也许能叫吉姆致命的案情里，曾经犯了很大的嫌疑哩（至少可以这样说）。按实说，这件案情终于倒替吉姆增了不少光荣。样样事情，归根结蒂，偏偏总替他增光不少；从前过分关心运命的他，如今好像变成铜皮铁骨，谁也伤不了他一根毫毛似的，这大概是他的幸运故意跟他打趣罢。

"你们该知道，他来到都拉明那儿之后，很快就离开了——为他的安全计，未免太快啦，当然还在战事发生以前许久。这是他受了责任心的驱遣；他必得去料理史泰的事务，他说。难道他能推诿不成？他为了这事，把他自己的安全完全丢在脑后，渡过江去，同柯内里一起住下。柯内里是怎样挨过了这纷乱的时局，保全了他的性命，我可说不上来。他以史泰的经理的资格，多少总受了都拉明的保护；他在这鹿逐鼎沸的纷纭状态中，不知是用了什么手段，这才苟延残喘到如今，然而我敢确信，他的行为，不管他被逼得非走不可的是那一条路，总特别带有卑鄙的彩色——卑鄙就像是他这个人的图印。那是他性格上的特点，他骨子里和外表上都是卑鄙的，正同旁的人们特别显得慷慨，不凡，或庄严的样儿，看来一样分明。这是他天性里的要素，渗透了他一切举止行动，贯彻了他一切脾气和感情；他暴躁也显得卑鄙,微笑也显得卑鄙,伤心也显得卑鄙;他的礼貌和他的气忿,是同样的卑鄙。我敢说他的爱情怕是感情中最卑鄙的一种了,——可是你能在爱情里想像一个令人作呕的虫子么?他令人作呕的那副丑态,也是卑鄙的,所以单觉得怪讨厌的人站在他身边一比,也会显得高贵了。他在故事里所处的地位,既不在惹人注目的前景,也不在隐约衬托的背景;只看见他蹩蹩缩缩地在边缘上蠕动,暧昧莫解,不干不净,玷污了故事里韶华青春,和天真烂漫的芬芳气味。

"他的地位,无论如何,除掉狼狈不堪以外,再说不出旁的来,可是他就从这里面,占了些便宜,倒也难说。吉姆对我讲过,他最初遇见他时,他满脸堆笑,亲亲热热地迎接他,显得好一副卑鄙的样子。'这家伙显然兴头得忘形了,'吉姆鄙夷地说。'他每天早晨扑向我来,拉我的两只手——去他的!可是会不会有顿早点呢,我可从来不敢说定。假使我两天吃到三餐,我就觉得很造化了;他每个礼拜还要我签字出十块钱的一张票子。说道,他相信史泰请他照顾我,决不是叫他白白地帮忙。得——他照顾我,差不多就等于白帮忙呢。于是把这事归咎于时局的不太平,假装着要扯他头发的样子,一天说二十遍的请我原谅,弄到后来,我只好求他别再捣麻烦了。这叫我好难受呀。他的屋顶已经塌下了一半,全盘呈着破败的景象,到处墙壁上触出了一束束的干草,飘拍着零星破碎的席角。他用尽方法要说明史泰在最近三年的贸易上欠过他的钱,可是他的帐簿都撕碎了,有几笔帐目也没处查考了。他想要暗示这是他新死的太太的过错。讨厌的混帐东西！末后，我非得禁止他，再不许他提起他新近死了的太太了。一提起她，珠婉儿就会放声痛哭的。我老不明白，全部商品究竟跑到那儿去了，堆栈里什么也没有，只剩了些老鼠——这些老鼠在乱七八糟的旧麻袋，和包捆用的牛皮纸堆里，倒过了一阵兴高采烈的日子哩。我从各方面探听得很确凿，他有许多钱埋在什么地方，可是不消说，休想逼出他一个大〔字〕来。我在那可怜的家里过的生活，是最惨淡不过的。我要替史泰尽我的责任，可是我也有旁的事情分心。当我逃到都拉明跟前时，老吞古·阿郎吓坏了，退还了我所有的东西。这是一个在那儿开小铺子的中国人经的手，很费了些周折，合着无穷神秘似的；可是等我离开布基部落，去跟柯内里住下后，立刻便有人公然说，土王已经打定了主意，要把我赶快杀掉。倒也有趣，是不是？我也看不出他有什么办不通的阻碍，假使他已经打定了主意的话。最坏不过的是，我总觉得，我的行事，无论于史泰，或者于我自己都没有一点儿好处。啊！简直不像人样子了——这整整六个礼拜的生活。'"

第三十章

"他又告诉我说，他不知道为什么总舍不得离开——但是我们当然不妨猜一猜看。他是深深地同情于一个无依无靠的孤女，在那个'下流，懦怯的恶棍'的爪牙下面挨命。跟看着柯内里叫她过着一种惨淡可怕的生活，所差的不过还没施出拳打脚踢的毒辣手段来罢了——也许因为他没有这种胆量吧，我想。他硬要她叫他父亲——'并且还得恭恭敬敬地——恭恭敬敬地，'他尖声嚷，对着她的脸挥舞他蜡黄的小拳头。'我是个有体面的人，你又是什么？告诉我——你是什么？你难道以为我就白替旁人养育子女，连一点孝敬都得不到吗？我不拒绝你，你就该乐得受抬举了。来——说是的，父亲……不成？……你等一忽〔会〕儿看。'于是他开始诟骂那已故的妇人，骂到这女孩不忍再听，双手按着头，向别处奔逃。他便追赶她，绕着房屋的周围，穿过丛丛的茅屋，突进突出地追赶她，终于把她赶到一个角落里，叫她走头〔投〕无路，她只好堵住耳朵，双膝跪下，于是他站得远远地，在她背后，说些秽亵不堪的咒语，接连半个钟头不住一住嘴。'你母亲是个魔鬼，妖迷的魔鬼——你呢，也是个魔鬼，'他骂到最后，突然提高嗓子尖叫，捡起一块干土或者一把烂泥（房屋周围有的是烂泥），掷到她头发窠里去。然而，有的时候，她竟也不屈不挠，满没把他瞧上眼，默然跟他站在对面，只是偶尔说出一两个字来，便叫他心如刀刺，急得他直跳脚，扭身子。吉姆告诉我说，这些活剧多可怕呀。在荒凉之野地，却遇见这种情形，倒也奇怪。这样刁难的尴尬的景况，永远没有终穷，你要是想到了，不由你不心惊胆寒。有体面的柯内里（马来人管他叫因岂内里，他们一提这名字，便做出个用意很多的丑脸来），是个灰心失意的人儿。我不知道他对于他的结婚曾经抱过什么利己的企图；但是许多年来，史泰贸易公司的货物（史泰只要他的船主们肯把货物带到那儿去，他总毫不踌躇地继续着这种供给，一向不曾间断过），被他畅所欲为地偷盗挪用，吞吃羁占；这种借公济私的自由权利，似乎是他牺牲了他光荣的名字才换得来的，在他显然还算不得公平的代价呢。吉姆恨不得痛痛快快地把柯内里打个半死不活；然而从别方面说，这种情景，过细一想，是这般痛心，这般丢脸，所以照他当时的心情，宁可远避到听不见的地方去，免得更触动那女孩的伤感。他们走开了，留下她一个人怆〔仓〕惶沮丧，哑口无言，绷着铁青的绝望的脸，不时捧紧她的胸膛，于是吉姆再慢悠悠地走上去，凄苦地说，'喂——来罢——真的——有什么用处呢——你总得想法吃点儿东西才好,'或者给她这一类同情的表示。柯内里依然鬼头鬼脑地走来走去,穿过门洞,横过游廊,重新折回,跟鱼儿一般地无声无臭,眼睛里射出两道阴险,狐疑,诡秘,偷探的光芒。'我能叫他不再捣乱,'有一回吉姆对她说,'只消你吩咐一句。'你可知道她回答的什么话?她说——他婉切动听地和我讲——要不是她深信他自己也是个非常可怜的人,她怕会放泼了胆,亲手杀死他的。'想想这句话看!一个可怜的孤女,差不多还是个小孩呢,逼得没法,竟讲起那样的话来,'他惊惶颤栗着叹道。要从那个下流的恶棍手里拯救她,固然是谈不到,就是要从她自己手里拯救她,也似乎是不可能的!他对她倒不是怎样地怜悯;岂止是怜悯呢,照那种情形过活下去时,他良心上总仿佛有样放不下去的东西。离开这个家,放弃了不管,未免是种卑劣的行径。他终于明白了:多留几时,也不会就有什么希望,帐目也罢,钱款也罢,无论什么,都休想有个水落石出的日子;纵使如此,他还是待下去,惹得柯内里怨天恨地,几乎要撒野——我并不是说要发疯。同时他觉得各种危险阴阴沉沉地密布在他周围。都拉明已经两次派了个可靠的使者来,严重地告诉他说,假使他再不渡过江去,跟当初一样住在布基部落里面,他老人家也就没法再维持他的安全了。各阶级的人们,往往在更深夜半时分,跑来找他,对他泄露许多谋害他生命的机密。有人要下毒药毒死他。有人要候他在浴室里刺死他。有人安排了许多圈套,想驶一只小船从江面上放枪射死他。这些通风报信的人们,个个都自命是他顶好的朋友。永远叫人不得安宁——他告诉我说——这就够受了。诸如此类的事情是极可能的——不，简直是早晚会发生的——可是这些瞎编胡诌的警告，只使他感觉到他的周身，四面八方，暗中设下了许多陷阱罗网罢了。再没有别的东西能以摇撼他刚毅雄伟的精神。最后，有一夜，柯内里自己预备了许多吓人的鬼话，用庄严而谄媚的语调宣布了一个小小的计划，这计划只要花一百块钱——或者甚至于只要花八十块钱；让我们就说八十块罢——他，柯内里，愿意找个妥实可靠的人，安安全全地护送了吉姆，偷渡过江去。事到如今，再没有旁的路可走了——假使吉姆还有点儿顾惜他生命的话。八十块钱算得了什么？芥末大的事呢。一笔不足数的微款罢了。同时他，柯内里，不得不留在后方，为了要证明他对于史泰先生的青年朋友是如何忠诚，只好坚持到底去跟死神周旋。他那卑鄙的做丑脸的情景——吉姆对我说——叫人太难受了；他搔头搔胸，双手捧着肚皮，把身子摇来摇去，简直洒下一滴滴的眼泪来了。'刀快架到你自己头子上来了，'他终于尖声叫道，忽然直冲出去。柯内里演这出活剧，究竟含有多少忠实的成分，倒是耐人寻味的问题。吉姆向我承认，这家伙走去之后，他睡下了，没有阖一阖眼。他仰躺在一张铺在竹编地板上的薄席上面，悠闲地定睛分辨一根根光秃的橡〔橼〕木，倾听屋顶上破碎的茅草息索作响。一颗星子，忽然透过屋顶上的一个窟窿，闪烁发光。他的脑海正在奔腾翻复；可是，偏偏就在这晚上，他熟筹了征服薛力夫·阿利的计划。他一向除掉茫无头绪地清理史泰的事务以外，余下的工夫完全消磨在盘算这个计划上,可是他的主意——他说——这时才忽然打定了。他仿佛能够看见枪炮已经架在山顶上似的。他躺在那儿,精神很兴奋,热度也增高了许多;睡眠早飞到九霄云外去了。他跳起身来,赤着脚走到外面游廊上来。默默地走着,他突然碰见那女孩不动一动地靠着墙,好像掌更守夜的光景。看见她还没睡觉,又听见她用迫切的低语询问柯内里在什么地方:照他当时的心境,倒也并不使他惊讶。他只说他不知道。她微微叹了口气,尽向院落里窥探。一切都是静悄悄的。他脑子里给那个新思想盘据了,完全充满了,所以忍不住从头到尾地立刻讲给这女孩听。她凝神倾听,轻轻地拍手,幽声幽气地说些钦羡的赞辞,可是她显然是在提防着,始终没有松懈。他似乎一向总把她当个亲信的人看待——同时她这方面,自不消说,关于巴多森的事情,也能够,并且曾经,给了他许多有益的暗示。他屡次对我恳切地说,他听了她的劝导,从没觉得他自身受到过坏影响。慢说旁的,在这样的时候,当这样的境地,他正缕缕细说他的计划,她却冷不防地按了按他的手臂,打他身边隐没了。于是柯内里神出鬼没地露了面,看见了吉姆,便横着身子一颠一晃地走近来,仿佛他中了枪弹似的,于是兀然不动地站在黑暗里。他终于小心翼翼地走到跟前来,如同一个怀着鬼胎的猫儿。'那儿有几个渔夫——带着鱼儿,'他颤声说道。'卖鱼呢——你明白。'……那时定是早晨两点钟——大概正是卖鱼人出现的时分。

"吉姆却把这些话当耳边风一样吹过了,分毫没加理会。旁的事情正盘据在他心头，何况他什么都没听见，也没看见呢。他只好茫然应了声'噢！'就着一个立在那儿的水瓶里喝了口水，重新走进去，躺在席上寻思，留下柯内里陷入惶惑莫解的深坑，两臂抱住游廊的栏杆，仿佛他的腿已经不能支持了。随后不久，他听得偷偷的脚步声。脚步声停止了。打墙壁外面透进来一种颤抖的低微的语音，'你睡着了没有？''没有！什么事？'他敏捷地回答；外面起了一阵急遽的行动，于是一切仍归静寂，仿佛那低声密语的人已经吓呆了。吉姆烦恼极了，暴跳如雷地走出来；柯内里嗳呦地轻轻叫了一声，沿着游廊一直跳到阶沿附近，紧紧揪住一根断了的栏杆的小柱子。吉姆给疑云迷了心，远远地向他叫喊，问他到底是什么用意。'我讲给你听的话，你仔细想了想没有？'柯内里问，费了好大劲儿才把这些字眼吐出口来，好像寒热病患者正在一阵发冷的当儿。'没有！'吉姆肝火直冒地嚷。'我没有，我也没有那么大工夫。我还打算待下去呢，在这儿，在巴多森。''你会死——死在这——这儿的，'柯内里回答，依然剧烈地战抖着，说话的声音好像上气不接下气的样子。这一场把戏，是那么无稽，那么讨厌，吉姆不知道他该发笑好呢，还是该生气好。'等我看见你收拾掉之后，我才死呢，你放心，'他高声嚷，恨得要跺脚，又忍不住想笑。他装了几分正经（给他自己的思想激动了，你知道），继续嚷道，'什么都挨不上我的身，凭你使出穷凶极恶的手段来。'那离得远远的鬼影也似的柯内里，凭他那副讨厌模样，仿佛竟变作吉姆一向所经历的全部烦恼和困难的整个化身了。他益发情不自禁起来——因为最近许多天，他的神经已经疲劳过了度——叫了他许多乖巧的名字，——骗子，说谎家，卑鄙的流氓；行为未免失了常态。他承认他什么也顾不得了，他简直是发了疯，——不怕巴多森倾了全国的力量，也休想吓得跑他——并且用着吓人的夸大的口气，公然地说，他要叫他们一个个翻不出他的掌心，跟着他滴溜儿转呢。……完全是信口雌黄，多滑稽呀，他说。他偶一回想，就觉得他的耳朵滚热发烫。敢是过分兴奋，有点昏乱了吧。……那女孩，正跟我们坐在一起，赶紧点了点她小小的头儿，淡淡地皱了皱眉，带着小孩似的庄严说道，'我听见他讲了。'他大笑起来，涨红了脸。那离得老远的模糊的人形，好像快要崩溃解体似的，弯腰曲背地伏在栏杆上，离奇古怪地不动一动；这样一个人的沉默，绝对的死一般的沉默，终于使他住了嘴，他说。他神志清醒了过来，突然缄默了，对他自己不觉讶然失惊。他守望了一忽〔会〕儿。没有点儿动静，没有点儿声息。'当我那样喧嚷的时候，这家伙完全像死了的模样，'他说。他自己觉得异常害臊，于是匆匆忙忙走进屋去，没有再说一个字，重新又躺了下来。这场吵闹倒似乎于他很有益处，因为他像婴儿似的睡熟了，直到天亮没有醒一醒。好几个礼拜没有这样的酣睡了啊。'我可没有睡，'那女孩插嘴说，一只手肘放在桌上，抚弄着她的面颊。'我守望着呢。'她那两个大眼睛闪闪发光，略微转了一转，于是聚精会神地钉〔盯〕着我的脸看。"

第三十一章

"你们试想,我凝神倾听时候,带有多么浓厚的兴趣呀!二十四个钟头以后,才明白这一切琐碎的情节,原来还有花样在里头。柯内里早晨说的话,并没影射到晚间的事情。吉姆刚刚走上小艇,预备去都拉明的宅地时,柯内里蹩蹩缩缩地来到跟前,愠愠不乐地嘟哝着说,'我想你大概还会回到我这可怜的家里来的罢。'吉姆只点了点头,并没有看他。'你一定觉得我这个家很有趣哩,'那一位用着苦滴滴的音调咕噜着。吉姆跟老商人一起消磨了这天的光阴,召集了布基部落的要人们大开谈判,对他们反复说明采取断然手段的必要。他雄辩滔滔,说得人们眉飞色舞,他往后回想时,还觉得兴会淋漓呢。'我那时想法替他们撑腰,壮胆,倒是不错的,'他说。薛力夫·阿利最近的侵掠,将居留地的边境一扫而空;城市里有几个妇女,被掳到山寨去了。前一天市场上还看见薛力夫·阿利的密探们,穿着白色的一口钟,不可一世地摇来摆去,夸耀他们的主人跟土王的交情怎样好。有一个探子,在一棵树的荫头里走上前来,倚着根来福枪的长铳,劝诫人民诚心悔过,诱致他们杀掉他们俦伙里的生客们——有几个生客,他说,是邪教徒,旁的更坏,简直是魔王撒旦的子孙,不过扮作回回的样子罢了。据人报告,听众里面有几个土王的人民,还高声喝彩,表示赞成哩。老百姓们谈虎色变,陷入了极度的恐怖。吉姆对于他白天的工作觉得异常痛快,日落以前又重新渡过江来。

"他叫布基人义无反顾地采取了断然的手段,并且他自己担保他操有必胜的把握,所以他非常得意;由于心境的轻松,他对柯内里便竭力表示好感,变得非常客气。可是柯内里受宠若惊,高兴得要发狂了;听到他尖细的假装的笑声,看着他扭身子,闪眼睛,突然揪住他的下巴,卑躬折节地低低伏在桌上,从眼睛里发出疯癫的眈眈的光芒;这可使吉姆有点受不了。那女孩没有露面,吉姆也早早安息了。当他站直了道晚安时,柯内里跳起身来,推开他的椅子,蹲下去,看不见了,仿佛他是想捡起他掉下的什么东西。他道晚安的吵嘎声是从桌子底下来的。吉姆愕然了,因为看见他又钻出头来,落开了下巴,瞪着眈眈的,吓怔了的眼睛。他握紧了桌子边。'什么事?你不舒服么?'吉姆问。'是,是,是。我肚子里绞痛得厉害,'那一位说;依吉姆的意思,这话倒是从肺腑里吐出来的。果然这样,从他喜欢装模作样的习惯上看来,这正是一种卑鄙的表现,证明他的麻木不仁还没达到十全的地步——说到他的麻木不仁,不由人不叹服。

"闲话休提,吉姆朦胧的睡眠,偏偏受了梦魇的打搅,仿佛他梦见了光怪陆离的天国,听得洪大的,铜钟也似的反复的回音,对他叫喊,醒来罢!醒来罢!那声音是这般响亮,纵使他打定主意,不顾一切,再想睡下去,可是事实上,他终于惊醒了。毕毕剥剥的大火,发出红红的火光,正在半空中照耀,射到他眼睛上来。一圈圈乌黑的浓烟,袅绕在一个幽影的头上——那幽影是一个非人间的精灵,混〔浑〕身雪白,脸上的神色来得严厉,紧张,而且迫切。过了一秒钟的光景,他认得是那个女孩来。她正擎着个吧嘛油的火把,手臂伸直了高举在头顶上;她用着固执而恳挚的,单纯的调儿,重复叫道,'起来!起来!起来!'

"他蓦然跳立起来;她连忙塞在他手里一样东西,一管手枪,他自己的连响手枪,原来挂在钉子上的,这回却装了子弹。他默默地握紧了手枪,迷迷茫茫,慌慌张张,眼睛被火光照得连闪竖烁,他很诧异,不知道她要叫他干些什么。

"她放低了声音,忙问道,'你能用这东西对敌四个人么?'他叙述到这儿,想起他谦逊的敏捷态度来,不禁笑了。他仿佛有意摆足了大架子哩。'自然——还消说——不成问题——盼咐我罢。'他原来还没有十分清醒,遇到这些非常的情景,却很想从容不迫地,表示他耿耿的忠心,即使赴汤蹈火,也是在所不辞的。她离开了这间屋子,他便跟在她后面走;在过道里,他们惊动了一个老婆子——她在这家里偶然分担些烹饪的工作,虽然她已是老态聋〔龙〕钟得连人家说话都听不大懂了。她爬起身来,一瘸一拐地追随他们,落了牙齿的嘴里喃喃自语着。游廊上,那张属于柯内里的帆布床,被吉姆的手肘一碰,轻轻地摇荡起来。吊床是空的。

"在巴多森开的店,跟史泰贸易公司所有的商行一样,最初原来包含了四个建筑。其中的两所,只剩了两堆木桩,断竹,和烂草篷,上面有四棵梗木的基角上的柱子歪倚在不同的角落里,显着十分惨淡的景象;然而主要的堆房倒还站在那儿,正对着经理的住屋。所谓堆房,不过是一所用泥土建筑的长方形茅棚,一头有个厚实木板做的宽门,至今尚未脱离枢纽;一边的墙上有个见方的窟窿,算作是个窗洞,上面装着三条横木。在走下那几步阶沿以前,女孩回过脸来,匆促地说,'人家候你睡着了要来袭击你呢。'吉姆对我说,他经验到一种受了欺骗的感觉。又是旧话重提。这些危害他生命的企图,使他腻烦得很。他已经尝够了这些惊吓,不免厌倦了。他老实告诉我说,他反怪这女孩多事,竟也欺骗他。他虽然跟着她走,脑子里却存着个印象,以为她自己需要他帮忙,所以他很不耐烦,意欲转身折回。'你可知道,'他加以意味深长的注释,说,'我有点觉得,那时接连好几个礼拜,我简直不大像我自己了。''啊,那儿的话。你还是你自己罢,'我忍不住反驳。

"可是她三脚两步地只顾往前走,他便跟着她来到院子里。院子周围的篱笆已经倒塌了许久;早晨,邻人家的水牛不慌不忙地缓步横过这片空场,鼻子里发着低沉的哼哼声;蔓草地也侵占进来了。吉姆和女孩驻足在繁茂的草丛里。他们站在火光里,周围被火光衬托得化作了一片浓密的黑暗;只有他们头顶上灿烂的星星,还正在闪眼。他告诉过我,这真是个美丽的夜——凉飕飕的,江上吹来一阵微风。他似乎特别留心夜底和穆的美。记好,我现在对你讲的,原是件恋爱故事。可爱的夜,好像在他们身上,舒泄着一种妩媚的温情。火把的光焰不时在风中摇曳,同一面旗样发出飘荡的声音来,并且在那一段时光,这是唯一的声音。'他们候在堆房里呢,'女孩低低地说;'他们正在等候发动的暗号呢。''谁发这暗号?'他问。她摇了摇火把,散出一道零乱的火星。'只因为你翻来覆去,老是睡不着,'她继续喃喃地说。'我也在那儿守望着你睡了。''你!'他惊喊道,伸长了他的颈子向四周探望。'你以为我只有今晚上才守望的么!'她说,带着一种失望的气愤。

"他说他的胸膛上好像受了一下打击,他喘起气来了。他觉得他一向未免只是个狼心狗肺的蠢人啊;他感到懊悔和无限悲伤,同时又感到快乐和洋洋得意。让我在提醒你这是个恋爱故事;仿佛他们是故意来到了那儿,商量个解决纷争的办法,让暗暗躲藏着的凶手们听了可以激发他们的天良。可是他们站在这火把的光明底下,这些谈话和举动显得又傻又不中用——然而这正是表示他们心灵的崇高,决无使人鄙弃的可能;你们从这种情景上,就该明白这是个恋爱故事了。假使薛力夫·阿利的密探们只要有——照吉姆的说法——一点点儿的勇气,现在正是挺身冲出的时候了。他的心脏突突地跳动——不是为的恐怖——可是他好像听见草地里息索的响声,他便灵敏轻快地走到火光范围以外去。有个漆黑的,看不大清楚的东西,飞也似地闪了一闪,立刻消灭了。他用着很有劲的声音叫喊出来,'柯内里!啊,柯内里!'接着便是深深的静默,他的声音似乎没有透过二十呎以外的空间。那女孩又来到他身边了。'火速!'她说。那个老婆子走近了;她伛偻的形像,在火光的沿边,一瘸一拐地微微舞动着;他们听见她含糊的喃喃的声音,轻微的凄怆的叹息。'火速!'女孩异常兴奋地重复说。'他们现在吓怔了——这火光——说话的声音。他们知道你已经醒了——他们知道你个儿高,气力大,又有泼天的胆量……''假使我真像你说的那样,'他闭口说,可是被她打了岔。'是——今晚上!但是明儿晚上又怎么样?后天晚上呢?再后天晚上——将来许多许多的晚上?我难道能够永永远远守望么?'她一口气说,忽然被哽咽打断了,这叫他感动得超过了文字所能形容的力量。

"他对我说过,他从来没有感到他自己是这样渺小,这样无力——至于勇气,他想,勇气又有什么用处?他只能束手待毙,即使逃避也似乎不中用了;虽然她唧唧咕咕地说个不休,'上都拉明那儿去罢,上都拉明那儿去罢,'带着战战抖抖的声音,和叮咛致嘱的腔调,可是他明明觉得,那孤寂的况味使他所遇的危险,反添了一百倍的危险性,如今他要躲开这种孤寂的况味,除掉在她身上,再也找不到旁的去处了。'那时我想,'他对我说,'假使我离开她走了的话,恐怕一切都完了啊。'只因为他们总不能老待在那儿,老站在院子中间,所以他决定到堆房去瞧瞧。他让她跟在后面,并没想到任何劝阻的话,仿佛他们早已结了不解之缘了。'我有泼天的大胆——我可不是?'他从齿缝里嗫嚅着说。她拉住他的手臂。'别忙,等你听见了我的话,'她说,轻脚快步地拐过墙角,火把拿在手里。他只剩下一个人留在黑暗里,脸朝着门:门里面没有一点声音,没有一丝气息,透露过来。那个老婆子,从他背后的什么地方,发出一声凄怆的呻吟。他听见女孩的叫喊,声音很高,差不多尖得刺耳。'喂!推罢!'他猛力推撞;门摇开了,先是挤轧一声,接着又是噼啪一响,于是堆房暴露了低矮的暗牢也似的内部,被淡黄的摇曳的闪光照耀着,这可把他吓怔了,撩乱的浓烟盘旋在地板中间的一个空木篓子上面,一堆碎布和乱草像要飞翔的势子,但是只能在穿堂风里微弱地颤动。她已经将火把塞进窗户的横木里了。他看见她那裸露着的圆圆的手臂,直僵僵地伸着,平平稳稳地擎起了火把,好像是装置在墙上的铁制的托架。只有许多旧席,堆成了凹凸不平的圆椎〔锥〕形,占满了远道的一个角落,差不多快碰到天花板了,此外再看不见旁的东西。

"他对我解释,他见了这光景,伤心失望极了。他坚忍的耐心已经被许许多多警告试练过,他已经好几个礼拜被许许多多危险的暗示围困过,他但愿能遇见些实在的事情,遇见些确确凿凿有凭有据的东西,倒也慰解了他空漠的心。'这样一来至少两个钟头以内总能把沉闷鬼祟的空气肃清一下子的——你要是明白我这话的意思,'他对我说。'老天呀!我这么许多天的时光好不难挨呀,我胸口好像挂了块沉重的石头哩。'现在他觉得，他终于可以捉到样把东西了，可是——什么东西也没有！没有任何人的一点形迹，没有任何人的一点动静。大门飞开时候，他曾经举起了他的武器，可是现在，他的手臂又放下了。'开枪！留神你自己，'待在外面的女孩用着惨切的声音叫喊。她留在黑暗里，将一只手臂塞进小小的壁洞，一直塞到臂膀，不能再看见当时周围的情景了，她又不敢缩回火把来四处乱跑。'这儿连一个鬼都捉不出来！'吉姆鄙夷地叫喊，但是他满心怨愤，忍不住的苦笑，终于无声无息地噎下去了：他刚刚转身回头时候，发觉了他的目光正碰着乱席堆里的一对眼睛。他看得见那眼白移动的闪光。'走出来！'他暴跳如雷地叫道，心里不免有点疑惑；于是一个黑脸的头，没有身段的头，离茎脱绊无所依附的头，显现在乱席堆里，皱眉蹙额地钉着死眼望他。随后一忽〔会〕儿的工夫，整个乱席堆摇震了；一个人像猪叫似地低低哼了哼，转眼不迭便纵了出来，连纵带跳地径奔向吉姆。他身后的乱席，也仿佛乱跃，飞舞起来了，他举起那曲着肘节的右臂，握紧的拳头里触出一把马来剑的钝口，微微高擎在他头顶上。一条布紧紧裹在他腰围，衬着他那黄铜似的皮肤，似乎白得耀眼；他赤条条的身体，闪闪发光，仿佛润湿得很。

"吉姆看清了这情景。他告诉我说，他那时感到不能言说的衷心快慰，感到报仇泄忿的痛快淋漓。他仔细地留神，故意暂不放枪，他说。他没有就放枪，约莫停了十分之一秒，够那个汉子跨三大步的时光——完全不能理解的时光。他没有马上开枪，为的是他能借这机会经验到一种愉快——暗自说：转瞬之间这汉子就要变作个死尸了。他非常有把握,一点也不踌躇。他尽管嚷他走到跟前来,又有什么要紧呢。反正是个死人了。他看清了那膨胀的鼻子,圆睁的眼睛,脸上皮肉不动一动,聚精会神的热切表情,于是他放枪了。

"在那狭隘的空屋子里,子弹爆发的声音,震得人耳聋头昏。他向后倒退了一步。他看见那汉子突然将脑袋一扭,双臂向前一伸,掉下了手里的马来剑,他后来查究确凿,他的子弹是从他嘴里打进去的,微微朝上,由脑袋后部上方穿出去了。这汉子一鼓足气地向前直冲,他的脸突然裂开了口,变了形状,他张开了两手在前面摸索,仿佛瞎了眼了,额骨异常可怕地猛然碰在地上,差一点儿碰着了吉姆的光脚指头。吉姆说,他的眼睛连最细微的情节都不曾轻轻放过。他自己觉得还是很镇静,气也平了,再没有仇恨,再没有挂虑,仿佛那个人一死,什么事都释然了。堆房里渐渐充满了火把的煤烟;火把平稳的火焰烧得血一样红,并不见点儿闪动。他毫不踌躇地往里走,跨过那个死尸,把他的连响手枪瞄准了隐约出现在堆房那头的另一个赤条条的人形。他刚要拨动枪机时,那汉子使劲丢开一根短小沉重的枪,服服贴贴地蹲下来,坐在腿根上,背靠着墙,握紧了的双手放在两腿中间。'你要不要你的命?'吉姆说。那汉子不作一声。'你们另外还有多少人?'吉姆重新问。'另外还有两个,爷爷,'这汉子幽声幽气地说,瞪着个两迷茫的大眼睛打量那连响手枪的枪口。于是另外的两个人从乱席下面匍匐出来,摊开了空空的手,算是表明他们的心迹。"

第三十二章

"吉姆站的地位占了上风,吆喝一群羊儿似的从门洞里赶他们出去;火把始终竖得笔直,握在毫不颤动的小手里。那三个汉子听由他指挥,一声也不响,自动机似的移动着。他把他们排成了一行。'手跟手拉着!'他喝道。他们便拉起手来。'谁要是先撒手,或者先回头,立刻就得要他命,'他说。'向前走!'他们便一起走出去,直僵僵地;他跟在后面,女孩挨在身边,拖曳着一件雪白的长袍,乌黑的头发直垂到腰际,手里拿着个火把。她昂然地摇摆着,轻轻地溜踏着,仿佛两脚并没有着地似的;唯一的声音就是长袍子像风一般的掠过空际,和长草的息息瑟瑟。'站住!'吉姆喝道。

"江岸很陡,一股洋溢的新鲜气息直向上升;黝黑的水面泛着泡沫,平滑而无涟漪,水边上照耀着火光;周围一排排房屋的形体躲在分明的屋顶底轮廓下面。'替我问候薛力夫·阿利——

我自己随后就来,'吉姆说。三个脑袋一动不动。'跳!'他响雷似地叫道。扑通跳水的声音,三下并作一下响了;水点飞溅起来;三个黑黝黝〔黢黢〕的头,抽筋似地上下浮动,终于消灭了;可是急促的喘息声,同猛烈的喷水声,还没有断,只是渐渐幽微了,因为他们死命地往水里面钻,唯恐临别时枪弹的射击。吉姆向女孩转过身来,她始终是个沉默留神的旁观者。他的心脏似乎突然变得太大了,胸膛里再容不下,梗塞在他喉头的凹处。他这么许久不说话,许就是这个原因;她回答了他的目礼之后,伸了手臂将熊熊的火把,横扫过空际,扔下河去。红红的烈焰,飞扬在夜空,经过很长的一程,发着恶意的咝声沉没了;温静的星光毫无阻碍地照临在他们头上。

"他终于恢复了他的声音,那时他说些什么话,他可没有告诉我。我觉得他的口齿不见得能够很清晰流利。周遭的世界绝无动静,深夜幽幽地向他们嘘气——这样的夜似乎是专为着酝酿温柔的情调才存在的;并且有些时候,我们的灵魂仿佛解脱了一层黑暗的表皮,发着热烈的光辉,因而感受性变得异常细致,这感受性使某种静默比言语更加明晰。至于女孩呢,他告诉我说,'她精神有点儿萎靡。兴奋过度了——你可知道,是反应作用啊。疲乏得要命,她一定是——不外这一类的情形。并且——并且——管它呢——她很喜欢我,你可看得出……我也……当然并不知道……我脑子里就没有转过这样的念头。'

"他说到这儿,站起身来,开始来回踱步,带些不安是神情。'我——我多么爱她呀。我简直没法形容。不消说谁也形容不了的。你总有一天会明白,你天天受了外力的驱使,总会渐渐明白,你的生存,对于另外一个人是不能缺少的——您瞧,是绝对不能缺少的,在这时候你对于你的行动,便采取不同的见解了。我也受了外力的驱使,才感到了这层。多么惊人呀。可是,想想看,她一向过的是什么生活啊。简直可怕得离奇!是不是?我呢,在这儿遇见了她,就照这种情形——好像你偶尔出门散步,突然碰见一个人淹没在凄清黑暗的境地一样。天呀!没有踌躇的余裕。唔,这也是天赋的责任。……我相信我还担当得起这个责任……'

"我得告诉你们,前些时候,那女孩离开了我们,再也不过问我们了。他拍拍他的胸膛。'不错!我体验到这层意思,可是我相信我并没有辜负我所有的幸运!'他天生有种本领,就是在他遇到的样样事情里,能够寻出特别的意义来。他对他的恋爱,就采取这样的见解;他的恋爱含有田园诗的风味,不免庄严些,却也很真实,因为他的信仰带有青年人不可动摇的严肃意味。过了些时,又有一回,他对我说道,'我在这儿才待了两年,可是现在,我敢说,我不能设想我还能在旁的地方过活。连想一想外面的世界,就够让我吓一跳的了;因为,你可看得出,'他继续说。低垂的眼睛尽望着他那皮靴的忙动,把一块小小的干泥踩了又踩(那时我们正在江岸上散步)——'因为我并没有忘掉我为什么到这儿来的原因呀。还没有呢!'

"我有意避免了看他,可是我想,我听见了一声短促的叹息;我们默默地转了一两个弯子。'凭我的灵魂和良心说,'他重新开口了,'假使这样的事能够忘掉,那么我想,我就有权利把这件事丢在脑后了。试问这儿无论哪个人,'……他的声音变了。随后他用温柔的,差不多渴慕的语调继续说,'所有这些人们,所有这些愿为我不辞千辛万苦的人们,永远叫他们明白不了,你道奇怪不奇怪?永远!你要是不相信我,我可不能想像他们能那样。这似乎有几分困难。我自己胡涂,是不是?我还能期望旁的什么呢?你要是问他们谁勇敢——谁真实——谁公平——他们肯将他们的生命交托给谁?——他们一定就会说,吉姆爷。可是他们偏偏总也不知道那实实在在的真像……'

"这是我和他最后那天在一起时,他对我说的话。我没让一点含糊的低声漏过我的耳畔:我觉得他正要说旁的话,快透露到事情的源委了。夕阳已经沉到森林的背后去,那凝集的光芒使地球缩小得像颤震的尘埃的质点;乳白色的天空泛滥着灿烂的霞光,似乎在一个既无阴影又无光辉的世界上投射了一片幻景——静谧而且深沉的伟大幻景。我不知道我在倾听他时何以竟会那么清楚地注意到江流和天空底渐渐昏暗,渐渐模糊;不能抵抗的缓缓袭来的夜,静静地罩覆了一切看得见的形体,涂没了许多轮廓,深深掩埋了许多景像,愈埋愈深,好像摸不着的黑尘继续不断地尽往下掉。

"'天呀!'他蓦然开言,'有些日子,一个人变得太荒唐了,什么事都不能应付;只是我知道我能够告诉你,我心里喜欢的是什么。我说起要撒手——不管那躲在我脑后的劳什子……忘掉……我死也不明白是怎么回事!我能平心静气的想这回事。这

毕竟应验了什么呢？什么也没有。我猜你大概不以为然罢……'

"我低低哼了声，表示抗议。

"'不打紧，'他说。'我是满足了……差不离。有谁头一个走近来，我只要看看他的脸，便恢复了我亲信之感。他们怎么也不能明白我心里面的状态。那又有什么要紧？喂！我一向安排得还不算怎么坏啊。'

"'还不算怎么坏，'我说。

"'可是反正一样，你怕不乐意让我趁你自己的船了吧——嘿？'

"'去你的！'我叫道。'休说这话。'

"'啊哈！你瞧，'他说，恬静地对我自鸣得意的样子。他又继续说，'你只要把这件事无论讲给这儿谁听，他们怕会把你当作傻子，骗子，或者竟比傻子骗子还不如哩。并且我敢这样担保，我曾经为他们卖了一两回气力，可是这就是他们报答我的方法。'

"'我的好小子，'我嚷道，'你在他们心目中是个永远不可解的神秘呢。'于是我们沉默了。

"'神秘，'他重复说，然后抬起眼睛来。'得，那么就让我永远待在这儿罢。'

"夕阳落山以后，黑暗驾了阵阵的微风，向我们直追上来。我在两旁栽着篱笆的道路中央，看见唐比丹的侧影：探头探脑的张望，个儿细长而瘦削，咋〔乍〕看好像只有一条腿；我的眼睛横过黑沉沉的空间，在支持屋顶的柱子后面瞥见一个来回移动的雪白的东西。当吉姆带着唐比丹紧跟在后面,开始了晚间的巡游时,我随即自个儿走到屋前去,但是出我意外,路上竟撞着那女孩:她明明是趁着这个机会,守候在那里的。

"她向我催逼的究竟是什么,却很难告诉你们。这显然是很简单的——世间最简单而不可能的事;举个例说,就好像精确地描写一朵云彩的形态一样。她想要的是种保证,叙述,允许,说明——我不知道怎样称呼才对,这压根儿就没有名字。凸出的屋顶下面非常黑暗,我所能看见的只有她那长袍飘荡的纹路,她那苍白的小小鸭蛋脸儿,同她雪白牙齿的闪光,她那朝着我的,庞大阴沉的眼眶——眼眶里似乎有着轻微的波动,就像你把凝注的目光投入深不可测的井底时,你仿佛觉得你能窥见的那种波动。那儿游移着的是什么?你问你自己吧。那是不是个盲目的怪物,或者只是宇宙间遗掉了的光芒?我心里忽然转了个念头——别笑话我——觉得万事万物既是各不相同,那么照她幼稚的茫无所知的心情来说,她比埃及国那个把幼稚的谜语叩问行人的狮身女面的妖怪,还要难于索解哩。她当两眼尚未张开以前,就被带到巴多森来了。她就在那儿长大成人;她什么也没见过,什么也不知道,她对于无论什么事,心里都没有个概念。我自己纳闷,她到底信不信世间还有旁的东西存在?她脑海里对于外面的世界形成了怎样的意识,这我无从设想;她所知道的世界居民只有一个被诱惑的妇人和一个奸险的小丑。她的恋人也是从那外面的世界来的,他赋有不可抵抗的吸引力;可是那难以想像的领域似乎永远要拉他回去——假使他真回去了,她又怎么好呢?她母亲未死以前,对她下过这样的警告……

"她紧紧揪住了我的手臂,可是等我一站定,她便连忙缩回她的手去。她很果敢,同时又很畏缩。她什么都不害怕,可是深深的踌躇同极端的惊奇绊住了她,好比一个勇敢的人在黑暗里摸索。那未知的世界随时都会拉吉姆回去,我也是属于这未知世界的一人。我仿佛很知道那个世界的秘密和意向;——只有我深悉那吓人的神秘;——或许我竟赋有那个世界的权威!我相信她大概以为我用一句话就能从她怀里把吉姆抢走了;我明明知道并且相信,当我同吉姆絮絮谈心时,她一定经过了许多疑惧的苦恼——经过了实在的难以忍受的愤怒;假使她灵魂的凶猛敌得过她灵魂所招致的可惊的境遇,这种愤怒也许驱使她设下暗杀我的计划,倒未尝不是意想中的事。这是我的印象,我所能给你们的也止于此了;全部的情形逐渐显现在我面前,而当这情形愈变愈清明时,我倒慢慢地被惊异的情怀压倒了,这连我自己都不敢相信。她使我相信她,可是这两瓣嘴唇上简直没字眼能以传达那燥急而且激烈的低语,那温柔狂热的音调,那来不及喘气的突兀的停顿,和她慌忙地伸张她雪白的手臂时,那种恳求的举动。她的手臂垂下了;那幽灵似的身体,像一棵苗条的树,在风中摇曳,苍白的鸭蛋脸儿低沉下来;她的容貌看不大清楚,眼睛里的黑暗像是不可测的无底深渊;两只宽大的衣袖无异两只展开的翅膀,高举在黑暗里;她站在那里一声不响,双手捧着她的头。"

第三十三章

"我受了无限的感动：她年纪很轻，还不知道天南地北，她那玲珑的美貌，同一朵野花也似的带有单纯的娇媚和纤细的精力，她声泪俱下地伸诉她的苦衷，她陷于孤苦伶仃的绝境，在在叫我不得不感动，而感动我的力量，差不多跟她自己不可理喻的自然的恐惧心理，是同样地强烈。她害怕那未知世界，正同我们大家一样，可是她的茫昧无知，更觉得这世界望不见边际。我代表这未知世界，代表我自己，代表你们这班同志，代表那既不注意吉姆又毫不需要他的全个世界。我假使没有想到他也是属于她所恐惧的这神秘的未知世界，假使没有想到我所代表的虽然是那么多，却并不代表他，那么地球上的芸芸众生对他的漠不关心，我竟许毫不踌躇地敢以担保的。这偏偏叫我不得不踌躇。无可奈何的痛楚，化为呢喃的低语，把我的嘴唇启封了。我一起首便抗议说，至少我上这儿来并没有带走吉姆的意思。

"那么我为什么来的呢？她微微动了一动之后，就变得同大理石像似的静悄悄地兀立在夜空里。我勉强加以简短的说明：朋友交情呀，料理事务呀；若要说我在这里面有些微企图，那么倒不如说我还是希望他留下。……'他们老丢下我们走了，'她喃喃地说。从她虔诚地用花朵装点的坟墓里吹来悲哀的智慧底气息，借着一声轻微的喟叹消散了……无论什么，我说，决不可能叫吉姆离开她。

"这是我坚决的自信，这也是我当时的自信；从这件案子的情节上说，只能有这样的一个结论。她仿佛用了自言自语的口吻，低低地说，'他对我发过这样的誓，'可是她这话并不能使我的自信更确定。'你问过他么？'我说。

"她走近一步。'没有，从来没有！'她倒只有叫他离开过。这还在那天夜里，在江岸上，他杀掉那个汉子以后——她因为他老是那样看她，将火把扔在水里以后。光太多了，当时危险总算过去了——过去了一忽儿——只一忽儿。他于是说，他不肯把她丢给柯内里。她却坚持她的主张。她要他离开她。他便说他可办不到——这是不可能的。他说这话时，发起抖来了。她明明觉得他在发抖哩。……谁想要看见当时的情形，想要听见他们的低声耳语，并无需乎多大的想像。她也替他害怕啊。我相信，她那时预料到他早晚逃不了要做许多危险的牺牲品，因为她对于那许多危险比他自己更知道得清楚。他操纵了她的心怀，充满了她的思想，占有了她全部的爱情，虽然他所持的唯一凭藉就是因为他常在她面前，可是她不敢相信他前途能有多少胜利的机会。分明就当那个时候，人人都有点不敢轻信他有多少机会。严格地说，他似乎并没有什么机会在那里。我知道这也就是柯内里的意见。他老实向我说过这些话，那时他是想掩饰他暧昧不明的行径——就是他暗中串通了薛力夫·阿利，计划着要结果这无法无天的汉子。现在觉得毫无疑义的是薛力夫·阿利自己，对这个白种人也只有无限的鄙薄啊。谋害吉姆，最主要的原因还是从宗教上来的，我相信。纯粹是虔敬心激起的举动（单就这一点说，倒是极堪嘉奖的），至于在别方面，却无关重要。这层意见末尾的一部分，跟柯内里恰恰不谋而合。'大老爷，'有一回他找着个大好机会跟我攀谈，卑鄙地娓娓申说，'大老爷，叫我怎么能知道呢？他是谁？他有什么本领能叫别人相信他？不懂史泰先生是什么用意，派那样一个小孩子来，尽向个老伙计吹牛？我满想救他，花八十块钱。只消八十块钱呀。这傻子为什么不去呢？我难道为了个陌生的路人，把自己送到刀口底下去不成？'他心里已经恨不得爬在我面前，做出卑躬折节的谄媚样子，两手在我膝前乱舞，仿佛他巴不得搂抱着我的两条腿的光景。'八十块钱算得了什么？说不上的一笔小款子罢了，给一个无倚无靠的老头儿——他全部生涯都断送在一个死了的女魔手里啦。'他说完这话，不禁泪下了。这话我太提前说了。直到我同那女孩将这个纷争解决时候为止，我并没有碰见过柯内里。

"她催促吉姆离开她，甚至于离开这个国境，她完全不是为她自己打算。在她思想里占最重要部分的就是他的危险——虽然她也想拯救她自己——许是无意识的罢；可是再看看她所受的警告，看看她梦寐难忘的新近过去的生活片断所给与她的教训。她跪在他脚下——她这样告诉过我——就在那江边上，头顶照临着群星的灵光，星光里什么也看不清，只见大块大块静默的阴影，同模糊的旷地，并且星光射在宽阔的江面上微弱地震颤时，江面显得大海一般地渺茫无涯。他把她高举起来。他举起她来了，于是她也不再挣扎了。当然不再哩。两只强壮的手臂，一种温存的语音，一个猷〔遒〕劲的肩膀放着她那可怜的寂寥的小脑袋。她需要，无限地需要这一切，为的是慰藉痛楚的心脏，慰藉迷惑的心灵；——那是青春的鼓舞——那是生命不可缺少的一刻。你想有些什么呢？谁都明白——除非他在阳光之下凭什么东西都不懂得。她这样子也就心满意足了——高举起来，搂得紧紧地。'你知道——天呀！这决不是开玩笑——这里面是有严肃的意义的啊！'照吉姆这样说，说时声气很低微，语调很急促，脸上带着不安而关切的神色，站在他家的门槛上。我不大懂得无稽的开玩笑，可是他们恋爱史里就没有点轻松的心情：他们一同来到人生灾殃的阴影下面，好像武士和少女相遇在神出鬼没的废墟中间，彼此交换些海誓山盟。灿烂的星光衬托那个故事是够好的了，星光是这般微弱，这般渺远，不能把阴影化为形状，也不能照见江流的对岸。我那天晚上，就从那个地点，仔细望了望江面：滚滚的流浪悄寂无声，黑黢黢〔黢黢〕的好像奈河。第二天我离开了，可是她恳求他趁早赶紧离开她，她想要逃避的究竟是什么，我大概再也遗忘不了的。她把她所想要逃避的是什么告诉了我，态度很镇静——她如今深感到切肤之痛，单纯的刺激已经打不动她了——她的声音在朦胧的黑暗里，和她分辨不很清楚的雪白的形体，一般地幽静。她对我说，'我并不愿意流着眼泪死啊。'我还以为我没有听准呢。

"'你不愿意流着眼泪死？'我钉〔盯〕着她重复问。'像我母亲似的，'她随口答应。她白净的形体，一动也不动。'我母亲临死以前，哭泣得多么凄苦啊，'她解释。不知不觉的，我们周围有一股不可思议的恬静气息从地底里往上升腾，好像夜里潮水平静的泛涨，淹没了喜怒哀乐的分界标志。突然的恐怖，临着不可知的无底深渊似的恐怖，侵袭着我，仿佛我觉得我的脚站在洪水里站不稳了。她继续解释，当她母亲临终的瞬间，只剩她一人在旁，她却不得不离开病榻，走去将她的背抵住房门，好叫柯内里进不来。他尽想进来，用两个拳头咚咚咚地敲门，只是偶尔停下，嘎声嚷道，'让我进来！让我进来！让我进来！'那远远的角落里，几张席条上躺着个奄奄一息的妇人，早已开不了口，举不起手臂了，却滚转了她的头，无力地动弹她的手，似乎是吩咐说——不让！不让！同时那孝顺的女儿竭尽了全力将她的肩膀抵住门，远远地凝望着。'她的眼泪夺眶而出——于是她咽气了，'她煞尾用了毫不动情的单调声音说；这单调的声音，跟当时不能忍耐而又不能不忍耐的，莫可奈何的恐怖情景，比她那不动一动，大理石像似的，白净的身体，比单纯的言语，更深深地扰乱了我的心怀。这单调的声音有种强大的力量，逼迫我忘掉了我的生存意念，逼迫我走出了我藏身的隐处——我们每人替自己筑了这样的个隐处，遇到危险时候好匍匐到这下面去，就好像乌龟缩进它的贝壳一样。一刹那间，我窥见了一个世界带着广博而愁惨的紊乱景象，同时，按实说，这个世界依然是光明灿烂，小舒适的安排，遂了人心的欲望。可是仍然，——只是一刹那罢了，我随即又缩回了我的贝壳。谁都得这样呀——你可知道？——虽则我偶然越过了那种篱笆，经过一两分钟光景，想起许多黑暗的思想，于是我在这黑暗思想的混沌状态里，把我所有的言语似乎忘得干干净净了。这些言语很快又回来了，因为言语也是属于光明与秩序的概念，我们借以避难栖身的自卫概念。她幽声幽气地说道，'当我们俩孤单单地站在那儿时候，他对我起誓说他永不离开我！他对我起过誓的！'可是她说这些话以前，我的话早已预备好，快来到我嘴唇边了。……'难道连你——你都不相信他？'我问了，心里很怪她不该，同时着实吃惊不小。她为什么不能相信呢？就因为她不相信，才有这狂妄的猜疑，这固执的恐怖，仿佛猜疑和恐怖倒是她爱情的护符。这简直是离奇得可怕。她该从这诚实的爱情，替她自己建立一个攻不破的和平的栖身之所才对。她没有认识清楚——或许是没有那种技巧罢。暗夜飞赶了来；我们站的地方已经变得漆黑了，所以她虽没有动弹，她的样儿却暗淡模糊了，好像个缠绵郁结，顽梗不驯的精灵，看得见形像，却摸不着实体。蓦然间，我又听见她幽幽的低语，'旁的男子们也起过这样的誓哩。'这句话，好像对于某种充满着忧伤和敬畏的思想，下了个深刻的评注。于是她把声音放得更低——假如可能时，——补说，'我父亲就这样过。'她这时住了嘴，毫无声息地抽了口气。'她父亲也这样。'……这是她知道的事情。我立刻说道，'啊！他可不是那样的人！'她似乎并不想驳回我这句话；可是过了一忽儿，那奇怪的寂然的低语，幻梦似地荡漾在空气里，偷偷走进了我的耳朵。'他为什么不同呢？难道他比旁人好？难道他……''我敢打赌，'我插嘴说，'我相信他是。'我们放低了我们的语调，低到神秘而不可思议的音度。吉姆底工人们所住的茅屋丛里（他们大都是从薛力夫·阿利的木寨里释放出来的奴隶），有谁突然唱起一只尖颤，拖长的歌曲。隔江一大蓬火（我想许是都拉明家的）化为一团熊熊的火球，孤另另〔零零〕地显现在夜空。'他比旁人更真实吗？'她默默地问。'是呢，'我说。

"'比无论谁都真实，'她用了抑扬婉转的音节重复说。'这儿无论是谁，'我说，'做梦也想不到怀疑他的话——没有谁敢——除掉你。'

"我想她这时动了一动。'比旁人更勇敢，'她变换了个音调，继续说。'恐怖决不会把他从你身边赶走，'我说，微微有点慌乱。歌曲唱到一个颤抖的尖音便突然停止了，接着有好几个人声在远处谈话。还有吉姆的声音。她沉默了，我倒吃了一惊。'他对你说过什么没有？他总对你说过些什么的？'我问。她并没回答。'他对你说过的是什么呢？'我钉着问。

"'你以为我能告诉你吗？我怎能知道呢？我怎能明白呢？'她终于高声地叫。又动了一动。我相信她是在扭她的两只手。'有一件事情，他永远忘不了。'

"'这样在你可更好了，'我凄然地说。

"'这到底是什么呢？这到底是什么呢？'她在哀恳的语调里，添了特别强烈的诉请的力量。'他说他从前一向很害怕。叫我怎么能相信这话？我难道是个女疯子，会相信这话？你们谁都记得一些事情的！你们谁都会回想那事情的。这到底是什么？你告诉我罢！到底是什么事情呀？这是活的？——还是死的？我恨它。它真残忍。它有没有脸，会不会说话——这个祸害？他看得见它吗——他听得见它吗？也许在他睡梦里，他看不见我的时候——于是爬起身来，走掉了。啊！我可永远不能饶恕过他。我母亲饶恕过人——可是我，怎么也办不到！这会不会是一个记号——是一声叫唤……'

"这真是种惊人的奇异感觉。她竟猜疑到他的睡梦了——她似乎觉得我能告诉她什么理由呢！这样情景，仿佛是个可怜的凡人，被幽灵的魔力所诱惑，硬要逼迫旁的一个鬼魅宣泄另一世界到底操有怎样奇伟的神秘权力，把这权力施于迷陷在人间情网里的解了体的孤魂。连我所站的地面，似乎就在我脚底下融化了。这倒也是十分单纯的事；可是我们的恐怖和我们的慌张，唤醒了许多精灵；假使这许多精灵在我们魔术师面前，不得不永远互相保证彼此的矢志不渝，那么，我——寄寓于肉体的我们，只有我一人——因感得这样一个重务难于胜任，简直凉透了骨髓，索索地打战了。一个记号，一声叫唤！她那幼稚无知的表情，是多么生动，多么强烈。寥寥几个字眼！她怎么会知道这些字眼，她怎么会脱口说出这些字眼，我可不能想像。有些瞬间，在我们只觉得是可怕，荒唐，或无用，但在女子们，偏偏从这些瞬间的压力里，找到了她们的灵感。发觉她毕竟还有声音，还能说话，就够叫我的心栗栗恐惧了。假使一块石头被脚踢了，忍不住痛出声叫喊，怕不见得是更伟大的奇迹罢。这些寥寥的字音，荡漾在黑暗里，使他们俩个逗留在深夜里的生命，在我的心目中带有悲剧的意味。要叫她明了是不可能的。我默默地对着我的懦弱无能，不禁心烦意恼了。至于吉姆，也是——可怜鬼呀！谁会需要他呢？谁会想念他呢？他有了他所企图的东西。世界上究竟有没有他这个人，这时候大概已经没人记得了。他们曾经支配了他们的命运。他们的命运是悲惨的。

"她待在我面前不动一动，明明是意料中的事；至于我，是要站在蒙昧幽隐的境地，替我的兄弟说话。我深深地感动了，想到我重大的责任同她悲伤的情怀。我什么都肯牺牲，只要我能以抚慰她脆弱的灵魂——她的灵魂，由于没法诱导的幼稚无知，自己磨难着自己，好像个小鸟儿在笼子底残酷的铁丝网上飞拍它的翅膀。没有比说一句'不要害怕！'更容易的了，然而也没有比这更困难。人怎样才能杀掉恐惧的心理，我诧异？你怎样才能穿过心窝射死那个鬼怪，斩掉它的妖头，掐住它的妖喉？这是你睡梦里冒死不顾的壮举，可是等你一醒，就愿意披着湿漉漉的头发，拖着抖索索的四肢，赶紧逃避啦。那枪弹还没有铸成,那刀锋还没有炼好,那个人还没有降生;甚至长了翅膀,含着真理的字眼,好像一块块铅片,剥落在你脚下了。要实行这样不顾死活的冒险行为,你得预备一枝使了妖法,上了毒药的长箭,在一句太巧妙,太诡谲,竟至世间找不到的谎话里面浸渍过的。那是睡梦里才有的冒险壮举呀,诸位老师兄!

"我开始念符驱妖时,心境很重沉,又含有一种郁闷的忿怒情绪。吉姆的声音,带着峻刻的抑扬的调儿突然提高了,从庭院对过传来:他是靠近江边,在责罚一个哑口无言的罪犯底疏忽。没一样东西——我说,语音低微而清晰——决不能有一样东西,在那未知的世界——她幻想那个世界如饥似渴地要夺掉她的幸福哩——没一样东西,不管是活的或是死的——既没有面貌,也没有说话的声音,更没有权力,能以从她身边抢走吉姆。我吸了口气,她轻轻地密语道,'他倒对我说过这话,''他对你说的是真话,'我说。'没一样东西,'她叹息地说了,突然向我回过脸来,她的音调高到勉强能够听见。'你为什么从那外地到我们这儿来呢?他老是谈起你。你使得我害怕。你可是——你可是需要他?'一种偷偷的猛烈情调潜入了我们匆促的絮谈。'我永远不会再来的了,'我凄切地说。'我也并不需要他。没有人需要他。''没有人么,'她重复说,带点怀疑的声调。'没有人,'我重言声明,感到我自己受了一种奇怪的激震,站不稳了。'你觉得他是强壮,聪明,勇敢,伟大——为什么又不相信他是真实?我明天动身——这就完事了。将来永远不会再有人声来渎扰你的清神了。这个世界,你还不知道,是太大了,决不会就牵挂到他。你明白么？太大了。你已经把他的心捉在你手里啦。你一定也觉得。你一定也知道.''是呀，那我自然知道，'她嘘息着说，兀然不动，好像一座石像密密私语的样子。

"我觉得我什么也没有办妥。可是我想要做的到底是什么事呢？我至今还不大清楚。当时我被一种不可解释的热忱所激励，仿佛面前有桩伟大而且紧要的工作——其实是我精神状态和感情状态一时所受的影响。我们全部的生涯里，常有这样的时候，这样的影响，可说是从外界来的，没法抵抗，没法了解——好像是天空行星神秘的交会引起了这种现象。她占领了他的心，还有了旁的一切——假使她只要能以自信。我必得告诉她的是，全世界决不会有谁需要他的感情，他的心灵，和他的才能。这是个共同的命运，可是无论说到谁，这似乎总是个可怕的事。她不发一言的侧耳倾听，如今她的静默好像是种抗议，表示绝对不能说服的怀疑。她对那浩瀚森林以外的世界，用得着担什么心呢？我问。那渺无边境的未知世界里住满了人群，他一辈子从他们那儿既不会得到一声叫唤，也不会得到一点记号，我向她保证。永远不会哩。我益发情不自禁了。永远不会的呀！永远不会的呀！我想起我那时的态度未免激烈得太过分，觉得很惊讶。我起了个空幻的感觉，仿佛终于一把掐住那鬼怪的喉咙了。这全部实在的情形，的确留下一个琐碎而且惊人的幻梦印象，她为什么要害怕呢？她明知道他是强壮，真实，聪明，勇敢。这些全是他的长处。自然毫无问题了。他还不止于此呢。他有伟大的百折不回的精神——世界并不需要他，世界已经遗忘了他，世界竟许不会知道他了。

"我住了嘴；深深的寂静笼罩了巴多森，江心的什么地方，木桨击拍在小艇的边沿，发着微弱干燥的声音，似乎把这寂静的气氛化为无限了。'为什么呢？'她喃喃地说。我感到一个人在奋力角斗时所感到的那种愤怒。那鬼怪使劲挣扎，想逃脱我的掌握。'为什么？'她重复说，声音高了些；'告诉我罢！'当我胡胡涂涂呆在那儿的时候，她就同个乖戾的孩子似的跺起脚来。'为什么呢？说呀。''你想知道么，'我气愤愤地问了。'是呀！'她高嚷。'因为他还不够好，'我粗暴地说。趁停顿的一忽〔会〕儿功夫，我注意到对岸的火放起亮光来，扩大了它熊熊的光圈，好像惊讶的凝注的目光，蓦然地又缩成针尖大的红点。我只知道她靠得我那么近，因为那时我感到她的手指握紧了我的臂腕。她虽然没有提高她的声音，却在她声音里添了无限的毫不容情的鄙夷，酸苦，和失望。

"'这就是他自己说的话。……你撒谎！'

"末了的三个字眼，她是用当地的土话向我叫着说的。'姑且听我说完！'我恳求；她战战兢兢地屏住了气，扔开了我的手臂。'没有谁，没有谁是够好呢，'我以最恳切的口吻开始说。我能听见她苦楚的呜咽，唏嘘的声音更急促得可怕。我低了头。有什么用处呢？脚步声渐走渐近，我偷偷地溜掉了，没有再说第二句话。……"

第三十四章

马罗摆开了交叉着的两条腿,连忙站起来,身子微微有点摇幌〔晃〕,仿佛他是从高处直冲下来的样子。他背靠在栏杆上,面对着许多零乱的东歪西斜的长条藤椅。许多懒洋洋地躺在藤椅里的身体,似乎给他的举动惊醒了他们的昏迷状态。有一两个人吃了惊似的站起身来,东一点西一点的雪茄烟还闪着红红的火星;马罗向他们大家看了看,他眼睛里的神色好像是一个人刚从无限遥远的梦境回来。有人清嗓子咳了声嗽;又有人没精打彩〔采〕地用幽静的音调鼓励道,"好。"

"没有什么,"马罗微微惊跳了一下说。"他曾经告诉过她——这就完了。她并不相信他——再没有旁的了。至于我自己,我不知道我该高兴呢,还是该发愁,才算得公平,适当,得体。单就我说,我不能讲我所相信的东西——的确,我直到今天还不知道,将来或许永远不再知道了罢。但是这可怜鬼自己相信些什么呢？真理终归要战胜的——你可知道？Magna est Veritas et（伟大的是真理并且）……不错，只要等真理得到个机会。无疑地有一条法律存在——同样，在抽签占卜时候，也有条法律在规定你们的幸运呢。公理并不是人们的公仆，可是偶然机缘，命运——从容不迫的时间的同盟——把持了平稳而且精密的天秤。你我倒说过同样的话。我们是不是都说的真理——或者你我单有一人说过——或者你我都没有？"

马罗踌躇了一回，把他的手臂交叉在胸口，于是换了个音调——

"她说我们撒谎。可怜的灵魂呀！让我们由〔有〕机会去决定这话罢——机会的同盟是不可催迫的时间，机会的仇敌是不肯等待的死亡。我退避了——不免有点胆怯，我得承认。我跟恐怖扭殴，结果我被它摔倒了——自然。我用了无限心计。结果只叫她永远走不出黑暗，反添了她许多苦恼，仿佛她隐隐觉得我是个奸细，是个串客，参与了某种不可思议的狼狈为奸的诡计——那解释不清，明白不了的，互通声气的密谋。这是她的行为，她自己的行为引起的结果，来得很容易，很自然，而且是不能避免的！仿佛我眼前陈设了那不可解救的命运的布弄，我们都是命运的牺牲品——命运的工具。想到那女孩，真叫我心惊胆寒，她被我丢下了，一动不动地站在那儿；吉姆穿了他沉重的系着带子的皮靴，咯咯咯地走过去了，并没有看见我，他的脚步声冥冥中好像也受了命运的支配。'什么？没有灯光！'他用高朗的吃惊的声音说。'你们躲在黑暗里作什么——你们

353

俩?'随后一忽儿,他就瞅见了她,我猜想。'喂呀,女孩!'他欣然地喊。'喂呀,男孩!'她立刻回答了,胆壮得惊人哩。

"这是他们平时彼此招呼的话,她在她稍高而温存的语音里,故意装带了点娇声,更显得诙谐,俏皮,同孩子似的。吉姆因此兴头的了不得。这是我最末一次听见他们打这种亲热的招呼,我心里不禁打了个寒战。依然是那高朗温柔的语音,俏丽的装作,洪亮的娇声;可是这一切似乎消逝得太早了,那轻快的呼唤听来宛如一声哀吟。真糟,太可怕了。'你跟马罗干什么来了?'吉姆正问;随后,'走掉了——他已经?怪事,我并没碰见他。那儿是你么,马罗?'

"我没有回答。我并不要走进屋里去——还嫌早哩,无论如何。我实在是不能回答啊。当他叫应我时,我正打算回避,穿过那小小的门洞,通到外面一片新近刈除干净的广场。不;我还不能正视他们哪!我低了头,沿着一条给人们来往践踏而成的小径,匆匆地走。广场一步步变高,几棵大树已经伐倒了,大树底下的莽丛也割断了,蔓草给火烧得精光。他心里想把那儿开辟了种咖啡。庞大的山,矗起了那重叠的高峰——山峰在初升月亮澄清的黄光里,呈着深黛的颜色——似乎将它的阴影投射在这新辟的农场上。他正拟从事许许多多新的试验;我一向羡慕他的精力,他的冒险,和他的狡滑。可是现在,地球上似乎没一样东西,能比他的计划,他的精力,和他的热忱,更不实在了;我抬起我的眼睛,看见月亮一部分的闪光透过灌木丛林,射在山凹的底里。在这刹那间,仿佛平滑的月轮,从天空固有的地位落到地面，滚下了悬崖的谷底；随后月轮上升的运动，好像是悠闲的反跳作用；她舍开了纷乱纠缠的树枝；有一棵生长在山坡上的树，触出光秃歪扭的桠杈，横梗〔亘〕在月亮的平面上，形成了一道暗黑的裂缝。月亮好像是从一个穴洞里投射出她平行的光芒；在这凄清的，仿佛月蚀时分被遮蔽了似的亮光里，伐倒的树桩矗立着，显得很幽暗，周遭许多沉重的阴影躺在我脚旁，有我自己游移的影子，还有那永远装点着鲜花的孤坟横在我道上的影子。暗淡了的月光里，交织着的花朵呈现了人所不能记忆的形态，同眼睛不能分辨的色彩，仿佛这些都是特殊的花朵，并不是谁所采折，也不生长在这个世界上，注定了专为供献死者用的。花朵强烈的芬芳洋溢在温暖的空气里，使空气变得很浓重，好像是烧香时候的烟雾。白净的珊瑚块绕着黑暗的坟墩发亮，宛如漂白的骷髅编织的一个花圈；周围样样东西幽静极了，所以当我兀立不动时，世间一切的声响和一切的行动似乎完全终止了。

"这是伟大的和平呀，仿佛地球只是一个坟墓；我在那儿站了一忽儿，脑海里多半尽是想着些活人们，他们埋葬在遥远的境地，人类并不知道他们，可是命运依然派定他们得分担人类悲惨荒谬的颠沛苦难，也分享了人类高贵的奋斗罢——谁知道呢？人心是那么广大，尽够涵容整个的世界。挑起这付担子是够勇敢的了，可是卸掉这付担子的魄力又在哪儿？

"我猜想我定是陷于伤感的情调了；我只知道我站在那儿的工夫要算是很长久的，因为凄其寂寥的感觉完完全全罩没了我，以至我刚才看见的一切,我听见的一切,甚至人间的言语,似乎都消失了,不复存在了,只在我记忆里延长了一刻的生命,仿佛我是人类剩下的最后一个。这是个奇怪而且悲哀的幻觉,有意无意地展拓开来,同我们所有的种种幻觉一样——我想幻觉大概就是那遥远的不能到达的真理,隐约模糊地显现在我们眼底,化作种种海市蜃楼罢了。这儿,的确,是地球上被抛弃,被遗忘,不可知的许多地方的一个;我已经看了它隐暗的表面的底里;我感到明天跟它永远诀别之后,它会溜出了存在的领域,只活在我记忆里,一直活到我自己也往阴晦朦胧的境界去了。我至今还有那种感觉;也许就是这种感觉怂恿着我向你们讲这个故事,可说是怂恿着我设法传授给你们,把这故事的生存,故事的实在——启示在片刻幻觉里面的真理。

"柯内里冲破了我的幻想,他同耗子似的从广场凹处生长着的长草丛里直钻出来。我相信,他的房屋就在附近什么地方,快霉烂了,虽然我总没有见过,因为我从没有往那房屋走得很近。他在小径上径向我奔来;他的脚套在肮脏的白鞋里,走在黑暗的地面上闪动发光;他抖擞了精神,躲在一顶炉筒式的高帽子底上装作摇尾乞怜的谄媚样子。他那干瘪的小小的臭皮囊,给一套黑式宽绒布的衣服吞没了,完全消失了。这是他放假过节同参赴典礼时候穿的服装,因此提醒了我:那天是我待在巴多森过的第四个礼拜天了。在我勾留的期间,我总模糊影响地觉得他时刻想找机会,趁旁人不在时,向我谈些体己的心话。他东张西望地徘徊在周围,他酸气的黄黄的小脸上带着热切的乞求的神色；可是他的胆怯叫他不敢向前，正如同我自然的嫌恶，不愿跟这么个讨厌的家伙发生任何关系。虽然如此，他依然还是可以达到他的目的哩，要不是你对他瞥了一眼，他也就连忙偷偷地滚开了。他总是蹩蹩缩缩地走开的，无论是当着吉姆严厉的注视，或是当着我自己的目光——我纵然竭力装作漠不关心的眼色——甚至当着唐比丹峻刻高傲的一瞥。他老是东窜西逃；无论什么时候看见他，他总在迂回曲折地走动，脸儿偏在肩膀上，不是满腹狐疑似的嘴里哼哼作响，就是凄惨地，默默地，满脸愁容；可是假装的表情总不能隐藏他天性里含蕴着的不可救药的卑鄙，就好像衣服的修饰，决不能隐蔽身体上残缺不全的畸形。

"还不满一个钟头以前，我和'恐怖'这个妖怪搏战，我败得一塌胡涂：我不知道是不是我吃了败仗以后精神颓唐的缘故，可是我竟让他袭了我的去路，连一点抗拒的表示也没有。我注定了要接受许多亲切的私话，要对答许多不能解答的问题。这是多难受呀；可是这家伙的外貌激起了我的鄙夷，不费理解的鄙夷，我这才好受了些。他决不能有多大关系。什么也没有关系，因为我早已坚决地相信，我所唯一关心的吉姆终于支配了他自己的命运了。他曾经对我说过他是满足了……差不离。这未免太狂放了，我们多半不敢那样的。就是我——我尽可自以为很不错了——也还不敢呢。在座的诸位，怕是谁也不敢的罢，我猜想？……"

马罗住了嘴，仿佛想等一句回答。没一人发言。

"很对，"他重新开始说。"但愿谁都不知道啊，因为这种真理，只有借某种残酷，微小，可怕的灾难，才能从我们灵魂里挤榨出来。可是他也是我们的一员，他却能说他是满足了。人们也许竟要妒羡他那种灾难呢。差不离满足了。能够如此，以后什么事都没有关系了。不管是谁猜疑他，谁信托他，谁爱他，谁恨他，都没有关系——尤其因为恨他的是柯内里。

"可是从这上面毕竟能以识别性格上的特点。你们对一个人下判断，固然要根据他的朋友，同样也得根据他的仇敌；至于吉姆的这个仇敌，凡是有体面的人，都能面无愧色地承认他为仇敌，虽然并不觉得他有一顾的价值，这是吉姆采取的见解；我也有同感；但是吉姆不理会他的理由，是站在普通立场上的。'我亲爱的马罗，'他说，'我觉得假使我向前直冲，什么东西都挨不着我哩。我的确试过。你现在也在这儿待了许久了，很可以看清周围的情形——说老实话，你可觉得我总算是十分安全了。这完全倚靠我自己；天呀！我对许许多多事，都信得过我自己。他至多不过把我杀死，可没有更凶恶的办法了，我猜想。我从没想过他会那样。他不能，你知道——纵使我专为这目的，亲自交给他一根装了子弹的来福枪，再转过身来将背朝他，他也决下不了这个手。他就是那样的东西。假设他真想——假设他能够呢？得——那又要什么紧？我并不是为了逃命才上这儿来——我难道是么？我只身单骑地深入敌境，原打算拼个九死一生的。我在这儿想永远待下去了……'

"'直待到你觉得十分满足的时候为止，'我插嘴说。

"那时我们正坐在他那摆渡船尾的棚顶下面；二十把桨一齐闪动发光，一边十把，激水的声音响成一片，同时，在我们背后，唐比丹左右探望，照料，远远凝视着江流的下游，在极湍激的水流里留神把持这长身腰的独木舟。吉姆弯了头，我们最后的谈片似乎消灭得无影无踪了。他是给我送行，打算远送到江口。双桅船早一天先离开了，趁潮水的退落漂流而下，同时我却多耽搁了一晚。此刻他正给我送行呢。

"吉姆因为我提起了柯内里，有点不大高兴。我其实我并没有说多少话。这个人太卑微不足道了，并没有什么危险性，虽则他是满腔怨恨，无以复加了。他每说两句话，就叫我一声'大老爷'；当他紧挨着我的手肘，跟随我从他新故夫人的坟墓走到吉姆住宅围地的大门口时，他十分哀怜地向我诉说，他宣说他自己是最不幸的人，是个被牺牲者，好像个压碎了的虫子；他恳求我看一看他。我可并不愿意掉头瞧他；但是我打眼梢看得见他摇尾乞怜的影子在我后面缓缓地溜动，那时月亮挂在我们右边，似乎恬静地凝望着这幅情景。他竭力说明——我已经给你们讲过了——他在那值得记念的一夜发生的许多事变里担了不少心计。这是行一时的方便。他哪能知道谁会占胜利呢？'我满想救他，大老爷！我满想救他，只要花八十块钱，'他用甘媚的语调诉说，一步不离地紧跟在我后面。'他已经救了他自己，'我说，'并且他也饶赦了你。'我听见嗤嗤的笑声，便向他掉过脸来；他似乎立刻准备转身逃走的样子。'你笑什么？'我站定了问。'不要受骗呀，大老爷！'他尖声地叫，似乎怎么也抑制不住他的感情了。'他救了自己！他简直不知道天东地西，大老爷——什么都不知道。他是谁？他在这儿望想些什么——这个大贼骨头？他在这儿望想些什么？他扬起尘土来蒙蔽了个个人的眼睛；他也扬起尘土蒙蔽了你的眼睛，大老爷；可是他就不能扬起尘土来蒙蔽我的眼睛。他是个大傻子，大老爷。'我鄙夷地大笑了，提脚转身，重新开始向前走。他赶快又跑到我手肘旁边，使着劲低声密语道，'他在这儿就跟小孩差不多——简直像个小孩——一个小孩。'我当然分毫没有理会他；我们快走近竹篱了——竹篱在黑暗了的新辟的农场上闪烁发光——他一看时间很迫促，便开始中肯地发挥题内文章了。他起首装作卑鄙地流泪的可怜神情。他极大的不幸曾经影响了他的脑袋。他希望我宽洪些，别把他的话放在心头：他说这番话，不是为别的，只是迫于他身受的苦恼。他并无丝毫用意在里头；只是大老爷还不知道所谓受糟蹋，受摧残，受蹂躏，到底是怎么回事啊。说完了这一套开场白，他渐渐拍到他心边上的事情去，可是他的调门儿是这般纡曲，慨叹，和畏缩，所以我听了许久，还摸不着他意向的所在。他要我替他向吉姆说情。似乎也是关于钱款上的事。我再三听到这些字眼，'给养无需过丰——礼物只要相称。'他似乎正在替一样东西讨价呢，并且他最后竟带着几分热忱说，假使一个人样样东西被抢得罄尽，生命也实在没有必要的价值了。我当然并没有吐一个字；可是我也并没有堵住我的耳朵。这件事情的主旨，我倒逐渐明白了，就是他觉得他自己应得一笔钱款，算作交换那个女孩子的报酬。他把她带大了。是旁人的孩子。好大的麻烦和困苦啊——现在是个老头儿了——礼物只要相称。假使大老爷肯说句话。……我站定了，满心好奇地看他；我想他大概深怕我会以为他是强诈勒索，他便连忙自动地提出个退让的条件来。只要立刻送给他'相称的礼物'，他宣说，他情愿担任照料这女孩的责任，'再无需旁的给养——多早晚那位先生要回家的时候。'他小小的黄脸，仿佛挤压作一团似的，满是皱纹，表示着极端焦急恳切的贪心。他以谄媚的声音哀诉道，'再没有旁的麻烦了——自然的保护人——一笔款子……'

"我站在那儿，惊异地出神。那样的事情，在他，显然是个职业。我突然在他卑劣谄媚的态度里发现一种坚决的信心，仿佛他生平待人接物，处处怀了确定的信仰呢。他一定以为我是心平气和地在考虑他的提议；因为他变得蜜样地甜了。'无论哪位大人先生，到要回家去的时候，总提出一笔给养费来的，'他婉转地开始说。我砰地关上了小篱门。'果然是照你那样说法，柯内里先生。'我说，'这种时候是永远不会来的。'他花了几秒钟工夫，把这句话仔细想了想。'什么！'他简直尖声地叫了。'呃，'我站在篱门外边，继续说，'你没有听见他自己这样说么？他再不回家了'。'噢！这是太难受了，'他嚷道。他不再称呼我'贵老爷'了。他很沉静了一忽儿，于是不带一点谦恭的痕迹，低声低气地开始说。'永远不回去——啊！他——他——他从，鬼知道从什么地方来的——上这儿来——鬼知道为的什么——来糟蹋我到死——啊——糟蹋'（他轻轻地跺了跺两只脚）'就照这样子糟蹋我——谁也不知道为什么——一直糟蹋我到死……'他的声音隐微到没有了；他被他自己微微的一声咳嗽打搅了；他往前走近篱笆，装起亲切而且凄苦的音调告诉我说，他不愿再受蹂躏了。'忍耐——忍耐，'他喃喃地说，捶击他的胸膛。我已经不耻笑他了，可是出我不意，他倒向我突然撒野，格格地出声大笑起来。'哈！哈！哈！我们看罢！我们看罢！什么？想偷我的？我样样东西给偷掉了。样样东西！样样东西！'他的头倒在一边肩膀上，他的两手轻轻扭握着，垂放在前面。旁人会以为他对女孩怀着无比的爱情呢，所以剥夺了他的女孩乃是最残忍的行径，压毁了他的精神，捣碎了他的心。他蓦然抬起头来，吐出些寡廉鲜耻的话。'跟她母亲一样——她就像她那欺诈阴险的母亲。简直是一模一样。连她脸上也像。连她脸上。妖怪！'他将前额靠着篱笆，照这样的姿势，用葡萄牙语说出许多恐吓和荒谬的亵渎话，在很微弱的叹息里夹杂了哀诉和悲吟，哀吟声发出时还耸动着两个肩膀，仿佛一阵致命的暴病突然侵袭着他了。那模样的古怪和卑劣是没法形容的，我连忙走开了。他在我背后使劲嚷了些什么。大概是毁谤吉姆的话，我相信——可是声音并不太高，因为我们离开房屋太近了。听得清的只是，'跟小孩差不多——简直是个小孩。'"

第三十五章

"可是到了明天早晨,江流刚一转折,巴多森的房屋便看不见了,于是这一切情景,同它的色彩,它的形像,它的意义,也从我肉眼的视野消失了,就好像一幅被幻想虚构在帆布上的图画,凝视了许久之后,你终于转过身来,不再掉头回顾了。它静静地保留在我记忆里,并没有褪萎,它的生命被捉牢了,衬在不变的光线里。有野心,有恐怖,有怨恨,也有希望,这些都保留在我心里,同我目击时候完全一样——紧张,浓烈,仿佛当时的表情永远凝结不化了。我已经转身离开了这幅图画,正要回到那现实的世界去,那儿人事变迁无常,光线闪烁不定,生命在一条澄清的溪河里流滚,不管是流过污泥,或者是流过宕石,我并不打算就钻进水里去;还有许多事够我忙呢,我还得抬起我的头来露在水面上。可是关于我遗留在后面的种种,我却想像不出任何的变动。庞大而且英武的都拉明,和他小小慈母般带点女巫气的太太,两口子一块儿凝望着原野,心底里暗暗怀着父母望子成龙的野心底梦想,吞古·阿郎则形容枯槁,踌躇满志;邓华力是又聪明又勇敢,还有他对吉姆的信仰,他坚毅的目光,和他冷冷的亲爱态度,那女孩呢,在她专注的崇拜里夹带些惊慌和猜疑;唐比丹,粗暴,阴郁,然而忠实;柯内里,在月光下将前额靠着篱笆——我还能清清楚楚地记得他们。他们好像是在魔术师的妖杖之下。可是被这一切所环绕的人物——那个人物尽管是活着,我却有点捉摸不定他。没有哪个魔术师的妖杖能以把他镇压在我眼睛底下。他也是我们的一员。

"我已经告诉过你们,我回到他所摈弃的世界去,在我旅途开始时,他伴送了我一程;有时这旅途好像通过了荒凉旷野的核心。空漠浩渺的江面在高日之下闪闪发光;树林阴翳的两岸间,暑热轻轻罩覆着水面;木船受了猛力的推动,冲破了空气往前直进——空气似乎稳定在高入云霄的树木下面,浓密而且温暖。

"迫于眉睫的离别的影子,早已在我们之间形成了莫大的空隙;我们说话时得勉强使劲,仿佛硬逼着我们低微的声音横过那一片辽阔的,愈变愈远的距离。舟行如飞;我们一个挨着一个,浸没在凝滞的高热的空气里,觉得昏沉而且干渴;烂泥和沼泽的气味,万物滋生的地球底原始气味,似乎直刺着我们的颜面;最后,江流忽然转折了,仿佛一只遥远的大手揭开了一幅沉重的帐幕,推开了一扇无边的大门。光线似乎有点颤动,我们头顶上的青天愈展愈广,远处潺潺萧萧的声音传到我们耳边来,新鲜的雾围气洋溢在我们周围,充满了我们的肺腑,激增了我们的思想,我们的血液,我们的悔憾——正对着我们面前的森林愈见低沉,映照着深蓝的大海底背脊。

"我深深地吸气,我纵目瞭望那渺茫的海天交界线,开怀饱享那新异的氛围气——似乎由于人生的辛苦,由于净洁世界的精力,而起颤震的氛围气。这个天和这个海都展开在我面前。那女孩说得不错——海天里面有一个记号,有一声叫唤——和我全生命的根根纤维起了共鸣的一样东西。我让我的眼睛遨游在四空,好像一个解脱了桎梏的人儿,伸出他拘束惯了的四肢,奔跑,跳跃,应合着激越高迈的自由情怀。'这是很光荣的呀!'我叫喊,于是我看了看坐在我身边的罪犯。他把头儿低沉在胸前,说'是呢',可并没有抬眼睛,仿佛深怕看见他浪漫的良心底谴责被大书特书地写在海面上明净的天空。

"连那天下午最琐碎的情节我还记得。我们登上一块雪白的海滩。海滩的背后是一座低低的笔立的小山,山顶长满了树林,从山顶到山麓铺满了爬藤草。我们下面展开了一片大海,一片澄明而且深浓的蔚蓝,微微向上倾斜,直达到同我们眼睛齐高的那条海天交界线。璀璨的洪涛,沿着飞泛的幽暗的海面,轻轻地飘扬,好像羽毛被和风吹赶着似地那样轻快。一串海岛,断断续续的,体积很庞大,正对着江流入海的口子,涌现在暗淡的玻璃质似的水面,水底忠实地反映着滨岸的轮廓。一只孤另另〔零零〕的鸟儿,浑身漆黑,高高翱翔在全无彩色的太阳光里，在同一的地点忽儿低落又忽儿升腾，翅膀飞动时作着微微摇摆的势子。许多单薄的草席棚，组成七高八低的，乌黑的一丛，栖止在水底倒影之上，支撑着许多弯曲的，乌木颜色的高桩。一只小巧漆黑的独木舟，从茅棚丛中驶出来，上面载着两个混〔浑〕身漆黑的小人儿：他们使尽了气力，不辞辛苦地在幽暗的水上打桨；那独木舟似乎很艰难地在一面镜子上溜动。这一堆怪可怜的茅棚就是那受了白爷爷特别保护而自鸣得意的渔村，这两个摆渡过来的男子就是老迈的头目和他的女婿。他们上了岸，在白净的沙上向我们走来：他们是瘦削，颜色深褐——仿佛在烟里烘干了似的，裸露着的肩膀和胸膛上有些灰色的斑块。他们头上扎了肮脏而折叠得很仔细的头巾，那个老头子立刻口若悬河地开始陈述一个诉状，伸出一只骨瘦如柴的臂膀，蹙着他昏朦〔蒙〕的老眼很亲信地看了看吉姆。土王的人民还不肯跟他们罢休；关于些鳖蛋发生了一种麻烦，这些鳖蛋是他的人民在那儿小岛上采集的——他伸直了手臂倚在桨上，用一只褐色的枯腊似的手指点着海面。吉姆倾听了一忽儿，没有抬头，最后很温柔地叫他且等一回。他随后再来慢慢地听他细说。他们唯唯地退到了近旁，蹲下地来，把他们的桨放在前面沙上；他们眼睛里面银白的光芒很耐心地随着我们的动作转移：大海的浩渺无涯，海滨的寂静——海滨延亘南北，超过了我视野的限度——形成了一个硕大无朋的'现实'，监视着我们四个渺小的人物，四个遗世独立地待在一片闪闪发光的沙地上的人物。

"'麻烦的是,'吉姆心气不平地说,'许多年代以来,那儿那个村子上,这些打鱼营生的可怜汉子们,一向被看作土王个人的奴隶——这个老糊涂蛋脑海里再也想不到……'

"他住了住嘴。'想不到你已经完全改变过那种情形了,'我说。

"'是呀。我已经完全改变过那种情形了,'他用忧抑〔郁〕的声音喃喃地说。

"'他〔你〕已经遇到你的机会了,'我钉〔叮〕上一句。

"'我已经?'他说。'唔,是。我想也许不错罢。是。我心里已经恢复了自信———个好名声——可是我有时却愿意……不!我决不放弃我已经得着的东西。不能再希望旁的了。'他向大海挥了挥他的手臂。'无论如何,从那儿决不能再有什么来了。'他在沙地上跺了跺脚。'这是我的界限,差一步都不成。'

"我们仍在沙滩上踱步。'不错,我已经完全改变过那种情形了,'他继续说,斜着眼睛瞥视那两个耐性蹲着的渔夫;'可是试想一想,假使我走了,又会怎样呢。天呀!你能看得出么?那简直是地狱里的魔鬼给解放了。不行!我明天要去再喝一回蠢笨的老吞古·阿郎底咖啡;我为这几个坏鳖蛋,又有捣不完的麻烦啦。我决不能说——够了。永远不能的呀。我得继续,永远继续去拥护我的主张,这才心里有把握,觉得什么都碰不着我了。我得老守着他们对我的信仰,这才能感到安全,并且能——能……'他左右寻思地想找个字眼,似乎就要在大海上面找出这个字眼来……'能以接触……'他的声音突然低沉,

化为喃喃的自语了……'接触那些我也许永远再也看不见的人们。同——同——你,举个例罢。'

"我被他的话,说得满心惭愧,无地自容了。'看上帝面上,'我说,'千万别把我放在眼里,我亲爱的老朋友;只要留心着你自己就好了。'我为这个流浪汉起了感激和亲爱的情绪——他的眼睛看中了我,专注在我身上,把我同庸碌的群众相提并论。足以矜夸的,毕竟只有多么一点儿呀!我掉转我发热滚烫的脸去;低斜的夕阳,炎炎的暗淡,碧紫,好像是从火里面抢出来的余烬;一片汪洋的大海便躺在夕阳之下,以无限的岑寂去承受那火球的接近。他一再想开口,但是止住了他自己;最后,仿佛他已经找到个公式了——

"'我得忠实,'他恬静地说。'我得忠实,'他重复说,并没有看我,却算是头一回让他的眼睛四望水面,海水的蔚蓝在落日的火焰下已经变作暗紫了。啊!他的性格是浪漫的,浪漫的呀。我想起史泰说的几句话来了。……'淹没在毁灭的元质里!……追随幻梦,依然还是追随幻梦——就这样子——永永远远——Usque ad finem(直到终极)……'他是浪漫性格,然而很真实。他在那西方霞光里,看得见什么形体,什么幻象,什么颜面,什么宽恕,有谁能知道呢!……一只小舢板离开了双桅船,慢慢地移动,两片桨按着节奏打水,开到沙岸来接我去。'并且还有珠婉儿哪。'他说,他的声音透出了天,地,海底伟大的沉默,叫我猛然吃了一惊,因为我深心的思想已经给那种沉默完全支配了。'还有珠婉儿哪。''是呢,'我嗫嚅着说。

'我用不着告诉你,她在我是怎样的意义啊,'他赶着说。'你已经看见了。她早晚总会明白,……'我但希望如此,我插嘴说。'她也信托我哩,'他沉吟着,于是改变了他的音调。'我们几时再能会见呢,我诧异?'他说。

"'再也不能了——除非你走出去,'我回答,避开了他的目光。他似乎并不惊奇;他暂时还是很宁静。

"'那么,祝你一路平安,'他踌躇了一下说。'或许这样倒也好。'

"我们拉了拉手。我移步走向船头搁在沙滩上等候的舢板。双桅船跳跃在紫色的海面上,展扬着中腰的主帆船,船头的三角篷迎着风向;她的帆篷都带有玫瑰的色彩。'你打算立刻就回家去么?'吉姆问,正当我举腿跨上船沿的时候。'大概总在一年左右罢,假使我还活在人间,'我说。船头的龙骨木在沙上磨擦作响,舢板浮荡了,两片湿漉漉的桨闪闪发光,钻进水去,一下又一下。吉姆从水边提高了嗓子,'告诉他们,……'他开口说。我向船夫作手势,叫他们别划,惊奇地等待他说完。告诉谁呀?沉落了一半的太阳正对着他;我在他默默地凝望着我的那眼睛里,看见太阳红红的闪光。'没有——没有什么,'他说,微微挥手叫舢板开走。我也没有再看一看海岸,直到我已经爬上双桅船的时候。

"那时夕阳已经落海了。朦胧的暮色弥漫在东方,海岸变做黑色,无限地延长了它阴沉的墙壁——那似乎就是暗夜的坚垒;西方的水平线只是一大片金黄和碧紫的光焰,光焰里面浮泛着一大块孤云,黑暗而且平静,投射了铅板似的阴影在底下的水面上;我还望见吉姆待在沙滩上守望着双桅船逐渐缩小,逐渐增加进驶的速度。

"我一走开,那两个赤膊的渔夫就站起身来;无疑地,他们是在苦苦滴滴地诉说,把他们微贱,贫苦,被压迫的生活情形,向白爷爷的耳朵里灌注;无疑地,他是在侧耳倾听,把这种哀诉当作他自身的事一般看待,因为这不就是他机运的一部分么——'从"去"字发生的'机运——他曾经向我担保他能以十分从容地应付的机运。他们皮肤黑暗的身体,在我渐渐看不见他们的保护者以前,早就从暗黑的背景里消失了。他却从头到脚浑身雪白,依然不改地显现在我眼里,暗黑的坚垒矗在他背后,大海躺在他脚下,机运伴在他身边——依然蒙着轻纱。你们怎么说?那是不是还蒙着轻纱呢?我可不知道。在我看来,那雪白的人儿,待在大海和沿岸的岑寂里,就好像是站在汪洋无限的谜语底心里。他头顶的夕照从天空消退得很快,他脚下的一片沙滩早已沉没,他自己也显得缩小了,跟一个小孩似的——随后只剩了一点,鱼眼儿大的白点,仿佛暗淡了的世界遗留下的光明完全凝集在这个白点上了……于是,蓦然地,我望不见他了。……"

第三十六章

马罗把这些话来结束他的故事,他的听众随即在他飘缈深沉的目光之下纷纷散席了。人们飘飘摇摇地涌过游廊,有的成双结伴,有的形单影只,一刻儿没有耽搁,一句评语也没有贡献,仿佛这未完故事的最后影像,这有头无尾的情节,甚至演讲者的音调,都使得讨论是徒劳,而品评又不能。他们每个好像带走了各自的印象,把这印象当秘密似的各自带走了;可是这些听众之中到头只有一人听见了故事的煞尾。二年多以后,那未完的余音来到了他家,来到时装在一个厚厚的邮包里,封面是马罗亲笔写的,端正而且瘦棱的字迹。

这位享有特权的人打开了邮包,朝里面看了看,随即放下,走到窗前。他的房间是在一座巍峨的建筑底最高一层,他可以从明净的方格玻璃窗上面极目远眺,好像他是从灯塔点灯的阁楼里向外瞭望的光景。屋顶的斜坡闪烁发光,黝黑的断裂的屋脊一个连着一个,永没有尽头,宛如暗沉的,没有峰顶的波浪;从他脚下城市的深处,腾起一种混乱而无停止的低声。无数礼拜堂的尖阁,漫无秩序地四散着,矗立在高空,好像许多浮标在一片曲折而无港道的浅滩上面,一阵急雨夹着冬天黄昏时分渐渐降落的黑暗;高阁上的大钟隆隆作响,报告时刻,发为洪大严肃的声音滚荡而过,在这声音的核心带着一种尖锐震颤的叫喊。他拉了拉那沉重的帷帘。

他读书用的,带罩子的洋灯底光,沉睡得像一池被阴影遮着的水;他的脚步落在地毯上不发声音;他流浪的岁月已经过去了。再也没有像希望般无边的海天交界线,再也没有庙宇般庄严的森林里的曙光夕照,再也不越岭渡河,不辞惊涛险浪,热烈地探寻那永远没被发现的国土了。时钟正在鸣响!再也没有了!再也没有了!——可是打开的邮包在灯光下又唤回曩日的声音和幻景,以至往事的滋味——一大堆模糊的脸孔,一大阵混沌的低声,渐渐消沉了,在那远远的海滨,在那热烈的,不能给予安慰的阳光之下。他叹了口气,坐下来披览。

他起初看见封套里三件分明的东西。许多页纸,用小针钉在一起,厚厚地染了一层黑污;一片散开的淡灰色的方纸,上面写着寥寥几个字,字体是他从前一向没有见过的,另外是马罗的说明信。从马罗的信里又掉下了别的信,因时间太久已经发了黄,折叠处也磨坏了。他拣起来放在一边,回头看马罗的信,飞快地滑过了开头的几行,随即制止他自己,仔仔细细地继续默诵,好像一个人以缓慢的脚步和灵敏的眼睛走近去一瞥那没被发见的国土。

"……我不信你已经忘掉了,"信上说。"只有你曾表示关切的情怀,对他——他在我们讲他的故事时尚活在人间,虽然我还很记得你总不承认他已经支配了他的命运。你曾预言他的灾难,说他对于既得的荣誉,对于自己指派的工作,对于由怜惜与幼稚而生的爱情,会起厌倦和憎恶的感觉。你曾说你十分明白'那一类的事情',同它虚幻的满足,它不可避免的湑惑。你也说过——我记得——'把你的生命牺牲给他们'(他们云者,是指肤色或棕,或黄,或黑的人类全体),'就好像把你的灵魂卖给一个狼心狗肺的野人。'你曾争辩,'那一类的事情'只有根据于坚定的信心,才能忍受,才能耐久:所谓坚定的信心,是指对于我们人类自己的观念底真理,用这真理的名义建设了道德进步底善恶标准和系统。'我们需要它的力量来维持我们,'你曾说。'我们对于它的必然和它的公道,要有一种信仰,才能把我们的生命用于值得的,自觉的牺牲。没有它,牺牲只是忘却,而贡献之道不啻是沉沦之途了。'换句话说,你主张我们在队伍里必须搏战,否则我们的生命就算不得数。倒是很可能的呀!你该知道——不带恶意地说罢——你,曾经赤手空拳地一个人冲入了一两处地方,又灵敏地退逃出来,并没有碰伤你的毫毛。然而要点是,他于人世除跟他自己再不跟旁的打交涉;问题是,他最后是不是承认了一种比制度与进步的定律更强伟的信仰。

"我不下断语。你或许可以发表你的意见罢——等你看完以后。通常所谓'如坠五里雾中'这句话里，毕竟蕴蓄了许多真理呢。要清清楚楚地看见他是不可能的——尤其是从旁人的眼光里向他投我们最后的一瞥。我毫不踌躇地向你报告我所知道的，关于那最后的事变的一切：照他自己的说法，这回事变'不期而然地找到他身上来了。'我们诧异，这到底能不能就算是那最高的机会，那最后的满意的试验呢。我一向疑心他是在等待着这个机会和试验，当他尚未能打好腹稿，给无辜的世界带个信儿以前。你记得，我最末一次辞别他时，他曾经问我是不是打算立刻就回家去，于是突然向我喊道，'告诉他们！'……我静静地等候——起了好奇心，我承认，同时也充满着希望——结果只听见他高声嚷道，'没有，没有什么。'那时不过如此而已——将来也不会有旁的了；将来不会有信儿带来，除非我们每人能替自己解释事实的言语，这往往比文字最巧妙的组织还要暧昧，同谜语似地难于索解。的确，他作了再度的尝试，想传递他自己的消息；可是这回也失败了——假使你看看附在这儿的一张淡灰色的写信纸，你就可以恍悟啦。他竭力想写；你注意到那平庸的手法么？开头写的寄信人住址是'巴多森的城堡'。我猜想他大概已经实现了他的志愿，把他的住屋化为堡垒了罢。这倒是很高明的计划：一条深沟，一座土城，城顶筑了木寨，拐弯转角处即平台上架着大炮，可以扫射方场的四边。都拉明答应了供给他枪炮；因此他那一派里，人人知道有了个安全的领域：凡是忠心的党徒，遇到某种不测的危险时，都可以上这儿来借威壮胆。这一切，表示了他的先见之明，他对于未来的忠信。他所谓的'我自己的人民'——被解放的薛力夫的奴隶——要在巴多森组成一个特别区域，好让他们的茅舍和小小的场地能受炮垒坚壁的保护。里面呢，他自己便是个不屈不挠的居停主人。'巴多森的城堡'，没有日期，你明明看见。这千载一遇的日子，注上个数目或名字，又算得了什么呢？当他执笔时，他心里想着谁，也无从说起：史泰呢——我自己——泛指世界——或者这不过是一个孤寂的人，看见迎面来了他的命运，发着惊惶无措的叫喊罢？'一桩可怕的事发生了，'他写，在他头一回搁笔以前；你看，那墨水的污点，在这些字眼下面，形态酷似箭头。过了一忽〔会〕儿，他重新尝试，笨重地又滥涂了一行，仿佛写这些字的手是铅打的。'我现在立刻就得……'笔头淌了点水，他这回索性丢开不写了。此外再没有旁的了；他看见了一片眼睛既望不到边际，声音也传送不过去的深水海湾。这我倒明白。他被那不能解释的东西压倒了；他被他自己的气概压倒了——他这气概是他曾经竭力设法操纵的命运所赋予的特质。

"此外我再寄给你一封旧信——一封很旧的信。这是在他藏文件的箱子里找到的，保存得非常仔细。这是他父亲给他的信，你一看寄信的日期，便知道他收到这信，必定是在他加入帕特那以前不多几天。按说，这定是他所得到的家信的最末一封了。他把它珍藏了这些年。善良的老牧师对他当水手的儿子倒很怀好意哩。我这儿看一句，那儿有一句地随便翻了翻。这里面除了公允的感情，旁的却一无所有。他向他'亲爱的吉姆士'说，他上回那封长信很是'诚恳而且慰贴。'他不愿意他'鲁莽或匆促地评判旁人。'这信有四页,尽是些平易的伦理和家族的消息。汤姆已经'授了圣职。'卡丽的丈夫遭了'金钱的损失。'这老头儿不慌不忙地往下分说,信托天意和宇宙既定的条理,而对于宇宙间细微的危险和细微的慈惠也很敏感。我们差不多能够看见他白发苍苍,清明恬静,不可侵犯地安然藏在他舒适的书斋里。那里摆了一排排的书籍,鲜明的色泽已经褪萎了;他在那里待了四十年,诚心诚意地搜索枯肠,萦回构思,关于信仰和德性,关于生活的正规和送死的唯一坦道;他在那里写了那么多讲经说教的文稿,如今他便坐在这儿,跟他远方的,地球那一面的孩子倾谈。但是距离又算得什么呀。全世界德行只是一个,也只有一个信仰,一个可以思议的生活正规,一个送死的方法。他希望他'亲爱的吉姆士'切记莫忘,'无论谁,偶一陷于诱惑,同时立刻便有使他荒妄邪僻永远沉沦的危险。所以千万拿定主意,无论有什么怂恿挑拨的动机,决不要做你所认为错误的事。'另外还有关于一只受宠的狗儿的消息;还有'一匹小马,是你们男孩子常常骑的,'因为年纪太老,瞎了眼睛,不得不枪毙,这老头儿祝上天的赐福;母亲和那时家里所有的女孩儿们都密密致意。……不;这么许多年以后,从他温存的掌握里飞掉了的那封磨坏的黄色的信,里面实在没有多少内容啊。这信始终不曾回复;可是这些温静的,没有色彩的男男女女,聚居在那悄寂的,同一座坟墓也似的毫无危险或争斗的天涯地角,平和地呼吸着不受纷扰的正直的空气;他同这班人们到底有些什么来往，又有谁能断言哟。说也奇怪，他，遇到这许多'不期而然地来了'是事变的他，偏偏也是属于这个天涯地角的一人。他们从没遇见什么事变；他们从不会出于不意地被外界侵袭，从不会受了催逼，来同命运搏战。他们都在这儿，被父亲温和的絮谈唤醒了；所有这些兄弟姊妹，他骨肉上生长的骨肉，用清明的无意识的眼睛凝神注视；同时，我仿佛看见他终于回来了，不复只是一个白点显现在一片渺茫的神秘底心涯了，却照原来一般高大的身量儿，站在他们那些平静无扰的形像里，并不受谁何的注意，带着峻刻而且浪漫的外貌，只是老守着缄默，朦朦胧胧，——如坠五里雾中。

"关于最后的事变，你从附在这儿的几张纸里，可以找到一篇叙述。你得承认，这比他童年最狂野的梦想更富有浪漫的情趣，可是在我的心目中，这里面还有一种深刻而且吓人的逻辑，仿佛唯有我们的想像才能松懈那压倒我们的命运的力量。我们想像的粗疏所招致的祸患仍落在我们自己头上；耍剑的人将死于剑。这堪惊讶的冒险奇事——其间最堪惊讶的部分就是并无虚饰——一步逼紧一步，好像是不可避免的结果。这类的事情非发生不可哩。你一壁儿这样重复自言自语，一壁儿却诧异这样的事竟能发生在前年。但是它已经发生了——再没有方法能以驳倒它的逻辑了哟。"

"我在这儿给你写下它来，仿佛我是个目击的证人。我所知道的不过是东鳞西爪，可是我把这些零碎的片段凑合在一起，而这些片段也足够组成一幅明了的图画呢。我很惊异，不知道他自己会怎样地叙述它。他曾经告诉了我那么多亲信的话，有时候仿佛他立刻就会走进来讲这个故事——用他自己的字眼，用他漫不经心而恳切动听的音调，随手拈来，信口开河，微微有点儿迷离，有点儿厌烦，好像受了些挫折的样子，可是偶尔也能以片言只字流露他自己的本来面目，虽然并不能借此认识他的性情。要相信他永远不会再来，是很困难的。我永远不能听见他的声音了，我再也看不见他光滑的晒得红红的脸庞，带一条白线的额骨，和纷扰过度，愈见阴沉，只显着深不可测的蓝色的，那充满着青春生命的眼睛了。"

第三十七章

"起源完全是那个名叫白朗的汉子创立了一件惊人的奇迹，他从桑波恩岬附近的小海湾里偷了一条西班牙的双桅船，手段来得非常高明。在我发见这汉子以前，我所知道的并不完全，可是万想不到就在他傲岸的灵魂出窍以前不多几个钟头，我竟碰见他了。幸而他很情愿，而且还能够谈话，虽然喘病发作，上气不接下气地；一想到吉姆，他受了绞刑似的身体便带着恶意的欢忻使劲扭动。想到他'终于惩罚了那夜郎自大的家伙，'他真高兴极了。他觉得他的举动倒怪有意味的。他残暴的眼梢打折痕的眼睛发着深陷的凶光，这我不得不忍受，假使我想知道；我就这样地忍受了，暗地里想，某种邪恶的形式是那么接近疯狂，起源于强烈的唯我独尊的私欲，而被反抗的心理所挑拨，把灵魂撕得粉碎，给身体添了不自然的精力。这故事也暴露了可鄙可怜的柯内里底深不可测的狡点，他那卑劣紧张的怨恨好像是微妙的灵感似地起了作用,指点着满足复仇欲望的唯一不移的途径。

"'我眼睛一落到他身上,我立刻就看出他是怎样的一个傻子了,'垂死的白朗气喘着说。'他算一个男子汉!该死!他只是个空幌子。仿佛他就不能直截地说,"别碰我的赃物!"滚他的!那倒更像个男子汉呢!让他的灵魂不得超生!他把我擒到了手——可是他没有十足的恶魔性,不敢就结果我。他不配!就那样放掉了我,仿佛我没有被一踢的价值!……'白朗拼命挣扎着喘气。……'谎骗。……放掉了我。……我可毕竟解决了他啊。……'他喉头又雍塞着了。……'我预料这事将把我杀掉,可是现在,我倒死得很安逸。你……你听……我不知道你的名字——我愿意给你一张五镑的钞票,假使——假使我有的话——为着要知道那消息——不然,我就不叫白朗。……"他惨然地冷笑。……'白朗先生。'

"他说这些话时,尽深深地喘气,他腊〔蜡〕黄的眼睛透过一张受伤的棕色的长脸凝视我,他抖动他的左臂;一球乱麻似的花白胡子差不多挂到了膝头;一条肮脏的高低不平的毡毯盖着他的两腿。我在盘谷遇见他,全靠那好管闲事的旅馆主人熊保,他很亲信地指导了我的路向。仿佛是,一种游手好闲,醉酒胡涂的浪人——一个白种人,同着一个暹罗女子住在土人群里——觉得保护这大名鼎鼎的白朗先生是最大的特权,让他待在家里度他的末日。当他在这破蔽的茅棚里向我谈话,可说是为他生命的每一分钟勉强挣扎时,那暹罗女子,光着两条壮腿,板着呆笨的粗脸,坐在一个黑暗的角落里,傻头傻脑地咀嚼槟榔。她不时站起身来,为的是吆赶门口一只小鸡。她一走动,全茅棚都摇震。一个样儿很丑,皮色很黄的小孩,赤条条一丝不挂,肚子同锅子似的鼓着,活像个小小的邪神,站在长榻的脚头,手指衔在嘴里,聚精会神地默默凝望着那垂死的汉子,简直望呆了。

"他患了热病似地胡说乱道;可是一个字眼还没说完,许是一只看不见的手掐住了他的喉咙罢,他喑哑地看着我,脸上带上怀疑和凄惨的表情。他似乎害怕我等得不耐烦,便丢下他走开,没让他的故事讲完,没让他的喜欢尽量发泄。他是那天夜里死的,我相信,可是那时我并没有探知旁的什么。

"关于白朗,姑且暂止于此。

"这事发生以前八个月,来到沙马拉,我照例去看史泰。在房屋紧接着花园那一边的游廊上,有个马来人含羞地跟我打招呼,我记得我在巴多森吉姆家里看见过他,他跟旁的许多布基人民混在一起,他们晚间常来滔滔不绝地谈些战事回忆,同讨论国家大事的。吉姆有一回特别指点着他,说他是个可敬的小商贩,有一条走外海的小船,也是从前,'攻打木寨时大显身手的许多好汉之一。'我看见了他并不惊奇,因为无论哪个冒险远行到沙马拉来的巴多森商贩,自然总会走上史泰的家门哩。我答礼了他的招呼,径往前去。到了史泰的房间门口,我又碰着一个马来人,我仔细一看,认得他是唐比丹。

"我立刻就问他在那儿有些什么贵干;我心里忽然想,吉姆也许驾临了罢。我承认我转到这个念头时觉得高兴而且兴奋。唐比丹似乎不知道说什么话才好。'吉姆爷在里面么？'我焦急地问。'不，'他嗫嚅着说，暂时低垂了头儿，随后突然带着热忱的情态，'他不肯打。他不肯打，'他重复地说了两遍。因为他似乎再也说不出旁的话来，我便把他推在一边，自个儿走进去了。

"身量很高，伛腰屈背的史泰孤单单地站在房间的中央，两边是一排排装蝴蝶标本的匣子。'噯！是你么，我的朋友？'他悲苦地说，从他的眼镜里朝外窥望。一件羊绒的褐色宽裰，没有扣扣子，直垂到他的膝头。他头上戴着一顶巴拿马草帽，在他苍白的面颊上显有深刻的凹痕。'现在怎么了呢？'我心里很慌张地问。'唐比丹来啦。……''来看那女孩。来看那女孩。她就在这儿，'他说，又起劲又颓丧的样子。我想要拦阻他，可是他以温文的固执，拒绝理会我热切的问题。'她就在这儿，她就在这儿，'他十分仓皇地反复说。'他们是雨天以前来到这儿的。像我这样的老头子，又是不相识的人——Sehen Sie（你看）——实在不能有多大办法。……打这儿走。……青年们的心总不肯宽恕。……'我看得出他陷入了极度的苦难。……'他们心里的生命力，残酷的生命力……'他嗫嚅着说，领我绕着房屋走；我跟在他后面，陷于愁惨而且气愤的猜想。到了客厅门口，他拦阻了我的路。'他很爱她罢，'他疑问地说；我只点了点头，感到十分苦楚的失望，所以也就不敢放心让我自己讲话了。'真是可怕，'他喃喃自语地说。'她懂不得我。我只是个素不相识的老头子。或许你……她认得你。同她谈一谈看。我们决不能就这样子下去的。叫她饶赦他罢。这真是可怕。''一定,'我说,因为摸不着头脑,很是烦躁;'可是你呢,你饶赦了他没有?'他很离奇地看了看我。'你听说罢,'他说,打开房门,简直把我直推了进去。

"你知道么,史泰的大房屋和两间极宽的接待室——没有住人,也不能住人,干净,冷清,充满着晶亮的东西,那些东西好像从没被人的眼睛看见似的。这两间接待室,纵在酷暑的热天,也是凉爽的;你一走进去,就仿佛到了一个磨擦得很光亮的地洞里。我打一间经过,在另一间便看见那女孩正坐在一张大桃花心木桌子的一头,把她的头儿搁在桌子上,脸儿藏在她臂弯里。涂了蜡的地板,仿佛是一片结了冰的水,模糊地映出她的影子来。藤帘子放下了;外边给树木的密叶遮蔽着,绿油油,荫〔阴〕沉沉,煞是离奇。强烈的风便透过这绿荫一阵阵地吹,吹得窗前门口的帷幔飘荡不定。她白净的形像似乎是雪做的;她头上挂着一座庞大的分枝烛台,那下垂的水晶玻璃啪嗒作响,宛如闪闪发光的冰条。她抬起头来,望着我渐渐走近。我浑身发凉,仿佛这些广大的房间就是绝望底冷凉的寓所。

"她立刻认得我是谁,等我止了步,低了眼睛看她时,'他丢下我走掉了,'她静悠悠地说;'你们老丢下我们走掉的——为你们自己的目的。'她板着脸。全生命的热力,似乎退隐在她怀里不可接近的某点了。'同他一起死,倒也许要好受些呢,'她继续说,微微做了个疲倦的姿势,仿佛把那不可思议的东西抛弃了。'他不肯啊！这好像盲人骑瞎马——可是那时对他说话的是我；那时站在他眼前的是我；他始终目不转睛地看的也是我！啊！你们是铁石心肠，阴险奸刁，没有真心，没有怜爱。你们怎么会这样坏的呢？难道你们都疯了不成？'

"我执着她的手；它没有反应，等我放下时，它便低垂到地板。那种淡漠的神情，比眼泪，嚎啕，责骂，更可怕，似乎是向时间和安慰挑战，你觉得你无论说什么话，都达不到寂静而且麻痹人心的苦痛底座位。

"史泰说过，'你听说罢。'我的确说了。我从头听说到尾，带着惊讶，带着敬畏，侧耳倾听她那坚执不变的疲惫的音调。她不能捉摸她正对我说的话底真切意味，她的怨恨使我起了无限怜悯，为着她——也为着他。当她说完以后，我脚底生了根似地老站在那儿。她撑着一只手臂，瞪着凝视的眼睛，风一阵阵地吹过，水晶玻璃在绿荫里继续不断地啪嗒作响。她仍然喃喃地自言自语道：'可是他怕还看着我呢！他还能看见我的脸，听见我的声音，听见我的悲伤！我时常坐在他脚下，把我的脸抵着他的膝头，他的手便放在我头上，那时他心里早已酝酿着可恶的残酷和疯狂了，只等待哪一天发作。这一天果然来了！……在太阳落山以前，他再也不能看见我了——他变得又瞎又聋又没有怜悯，同你们大家一样。他休想我会替他流眼泪啊。永远不会，永远不会的呀。一滴眼泪都不会有的。我也决不肯！他离开我往别处去了，仿佛他睡梦里曾听见或看见的某种可恶的东西赶他走的。……'

"她怔怔的眼睛似乎竭力要探望那个人的形态,他是被睡梦的力量硬从她怀里拉出去的。我默默地鞠了个躬,她却毫无表示。我乐得退避了。

"当天下午,我又看见她一回。离开她之后,我便去找史泰,我在屋里没有找到他;我信脚走到外面,被苦恼的思想追逐着,走进了花园,史泰的出名的花园——你在这些花园里能以发见热带低洼地方的各种植物和树木。我循着疏通的溪流的路线尽走,在树荫下的长凳上坐了好久,附近是那点缀风景的池塘,有几只剪短了翅膀的水鸟在那里钻涌,拍水,闹得应天响。我背后,澳洲硬橡树的桠枝轻轻地,不断地摇来摆去,使我想起那故乡树木的萧萧长鸣。

"这凄凉而无休止的声音,应和着我的沉思,倒很合式。她说过,他被一场睡梦从她身边赶走了,——谁也不能给她回答——对于这样越规犯法的行径,似乎就没有饶恕的余地。可是人类自身,难道不也是盲目地乱冲直撞,被它的伟大与权力底迷梦所追逐,在过分残酷和过分虔诚底黑暗的道路上钻奔么?所谓真理的追求,毕竟是什么呢?

"当我站起身来回到房屋去时,我从树叶的隙缝里,瞥见了史泰的褐色绒褂;俄顷,到了道路的拐弯处,我碰见他正和女孩一起在散步。她小小的手儿放在他臂腕上,他藏在巴拿马草帽底宽阔扁平的边缘之下,俯首向她,头发灰白,慈父一般,带着怜悯和侠义的谦敬态度。我站在一边,但是他们也止了步,脸朝着我。他凝注的目光俯视着他脚旁的地面;女孩,倚在他手臂上，体态轩昂而且苗条，她用一双乌黑，澄清，毫不转动的眼睛，从我肩膀上阴沉沉地凝视前面。'Schrecklich（真可怕），'他默默地说。'真可怕！真可怕！叫人怎么办呢？'他似乎是向我诉请，可是她的年青，她头上悬临着的漫长的岁月，向我诉请得更恳切；蓦然间，甚至当我明明知道无话可说时，我发觉我自己还在替他辩护，为着她的缘故。'你非得饶赦他不行。'我说了煞尾的话，我觉得我自己的声音好像蒙蔽着似的，消失在一片毫无反应，充耳不闻的渺茫境地里。'我们大家愿意被旁人饶赦的，'我过了片刻，补说。'我做过什么错事呢？'她问，只拨动着她的嘴唇。

"'你老不肯信托他，'我说。

"'他跟旁人是一样，'她慢吞吞地说。

"'不跟旁人一样，'我抗议，但是她毫不动情地坦然继续道——

"'他虚伪。'于是史泰突然插起嘴来，'不！不！不！我可怜的孩子呀！……'他轻轻抚拍她服服贴贴地放在他衣袖上的手儿。'不！不！不虚伪！真实！真实！真实！'他紧逼着凝视她那顽强的脸。'你并不明白。啊！你为什么不明白呢？……真可怕，'他对我说。'她早晚总有明白的一天的。'

"'你何不解释解释呢？'我问，钉〔盯〕着看他。他们移步向前。

"我只目送他们。她的长袍沿路拖曳，她乌黑的头发松松垂荡。她轩昂而且轻盈的靠在那高大男子的一边走；他那奇形怪状的长外褂折着直条的纹路垂自伛偻的肩膀，他的脚移动得很慢，他们走到竹林的那边便隐灭不见了，那竹林你该还记得罢，那儿共有十六种不同的竹子生长在一起，在博学的眼睛能以明白分辨的。至于我呢，我不禁心悦神往了，为那萧萧丛林的悠逸和秀美，林梢披着尖细的青叶，戴着蓬松的冠顶，轻盈，猷〔遒〕劲，娇媚，同那毫无踌躇，任情挥洒的生命底声音是一般地明晰。我还记得待在那儿看了许久，好像一个人听得一种温慰的低声密语，徘徊不前的样子。天空的灰色来得明朗透彻。这也是阴阴霭霭的一天，在热带怪难得的；一个人遇到这样天气，脑海便有许多往事的回忆浮涌上来，想起旁的海滨，想起旁的颜面。

"当天下午，我坐车回城，同着唐比丹和另外那个马来人——他走外海的小船曾在灾难临头，大起恐慌，迷乱阴惨的当儿逃脱了的。这番事变的打击似乎已经改变了他们的性情。这已使她的热情化为铁石，这又使阴郁木讷的唐比丹反有点多嘴饶舌了。他的阴郁也似乎软化了，变为犹豫的谦卑，仿佛他曾看见神奇的权力在最高妙的瞬间偏偏遭了失败似的。那布基的商贩，是个含羞多疑的人，说话虽少，却很清楚。这两个人，被深深的不能解释的惊奇意识，被不可思议的神秘感觉，明明是压倒了。"

以下是马罗的亲笔签字，那封信就此结束了。这享有特权的读者捻亮了他的洋灯；孤寂地待在城内波浪起伏似的屋顶之上，好像海上看守灯塔的人，他再来翻看故事的篇页。

第三十八章

"我已经告诉了你,起源完全是那个名叫白朗的汉子,"这是马罗叙述的开篇第一句。"你一向在太平洋西部漂流,总该听见旁人谈过他罢。他是沿澳大利亚海滨的匪徒的榜样,并非他常在那儿被人看见,而是因为一个异乡游子,被人飨以无法无天的盗匪生涯的故事时,往往总特别被人引起对他的注意;这些流传于约克角与伊甸湾之间的他的故事,即以最驯良的一部分而论,假使讲得对劲,简直能叫人魂飞天外哩。他们也从不忘记告诉你,人家以为他是一位从男爵的儿子。这却不管,总之,还在从前挖金子之风盛行的时代,他背弃了一条家乡的船,于是几年以内,人家一提到他便谈虎色变,仿佛他在玻里内西亚一带这个或那个群岛上是个恐怖了。他拐带土人,他剥一个孤零零做买卖的白种人的衣服,直剥到他贴身穿的薄衫短裤,并且当他搜索完了这可怜鬼之后,他也许,也许不,请他用短枪在沙滩上决斗——就这些事情而论,那倒算是满公道的,假使这汉子那时还没吓得半死的话。白朗是个晚近的海盗,够可怜的,同那些比他更出名的模范一样;可是他和他同时代的兄弟帮,如魁首黑衣士或者甘言蜜语的毕斯,或者那个薰得香香,长着络腮胡子,打扮得像个纨绔子弟,人们管他叫脏笛克的恶棍,……他同他们不同之点,就是他为非作歹的傲岸脾气,和对于一般人类,尤其是对于那些被牺牲者的,激烈的轻蔑。旁的人们只是些粗俗而且贪婪的蛮子,他的行动却似乎是受了某种复杂的意向底指使。他打劫一个人,仿佛为的是表示他瞧不起这个可怜虫,并且他枪毙或者苦打一个安分无辜的陌生人时,还带上野蛮而且愤恨的迫切情绪,这连那最轻狂的亡命之徒都吓得坏哩。在他极盛的光荣时期,他有一条武器齐备的三桅船,驾驶这船的是一群檀香山岛上的土著和弃职逃亡的打鲸鱼的水手们,他夸张他暗地里受了椰子商人们合组的极可敬的公司底津贴,这话到底带有几分真情实据,我可不知道。后来他逃走了——据报告——同一位教士的太太,从克拉泼亨来的很年轻的女子,她在一度狂热的时际,嫁给了这位脚踏实地的温良汉子,可是忽然搬到梅兰内西亚来了之后,便有点手足无措,不知道天东地西的光景。这是个惨淡的故事。他带走她时,她病了,就死在他的船上。据说——可算是这故事最惊奇的部分呢——他对着她的尸体,不禁被一阵沉闷而且激烈的悲痛袭击了。不久以后,他的幸运也就离弃了他。他在离马莱塔不远的一处礁石上失掉了他的船,消声匿迹了一时,仿佛他也跟她一起沉没了似的。后来听说他是在内格希伐,他在那儿买了一条古旧的法国双桅船,原先是为政府服务的。他做这笔交易时,他心目中打算着什么光荣的事业,我可说不清,可是太平洋南部群岛被高等代办,领事,战舰,国际管理,显然弄得雷厉风行,再容不得他这样性情的先生们藏身了。明明是他必定把他用武之地更远远地往西迁移了,因为一年以后,在马尼拉湾,发生了一件又严重又滑稽的案情,其中主要的角色是一个侵吞公款的行政官和一个畏法潜逃的会计员,他在这里面也免不了有些关系,做了些胆大得叫人不敢相信,却不很占便宜的事;从此以后,他似乎就在这蔽朽的船上,出没于菲律宾群岛的周围,跟违逆的命运搏战,直到最后,顺着他派定了的路线,他撑帆驾舵驶进吉姆的历史里去,好个盲目的,串通了黑暗权力的阴谋犯呀。

"据讲这故事的人说,当一只西班牙的巡逻快艇逮捕他时,他不过为那些匪徒私下运了几根枪炮。假使如此,我倒不明白他在明达诺岛南部海滨附近正干些什么勾当。然而他在海滨一带敲诈村人,这是我相信的。主要的事情就是快艇派了一个卫兵在他船上,叫他随同着一道驶到桑波恩岬去。沿路不知为了什么,两条船都得去访问这些西班牙的新殖民地的一处——那是从来得不到什么结果的——那儿不但岸上有个负责的文官,并且有一条沿海驶行的又好又结实的双桅船抛了锚停泊在这小小海湾里;这条船无论在哪方面都比他自己的强,白朗打定主意要偷。

"他只怨自己命苦——他亲口对我说这样说过。他以凶悍的，挑衅的不屑态度，同世界奋斗了二十年，可是这世界在物质的利益方面并未让步地给予了他些什么，除却一小口袋的银圆，这被他藏在他的船舱里面，'连魔鬼都闻不出放在哪儿。'他的家私就止于此了——此外什么都没有了。他对他的生活感到厌倦，对死倒并不害怕。可是这条好汉，虽然为了虚妄的幻想，能以刻薄而且侮慢的轻狂态度，不惜把他的生命作孤注一掷，但是对于监禁，总害怕得要命。他只消有被监禁的可能，便发生热血化为凉水似的恐怖，神经震战，尽出冷汗，简直毫无理由——除非一个迷信的人幻想被鬼魅所拥抱时，才会感得这种恐怖的。所以那个文官来到船上，对这俘虏加以初步的检查，不辞麻烦地认真检查了一天，直到天黑以后才上岸，裹在一口钟里，异常留神地不让白朗那小小的全部家私在他的口袋里叮当作响。后来，他——他是个善诺守约的人——设法（就在当天晚上吧，我相信）派走了那政府的快艇，为着某桩特别迫切的差使。因为快艇的船长不肯轻易放松一班被掳的船员，他在离开以前，畅所欲为地把白朗的双桅船上的帆篷掠夺得连最后一块破布都不剩，还留心把他的两只小舢板拖到二哩以外的海滩去。

"可是在白朗的那班船员里，有一个苏罗门岛人，被拐时年纪还轻，对白朗非常忠实，算是全伙最厉害的脚色。这汉子凫水到那条沿海巡逻的船去——凫了五百码水程的光景——带着一条绳子的末端，这绳子是专为这个目的，把船上全部的索具解下来拼做的。水面很平滑,海湾很黑暗,'好像一条母牛的脏腑,'照白朗的形容法。苏罗门岛人攀着船缘爬上去,齿缝里咬紧了绳子头。巡逻船的水手们——全是塔格人——上了岸,正在当地的村庄上欢宴呢。留在船上的只有两个看守的人,蓦然从睡梦中惊醒,看见了这魔怪。他有闪闪发光的两眼,在甲板上跳来纵去,宛如电火。他们双膝跪下,害怕得浑身发抖,交叉着双手作十字形,喃喃地低声祈祷。苏罗门岛人,用着他从伙舱里找到的一把长刀,并没打断他们的祈祷,先刺杀了一个再刺杀第二个;他使了同样的这把刀,开始孜兀孜兀地锯那条系锚的综〔棕〕绳,直到锚缆擦的一声断在刀口下为止。于是在海湾的一片沉寂里,他小心翼翼地叫了声,同时白朗的那班棍徒正在黑暗里窥探,竖起了他们热切的耳朵,开始拉他们手里捏着的绳子头。不满五分钟的工夫,两条双桅船就凑到一起来,轻轻摇震了一下,桅杆挤轧作响。

"白朗的伙伴们片刻没有耽搁,便搬来了家,随身带了他们的枪炮和十分充足的军火。他们一伙共十六位:两个私奔的水手,一个从美国兵舰上弃职潜逃的瘦长子,一对朴质的,白面金发的斯堪的纳维亚半岛人,一个杂种小子,一个温柔的中国厨子——其余的尽是些不伦不类的南洋群岛的土人。他们谁都是满不在乎的样子;白朗照自己的意志驯服了他们,对于绞犯架漠不关心的白朗现在逃走了,远避了那幻想里的可怕鬼影——西班牙的监牢。他没有给他们时间搬过充分的粮食来;风平浪静,空气充满了露水;他们抛开绳索,扬起篷来,迎着一股离岸的微弱的风,这时潮湿的帆布一点儿飘动都没有;他们的老双桅船似乎轻轻地摔脱了这只偷来的木船,悄悄地溜掉了,跟一大片黑沉沉的海滨一起溜到暗夜里去。

"他们毫无牵累地脱身逃走了,他们下马加撒海峡时经过的路程,白朗对我叙述得特别详细。这是个伤心而且没魂的故事。他们短少食粮和淡水;他们撞着好几个土人的木船,向每个硬抢了一点儿。驾着一条偷来的船,白朗当然不敢驶进哪个港口去的。他没有钱买东西,没有护照给人查看,也没有一句谎话足以令人听信,再好让他脱身。一只阿剌伯的三桅船,挂着荷兰的国旗,抛锚停泊在坡罗洛的附近,有一天夜里受了虚惊,交出了一点肮脏的糙米,一捆香蕉和一桶淡水;阴霾霾地刮了三天夹雨的东北风,把这条双桅船吹渡过了爪哇海。昏黄污浊的浪涛浸透了那群饿饥的匪徒。他们看见许多邮船在她们被指定的水路上移动;经过许多需用充足的本地船,船边的铁上了锈,抛锚停泊在浅水里,等候天气的变化或潮流的转换;一只英国的炮船,白净而且修整,带两根细长的桅子,有一天远远地横行而过他们的船头;还有一回,一只荷兰的三等炮舰,周身乌黑,桅杆木具都很粗笨,隐约出现在他们船身后部的一面,在迷雾里驶行得异常缓慢。他们轻轻地溜过去,没被看见,也没被理会:这一伙面黄肌瘦,无所依归的流氓,被饥饿逼迫得如狼似虎,被恐怖追逐得连逃带窜。白朗的意思是要去马达加斯加岛,他凭藉了并不完全虚幻的理由,希望到了那儿,可以上大马达威(马达加斯加的海口)卖掉这条双桅船,并且希望没有什么疑问发生，或者也许就替她弄些多少不免假造的凭照。可是当他尚未能驶上那横渡印度洋的遥远的路程以前，食粮缺乏了——淡水也没有了。

"他也许听人说过巴多森——或者他也许偶尔看见这地名，用细微的字母被写在航海图上——这地名许是土人部落里一个稍大的村落，在一条江流的上游，绝无防范，同海上通航的路线和海底电线的终点离得远远地。他从前做过那一类的事情——仿佛是做生意；现在却是逼不得已，是生死攸关的问题——或者倒不如说是自由权利的问题。自由权利呀！他相信准能弄得些粮草的——小牛啊——五谷啊——香甜的马铃薯啊。这伙困窘的匪徒舐舌啜嘴，不禁垂涎欲滴了。一批土产的货物，装满这条双桅船，或许能以硬敲强索的——并且，谁知道呢——一些真正的叮当作响的金钱！在这些首领和村落头目里，定能叫几个慷慨解囊的。他告诉我说，他宁可烘烤他们的脚指头，决不愿受阻扰。我很相信他。他手下的人们也很相信他。他们俨然是一群哑吧，并没高声欢呼，可是正如狼似虎地摩掌擦拳呢。

"关于天气，运道倒很帮了他的忙。只消几天的风平浪静，便能在这只桅船上招致那难以言语形容的恐怖的，可是得了海面同陆地吹来的微风的帮助，不满一礼拜便出了巽达峡，随后他抛锚停泊在巴多克林的附近，离那渔村不过一手枪之远。

"他们有十四个拥进了双桅船的长舢板（体积很大，一向是驳货用的），出发溯江而上，同时留下其余的二位负责看守双桅船，存的粮食足够十天的驱饥。潮和风都很帮忙；一天下午还早，这条白色的大舢板扬着粗糙的布帆，迎着微微的海风推拥前进，驶入了巴多森海股〔湾〕；驾驶她的是十四个配合相称的骇人的怪物，闹饥荒似的凝视着前面，手指弹弄着价值低贱的来福枪底后膛门。白朗预料他这番突如其来，定会引起惊人的惶恐状态呢。他们趁着潮水最后的泛涨，驶将进去；土王的木寨毫无声息；江流两岸的第一批房屋，空空寂寂，似乎已被废弃了。江上看得见几只独木小舟，拼命地飞逃。白朗对这地方的辽阔，惊讶的了不得。到处充溢着深深的沉寂。风吹到房屋的空隙间便低沉了；两把桨被提出来；舢板逆着潮水停下；目的是要设法盘据那城市的中央，在居民能够想到抵抗以前。

"然而巴多克林附近的渔村的头目们，似乎已经及早设法送去了一个警报。当长舢板驶到回教礼拜堂（那是都拉明造的，这所建筑带有三角形的山墙，和珊瑚雕刻的屋顶花饰）对过时，礼拜堂前面的空地上黑压压地拥满了人。起了一阵叫啸的声音，接着是一片铜锣的乱响，沿江而上。从高处的一点，两根小小的装六磅重弹的铜炮放射了，圆圆的炮弹飞跃着打下一片荒漠的江面，激起了阳光里一股股往上直冒的水。礼拜堂的前面，一群叫啸着的人们开始放排枪，枪弹横扫过江流，一种不规则的轰轰隆隆的连珠炮，从两岸射在船上，白朗手下的人们便答以狂野迅速的炮火。桨已经放在船里了。

"那条江里，潮水涨到了最高度，退落的转变来得很快；舢板停在中流，快给烟雾蒙没了，开始船尾朝前倒行。沿着两岸，烟雾也更浓重，弥漫在屋顶下面，化为一条平行的直线，好像你看见漫长的云彩切断了山的斜坡。战士混乱的叫啸,铜锣颤震的洪响,战鼓殷殷的雷鸣,狂暴的怒吼,排枪射击的砰磞,形成一片可怕的哄闹:白朗很狼狈地坐在这哄闹声里,可是很镇静地靠着舵杠,对于那些胆敢起而自卫的人们越觉得满腔无限的憎恨和气愤。他的手下人有两个受了伤,他看见他的退路被城下的几只小船截断了,那几只小船是从吞古·阿郎的木寨里开驶出来的。六条船上载满了人。当他被这样地围困时,他看见了那条小河(就是吉姆曾在水浅时分跳越而过的那条小河)的入口。那时水却漫到了河沿。把长舢板转舵开进去,他们登了岸,并且,干脆地说,他们盘据了一座小小的山冈〔岗〕,离木寨大约九百码的路程,其实这木寨的情景,在山冈〔岗〕上的他们是了如指掌的。山冈〔岗〕的斜坡虽是光秃秃,可是顶上倒还有几棵树。他们便去斩下这几棵树来搭一座短墙,天黑以前周围已经筑好了垒,掘好了壕;同时土王的许多小船留在江心,虽则惊奇万状,却只能袖手旁观。夕阳落沉时,江口附近和沿岸重叠的两排房屋中间,把木柴点着了火,熊熊的火光,使屋顶丛丛的细长棕榈,和密密的果树林,都黑沉沉地显现在夜空里,特别来得分明。白朗吩咐在他所处地位的周围点火烧草;低低一圈稀薄的火焰,在慢慢升腾的烟雾之下,蜿蜒而迅速地滚下山冈〔岗〕的斜坡;这儿那儿干燥的丛林染了火,发着高大的恶意的轰声。蓬蓬的野火,在这一小群人的来福枪的周围形成了火的分明地带,冒着烟渐渐息灭了,在森林的边缘,沿小河的泥岸。山冈〔岗〕和土王的木寨之间,有一块潮湿的凹地，长满了一片繁茂的莽丛；野火烧到莽丛这边便停止了，同时竹节爆裂，起了毕毕剥剥的宏响。阴沉沉，软绵绵的天空，涌满了星星。黑暗了的地面上，低低匍匐着的草堆，静静地冒烟，直到一阵微风赶来，才把一切吹掉了。白朗期待潮水重新涨高到相当的程度，让那些阻拦了他退路的战船能以驶进小河时，双方便会开始接触。无论如何，他深信，敌人怕会设法抢走他的长舢板哩，这长舢板躺在山麓下面，就像一个乌黑的高高的木块搁浅在微微发亮，潮湿，平滑的泥地上。可是江里的战船并没有什么动静。白朗从木寨和土王的房屋顶上望得见水面战船的灯光。那些船似乎横亘着停泊在江面。旁的漂浮着的灯光正在那一条江面移动，来回地从这边渡到那边。沿着那条江面往上，直到江流曲折处，许多房屋的长壁上也有些灯光一动不动地闪烁；更远处还有些灯光稀稀朗朗地星散在内地。他极目远眺，望见隐隐约约的大火透露了无数建筑，屋顶，黑堆。这是一片辽阔的境地。这十四个深入敌境的亡命之徒，平伏在伐倒的树背后，抬起了他们的下巴额〔颏〕从上方探视那城市的纷扰状态，这城市似乎向江流的上游延亘了不知多少哩远，拥挤了万千愤激的人们。他们彼此并未攀谈。不时地，他们会听见一声洪亮的呐喊，或者远远地什么地方，震彻了单放的枪声。但是他们所处境地的周围，一切都是冷清清，黑沉沉，静悄悄的，他们好像被遗忘了，仿佛这种使当地人们彻宵不寐的激昂骚扰，同他们并无关系，仿佛他们早已死灭了。"

第三十九章

"那一夜的许多情形都含有重大的意义,因为这些情形引起的异常局面,直到吉姆回来为止,始终未有变化。吉姆已经往内地去了一个礼拜,最初的抵抗是邓华力指挥的。那位勇敢而且聪明的青年('他打起仗来就跟白种人差不离')满想随手解决了这件事,可是他的人民太难了,简直叫他对付不了。他没有吉姆的种族上的威风,和莫敌的,神奇的权力底声名。他不是万无一失的真理和万无一失的胜利底看得见摸得着的化身。他纵使受人爱慕,受人信托,受人景仰,但他仍是'他们'里面的一员,而吉姆却是'我们'里面的一员。还有一层,那个白种人,他自己是个出类拔萃的英杰,是铜皮铁骨,不可伤犯的,而邓华力却有被杀的可能。那些没有明说的思想支配了全市主要人物的意见,他们一致主张在吉姆的城堡内聚会,好从长讨论这不测的事变,仿佛希望在这远离的白人底住处,能够发见智慧和胆量的样子。白朗手下的匪徒放枪的本事很高明，或者是运道很亨通，竟使守卫的人们死伤了半打。负伤的正躺在游廊里，由老娘儿们看护。城市近区的妇女和儿童，刚得着最初的警报，就被送到城堡里来了。珠婉儿在那儿指挥，很得力而且很起劲，吉姆'自己的人民'也服从她，他们一伙儿离开了他们在木寨下面的小小住宅，走进去组织了个驻防的队伍。难民拥挤在她周围；从这事的发动，直到最后惨淡的结局，她始终不懈地显着非常勇武的热心。邓华力刚听得危险的消息，立刻去找的人就是她，因为你必定知道，全巴多森贮藏大批火药的只有吉姆一人。他同史泰曾藉信札的来往维持着亲密的关系。而史泰曾得荷兰政府的特许，把五百枇杷桶的火药运输到巴多森来。火药库是个粗木堆砌的小茅棚，顶上完全盖的泥；吉姆不在家，女孩便保管钥匙。晚上十一点，在吉姆的餐室开会议，她当场赞成邓华力的劝告，立刻采取强硬的行动。我听说，她站起身来，靠着吉姆的空椅子一边，在长桌子的一头，讲了一篇雄纠纠〔赳赳〕气昂昂的话，一时引得在座的许多头目轻轻地低声喝彩。老都拉明，一年以上没有看见他出过他自己的大门了，这回却费了好大劲儿才给搬送过来。他不消说是那儿最主要的人物。这次会议的性质是毫不容情的，老人家一句话就算是最后的决定；可是据我的意思，明明知道他儿子烈火似的胆量，他总不敢吐露这句话，更迟缓的议论占了优势。有一位赫杰·沙门详详细细地指点着说，'这些残暴凶悍的人们自投罗网，反正是死路一条。他们也许牢占在山头挨饿以死，或者他们也许设法重新取得他们的小船，被隔河的伏兵射死，或者他们冷不防地逃入森林，一个个单独地死在那里。'他反复申说，假使采用适当的策略，无需乎冒战争的危险，便能毁灭这些居心不良的生客的；他这番议论力量可不小，尤其是对于巴多森本地的人们。摇动市民心理的，是土王的船只，在千钧一发之际，奋起抗争，竟遭了失败。代表土王出席会议的是娴于外交的加沁。他不大开口，只是满面堆笑地倾听，和蔼可亲而又深浅莫测。正当开会时间，信差络绎不绝，差不多隔几分钟一个，送来寇敌的动静消息。荒唐无稽的谣言正到处飞散，说是江口有一艘大船，载着重炮和旁的许多汉子——有些是白种，还有些皮肤黧黑，带着好杀喝血的状貌。他们还有许多小船正往这里开驶，想要鸡犬不留地歼灭了一切有生命的东西。一种切近的，莫名其妙的危险底感觉侵袭着普通的人民。有一回，庭院里妇人们中间起了一阵惊惶，尖声地叫，横冲直撞；孩子们大声乱嚷——赫杰·沙门便走出去，安慰并镇压她们。随后，堡寨的哨兵开枪打江面上浮动着的一样东西，险些儿误伤了一个村人——这乡下老正撑着独木舟送他的老娘儿们来，带着他最讲究的家具和一打鸡鸭。这可引起了更混乱的状态。同时，吉姆家里的会议，当着女孩的面，继续在开。都拉明笨重的兀坐着，脸色很凶猛，挨次看那些发言的人们，俨然同公牛似的缓缓地呼吸。末了，加沁宣说，因为要用一班男子保护他主人的木寨，所以非请土王的船只进来不可；都拉明直到这时不曾开口。邓华力在他父亲面前不愿发表意见，虽则女孩曾以吉姆的名义恳请他率直地明说。她恨不得立刻就把这些寇贼驱逐出去，所以请他自由指挥吉姆自己的人民。他看了都拉明一两眼之后，只摇摇头。最后散会时，议决了靠小河顶近的房舍应该坚守，这才能够窥察敌船的情形。至于那条小船自身，并不打算公然地干预它，好诱致山上的强盗重新上船，然后出其不意地开枪射击，无疑地只怕他们就逃不了几个。为着截断那些侥幸未死的人们的逃退，而且为着阻挡旁的人们再来，都拉明派邓华力带着一批武装的布基人民走到江边的某个地点，从巴多森往下十哩，于是在那儿江岸上扎了营帐，用许多独木舟封锁了江面。我从来没有相信都拉明害怕过新势力的来临。我的意见是，他不愿让他的儿子受到一点损害，他的行为就只受了他这个愿望的指使。为防止敌人冲入市镇起见，在街道的尽头，靠左边江岸，白天将开始建筑木寨。老商人宣布他情愿亲自到那儿去指挥。在女孩的监察之下，立刻分发火药，子弹，同引火的铜帽子。还打算遣派好几个信差分途去找吉姆，他的去向并没人知道。这些人们黎明出发，可是这以前，加沁已经设法同那位被围困的白朗互通声气了。

"那位手段高明的外交家，土王亲信的心腹，在离开城堡回他主人那儿去的时候，遇见柯内里不声不响贼头贼脑地在庭院的人丛里钻来钻去，便带他一道到他的小船上去。加沁自有他的小计划，想叫他当个翻译员。因此发生了下面的事：将近天明时分，白朗正思索着他所处境地的万分危急，忽听得卑隰的蔓草丛生的山凹里传来和悦颤抖，使劲高叫的声音——讲的是英语——要求准许走上山去,又要求应允保全个人的安全,而且衔有很重要的使命。他真是喜不自胜哩。假使有人跟他攀谈,他已不复是个被逐的野兽了。这些亲善的声音立刻解除了特别紧严的戒备,这种戒备好像是许许多多盲目的人们正不知道致死的打击将从何处飞来的光景。他假装着极不情愿的模样。那个声音宣称是'一个白种人,一个可怜的破了产的老头儿,已经在这儿住了许多年了。'潮湿而且阴冷的迷雾笼罩在小山的斜坡上;彼此再高声叫喊了几句之后,白朗嚷道,'那么,就上来罢,可是留神,只许单身!'其实呢——他告诉我,回想到他孤立无援的绝境,不禁暴怒地扭起身子来——这是毫无关系的。他们看不见面前几码以外的东西,而且纵有什么奸诈,也不能使他们的处境更坏了。稍顷,柯内里,身穿礼拜天的华服——褴褛肮脏的衬衫和宽裤,头戴破了边的蓬草帽,光着两只脚鸭〔丫〕子,渐能隐约模糊地被分辨了,横行到堡垒近边,逡巡不前,站定了倾听,做着窥探的神情。'上前来!保你安全,'白朗大声嚷,同时他手下的人们瞪大了眼睛细看。他们求生的欲望,突然完全集中在那个颓废卑鄙的新来客身上了,他守着深不可破的缄默,笨重地从伐倒的树干上爬过去,混〔浑〕身发抖,带着酸刻猜疑的脸色,环顾这伙满嘴髭须,心头焦急,终宵不寐的亡命之徒。

"同柯内里推心置腹地谈了半个钟头,仿佛给白朗开了眼,让他看清了巴多森境内的细情。他立刻知道警备了。有的是办法,办法多到无限;可是在他详细讨论柯内里的提议以前,他要求先得送些食物上来，算作是信约的保证。柯内里离开了，蹒跚地爬下山去，向土王所在的这边；耽搁了一阵之后，几个吞古·阿郎部下的人民带着少量的米，花椒和干鱼，来到山上。这比空无有，自然是好得太多哩。随后柯内里回来了，伴着加沁；加沁移步向前，态度十分忠信而且愉快，穿着无面屦，从颈脖到脚踝都裹在藏青的布条里。他灵敏而且慎重地同白朗握了握手，三个人便走到一边来私下商议。白朗手下的人们，恢复了他们的自信，互相拍拍彼此的背，向他们的队长会意地丢了个眼色，同时他们忙着去预备烹煮。

"加沁很不喜欢都拉明和他的布基民族，可是他更痛恨新近的制度。他忽然想起这些白种人要是联合着土王的人民，就能在吉姆回来以前攻击而且打败布基的。于是，他推想，普通市民的背叛定会踵接而生，那个保护贫民的白人底统治权威也会消灭了。以后新的同盟者就好对付啦。他们没有朋友。这家伙能把性格的不同看得很透澈，而且看见过不少白种人，深知道这些新客们都是流氓，没有国家的人。白朗保持着严峻而且深沉莫测的态度。当他最初听见柯内里要求允准前来的声音时，这不过带来一线希望，仿佛有了些逃避的途径似的，还不满半个钟头，旁的思想又在他脑海里沸腾了。被迫于极度的窘困，他才上这儿来，想偷点食粮，偷几吨橡皮或树胶也好，或许竟偷一把大洋钱，结果却发见他自己陷于致命的危险。现在呢，因为加沁提出了这些建议，他竟开始想偷这整个的国度了。一个可恶的汉子显然已经完成了那一类的事情——还只是赤手空拳地一人。虽然，怕不能办得很圆满罢。他们也许能够合作的——把样样东西挤榨干了，然后悄悄地走开。在他同加沁磋商的当儿，他明白人家以为他在口外还有一条大船满载着大批的人员呢。加沁恳切地请求他把这条大船以及他的许多枪炮和许多人员，不用耽误，赶快开到江流上游来，好帮土王的忙。白朗表示很情愿的样子；根据了这个基本条件，双方互相猜疑地进行谈判。谦虚而且活动的加沁，一早晨走下去三回，去征询土王的意见，又匆匆忙忙大踏步走上来。白朗一壁儿讲条件，一壁儿乐得不禁暗自狞笑——想到他那可怜的双桅船，舱底除掉一堆脏东西以外什么都没有的，却被认为武器齐全的兵舰，又想到船上那个中国人和瘸了腿的从前在雷佛加岛上趁风打劫的海盗，竟代表了他许多人员的全体。下午他又得到几分食物，一笔钱款的允许，和许多席条——给他手下的人们做蔽身的东西。他们躺下来呼呼地打鼾，避免了焦灼的阳光；只有白朗全无遮蔽地坐在一棵伐倒的树干上，贪看着城市和江流的风景。那儿值得抢掠的赃物多的是。柯内里在这营帐里待得很熟悉了，凑近他的手肘说话，指示那些地点的所在，参进些劝言，叙述他心目中的吉姆的性格，用他自己的论调批评最近三年来的事变。白朗表面上似乎漠不关心，望着远方，实则聚精会神地倾听着，没有放松一个字，但是终于不能十分明了这个吉姆到底是怎样的一种人。'他的名字叫什么？吉姆！吉姆！这似乎还不够一个人的名字。'柯内里鄙薄地说，'他们这儿管他叫土安吉姆。就跟你们说吉姆爷一样。'白朗便问，'他是什么人？他是从哪儿来的？他是哪一类的人？他是英国人么？''不错，不错，他是个英国人。我也是英国人。从马拉加来的。他是个傻瓜。你非得杀掉他不可，那样一来，你就可以在这儿称王了。样样东西都是属于他的，'柯内里这样解释。'我猛然地想，或许不久就能叫他同旁人分尝一杯羹哩，'白朗稍微提高他的声音，加了这样的按语。'不，不。妥当的办法是，等你一有机会，就杀死他，然后你就能为所欲为了，'柯内里恳切地坚持说。'我在这儿住了许多年了，我现在对你是尽朋友的忠告啊。'

"这样闲谈着，而且垂涎欲滴地眺望着巴多森（他心里已经打定了主意，要使巴多森作他的鱼肉哩）的风景，白朗消磨了大半个下午，同时他手下的人们正歇着力。就在那一天，邓华力的一队小艇从江岸下面偷偷地挨次远离了那条小溪，驶到下游去封锁江面，堵住他的退路。这事白朗并不知道，加沁在日落以前一个钟头，爬上了山岗，特别留神不向他透漏风声。他想要这位白人的大船开到江流上游来，深怕这消息会馁了他的气。他很迫切地请白朗发'命令'，同时献了个可靠的信差；为格外严密起见（照他说明），信差可以打旱路走到江口，把这'命令'送上船去。白朗沉思了一下，决定暂时行个方便，从他的袖珍簿上撕出一页来，他在这上面很简单地写着，'我们进行还顺利。正谋大举。留住这汉子。'这愚蠢的少年，为那件公事被加沁挑选的，尽忠守职地照办了，所得的报酬是，蓦然地，头冲着前面，被那位前任海盗和中国人推下双桅船的空舱，他们随手连忙又盖上舱板。他往后的情形怎样，白朗可没有说。"

第四十章

"白朗和加沁耍外交手腕，目的只在获得敷余的时间。如果要认真地干一下，他不禁暗地里想，他就得把那个白种人当作应付的对手了。他揣测这样的一个小小子（他必定是聪明绝伦，才能那样地捉弄土人呢）总不至于不肯帮忙的，既有了借助，他就免得小心翼翼地尽干些迂缓而靠不住的欺骗勾当了，这种勾当在一个赤手空拳的人似乎倒是不二的法门哪。他，白朗，情愿让他享这份威风。再也不容人蹄躇了。样样事情终归会有明白的谅解的。不待说，他们要共点儿甘苦才成。一想到那儿有一座城堡——已经在他的手边了——一座地道的城堡，带有炮队（这是他从柯内里嘴里探听得来的），他简直坐立不安起来。只消让他一旦进得去，于是……他不妨提些很谦让的条件。然而不可太卑抑。这汉子看来也不是个傻子。他们要像手足兄弟似地合作，直到……直到时机成熟，闹一场，放一枪，什么麻烦都解决了。狰狞而躁急的心愿不外抢劫掳掠,他巴不得他自己现在就同那个汉子攀谈啊。这片土地已经像是他所有的了,被他打得七零八落,榨得干干净净,然后扔开。这时他不得不耍弄加沁,第一是为了食物——第二自然别有作用,不过最要紧的事还是弄点东西充塞饥肠,好一天一天地挨下去。他欣然为土王效劳,开起火来了,对那些曾以枪弹迎接他的人们下一个教训。好战的狂欲可不放松他呢。

"故事的这一部分,不消说多半是白朗亲口告诉我的,可惜我不能学白朗的口吻讲给你听。这汉子让死神掐住了他的喉咙,用断断续续的狂妄的言语把他的思想暴露在我面前,在他这番言语里我们看得出他赤裸裸的残忍的居心,他对于他过去的生涯含蓄着奇怪的复仇态度,他反抗人类全体而同时盲目地信仰他这意志的公正,这可说是一种情操,一种足以诱致一群流浪的刺客们的首领,岸然自命为上帝之鞭的情操。麻木的残暴天性,做了这种性格的基础,无疑地受了种种激励——失败呀,恶运呀,新近的损失呀,如今他又发见了他自己所处的绝境;可是这一切里面最堪注目的是,当他进行联盟的诡计,暗地里已经打算好了那个白人的命运,用傲慢的,随机应变的态度同加沁互相勾结时,谁都能看出他深心的欲望,差不多不由自主的,就是要肆意掳掠那曾向他挑衅的,荒烟蔓草的城市,要眼看着全城市堆积着血肉横飞的尸首,弥漫着火光冲天的烟雾。听着他那毫无怜悯的气喘喘的声音,我能以想像他那时定是据〔居〕高临下地从山顶上眺望全市,幻想这里面充塞着杀人放火奸淫掳掠的情形呢。离小河最近的一带杳无人迹，虽则事实上每所房屋里都藏了几个武装警备的男子。一片荒芜的平原上，散布着一簇簇低矮的丛林，沟壑，垃圾堆，和联络其间的足迹踏成的小径。在这片平原的尽头，突然间，一个孤零零的远望形像很小的人蹒跚地走出来，走进废弃了的街道的入口，街道尽头的两旁是关紧的，漆黑而无生气的建筑。许是个当地的居民罢，他逃到了江流对岸，现在又回来取一样家常应用的什物。他分明觉得他是十分安全的了，和溪河那边的小山离得那么远。匆促间搭砌的一座轻便的木寨，就围着街道的拐弯处，满是些他的朋友们。他从容不迫地缓缓移步。白朗看见了他，立刻把那弃职潜逃的美国洋鬼子叫到跟前来，原来这洋鬼子的职司是相当于一个副指挥。这肢体弛松的瘦长子走来了，板着面孔，懒懒地拖着根来福枪。等他明白了要他干什么时，一种带有杀气的虚骄的微笑稀开了他的牙齿，沿着他姜黄软极的面颊往下形成两道深痕。他自夸可以使用他百发百中的本领了。他一膝跪地，托稳枪杆，细心瞄准，凑近了一棵斩倒了的树木，透过那未加修剪的枝条放了一枪，随即站起身来探望。那个人，远远地，向枪声的来处回头张望，又跨前一步，似乎略一踌躇，于是猛然倒下，手膝着地。接着来福枪猛烈的爆声而起的是一片岑寂，同时那百发百中的好枪手目不转睛地远望着这牺牲品，暗自想，'那儿躺着那个狡猾的汉子，从此以后他的健康再也不会使他的朋友们牵肠挂肚了。'他还看见这汉子的手脚忙在他身子下面乱动，竭力想用四肢奔跑的样子。那空旷的广场上起了群众的惊惶沮丧的叫啸。那汉子脸朝下躺平了，再也不动一动。'这是让他们看看我们的厉害，'白朗对我说。'引起他们对于暴死的恐怕。那就是我们的企图。他们拿二百个来拼我们一个，这可使他们左思右想了一通宵。他们从前谁也想不到这样远的射击的。那臣属于土王的可怜汉，眼睛荡出了脑袋，伸头缩颈地走下山去了。'

"他向我说这话时，勉强举起一只战抖的手儿，在他青紫的嘴唇上揩擦薄薄的唾沫。'二百个拼一个。二百个拼一个。……引起恐怕，……恐怕，恐怕，我对你说罢。……'他自己的眼睛也突出眼眶来了。他往后一倒，用皮包骨头的手指抓握空气，重新坐了起来，弯着身子，毛发络乱，好像民间传说里的'人兽'似地斜眼看我，张开了嘴表示凄惨可怕的苦痛。这样一阵的发作之后，他才徐徐恢复了他的言语。有些情景，叫人永远忘怀不了的。

"再呢，为了诱引敌人的炮火，同试探敌人埋伏在河边丛林里的队伍，白朗便打发苏罗门岛人下山到小船上去取一把桨，那样子仿佛你打发一条卷毛猎犬到水里去追一根手杖似的。这可失败了，那汉子折回了，并没有谁从哪里对他放过一枪。'没有人呢，'他们有几个发表意见。这是'不合常情的，'美国洋鬼子说。那时加沁已经去了，念念忘不了刚才的印象，倒也很高兴，可是又放不下心。一面进行他曲折的政策，一面他已经给邓华力送了个信，警告他得防备那些白人们的大船——他听说这艘大船快开到江流上游来了。他极力说小它的实力，劝勉他阻拦它的前进。这口是心非的手段倒很适合于他的目的,因为他的目的不外分散布基的兵力,让他们先自打个精疲力竭。另一方面呢,他当天传话给那些聚集在市里面的布基首领们,对他们慨切地说他是在设法诱致寇敌的退走;他给城堡里送了几回信,苦苦地替土王手下的人们请求火药。土王朝廷里有二十来管上了锈的旧式短枪放在枪架上,已经许久没有火药子弹了。小山与王宫之间公开的来往摇动了全部的人心。渐渐听得一种风声,说是现在已经到了人民该决定态度的时候了。不日将有很大的流血,而往后的大灾难,许多人都难于幸免呢。大家一向敢于信托来日安全的,生活和平无扰的社会组织——仿佛吉姆亲手建设的大厦——那一晚似乎快要化为丘墟了,蒸发着血腥的气味。较为贫苦的人民不是藏匿在丛林里,便是往江流上游逃避。许许多多高级社会的人民觉得别无办法,唯有去奉承土王。土王手下的喽啰们便把他们推来撞去。老吞古·阿郎又害怕又没有主意,弄得丧魂落魄的样子,或则保持阴郁的沉默,或则暴戾地责骂他们,怪他们胆敢空手前来。他们十分惶恐的走开了;只有老都拉明把他部下的人民团结一气,不曲〔屈〕不挠地继续运施他的策略。他高坐在临时建立的木寨后面一张大椅子里,以深沉的殷殷雷鸣似的声音发号施令,兀然不动,对于周围飞散着的谣言竟充耳不闻。

"暮色渐浓,首先盖没了那个死人的尸体,直手直脚的躺在那里,仿佛牢钉在地面上似的,于是旋转的夜球平滑地溜过巴多森,终于停歇了,把无数世界的闪光洒在下界。再呢,在城市毫无庇护的部分,蓬蓬的大火沿着那唯一的街道照耀,那猛烈的火焰远远近近地映透了屋顶的垂直线,映透了一块块错综杂乱的树枝编扎的篱壁,而东一搭西一搭的茅舍,被火光一照,显得更高,支架在无数高桩的垂直黑线上;这些房屋的全部线纹,一簇簇地映透在飘摇不定的火焰里,闪闪烁烁,弯弯曲曲,沿着江流往上进展,深入了陆地腹心的黑暗。接连出现的火光,毫无声息地照耀着伟大的沉默,这沉默一直伸展到小山脚下的黑暗里;可是对面的江岸,除掉城堡前面的江边上孤零零地举了个烟火以外,一望全是漆黑,满空中散布着一种激增的恐怖的战震。像是大队的步伐,像是许多人声的喻喈,又像是异常遥远的瀑布的流泻。白朗坦白地对我说,就在那时,他转过身来,背朝着他手下的人们,兀坐着眺望这一切,——那时候他纵然目中无人,他自信之心纵然极严酷,但是他隐隐地觉得他终于把他的脑袋碰在一座石壁上了。假使他的小船那时还浮在水面上,他相信他宁可凭他的运气设法潜逃,顺江流长驱而下,再到海上受冻挨饿去。他能否逃得了,自然还是疑问。然而他并没有这样尝试。又有一回,他偶然转了个念头,想冲进市去,可是他明明知道结果他虽到了那火光照耀的街道,他们也许同一群狗似的被房屋里面的伏兵开枪射死的。他们拿二百个拼一个——他尽着想,同时他手下的人们拥挤在两堆冒烟的火烬的周围,咀嚼些剩余的香蕉,烘烤几个芋头——关于这几个芋头,他们可要感谢加沁的外交政策了。柯内里坐在他们当中,愠愠不乐地瞌睡。

"随后有个白种人想到小船里面还剩些烟草,而且看了苏罗门岛人安然脱免的前例,便奋勇地说他愿意去取烟草去。旁人一听见这话,都摆脱了垂头丧气的失望情态。白朗被征询意见时,用着鄙夷的口吻说,'去罢,滚你的。'他并不觉得暗中摸索到溪边会有什么危险。这汉子一脚跨上树干,转瞬不见了。俄顷,听见他先爬进了小船,于是再爬出来。他嚷道,'我取着了。'跟手那小山脚下,光一闪,枪声一响,这汉子喊道,'我被打中啦。留神,留神——我被打中了。'顷刻之间,来福枪齐声放射。这座山冈〔岗〕,好像个小火山似的,向着夜空喷发烟火同喧声;白朗和那美国洋鬼子呵斥诅咒,拳击掌打,总算阻止了惊惶错乱的射击,同时一声深长疲倦的呻吟从小溪上浮,接着来了一声怨报,那伤心断肠的悲痛不啻是种毒药,使血管里的血液都变冷了。随后小溪对面的什么地方,来了个强壮的人声,说了好些清楚而不能明了的话。'谁都不许放枪,'白朗叫着说。'这有什么意思呀?'……'你们山上可听得见?你们可听得见?你们可听得见?'那个人声重复说了三遍。柯内里照意思翻译了,于是催促答复。白朗嚷道,'就说我们听见呢。'于是那个人声,好像赞礼官用洪亮得意的音调朗诵说辞似的,在模糊的荒地的边沿继续来回地移动,宣说:住在巴多森的布基人民,同山岗上的白人们或跟白人们同伙的人们,彼此之间没有信义,没有怜悯,没有言语,也没有和平。一簇丛林瑟瑟价响;突如其来的排枪齐声发放。'别傻啦,'美国洋鬼子嗫嚅着说,怪气恼地将枪柄放在地上。柯内里又翻译了。山脚下受了伤的汉子叫了两声'搬我上去呀，搬我上去呀'之后，依然呻吟着诉苦。先前他经过斜坡的变黑了的山地，随后又爬上小船，他倒是满安全的。找到了烟草，他似乎高兴得忘形了，简直身轻如飞地跳下了小船靠水的一边。白净的船身，高高的躺在干处，隐隐映衬着他；那里的溪流至多不过七码宽，凑巧对岸的丛林里埋伏了一个敌人。

"他是通达诺的布基人，新近才来巴多森，是当天下午被打死的那个汉子的亲戚。那出名的长距离的射击真把许多在场目击的人们吓坏了。这汉子，处于绝对安全的境地，已经被打死了，他的朋友们明明看着他唇边浮着微笑倒下地来的；他们似乎从这件事上看见一个凶暴的形相激动了尖刻的忿怒。他这位亲戚，名字叫作施拉巴，那时同都拉明一起待在木寨里，只差几步的距离。你知道这班汉子，你一定相信这家伙显得异常奋勇，情愿单身一人暗头里去送个口信。他爬过了那片空旷的平地，向左一拐，发现他自己正贴对那条小船。白朗手下的那汉子高声叫喊，吓了他一跳。他坐将起来，把枪凑近他的肩膀；当那一位跳到船外，曝〔暴〕露了他自己时，他拨动枪机，把三颗高低不平的弹丸直嵌入那可怜汉的腹部。于是脸朝下，平伏在地，他假装自己是死了，同时薄薄的冰雹似的铅弹打在他右手近旁的丛林上花花价响；随后他高声宣布了他的说辞，把身子缩作一团，始终躲避在隐密的处所。刚说完话，他侧身一跳，拳缩着躺了一忽儿，后来安然无恙地走回了家。那一夜他竟得到那么大的声名，他的子孙将奉若至宝，轻易决不肯让它

413

消灭的呢。

"山冈〔岗〕上那一群无可依归的匪徒,埋了头眼看着两小堆的火烬熄灭了。他们沮丧的坐在地上,嘴唇紧闭,眼睛低垂,侧耳倾听山脚下他们那位伙伴的动静。他是个强壮的汉子,死起来很困难,呻吟之声一忽〔会〕儿高,一忽〔会〕儿低沉,化为如泣如诉的怪调儿。有时他尖声地叫,继而沉默了一阵,又听见他昏迷了似地说了一大篇难懂的怨言。他的嘴就没有停一停。

"有一回看见那美国洋鬼子预备下山,赌咒发誓地咕噜些什么,'有什么用处呢?'白朗却漠不动情地说。'那倒是实话,'逃亡者表示同意,没奈何地作罢了。'这里受了创伤的人们就得不到一点儿鼓励啊。只是他的吵嚷反使大家对于今后的情形顾虑太过了,船长。''水呀!'那受伤的汉子用着异常清晰的强有力的声音叫喊,于是渐渐低沉,变为微弱的呻吟。'啊咦,水。有水就行了,'那一位以安分知命的声气嗫嚅着对他自己说。'再等一忽〔会〕儿,多的是呢。潮水涨了。'

"潮水终于泛涨了,平息了苦痛的泣诉和叫喊;黎明将近时分,白朗面对着巴多森坐在那里,手心托着下巴,宛如一个人眈眈地注视一座峻岭的不能攀登的山坡,同时他听见远处市心来了个弹重六磅的铜炮短促地轰轰价震响。'这是怎么回事?'他问那徘徊在他身边的柯内里。柯内里仔细听了听,隐约洪大的呼声从城市的半空滚到江流下游来;一面大鼓开始咚咚价响,旁的许多鼓也随声应和,颤动而且沉闷。一点点星散着的灯光开始在黑暗里闪烁，布满了半个城市，同时被蓬蓬的野火照耀着的部分起了嗡嗡嗜嗜，深沉曼〔漫〕长的低声。'他回来了，'柯内里说。'什么？已经？你敢断定么！'白朗问。'是呀！是呀！决没有错儿。仔细听听那鼎沸的人声看。''他们干么那样闹？'白朗问。'因为喜欢啊，'柯内里哼哼地说；'他是个很大的人物哩，可是反正一样，他不见得就比一个孩子知道得多，所以他们那么哄闹，好讨他的欢心，因为他们实在想不出更好的办法了。''喂，'白朗说，'我们怎样才能要骗他呢？''他自己会来跟你攀谈的，'柯内里断然地说。'你怎么说？难道逍遥自在地走到这儿来不成？'柯内里在黑暗里使劲点头。'是呢。他会一径走到这里来跟你攀谈的。他简直就像个傻子。他是怎样的一个傻子，你且看罢。'白朗总有点疑惑。'你且看罢，你且看罢，'柯内里重复说。'他是不害怕的——什么都不害怕的。他将走来，吩咐你说，别惹他的人民呢。谁都惹不得他的人民呢。他就像个小孩子。他自己会一径上你这里来的。'啊啊！他可算深知吉姆的了——那'下流的小耗子'，白朗对我称呼他用的名字。'是，一定，'他热忱地继续说，'船长，你的随手告诉那长个子，带一把枪去打他。你只消杀死他，大家就要被你吓得什么似的了，以后你对付他们，爱怎么就怎么办——你喜欢什么就拿什么——你乐意走就走。哈！哈！哈！妙呀……'他急迫得不耐烦，差不多手舞足蹈起来了；白朗回头望他，只见他手下的人们被毫无怜悯的晨曦映照着，浸透了露水，坐在营帐内的冷灰和乱草堆里，形容憔悴，怯生生的，披着破烂的衣裳。"

第四十一章

"直到最后的一刻,就在白日骤然照临他们以前的一刹那,西岸的火光总是辉煌明晰地照耀着,于是白朗看见一簇五颜六色的人形,兀然不动的停在两排新式屋宇之间,围绕着一个穿西服,戴首铠,浑〔浑〕身雪白的男子。'那就是他;看呀!看呀!'柯内里很兴奋地说。白朗手下所有的人都跳立起来,拥在他背后,瞪着没精打彩〔采〕的眼睛。这鲜明夺目,面目黧黑的一群,和他们当中那白净的人形,正在那里探望这山冈〔岗〕。白朗看见许多赤裸的手臂举起来遮眼睛,还有些棕褐的手臂在指点。他该怎么办呢?他环顾左右,周围对着他的森林仿佛是一道围墙,环绕着这势力不平均的斗争的场合。他又看看手下的人们。鄙夷,疲倦,生命欲,再去试求旁的机会——试求别种坟墓——的愿望,都在他怀里挣扎。从那人形所呈现的轮廓看来,他觉得被这地方的全部势力拥护着的那个白种人正在那里用一幅望远镜观察他所处的地位呢。白朗跳到树干上,扬起手臂来,手掌向外。紧紧围绕在白人身边的,那五颜六色的人群,一再后退,他这才同他们分开了,独自迈步前去。吉姆在一簇簇的荆棘丛中,忽而露面,忽而隐没,渐渐走近了溪边时,白朗依然站在树干上;随后白朗纵身一跳,走下山去迎接隔河的他。

"他们相遇了,相遇的地点,我想,同吉姆当初逃生时第二回拼命逃过的地方,相距并不很远,或许就在这地方也未可知——提起那一回的跑跳,正是把吉姆的生涯渡入了巴多森的领域,渡入了人民依托,爱戴,和亲信的境界。他们俩隔着小溪,面面相对,开口以前都想用眈眈虎视的眼睛揣测彼此的心理。他们势不两立的敌意一定早已显示在他们的目光里了;我知道白朗头一眼见了吉姆便怀恨在心的。他纵使有过什么希望,也立刻消灭了。这不是他意想中所要看见的人。他痛恨他的原因在此——他自己,穿了件方格花纹的法兰绒衬衫,衣袖在肘节处截断了,花白胡子,凹陷的面颊被太阳晒得墨黑——他就这样子从心底里诅咒对手的年青和自信,对手的清明的眼睛和不慌不忙的态度。这家伙比他强得太多了。他看来不像愿意帮点儿忙的人。样样被他那方面占上了风——他有的是财富,安全,和势力;他是处在力能压倒一切的地位!他并不饥饿,也不伤心失望;他似乎一点儿都不害怕。连吉姆服装的整洁,从白首铠到帆布腿套和白油擦得亮亮的皮靴,在白朗阴沉恼怒的眼睛里看来,似乎也不免形成了他被人藐视,被人讥嘲的生涯的一部分呢。

"'你是谁?'吉姆发问了,语音跟他平时一样。'我的名字是白朗,'那一位高声应答。'白朗船长,你叫什么呢?'吉姆仿佛没听见似的,微微呆了一呆,于是又平静地说;'你为什么上这儿来?''你想知道么,'白朗很尖刻地说。'这倒是容易告诉的,饥饿。你为的什么呢?'

"'这可叫那家伙吓了一跳,'白朗说,向我叙述这奇忙的谈话的开场,至于那两个谈话的对手,虽然只被一条小溪的泥床隔离着,却仿佛站在那包罗人类全体的生活概念的两极端。——'这可叫那家伙吓了一跳,他把脸涨得飞红。太伟大了罢,所以就不容旁人发问,我猜想。我告诉他说,他纵使把我当死人看待——死人是任你怎么摆布都可以的——实际上他自己的处境一点也不见得就比我好。我派了个汉子待在山上,他始终把枪对他描〔瞄〕准着,只等我一只手势。这原无足惊。他来到河沿,是他自己情愿的。"让我们一致承认,"我说,"我们都是死人;让我们根据了这个原则,彼此平等地开谈。我们在死神前面都是平等的呀,"我说。我承认,我待在那儿好像是夹机里的耗子,不过我们被赶得走头〔投〕无路才闯进去的;就是一个耗子,被夹机夹住了,还能咬一口呢。他一转瞬间就捉住我了。"假使你不走近夹机,耗子到死都不会咬的。"我又向他说,那种把戏在他的这些土人朋友们倒还说得过去,但是在他,我觉得他未免太白了,纵然对待一只耗子,也不该如此。不错,我原也想跟他谈一谈。然而并不是为的求他饶我一条命。我的伙伴们——得——他们是英雄本色——无论从哪一方面讲,跟他自己是一样的人。我们只希望他能以魔鬼的名义前来分个青红皂白。"他妈的,"我说,同时他同木柱似的呆站在那里,"你总不愿意天天走到这边来,用你的望远镜探望我们,数一数我们还有多少留口气站得直的罢。来罢。或是把你那些牛头马面的喽啰们一起率领前来,或是让我们滚开,再到一片汪洋的大海上去饿死,天呀!虽然你夸说这是你自己的人民,而你是跟他们一起的人,但你从前也是白种呀。你是不是呢?这到底给了你什么好处;你在这儿找到了什么捞〔劳〕什子那么宝贵?嗯?你大概是不乐意我们上这儿来——你可不是?你们拿二百个拼我们一个。你不乐意我们上这片广地来。啊!我对你说在前头,你若要动手,我们就先耍个把戏给你看看。你说我干犯一般安分的良民是懦夫的行为。我也未尝不安分,却老是挨饿,所以他们尽管安分,关我什么鸟事?我可不是个懦夫。你也不是才好。率领他们前来罢,否则凭全体的魔鬼说,我们可要设法把你半个安分的城市随着烟雾同我们一起升天的!'

"他向我叙述这故事时,声色俱厉,可怕极了——这幅活受罪的只剩骸骨的人架子,紧紧地团缩着,把他的脸放在膝头,在那简陋的茅舍里一张愁惨的病床上,带着恶意的胜利的神气抬起头来看我。

"'那就是我对他说的话——我知道该怎么说哩,'他重新开言了,起初软弱无力,但是愈说愈起劲,语调变化的神速简直叫人不能相信,终于烈火也似地吐露了他的侮慢。'我们可不打算到森林里去浪荡，好像一串活骷髅似地一个倒毙了又一个，在我们还没有死透以前便让蚂蚁在我们身上横行。那可不成啊！……""你不配有更好的命运了，"他说。"你配有什么呢，"我向他嚷，"你被我发见了鬼头鬼脑地躲在这里，倒还满嘴胡说什么你的责任，天真无辜的生命，你的混帐义务呢。你知道我，比我知道你的，多得了什么？我上这儿来，为的是食物。你听见么？——塞满我们肚子的食物。你来干什么的？你上这儿来的时候，你要求的是什么？我们什么都不要求你，只请同我们决一雌雄，或则给我们一条清秋大路，让我们回到来的地方去。……""我现在就同你决个胜负罢，"他说，拉拉他上唇的一小簇髭须。"我情愿你开枪打死我，欢迎呀，"我说。"这在我倒是个超生的地方，并不比别处坏。我对我万恶的命运感到厌倦了。可是这未免太容易啦。我手下还有些同舟的人们——天呀，让我自己洗清身子，倒把祸水泼在他们身上，我可不是那种人啊，"我说。他站着想了一忽儿，于是追问我这样辛苦地奔东赶西（"在那外面，"他说，掉头遥指下游）到底是干些什么。"难道我们会面，是为的诉说彼此的生涯么？"我问他。"你先说说看。不？我明知我也并不想听啊。藏在你自己心里罢。我知道这不见得就比我的强。我活到如今——你也活到如今，虽则照你说话的口吻，仿佛你是那些人们的一分子，那些人民本该长上翅膀，好来去自由，也不至于碰着污浊的尘世了。不错——尘世是污浊的。我没有翅膀。我上这儿来，因为我从前有过一度的害怕。你想知道害怕的什么吗？害怕监牢。那可吓退我啦,你许知道这个罢——假使这于你有点儿好处的话。我并不想问你,什么事把你吓得跑到这人间地狱来的,你似乎在这里捡着不少好东西呢。那是你的运道,我的呢——请你赶快枪毙我,否则踢我出去,由我自己去饿死,求你赏赐这种恩典的特权就是我的运道了。……'

"他软弱的病体摇来摆去,那种得意的神情是如此狂热,如此坚定,如此刁恶,差不多把茅舍里等候着他的死神都赶跑了。他如痴似狂地自爱的活尸从褴褛和穷愁之中升起来,好像是从阴森可怕的坟墓里升起来似的。他那时对吉姆撒了多少谎,他现在对我——和始终对他自己撒了多少谎,就无从说起了。虚荣对我们的记忆耍些离奇的把戏,种种感情的真理需要一种借口来延长他的生命。他乔装了乞丐,站在另一世界的大门口,批这世界的颐,唾这世界的面,从他为非作歹的行径的骨子里他把无限的侮慢和反抗掷在这世界的脸上。他已经克服了他们全体——男男女女,野蛮人,商贩,流氓,教士——同吉姆——那肥头胖耳的家伙。我并不妒忌他这种对死神呐喊的得意神情,这差不多是他死后残遗的幻梦,觉得他已经把人世完全踏在脚底下的幻梦。当他向我信口雌黄,做出卑污而且讨厌的苦痛样子时,我不禁想起他呵呵冷笑地谈到他极繁盛的时代:那时有一年多的光景,人家往往接连几天看见白朗先生的大船漂荡在一个小岛的附近,这岛上的绿林衬托着海天的蔚蓝,在白净的滩边点缀着一个黑点似的教堂;同时岸上的白朗先生,一面对一个浪漫女子——她待在梅兰内西亚太难受了——运用她蛊惑的技〔伎〕俩,一面让她的丈夫起了无限希望——以为他能大澈大悟归正改教呢。这可怜汉有过一回,向人表示他衷心的愿望,说是要使'白朗船长改善他的生活。'……'引白朗先生走入光荣之途。'——一位斜眼睛打秋风的浪人这样说过——'只是让他们高岸上人看看西方太平洋上做买卖的船户是什么样子的。'这位船户,就是那拐带了一个垂死的女子,对着她的尸体抛洒眼泪的人。'一举一动简直像个大宝宝,'他当时的伙伴老是娓娓不倦地这样说,'我真不知道这到底是开的什么玩笑啊,纵使坏心肠的南洋群岛土人们硬跌死我,我也讲不出来的。啊,诸位先生!他带她上船时,她已经病得太厉害,认不得他了;她朝天躺在他那铺上,睁了两个可怕的亮晶晶的眼睛看那横梁——不久她就死了。大概是一种可恶的热病啊,我猜想……'我脑际浮起了这种种故事,同时他用了一只铅紫的手儿揩擦他那一球乱麻似的胡须,从他挤轧作响的病榻对我诉说他怎样子周旋,进攻,而且克服了那种胡涂,洁白,'你碰我不得'的家伙。他承认这家伙是吓不退的,但有一条通路,一同横着栅栏的大道一般宽阔,只消走得进去,便能把他不值一大枚的灵魂根本动摇,兜底翻身,上下颠倒了——天呀!"

第四十二章

"我想他至多不过望了望那条笔直的通路罢了。他似乎被他所看见的东西迷惑了,因为他叙述这故事时,屡次打断了他的话头惊叫道,'他几乎从我手里溜掉了。我懂不得他。他是什么人呀?'狂野地瞪了瞪我之后,他又像高兴又像冷嘲地再往下说。我现在觉得,这两位隔河相对的谈话,仿佛是不共戴天的决斗,结局的胜负只有冷眼旁观的命运才知道。不,他并未把吉姆的灵魂兜底翻身,可是假使说他所绝对不能攀缘的吉姆的精神并未充分地体味到那种斗争的酸苦,那我可大错了。这些都是密探,他已经舍脱了的世界派他们来追逐他,直追到他这隐遁之所。这些白人们,从'那外面'来了——他觉得他自己还不够好,竟不能在那外面生存。他回避不了的是这——恫吓,震惊,对于他工作的危害。我想,白朗在识别他的性格时,感到那么难于索解的,大概就是那悲凉的,半属懊悔半属退让的情绪，深深地渗透在吉姆偶尔说出的寥寥几句话里。有些伟大的人物，推源他们的伟大，大半由于一种识别的本领，就是在他们引为爪牙的那些人们身上不差毫厘地识别那堪为己用的能力；白朗仿佛也是个地道的伟大人物，具有一样恶魔的天才，能够在他的牺牲者身上找出最好和最弱的特点来。他对我老实承认，吉姆不是奴颜婢膝打得动心的一流人，因此他格外留神，表示他自己能绝无馁怯地反抗恶运，责罚，和灾难。私运几根枪炮并不是大罪恶，他指点说。至于上巴多森来，谁有权利说他不是来行乞的？这里牛头马面的人民倒放肆起来，对他两岸夹攻，并没有停下手问个青红皂白。他说这话未免太不害臊了，因为实际上幸亏邓华力采取了强硬的行动，这才消弥了天大的横祸呢；因为白朗明明告诉我说，他一看见这地方的博大，心里立刻打定了主意，只等他一有根据地，他就要四下放火，把眼看得见的有生命的东西一一射死，叫当地的人民吓得不敢哼一声。实力的比较是如此悬殊，所以这是唯一的法门，给了他万一的机会，去到达他的目的——他一壁儿咳嗽，一壁儿娓娓申说。但是这层意思，他并未告诉吉姆。至于他们身经的困难和饥荒，那是千真万确的；只要看他手下的一伙人就够了。他尖颤地吹啸了一声，叫他的党徒全露了面，排成一行站在树干上，让吉姆能够清清楚楚地看见他们。关于那汉子的一枪打死，事情已经过去——得，再不能挽回了——但是今番的战争，难道不是流血的战争——大家蝎蝎蛰蛰的？而且这汉子死得很干脆，子弹是从胸膛穿过去的，不像他手下的那个可怜鬼，直到现在还躺在小河上哪。他们只能倾听着他叫苦喊冤地挨了六个钟头的命,让弹丸撕裂他的脏腑。也罢,这总算一命抵了一命。……他说这些话时,神色厌倦,暴虎凭河似地轻狂,表示一个人被恶运一再鞭策,逼得他横冲直撞,什么都不顾了。他问吉姆说,他自己——直到如今——难道不明白'一个人到了走头〔投〕无路,想救活自己一条性命的时候,这个人就顾不得旁人的情形是怎样了——旁人三个也好,三十个也好,三百个也好,'——他问这话时态度很坦白,但不免带几分卤莽和失望,仿佛有个魔鬼正凑近他的耳朵密密地进着劝告哩。'我使他畏缩起来了。'白朗向我夸说。'他立刻对我不再那么像煞有介事了。他只是无话可说地站在那儿,阴沉沉要发雷霆的样子,看着地面——却不看着我。'他问吉姆说,他难道生平没有一点亏心事想得起来的,所以对待一个只等机会到手,便想逃出虎口的人,竟这般岂有此理地苛刻——诸如此类的话,他噜噜苏苏说了一大套。这番野话含有一缕特别的意味,时时微妙地提及他们共同的血液,臆测他们共同的经验;尤其令人作呕的是,暗示他们共同的罪过,暗示他们藏有不能为外人道的心事,而这番心事好像是他们的心性互相系连的线索。

"最后,白朗投身倒地,笔直地躺平了,从他的眼梢偷瞅着吉姆。吉姆站在河边寻思,用树枝鞭他的腿。眼界以内的房屋悄悄寂寂,仿佛一种瘟疫把房屋里的生命扫荡得一息无存了;可是许多隐藏着的眼睛从里面向外窥探,望着这两个隔河相对的人物,和一条搁浅在河边的小船,和半身陷入污泥的第三者的尸体。江面上的舢板又浮动了,因为自从白爷爷回来以后,全巴多森对于人世社会的稳固渐已恢复了自信。江流的右岸,房屋的平台,沿边系泊的木筏,甚至浴场更衣茅屋的棚顶,都布满了人们。他们离得老远,没人听得见他们的动静,差不多没人看得见他们的行迹,他们却紧蹙了眉头,遥望土王木寨以外那小小的山冈〔岗〕。周围是辽阔的森林,有两处被汪洋的江面分隔了;在这森林的不规则的围圆内是一片沉寂。'你可答应离开这海滨?'吉姆问。白朗举了举手,重又放下,仿佛撒手把一切都放弃了似的——只好接受那无可奈何的办法。'交出你的武器?'吉姆接着问。白朗坐起身来,眈眈地隔河遥望。'交出我们的武器?除非等你们来了,从我们僵硬的手里拿过去。你以为我吓疯了么?并没呀!我在人世所得到的东西就只有这点武器和我身上披挂的破布了,除开船上的几根后膛枪不计在内;我还想沿路向旁的船只求乞,到马达加斯甲去卖掉这些东西呢,假使我有一天到得了那么远的话。'

"吉姆不赞一辞。末后,扔掉他手里握着的柳条,他自言自语似地说道,'我不知道我有没有这权力。……''你还不知道!你刚才还要我放弃我的武器呢!那倒也好,'白朗叫嚷。'假设他们对你说的是一件事,对我行的又是一件呢。'他显然平静些了。'我敢说你有这权力,否则这全部的谈话到底是什么意思呀?'他继续说。'你到这边来干什么的呢?消遣一天的光阴么?'

"'好罢,'吉姆沉默了许久突然昂起头来说。'你干脆走你的清秋大路罢,不然就干脆跟我们血战一场。'他转过身来,扬长自去了。

"白朗连忙站起身来,可是直到他看见吉姆隐没在第一批的房屋中间,他才走上山去了。他再没有碰见他一眼。回去的路上,他遇见柯内里蹒蹒跚跚走下山来,把他的头儿缩在两个肩膀中间。他在白朗的面前站定了。'你为什么不杀死他呢?'他以酸刻的怨声责问。'因为我还有更好的办法呢,'白朗说,快乐地微笑了笑。'休想呀!休想呀!'柯内里使着劲儿抗议。'办不到的,我在这里住了许多年了。'白朗好奇地抬头看了看他。就这地方的生活情形而论,对他武装反抗的有许多方面呢;那是他永远不会发现的许多事物。柯内里垂头丧气地溜到江边去了。如今他离开他的新朋友们了;事情的推移处处令人失望,他唯有承受而已,他那愠愠不乐的顽梗态度似乎更缩紧了他小小的蜡黄的老脸;当他下山时,他斜着眼睛东张西望,从没有抛弃他确定了的打算。

"从此以后,形势毫无障碍地急转直下,从人们的深心向外流泻,就好像导源于黑暗的渊泉的一条溪河;我们看见吉姆也混迹在这班人群里,一大半是借镜于唐比丹的眼睛。那女孩的眼睛也看守着他来的,但是她的生活同他的太缠结不分了:里面还夹着她的热情,她的惊异,她的忿怒,而尤其重要的是,她的恐惧和她绝不宽恕的恋爱。至于跟其余的人们一样地蒙昧的这个忠仆,他实际所施用的技巧就不外乎忠实;对他白爷爷的忠实和信仰,来得这么强烈,甚至讶异的情绪都变柔和了,化为一种悲怆的顺从心理,去承受一桩秘密的失败。他的眼睛只能专看一人；经过了惝恍迷离的迷津，他仍然保持着他那爱护，服从，关切的神态。

"他的主人同白人们谈完话回来了，慢步走向街头的木寨。看见他回来时，大家喜欢的了不得，因为他去了之后，人人觉得害怕，不但担心他会被打死，并且担心随后将发生旁的情形。吉姆走进了一所房屋，老都拉明便退歇在这里面，而且孤单单地同着布基居民的头目待了许久了。无疑地，他那时同他讨论应取的步骤，可是这度谈话再没有旁人在座。只是唐比丹，竭力挨近门口，听得他的主人说，'是呀。我要让大家知道我的愿望就是如此；可是，都拉明啊，我对你说过了，当大家的面，或是私下里；因为你知道我的心，我也同样知道你的心同你心里最大的希望哩。而且你也很知道我除掉为人民的利益着想外，便没有旁的念头了。'于是他的主人揭起门口的布帘走出去；他，唐比丹，一眼瞥见了室内的老都拉明坐在椅子里，两手放在膝上，俯视着两脚的中间。后来他跟随他的主人往城堡去，城堡里已经召集了所有主要的布基和巴多森的居民在开谈判了。唐比丹他自己倒很希望来一场恶战。他满心抱憾地叹道，'这算得了什么呢，不过再攻克一座山岭罢了。'然而城市里许多人痴心妄想，这班贪婪强梁的生客们，看见了如许的勇士准备作战，最好还是自动地退走罢。假使他们肯自动离开，倒也是件好事。黎明以前，城堡里隆隆的放炮，和大鼓咚咚的击响，已经使吉姆的驾临远近周知了。从那时节起，弥漫在巴多森的恐怖骤告中断，宛如水浪冲在石头上似地消退了，只剩下那沸腾的泡沫——那骚扰，好奇，和层出不穷的揣测。人民的半数，为求保护起见，已经搬出了他们的家，住在江左的街上，拥聚在城堡的周围，照一时的预测以为只好看着他们被弃的房屋在受威胁的江右突然化作了一蓬烟火了。普遍的悬念就是希望这桩事情赶快解决。由于珠婉儿的操心照料，食物已经分配给避难的人民了。谁也不知道他们的白爷爷到底会采取什么办法。有些人说，这回比薛列夫·阿利的战事更糟。那时许多人不大理会；这回人人都得受点损失哩。城市的两部分之间，船只来往的行动颇引起人们的注意。一对布基的战船抛锚停泊在中流防守江面，一缕青烟袅绕在每个的船头；战船上的人们正在煮烤他们的午饭，当时吉姆同白朗和都拉明会见了以后，横渡过江，打他的城堡通着江水的闸门口走进去。城堡内的人民拥在他周围，弄得他要进房屋都走不向前。他们先前并没有看见他，因为他夜间到时，只同女孩交谈了几句话——她是专为这目的赶下码头去的——没有耽搁就往对岸去加入那些领袖和战士们了。人民跟在他后面高声欢呼。一位老太婆发疯似地挤到前面去，引起了一阵哄然的大笑；她以责怪的声气叮咛他得特别留意，使他的两个儿子，跟都拉明待在一起的，别在那班强盗们手里受了伤损。好几个旁观者想要拉她走开，但是她挣扎着叫道，'让我去罢。这算怎么回事呢，回回们呀？这种笑法是有失体面的。难道他们不是残酷的，蓄意屠杀的，喝血的强盗么？''让她去，'吉姆说；一阵沉默突然降临了，于是吉姆徐徐说道，'包管人人平安。'他走进了房屋，同时那大众的叹息，和表示满意的高声碎语，余音犹未消灭。

"无疑地，他已打定了主意，要叫白朗干脆走他的清秋大路，仍然回到海上去。他的运命，遭了反抗，强迫他采取一种不由自主的政策。他不顾旁人忠直的反对，毅然表示他自己的意志，这算是第一回。'费了不少唇舌啊，起先我们老爷却不则一声，'唐比丹说。'天黑了，于是我们在长桌子上点了蜡烛。首领们分坐在两边，姑娘就待在我们老爷的右手。'

"当他开始发言时，异乎寻常的困难仿佛倒使他的决心更坚定，更摇撼不得了。那些白人们正在山上等候他的回音呢。他们的领袖已经同他谈过话，用的是他同种人的语言，剖白了旁的语言所难于解释的许多事情。他们是些为非作歹的罪犯，苦难已经使他们不复能以分辨是非了。许多人肝脑涂地，丧失了生命，那是无可讳言的，但是为什么还要继续牺牲呢。他对他的听众，如林似雨的人民首领，宣言他们的幸福就是他的幸福，他们的损失就是他的损失，他们的悲伤就是他的悲伤。他向四面看了看许多庄严的凝神倾听的面孔，叫他们回想他们从前是怎样互相提携地打仗和共事的。他们该知道他的胆量……这时一声喃喃的低语打断了他的话头……而且他也从来没有欺骗过他们。许多年来，他们总住在一起。他怀了莫大的爱情爱着这个地方同住在这里的人民。假使让这些长胡子的白人们退走，万一有任何伤害加在他们身上，他情愿就把他自己的生命作担保。他们是作恶的人，可是他们的命运也是恶的。他曾向他们进过一句坏话没有？他的话曾引起人民的苦难没有？他这样问。

他相信,最好还是让这些白种人和他们的党徒带着他们的性命走开。这倒是个小小的恩典哩。'我,一向受你们的试炼,永远被你们发觉是真实的我,请求你们让他们走开罢。'他向都拉明掉过头来。老船户没有动一动。'那末,'吉姆说,'请邓华力,你的儿子,我的朋友,进来罢,因为今番的事,我自己不作指挥了。'"

第四十三章

"唐比丹在他的椅子后面,宛如晴天里听见了一声霹雳。这宣言引起了无限的震骇。'让他们去罢,因为照我的意思,这是最好的办法——我从来没有存过欺骗你们的意思啊,'吉姆坚持他的主张。大家沉默了。在庭院的黑暗里,隐约听得见许多人交头接耳,推来撞去的,轻微的喧扰。都拉明仰起他沉重的头儿来,说人心的难知无异于伸手攀青天,但是——他也同意了。旁的人们依次发表他们的意见。'这是最好的办法,''让他们去罢,'七嘴八舌,不外这一类的话。但是他们大半只说他们'相信吉姆爷。'

"用这单纯的形式对他的旨意表示赞同,正是形势转移的总关键所在;他们的信条,是他的真理;而且是一种忠诚的证据——这忠诚使他自信同那些毫无闪失从不落伍的将士们堪相匹配。史泰的话,'多浪漫呀!——多浪漫呀!'似乎在这遥隔的远方震响哩,这遥远的天涯地角现在是再也不肯放弃他了,再也不肯把他让给一个绝不关怀他的缺陷和他的美德的世界,再也不肯把他让给那热烈缠绵的爱情,那在伤痛与永诀的迷离情态中不肯为他洒几滴眼泪的爱情了。他最近三年的生涯里所涵蕴的单纯的真情实感,竟战胜了人们的愚昧,恐怖,和忿怒;从那时节起,他在我眼里已不再是我末次看见他时的那个样子了——那样一个白点,摄取了阴沉的海滨和暗淡的海面上所遗留下的朦朦胧胧的光明——却因他灵魂的孤寂,显得更伟大更可怜:这灵魂的孤寂,就是在最爱他的她,依然是一种残酷而不可解的神秘。

"他并不疑惑白朗,是显而易见的;要怀疑这番事迹,实在没有理由:他的态度率直而粗鲁,他用一种强硬的诚恳承认他许多行径的道德和结果,都足以证明这事迹的不虚。但是吉姆并不知道,这人妄自尊大信口雌黄的脾气差不多是意想不到的。当他一意孤行,遇着阻扰和挫折时,他就像个被违抗的专制魔王,如癫似狂,咬牙切齿地痛恨。不过吉姆虽不疑惑白朗,他却明明很担心,深怕发生误会,结果仍不免冲突和流血。就为了这层理由,马来首领们一走之后,他便立刻求珠婉儿弄点吃食,因为他要出城堡到市上去指挥去。她觉得他太累了,竭力阻止他的前行,他便说,倘有不测的变化,他怎么能饶恕他自己呢。'我得对这地方全部生命负责啊,'他说。他起初有点心绪不宁;她亲手侍候他,从唐比丹手里接过那些盘子和碟子来(史泰送给他的一套食具)。他过一忽儿觉得松快了些,对她说,她得在城堡再坐镇一夜哩。'我们可没有觉睡了，大姑娘，'他说，'现在我们的人民还没有脱离危险哪。'后来他诙谐地说，她才是他们里面手〔首〕屈一指的大丈夫呢。'假使你和邓华力照你的意思去办，这班可怜鬼今天恐怕一个也活不成了。''他们是不是很坏呢？'她问，倚在他的椅子上面。'有时候人们做坏事，其实比起旁的人们来也不见得就坏多少，'他踌躇一下说。

"唐比丹跟随他的主人来到城堡外的码头。夜色清明，却没有月亮，江的中流是漆黑的，而两岸下面的水反映着一蓬蓬野火的光明，'好像在热闷的九月夜里，'唐比丹说。战船有的静悄悄地漂流在黑暗的航线上，有的抛了锚，浮泛而无行动，激起了拍拍的波声。那一夜，唐比丹在小舢板上划了许久的桨，跟踵着他的主人跑了不少的腿。他们踉踉跄跄地走过七高八低的街道，遇见内地市镇的边境到处点着野火，还有小小的队伍守卫在田原。吉姆爷盼咐了些话，大家一一应命遵照了。最后，他们来到土王的木寨，那一夜是由吉姆手下人民的一个支队把守的。老土王大清早带着他的许多后妃逃走了，逃到一条支流上一个荒芜的村庄附近，他自己的一所小房子里。加沁留在后面，出席了会议，态度殷勤而活泼，替他前一天的外交政策加以辩护。他捏了一把冷汗，却仍旧勉强保持着他满脸堆笑，安详镇静的灵活；当吉姆严厉地告诉他说他那一夜打算带自己手下的人们驻守土王的木寨时，加沁装作非常高兴的样子。散会以后，旁人听得见他在外面逢迎着告诉一个个退席的首领，音调响亮而又满足地说，土王虽不在，土王的财产却有保障了。

"约莫十点钟左右,吉姆手下的人们排队进去了。这木寨俯临着小河的口子,吉姆意欲留守在那里,直等白朗打下面路过以后。栅栏的篱壁外,一块蔓草丛生的平地上,点了个小火,唐比丹替他的主人在旁边放了一张小小的折凳。吉姆关照他且去睡一觉。唐比丹拿了一张席在距离不远处躺下了;但是他睡不着,虽然他明知长夜未尽以前,他还得去赶一段很重要的行程哩。他的主人低了头,双手剪叉在背后,在火光前面踱来踱去。他显得满脸的愁容。唐比丹每当他的主人走近他身边时,便假装睡着了的样子。不愿让他的主人知道他是被看守着。最后他的主人站定了,俯视着躺在那里的他,轻轻地说,'到时候了。'

"唐比丹立刻爬起身来摒挡一切。他的使命是到江流的下游去,比白朗的小船超前一个多钟头,确定而且正式地告诉邓华力让那班白种人过去,免得跟他们为难。吉姆不放心把这件事交托给旁人。起程以前,唐比丹索取一样标记,这宁可说是形式上的关系,因为他在吉姆周围的地位早使他为人周知了。'因为,爷爷,'他说,'这个信儿是很重要的。而我要传达的不过是几句话。'他的主人先伸手摸了个口袋,于是又摸了个旁的口袋,末后从他的食指上取下他平时带的一只银戒指来交给唐比丹。当唐比丹负着这使命离开时,山冈〔岗〕上白朗的营帐可说是漆黑的,假使不是一个红红的小火,把光芒透过了这班白人们斩倒的一棵树木的枝条。

"傍晚,白朗曾接到吉姆一张折叠的纸条,上面写的是,

'你干脆走你的清秋大路罢。等朝潮来了,你的小船一浮动,请你马上动身。叫你手下的人们留点神。小河两岸的莽丛和河口的木寨满是些荷枪实弹,全套武装的人们。你休想侥幸,但是我不相信你愿意流血啊。'白朗看完这段话,把纸条撕得粉碎。回头看看送信的柯内里,讥诮地说,'再见罢,我高明的朋友。'柯内里待在城堡时绕着吉姆的房屋探头探脑地走了一下午。吉姆挑选他送这个字条,为的是他能说英语,而且同白朗相识,那班匪徒大概不至于有谁乱放枪误伤他的,倘使另派一个马来人暗头里走近去,怕就难于幸免了。

"柯内里递过纸条以后,没有就走。白朗坐起来,面对一蓬小火;旁人还在挺尸。'我告诉你一件事,你也许很乐意知道的,'柯内里粗鲁地咕嘟着说。白朗没有理会。'你不杀死他,'那一位继续说,'你得到了什么好处没有?你本该把布基人民的财产挨家一扫而空,再向土王弄些现款的,现在呢,你什么也没有得到。''你还是滚开这儿的好,'白朗悻悻地说,连看都没有看他。但是柯内里硬挂在他身边,开始唧唧哝哝地诉说,口齿很快,不时碰碰他的手肘。他所要说的话,白朗听了,先是坐起身来,出口骂了一句。他只是告诉他说,邓华力的武装队伍便在江流的下游。最初白朗觉得他自己完全是受了骗上了当,但是思索了片刻,他又不相信这里面会有什么预定的诡计。他没赞一辞;过了一忽儿,柯内里以完全漠不关心的语气谈到他很熟悉这条江的另外一条出口。'这倒不妨听一听看,'白朗说,竖起了他的耳朵;柯内里便开始讲市上的情形,把会议上说的话完全复述一遍,凑近白朗的耳朵低声低气不快不慢地诉说,好像你在酣睡着的一群人里面谈话,你却不愿意吵醒他们。'他以为他使我受不着一点伤害,他是不是呢?'白朗嗫嚅着说,声气很低。……'是呀。他是个傻子。一个小孩。他到这里来打劫我,'柯内里咭咕着,'他却使人人都信任他。但是假使发生变化,他们从此不再相信他了,他将何处容身呢?在那儿江流下游伺候着你的那个布基人邓华力,船长,那就是你初来时,赶你上山的人啊。'白朗漠然地说最好还是回避他;柯内里用同样不关切的沉思的态度,宣布他自己熟悉一条支流,其宽足容白朗的小船通行,打从〈邓〉华力的营盘旁边经过。'你得悄悄的,'他说,好像是过后的思量,'我们走到一处,将路过他的营盘,相离不远,近极了。他们的营盘扎在沿岸,把他们的船只拉起了水。''喔,我们知道学耗子那样悄悄的呢。只管放心,'白朗说。柯内里当时商议停当,假使他领导白朗出口,他的小艇便拉牵在后面。'我还得赶快回去哩,'他解释。

"黎明前两点钟,边境上防守的人们给木寨报信,说是白强盗们已经下山上了他们的小船了。倾刻间,从巴多森这头到那头个个武装的人都格外警醒地提防着,可是江岸如此寂静,要不是燃烧着的野火突然放出黑沉的闪光,全市也许同太平时候一样地睡熟了。浓重的迷雾低低笼在水面,形成了一种虚幻的灰色光明,却照不见什么东西。当白朗的长船溜出河口驶进江面时,吉姆正在站土王木寨前面的一块凸出的低地上——就是他的足迹头一回踏在巴多森海滨的那个地点。一个黑影朦胧地出现了,在灰暗中移动,孤零零的,体积很大,只是忽隐忽现,老看不准。从这黑影传来了低低谈话的嗡嗡声。白朗靠在舵旁,听得吉姆很安静地说:'干脆走一条清秋大道。雾要是不消,你们最好是信托潮流;不过雾也快消了。''是呢,这倒干脆,我们快见清天了,'白朗回答。

"三四十个男子预备好短枪,屏了气站在木寨外面。那位有商船的布基人,我在史泰的游廊上看见的,也混在他们中间;他告诉我说这条小船紧靠着那凸出的低地掠过去,暂时似乎变大了,一座山也似地悬临在上面。'假使你以为值得在口外等一天的话,'吉姆嚷着说,'我可以设法给你送点东西去——一条小牛,一些芋头——看我能有什么罢。'那黑影依然在移动。'好。照办呀,'一个人声说,从迷雾里传来觉得飘渺而且沉闷。许多侧耳倾听的人们没一个懂得这些话的意思;于是白朗同他手下的人们乘着小船漂浮而去,鬼影般地渐渐隐没了,没有些微的声息。

"隐没在迷雾里的白朗就照这样溜出了巴多森,同柯内里并肩坐在长船尾上的客座里。'你也许可以得到条把小牛的,'柯内里说。'不错呀。小牛。芋头。假使这话是他说的,你准能得到的。他从来没有说过假话。他把我样样东西偷掉了。我猜想你大概更爱惜一条小牛,倒不大爱惜许多人家的赃物哩。''我劝你免开尊口罢,否则这里也许有人把你扔到船外面迷雾里去,'白朗说。小船似乎停了;周围的一切,甚至两旁的江面,都看不见,只有凝结了的水气〔汽〕飞扬四散,滴落在他们的胡须和颜面上。这是人间罕有的,白朗对我说。他们个个觉得孑然一身似的趁了个小船在飘流,被一种差不多捉摸不住的疑念缠绕着,仿佛听得见许多鬼怪叹息和低语的样子。'扔我出去么,你要?但是我情愿知道我到了什么地方啊,'柯内里忿忿地啜嚅着。'我在这里住了这么许多年了。''还算不得长久,遇到这样的雾就看不准了,'白朗说,向后斜倚在无用的舵杠上,来回摆动他的手臂。'对了。竟有那么长久啦,'柯内里狠声说。'那倒是很有用的,'白朗下评注。'我不信,照这样情形,你说的那条支流,你蒙着眼睛也能摸索么?'柯内里哼了一哼。'你太累啦,划不动了罢?'他沉默了一回问。'不累哦,天呀,'白朗突然叫喊。'提出你们那儿的桨来罢。'迷雾里起了一阵咯咚咚的洪响;俄顷,响声平静了,化为了看不见的大棹桨和桨耳环互相磨擦的有规则的声音。此外再没有什么变动了;要不是轻微的桨叶的激水声,这俨然是腾空驾驶的气球悬篮呢,白朗说。以后柯内里再也没有开口,除非负气叫谁替他的小艇舀水——他的小艇就拖曳在长船的后面。雾气逐渐发白,前面变得透明了。白朗向左面看见了一片黑暗,仿佛他望了望那离别的夜的背影。蓦然地,一根粗大的树枝,满是密叶,出现在他头顶上,而且紧靠在旁边的,许多细枝的梢头静静地滴水,柔软地垂曲着。柯内里不作一声,从他的手里接过舵杠来。"

第四十四章

"我想他们再没有一起谈话了。小船驶进一条狭窄的支流,用桨叶抵住坍污的两岸向前推进;夜色阴沉,仿佛硕大无朋的翅膀罩在雾气上面,雾气又从夜色的深处弥漫到树木的顶梢。头顶的树枝洒下大点的露水,渗透了阴沉的迷雾。柯内里喃喃地捣了一声鬼,白朗便命他手下的人民装子弹。'在我们生路断绝以前,我要给你们一个机会,向他们出这口冤气哩,你们这班愁眉不展的死囚啊,你们,'他对他的党徒说。'小心你们可不要错过这个机会呀,你们这些狗头。'低哼的不平声回答了这番话。柯内里对于他那小艇的安全表示很慌张而不安的神情。

"同时唐比丹已经达到他旅程的终点了。迷雾稍微耽误了他些时候,但是他紧靠南岸,使劲划桨,始终不曾松懈。俄顷,曙光来了,好像磨净的玻璃球的亮光。江流两边的滨岸形成一条黑线,你在这黑线里能够发见模糊的柱形同高高的纵横错综的枝影。水面上的迷雾依然浓密，但是戒备很严，因为唐比丹行近营盘时，两个人形从白茫茫的雾气里钻涌而出，咆哮的人声向他乱嚷。他回答了，一只小舢板立刻浮在旁边，他同划桨的人们互相报告了些消息。一切都还顺利。难关已经过了。于是舢板上的人们松手放了他那小艇的舷边，转瞬不迭便无影无踪了。他向前推进，最后他听见水面上传来幽静的声音，在渐渐消散、慢慢旋转的烟雾下看见许多点燃在一片沙地上的小火的红光，火光背后衬托着高标的稀疏的树木和低矮的丛林。又是个戒严的人派守在那里，因为他又挨盘问了。他大声说了他的姓名，最后横扫他的桨撑了两下，把他的小艇搁浅在滩边。营盘可真不小。人们三五成群的星罗棋布在那儿，带着清晨未消的睡意幽幽款谈。一缕缕的轻烟慢慢地袅绕在白色雾气之上。矮小的荫棚，高矗在地面上，是为首领们搭的。洋枪堆砌成一座座小金字塔，长矛一根根单独地插在火光近旁的沙地上。

"唐比丹装作很严重的神气，要求引见邓华力。他发现他白爷爷的朋友躺在一张竹编的高榻上，藏在一个木桩支架上，席条盖顶的荫棚下。邓华力苏醒了；他的睡处宛似粗陋的神龛，前面正点燃着一蓬明亮的火。老船户都拉明的这个独子，和蔼可亲地答礼了他的招呼。唐比丹先把那只戒指交给他，算作保证使者的话并非捏造。邓华力撑着手肘，叫他分说并报告所有的消息。开头故意打了句官话，'消息倒是不错，'唐比丹便传达吉姆亲口说的话。首领们全体同意让这班白种人离开，并且准许他们通行，驶出这条江去。回答了一两个问题之后，唐比丹随即报告上次会议的程序，邓华力聚精会神地从头听到尾，玩弄着那只戒指，终于那戒指一滑，套在他右手的食指上了。听完了他所要说的话，他打发唐比丹去用早餐和歇息。准备下午回家的命令立刻发表了。后来邓华力重复躺下，睁着眼睛，同时他的侍从在火上替他预备点心。唐比丹也就坐在这火的旁边，向那些偷偷走来袖手旁听的人们谈论市上最近的消息。太阳渐渐吞灭了雾气。在一段主流的江面，时时刻刻期待着白人们路过，因此戒备也特别严密。

"就在这个时候，白朗对世界报复了他的冤仇——他虽傲岸不屑，轻身亡命地横行了二十年，这世界竟没有给与他普通强盗的成功的份儿啊。这种行径乃是冷血的残暴，这在他弥留的病榻上反使他欣慰，好像记起一桩无敌的挑战行为的样子。他偷偷地让他手下的人们起了岸，在岛的这边，遥对着布基人的营盘，他便率领他们横穿过去。柯内里在登岸的当儿想潜潜地溜走，但是经过了一阵短促，而十分悄寂的混打乱斗之后，他只好牺牲初衷，去指点一条草莽最稀疏的路径。白朗将他骨瘦如柴的两手握了个大拳头放在背后，时时使着猛力推他向前。柯内里同鱼儿似的默不作声，卑鄙而忠心于他的目的——他模模糊糊看见他这目的隐约实现了。在一片森林的边境，白朗手下的人们四下分散了，藏匿在隐处伺候。营盘从这头到那头，在他们是一目了然的，却没一人看见他们的所在。谁也没有梦想到这班白人能知道岛背后还有这条支流。当他断定时机已到时，白朗咆哮道，'让他们尝尝看罢，'十四根洋枪齐声放射，响彻远近。

"唐比丹告诉我说,当时惊震的情状可算达于极点了,头一排枪声过去之后,除却打死或受伤的人们不计,其余谁都不动一动的呆了半响。于是一个人尖声地叫了,接着从大家嗓子里腾起一阵骇异同恐怖的大声疾呼。这些人们茫无头绪,仓皇沮丧地吓得抱头鼠窜,一群群,乱哄哄,沿着水滨东奔西逃,好像一群怕水的牲口。那时少数的几个跳下江去,但是他们大半直到听见了末次的射击才逃走的,白朗手下的人们朝这群人放了三回枪,白朗是唯一的露头面的人,呵斥而且嚷道,'往低里瞄准!往低里描〔瞄〕准!'

"唐比丹说,至于他自己呢,他当头一排枪声的爆发就明白这是怎么回事了。虽没有碰伤,他却投身倒地,诈死躺在那里,只是圆睁着眼睛。斜倚在睡榻上的邓华力,听见头一排枪声,便跳起身来,飞奔到空旷的江边去,刚巧遇着第二排的射击,在他的前额中了颗子弹。唐比丹看见他在倒地以前伸出了他的手臂,展得很开。那时节,极度的恐怖侵袭着他——从前没有过的。白人们退走了,同他们初来时候一样——无影无踪。

"白朗叙述他这番经历,同他惨淡的塞运对比着。注意,就在这可怕的急剧的变化里,他仿佛是个行为正直的人,存有不凡而高超的特点——一种抽象的性质——在他普通欲望的表皮里面。这不是鄙俗而奸诈的屠杀;这是个教训,是种报应——我们天性内某种模糊而可怕的特性的表现,这虽在表皮底里,但我恐怕距离表皮并不像我们所设想的那么远啊。

"后来这班白种人离开了，没有被唐比丹看见，仿佛在人们眼前完全消失了的光景；双桅船照一般偷来的赃物一样，也不知了去向。可是据人传说，一个月以后，印度洋上，一条载货的轮船捡到了一条长身腰的白船。长船上两个活骷髅，焦渴，黄僵，眼睛没精打彩〔采〕，喊喊喳喳地低语：他们供认了第三者的权威，这第三者公然宣布他的名字就叫白朗。他报告，他的双桅船载着爪哇糖向南驶行时，船底破了个大窟窿，在他脚底沉没了。他同他的伙伴是一伙六个人的剩余者。那两个死在捞救他们的轮船上了。白朗尚活在人间，被我见了一面；我能证明他直到最后的一刻，举止行动都没有稍减他的本色。

"然而离去时，他们因一时疏忽，忘记了解下柯内里的小艇。柯内里自己呢，白朗在开始射击时放他走了，踢了一脚算作临别的祝福。唐比丹从死人堆里爬起来，看见那个吃洋教的在水滨四散的尸首和将灭的野火中间跑来跑去。他发着幽微的叫喊。蓦然地，他直冲到水边，如癫似狂的把布基人的一条小船，使劲往水里拉。'后来，直到他看见我时，'唐比丹叙述，'他还站在那里搔头，尽望着那沉重的舢板呢。''他到底怎么了呢？'我问。唐比丹眼睁睁地钉〔盯〕着我，用他的右臂做了个表情很丰富的姿势。'我打了两下，爷，'他说。'他看见我渐渐走近了，猛然倒地，大声呼喊，连踢着两脚。他好像一个吃了惊的母鸡似地锐声啼叫，直叫到他尝着剑尖子时候为止，于是他不大动弹了，躺在地上瞪我，同时他的生命就从他眼睛里消散了。'

"这事完结之后,唐比丹并没有耽搁。他明白他重大的任务就是首先到城堡去报告这可怕的消息。不消说,邓华力的队伍里还有不少人没死呢;但是在这极度的惊慌中,有些人们泅水渡过江去,旁的人们便冲入了丛林里面。事实是,他们的确不知道这是谁施的打击——是别的强盗来了呢,还是他们早已完全占领这地方了。他们暗自想,他们大概中了个莫大的奸计了,压派着只好走这死路一条。据说,有几个小队伍三天以后才进来的。然而也有少数的几个人想马上回到巴多森去;那天早晨在江面巡逻的许多舢板,有一只明明望见那营盘的,在实行袭击的当儿。真的,起初这舢板上的人们扑通跳下水去,凫到了对岸,可是后来他们又折回船上来了,拼命向上游驶行,情形异常地狼狈。唐比丹比这些人超前了一个钟头。"

第四十五章

"唐比丹发狂似地划桨,划到市区以内的一带江面时,妇人们拥挤在房屋前面的平台上,探头遥望,期待着邓华力和小舰队的回来。市面呈着兴高采烈的过节气象;江边到处看得见成群结队的男子们,手里依然握着长矛或洋枪,有的在走动,有的延伫着。中国人的店铺早已开门了;但是市场上杳无人影;城堡的基角上仍旧驻守着一个哨兵,他看清了唐比丹,便向里面的人们欢呼。大门敞开了。唐比丹跳上陆地,拼命往里奔跑。他头一个遇见的人便是从屋里走来的女孩。

"唐比丹手忙脚乱,连连喘气,鼓着颤抖的嘴唇,瞪着狂野的眼睛,在她面前呆站了一刻,好像他忽然着了魔的样子。于是他很急促地突然叫道:'邓华力和旁的许多人被他们打死了。'她紧握了两手,劈口第一句便说,'关上大门呀。'城堡里守卫的人们大半回家去了,但是唐比丹催逼那少数的待在里面值班的人们。女孩站在庭院中心，同时旁的人们四下乱跑。唐比丹打她身边经过时，她伤心绝望地叫道，'都拉明啊。'他第二次走过时，他仿佛看出了她的心事，忙答道，'不错。但是巴多森的火药都在我们手里呢。'她捉住了他一只手臂，指着屋子里面，抖抖擞擞地低语道，'叫他出来罢。'

"唐比丹直奔上台阶。他的主人正在酣睡哩。'是我，唐比丹，'他在门口叫喊，'带来十万火急的消息。'他看见吉姆在枕头上翻过来，睁开眼睛；他立刻大声叫嚷，'爷爷，这是不吉的日子，万恶的日子啊。'他的主人撑着手肘，昂头倾听——同邓华力听唐比丹报信时一模一样。于是唐比丹开始讲他经过的情形，很想叙述得有条不紊，管邓华力叫潘格里马（小王爷），说道，'潘格里马随即叫唤他手下的船夫们的头儿，"给唐比丹拿点吃的东西罢，"'——这时，他的主人把他的脚放下了地，面色如此慌张地看着他，要说的话竟咽在喉头了。

"'照直讲呀，'吉姆说。'他死了么？''但愿你永远健在啊，'唐比丹叫着说。'这是最残酷的奸诈手段。他听见头一排的枪声，便飞奔到外面，倒地死了。'……他的主人走到窗口，用他的拳头敲打百叶窗板。房间里登时亮了；于是他以稳重的声音，急迫的语调，对他吩咐了许多话：立刻召集舰队追踪敌迹，先去找这个人，再去找那个——派信使；说着，他坐下床，忙弯了腰结鞋带，突然抬起头来。'你为什么还站在这里？'他红着脸问。'别耽误时候啦。'唐比丹没动一动。'饶恕我罢，爷爷，可是……可是，'他呐呐地口吃起来了。'什么？'他的主人高声嚷,脸上神色可怕,身子向前倾倚,用两手握着床沿。'让你的奴仆走到外面人民中间去,怕是保不住安全了,'唐比丹踌躇了一下说。

"吉姆这才恍然了。他从前为了些子小事,一时冲动地纵身一跳,结果便逃避了一个世界,现在呢,这另一世界,他亲手创造的工作,又七零八落地在他周身分崩离析了。让他的奴仆出去走到他自己的人民中间,便保不住安全!我相信,只在一刹那间,他已下了决心要奋不顾身地向灾难挑战了,并且他忽然觉得,唯有用一个方法,才能向这样的灾难挑战;但是我只知道他一声不响地走出他的房间,坐在长桌前面——他往常就坐在这长桌的头上,调度他这个世界的大事,天天宣布他心里蕴蓄着的真理的。黑暗势力竟要再度剥夺他的和平了。他向石像似地坐在那里。唐比丹恭恭敬敬的,隐隐提醒了自卫的准备。他所爱的女孩走进来对他讲话,但是他做了个手势,叫她别作声,这哑默的请求,把她吓怔了。她走到外面游廊里去,坐在户槛上,仿佛是用她的身体替他防御外界的危险。

"他脑海里到底起了些什么思想——什么回忆呀?谁说得清呢。一切都完了,从前曾对他所信托的人不忠实的他,重复将人们的亲托完全丧失了。正当这时候,我相信,他竭力想写——写给一个人——写不成,丢开了。寂寞的况味渐渐笼罩上他来。人民曾将他们的生命交托了给他——只是为了这;可是他说得不错,怎么也不能叫他们了解他啊。待在外面的人听不见他一点声音。过后,傍晚时分,他走到门口,叫唤唐比丹。'怎么了,'他问。'人们哭的了不得,还有许多人很气愤,'唐比丹说。吉姆抬头看了看他。'你是知道的,'他喃喃地说。'是呢,爷爷,'唐比丹说。'你的奴仆很知道,大门都关上了。我们免不了一战哩。''战!为什么?'他问。'为我们的生命。''我没有生命了,'他说。唐比丹听见门口的女孩叫了一声。'谁知道呢?'唐比丹说。'我们放泼了胆,使点手腕,竟许逃得了的。人心还是惶恐的很。'他走了出去,模糊地想到船只,想到渺茫的大海,只剩下吉姆和女孩留在一起。

"她为了保持她的幸福,竟在那里同他发生冲突,约莫经过一个多钟头的样子,关于当时的情景,她虽然给我透露了许多,我却没有心肠在这里一一写下。他有没有点儿希望——他期待些什么,他想像些什么——都无从说起。他只是不屈不挠;他的精神,因他的固执而越发孤寂,似乎在他生命的废墟之上高升了。她凑近他的耳朵叫道,'开火!'她就不能明白,并没有什么可争的在。他要换一个方法,去证明他的权力,去征服这无奈命运的自身哩。他走到外面庭院里去,而跟在他身后的她,披头散发,面色凄惶,上气不接下气的,颤巍巍地走出来,倚靠在门侧。'打开大门,'他命令。随后他转身,对着那些待在里面的他手下的人们吩咐,准许他们请假回家。'回家去待多少时候呢,爷爷?'他们有一个胆怯地问。'待一辈子,'他以沉闷的语气说。

"愁城的门打开了,仿佛吹来一阵狂风,痛哭哀号之声突然迸发,掠过了江面,接着便是一片岑寂,笼罩了全市。但是许多谣言随着密谈私语飞扬四散,使人心充满了浮动和可怕的惶惑。那班强盗带着旁的许多强盗,趁着一艘大船折回了;这片土地,无论谁,怕再难找到避难的去处呢。如同天摇地动的时际,绝无安全的感觉弥漫在人人的心头,他们交头接耳地谈他们的疑惑,你张我望,仿佛不测的凶兆已经临在眼前了。

"太阳在林梢渐渐低沉时,邓华力的尸体搬进了都拉明的围地。这尸体由四个男子搬抬,上面干干净净地盖了一幅白布,是老母亲特地打发人送到门口去接她的儿子回来的。他们将他放在都拉明跟前,这老头儿毫无动静的坐了许久,两手搁在膝头,俯视着脚下。棕榈叶轻轻地摇摆,果树的密叶在他头上颤动。他的人民没一个不在场,而且全套的武装,于是老船户终于抬起他的眼睛来了。他把眼睛向人群慢慢地移动了一遍,仿佛是找那忘不了却看不见的脸。他的下巴重复低埋在他的胸口。许多人喊喊喳喳的低语声,同木叶的萧萧混合在一起。

"把唐比丹同女孩带到沙马拉来的那个马来人也在场了。'并不像许多人那样地气愤,'他对我说,但是'人们的命运,好像蕴蓄着雷霆的乌云一般,悬临在人们的头顶,来时是如此突兀,'所以他被强大的敬畏和惊异深深地感动了。他告诉我说,都拉明示意把邓华力尸体上的白布揭开时,他,被他们常常称为白爷爷的朋友的,就身首毕露地躺在那里,眼睑微启,好像刚要睡醒的样子。都拉明把身子微微向前斜倚,不啻我们要在地上找一样掉了的东西。他的眼睛仔细查看这尸体,从脚底到头顶,许是找那伤痕罢。伤痕是在前额,小小的;大家默不作声，忽然有一个站在近旁的人弯下身去，从那冰冷的僵硬的手上探下了一只银戒指。他默默地拿这戒指送到都拉明面前去。群众见了这眼熟的纪念品，顿时布满了沮丧和恐怖的喃喃之声。老船户定睛看了看这东西，突然从心坎里发出一声凶猛的大叫，一声苦痛和暴怒的咆哮，同一条受了伤的公牛的狂吼一样雄壮，虽没有字眼，却能明晰地感到他强大的忿怒和悲哀，这可在人们的心里引起猛烈的恐惧来了。随后又深深地岑寂了一阵，同时尸体被四个男子搬在一边。他们把尸体放在一棵树底下，家里的妇女们立刻曼〔漫〕长地尖叫一声，全体恸哭起来；她们颤声地嚎啕；夕阳西沉了，每当尖叫的哀哭停歇时，两个老人便提高了吟哦的嗓音，背诵可兰经文，单独地咏唱。

"大约也在这时候吉姆倚在一架炮车上，望着江面，转过身来背对房屋；女孩待在门口喘气，好像跑累了动弹不得的样子，遥望着庭院对过的他。唐比丹站得离他的主人并不远，耐性地等待下回的分解。蓦然地，似乎沉浸在幽思里的吉姆，掉头向他说道，'这是该结束的时候了。'

"'爷爷？'唐比丹说，迅速地走上前去。他不知道他的主人是什么用意，但是吉姆偶一移动时，女孩也立刻惊跳起来，走到下面空场上去。她步履微带蹒跚，约莫走到半路，便放声叫唤吉姆——他分明又在那里和平地凝望江面呢。他回转身来，把他的背靠在炮身上。"你想不想打呢？"她叫着说。'没有什么要打的，'他说；'并没有损失什么啊。'说着，他向她走近了一步。'你想不想逃呢？'她重复叫着问。'没有逃处，'他说，连忙住了嘴;她也呆呆的站在那里,不则一声,用她的眼睛把他吞没了。'那么你是要去的了?'她慢吞吞地说。他低了头。'啊!'她惊叫,可说是在偷偷地窥探他,'你不是疯狂,便是虚伪。你记不记得那一夜,我请求你离开我,你偏说你可不能?你说这是办不到的,办不到的呀!你记不记得你说过你永远离不开我么?为什么?我并没有请求你立誓。你不待请求便立了誓——回想回想看。''够了,可怜的女孩,'他说。'我是不值得有的。'

"唐比丹说,他们俩谈话时,她傻头傻脑地高声大笑,好像个受着天老爷惩罚的人。他的主人抬手摸了摸他的脑袋。你〔他〕服装很齐整,照平时一样,但没有戴帽子。她忙止了笑。'最后再请问一句,'她恫喝似地嚷,'你想不想保护你自己呢?''无论什么碰不伤我一根毫毛,'他说,仿佛是崇高的唯我独尊的气概放了最后一回的闪光。唐比丹看见她站在那里把身子向前倾倚,展开了她的手臂,飞奔着扑向他去。她倒在他怀里,搂着他的颈子。

"'啊!可是我就这样,决不放松你,'她叫喊着。……'你是我的呀!'

"她伏在他肩上呜咽起来了。巴多森的天空是鲜红,空阔,像一条裂开的血管似地流泻着。庞大的太阳红艳艳地躲在林梢,下面的森林呈着阴森惨淡的景象。

"唐比丹对我说,就在那一晚,天体的容颜显得忿怒而且可怕。我觉得这话倒很信得过,因为我知道那一天离海滨不满六十哩的海面上刮过了一阵飓风，虽然陆地上的空气至多不过起了点微弱的颤震罢了。

"蓦然地，唐比丹看见吉姆揪住了她的手臂，硬要分开她的两手。她便吊在两手上，头往后仰；她的头发直披到地面。'来这儿！'他的主人叫唤；唐比丹便去帮忙使她放松了。要分开她的手指是很费劲的。吉姆向她弯下腰去，恳切地看了看她的脸，转瞬不迭便奔跑到码头上去。唐比丹跟在他后面，但是回头一看，他望见她已经挣扎着站起身来了。她向他们追赶了几步，于是沉重地倒下，双膝跪着。'爷爷！爷爷！'唐比丹嚷着，'看看后面呀，'但是吉姆早已上了小艇，站直了，桨在手里。他并没回头看看。唐比丹刚来得及跟在后面爬上船去，小艇就浮荡着离开岸了。那时女孩在水闸门口，两手紧握，双膝跪地。她以苦苦哀求的态度照这样子待了一刻，然后跳起身来。'你是虚伪的！'她在吉姆后面尖声地叫。'饶恕我罢，'他高声说。'永远不！永远不！'她应声叫喊。

"唐比丹从吉姆手里接过桨来；他坐着让他的爷爷划桨，未免失了礼统。当他们来到对岸时，他的主人禁止他再往前去；但是唐比丹跟了他一程，走上通〔往〕都拉明宅地的山坡。

"天色渐渐黑暗了。东一个西一个的火把闪闪地放光。他们一路遇见的人们都吓得什么似的，连忙站在一边让吉姆过去。山上传来妇女的哀哭声。广场上拥满了武装的布基人和他们的附从，混杂着巴多森的市民。

"我不知道这聚会究竟是什么用意。这种种准备是为战争呢，为报复呢，还是为抵抗咄咄逼人的侵袭？过了许多天之后，人民才放宽了心，不再抖抖擞擞地翘首探望，期待那些长胡子，破衣衫的白人们折回了——这班白人们，同他们自己的白人，确切的关系如何，他们是永远不能明白的。甚至对于那些单纯的心灵，吉姆依然如在五里雾中。

"庞大而且凄怆的都拉明孤单单地坐在圈手椅里，把一对火石点放的手枪搁在他的膝头，面对着一群武装的人士。只听得谁一声呐喊，吉姆出现了，大家把头回过来集中在一点，于是群众左右分开，他便走上一条目光交错的狭路去。低语声跟随在他背后，喃喃地说道：'全是他，他作下的恶。''他有妖魔的法术哩。'……他大概听见这些话了——也许！

"当他走进了火把的光明里时，妇女们的哀哭忽然停止了。都拉明并没有抬头，吉姆默默地在他面前站了一刻。于是他望了望左方，不快不慢地移步走到那边去。邓华力的母亲蹲在尸体的头旁，蓬乱的花白头发遮了她的脸。吉姆徐徐走来，看了看他已死的朋友，揭开那幅白布，不则一声地又随手放下了。他又慢慢地走回来。

"'他来了！他来了，'在人们的嘴唇上飞跃，顿时搅起了一片唧唧哝哝的声音，他便向这声音的来处移动。'他把祸水泼在他自己的头上了，'一个声音响亮地说。他听得这话，掉头望望群众。'是呢，泼在我自己头上。'有几个人向后倒退。吉姆在都拉明面前等了一忽儿，于是轻轻地说道，'我带着愁苦的心肠来了。'他又静静地等待。'我手无寸铁的来请罪待命了，'他重复说。

"笨重的老人,低垂了他阔大的前额,好像一条公牛架在衡轭之下,使着劲儿站起身来,抓着膝头一对火石点放的手枪。从他的喉头发出低哼,壅塞,残酷的声音,他的两个侍者扶在后面帮他的忙。人们指点着说,他掉在膝上的那只戒指落了地,滚到白人的脚跟前,那可怜的吉姆便俯首一瞥他这压邪的宝物——这护身符曾经把名誉,爱情,和成功的门给他打开的,在林木森森,外边涌着雪白浪花的围墙以内,在大海的滨岸以内,那海滨在西斜的夕阳下俨然就像暗夜的壁垒。都拉明挣扎着站直了,和扶他的两个人组成了摇晃晃颤巍巍的三人团;他圆睁的小眼睛,呈着痛楚狂暴的表情,射着残酷的闪光,在旁观者是分明觉得的;随后,当吉姆木鸡似的裸了头呆站在火把的光明里时,都拉明凑近了看看他的脸,用左臂沉重地挽着俯首的少年的颈子,然后十分留神地抬起了右臂,一枪打在他儿子的朋友的胸口。

"群众当都拉明抬手时,立刻在吉姆身后倒退着分散了,开枪之后又乱纷纷地一涌而前。他们说,白人环顾左右,对着大家的脸射出一道骄傲而无畏缩的光芒。于是把手按着嘴唇,他仆身倒地,死了。

"这就是最后的结局。他坠在五里雾中消失了,深心奥妙莫测,被遗忘了,可没有被饶恕,而且浪漫得出奇。纵使在他童时梦想构成的,最狂放不羁的日子,他也决不能看见这样奇特的成功会有这样勾魂夺魄的形状啊!因为就在他最后射出骄傲而无畏缩的目光，那短促的刹那间，他也许竟看见了机运的面目哩，从前那机运好像东方的新嫁娘，带着轻纱来到他身旁的。

"但是我们能看见他，一个隐晦的荣誉征服者，由于他崇高的唯我独尊的性格显示了一个记号，传来了一声叫唤，便把他自己从那猜忌的爱人怀里拉走了。他离开了一个鲜活的女子，来跟阴影似的行为的理想，举行残酷不仁的婚礼。他是不是满足了，——十分满足了，现在，我诧异？我们应该知道啊。他是我们里面的一员——从前不是有过一回，我好像个被怂恿的幽灵，挺身而起，为他永远的忠实保证么？我毕竟是不是大错特错了呢？现在，他已不在人间了；有些日子，他栩然如生的音容笑貌浮现在我面前，带着一种浩渺无垠，风驰电掣的力量；可是也有些时候，他像个解了体的精灵，溜过我的眼底，迷失在人间的情海里，矢志不渝地愿为他自己的阴影世界牺牲他自己。

"谁知道呢？他死了，深心奥妙莫测，而那可怜的少女，便在史泰家里，过着一种无声无臭，消沉惨淡的生涯。史泰近来老得许多了。这连他自己也觉得，他时常说他是在'准备离开这一切了；准备离开，……'说时他凄切地向他的蝴蝶挥了挥手。"

一八九九年九月——一九〇〇年七月